ハヤカワ文庫 SF
〈SF2118〉

終わりなき戦火

老人と宇宙《そら》6

ジョン・スコルジー
内田昌之訳

早川書房
7943

THE END OF ALL THINGS

by

John Scalzi

Translated by
Masayuki Uchida
First published 2017 in Japan by
HAYAKAWA PUBLISHING, INC.
This book is published in Japan by
arrangement with
ETHAN ELLENBERG LITERARY AGENCY
through THE ENGLISH AGENCY (JAPAN) LTD.

オハイオ州トロイにある〈ジェイ&メアリズ・ブックセンター〉のジェイとメアリ・ヴァーノウ――

カリフォルニア州サンフランシスコにある〈ボーダーランズ・ブックス〉のアラン・ビーツとジュード・フェルドマン――

ワシントン大学にある〈ユニヴァーシティ・ブックストア〉のデュアン・ウィルキンズとオリヴィア・アール――

そして、それぞれの書店でわたしの作品を読者へつないでくれているすべての書店員のみなさんに。

あなたがたは最高だ。この本をあなたがたに捧げる、感謝をこめて。

目次

終わりなき戦火　老人と宇宙《そら》6

登場人物

ハリー・ウィルスン………コロニー防衛軍（ＣＤＦ）の中尉
オデ・アブムウェ…………コロニー連合の外務省の大使
ハート・シュミット………アブムウェ大使の部下
レイフ・ダクイン…………チャンドラー号の操縦士。シュミットの友人
タイスン・オカンポ………コロニー連合の外務副長官
ヘザー・リー………………ＣＤＦの中尉
マサヒコ・オカダ…………カートゥームの元首相
リズ・イーガン……………ＣＤＦの大佐。ＣＤＦと外務省との連絡係をつとめる
エイベル・リグニー………ＣＤＦの大佐。イーガンの同期生
ダニエル・ローウェン……アメリカ合衆国の外交官。父親は国務長官
ターセム・ガウ将軍………コンクラーベのリーダーで創設者
ハフト・ソルヴォーラ……ガウの部下の顧問官。ララン族
ヴィナック・オイ…………コンクラーベ情報局長
リスティン・ラウス………コンクラーベ〈大議会〉の議長
ウンリ・ハド………………〈大議会〉のエルプリ族代表
トヴァン……………………〈均衡〉の指揮官。ララエィ族

精神の営み

安らかに旅立った友人のジョン・アンダースンと、
彼と親しかったすべての人びとに。

さあ音楽を奏でよう。

1

さて、ぼくがどうやって箱の中の脳になったかを話さなければ。

うーん。まあ、出だしは少しばかり暗い話になりそうだ。

おまけに、厳密に言うと、やつらがどうやったのかを知っているわけでもない。目を覚まして肉体のない脳になっていたとき、ぼくが興味をもつかもしれないと、やつらが手順を解説する案内ビデオを見せてくれたわけじゃないんだ。〈ここで血管と末梢神経をすべて切断しました〉ビデオにはこんな解説が入るだろう。〈それからこのようにして頭蓋と脊柱をはずし、あなたの脳に思考を探知するための上等な小型センサーをぎっしり詰め込んだのです。よく聞いてください、あとでテストがありますから〉

やれやれ、我ながらほんとにへたくそだな。

ぼくは作家ではないし演説家でもない。お話をするのが仕事ではない。本職は宇宙船の操縦士なんだから、その点はわかってもらわないと。コロニー連合からなにがあったのか話してくれと頼まれたのは、その情報が役に立つと思われているからだ。いいとも、やるよ、喜んで協力する。だけど、ほら、古典文学みたいなわけにはいかない。話はあっちこっちへ飛ぶはずだ。途中で迷子になって、どこかへ引き返して、それからまた迷子になったりするかもしれない。なにしろ頭で思いつくまましゃべってるから。

うん、これはただの隠喩《いんゆ》だ。ぼくにはもう頭はない。きっと焼却炉かなにかに放り込まれたんだろう。

なにが言いたいかわかるかな？

これを筋のとおったものにするためには、だれかが手を入れなければならないはずだ。だから、そのだれだかわからないコロニー連合の編集者に、ここであいさつして、ついでにあやまっておく。誓って言うけど、ぼくはきみに面倒をかけようとしているわけじゃない。自分がどんなことを求められているのか、どんなふうにしてほしいと思われているのかわからないだけだ。

とにかくぜんぶ教えてくれ、と言われた。なにもかも記録するんだ。心配ない。あとはこちらで整理するからと。そこできみが登場するんだろうな、だれだかわからない編集者さん。楽しい原稿整理。

いまこれを読んでいる人がいるとしたら——きっとその編集者がすばらしい仕事をしてくれたんだね。

どこから始めよう？　ぼくのこどものころの話なんかだれも興味ないだろうな。ありきたりの幸せに満ちた、さしたる事件のない日々で、両親も友人たちもまっとうだった。学校生活も平凡きわまりなく、ごくふつうの愚行とリビドーにまみれ、ときどき試験のための猛勉強がはさまっていただけ。正直なところ、そんなものはだれも聞きたがらない。ぼくだって聞きたくないし、そもそも自分で体験したことだ。

だから、仕事の面接のところから始めるとしよう。

うん、出だしとしてはちょうどいい。あの面接で手に入れた仕事のせいで、ぼくは頭のいいびっくり人間になったんだ。

いまにして思うと、あんな仕事は引き受けなければ良かったような気もする。

そうそう、名前を言っておかないと。記録のために。

名前はレイフ。レイフ・ダクイン。

ぼくはレイフ・ダクイン、箱の中の脳だ。

やあ。

そもそもあの面接を受けたのは、大学時代の友人、ハート・シュミットのせいだった。彼はコロニー連合の外交官として働いていて――常々思っていたけど、あれは感謝されない仕事の代表格じゃないかな――ちょっとした空き時間にフェニックス・ステーションのバーでチャンドラー号の副長と話をしたらしい。チャンドラー号というのは定期的にフェニックスとハックルベリーとイアリのあいだを三角形に運行している交易船だ。名誉ある職務とは言えないかもしれないけど、仕事は仕事。だれもが華々しい地位につけるわけじゃない。

とにかく、そのときのやりとりで副長は、フェニックス・ステーションで一団の法執行官タイプの出迎えを受けたことについて不満をもらしていた。チャンドラー号の操縦士のひとりが惑星フェニックスでちょっとした副業に手を染めていたらしく、くわしいことはよくわからないけど、ゆすり、脅迫、賄賂《わいろ》、それと、ひとつだけ同類とは言いにくい、重婚がからんでいたようだ。要するに、チャンドラー号は操縦士がひとり不足していて、早急に補充する必要があったわけだ。

それはありがたい話だった。なぜなら、ぼくは操縦士で、仕事を必要としていた。しかも早急に。

「これによると、操縦士になるまえはプログラマだったんだな」副長はぼくの職歴を見ながら言った。場所はフェニックス・ステーションにあるハンバーガー屋。ハートから仕事の話を聞いて、ぼくは大急ぎで惑星からあがってきたところだった。あそこのハンバーガーは伝説級だけど、料理に感動するために足を運んだわけじゃない。副長の名前はリー・ハンで、面接はかたちだけでしかないという顔をしていた。こどもたちのまえでかわいい仔猫を惨殺したと告白したりしないかぎり、仕事にありつけそうな気配だった。

「コンピュータ・エンジニアリングの学校にかよったんです」ぼくは言った。「卒業してからの二年間、エンジニアリングとプログラミングの仕事をしていました。就職先はアイア・システムズで、おおむね宇宙船の航行および保守用ソフトウェアを担当していました。チャンドラー号にもうちのシステムが入っているかもしれません」

「入ってるぞ」

「なんなら技術サポートもできますよ」これはジョークのつもりだった。

ハンに通じたのかどうかはよくわからない。「プログラマから操縦士への転身というのは珍しいな」彼は言った。

「プログラミングのおかげで操縦に興味をもったんです。プログラマとしては社交スキルがあるほうだったので、フェニックス・ステーションに配属されて、いろいろな船でソフトウェアのカスタマイズをしていました。船内で多くの時間を過ごして、乗組員たちと話をしたり、彼らが宇宙のどんなところで過ごしたかを聞かせてもらったりしました。そういうのを長く続けていると、デスクでコードを打ち込んでいるのが人生の多大なる浪費のように思えてくるんです。宇宙になにがあるのか見てみたかった。それで、がんばって操縦士の仕事の見習いを始めました。七年まえのことです」

「出世とは言えないな、給与の面では」

ぼくは肩をすくめた。そのしぐさは、ちょっとクールな感じの〝いや、ときにはお金より重要なものがあるんだよ〟に見えたと思う。〝いや、実は両親といっしょに住んでいて、だいぶ疎《うと》んじられるようになってきたから、どんな仕事でも受けるつもりなんだ〟には見えなかったと思いたい。まあ、どちらも事実ではあった。ほかに選択肢がないときには、いろいろなことがお金より重要になりうる。

両親のことを悪く言っているわけじゃない。ふたりはただ、はっきりさせておきたかったんだ——出世コースに乗った息子を支援するのと、仕事と仕事の合間に家でだらだらしている三十二歳の男を支援するのは別のことだと。両親はぼくを飢えさせるつもりはなかったかもしれないけど、快適に過ごさせるつもりもなかったんだ。

それはかまわない。ぼくが仕事にあぶれたのは怠けていたせいじゃなかった。

「この九カ月間は仕事をしていないと書いてあるが」

「ええ、乗る船がなかったので」

「説明したいか？」

まあ、ここを避けてとおるわけにはいかない。「悪い評判を立てられているんです」

「だれに？」

「ラスタン・フォールズ号のワーナー・オストランダー船長です」

ハンの唇にかすかな笑みが浮かんだような気がした。「続けたまえ」

「たいして話すことはありません。バイカル号で第二操縦士をつとめていたとき、第一操縦士が当分はどこへも移りそうになかったので、ラスタン号の第一操縦士になれるチャンスがあると聞いて飛びついたんです。そのときは知らなかったんですが、ラスタン号の操縦士が二年間に六人も替わっていたのには理由があって、それに気づいたときにはもう手遅れでした。結局、契約を破るはめになりました」

「高くついただろう」

「それだけの価値はありましたよ。ついでに、船を降りたとき、司厨長にぼくの母の名前を教えてやりました。母は労働問題専門の弁護士なんです。その後、オストランダーに対して集団訴訟が起こされましたが、はっきり言って、きわめて満足のいく結果になりました」

ハンはこれを聞いて明らかに笑みを浮かべた。

「ただ、そのせいで、オストランダーがぼくを操縦士として雇おうとする人たちにわざわざ警告してまわるようになりました。だれだってトラブルメーカーを雇いたいとは思いませんからね」

「ああ、そのとおりだ」ハンは同意し、ぼくは胸のうちでうめいた。これで仕事をつかむチャンスは消えたと思ったからだ。「実は、わたしもラスタン・フォールズ号に一年ほど乗り組んでいたのだよ、キャリアの初期に」

ぼくは目をしばたたいた。「そうなんですか？」

「ああ。きみが契約を破りたかった気持ちは理解できるとだけ言っておこう。いずれその訴訟についてくわしく聞かせてほしいものだ」

ぼくはにやりと笑った。「了解です」

「率直に言わせてもらうが、ミスター・ダクイン、これはきみのキャリアにとって後退になるだろう。第三操縦士だし、ありきたりな日用品の輸送業務でしかない。ここへ来て、ハックルベリーへ行って、イアリへ行くというのを繰り返すだけだ。刺激はないし、バイカル号にいたときと同じように、昇格のチャンスもほとんどない」

「では、こちらも率直に言わせていただきます。ぼくは重力井戸の底ですでに九ヵ月を過ごしてきました。ご存じでしょうが、これ以上長くむこうにいると、身動きがとれなくなってしまうんです。あなたは輸送業務で時間とお金をむだにしないために、すぐに新しい操縦士を必要としています。それはそうでしょう。ぼくのほうは、さっさとあの惑星から離れないと、オストランダーの悪評の影響を受けないところで、あらためて第一操縦士の座に挑むことができません。ぼくたちはどちらもピンチに陥っていて、おたがいを助けられる状況にあると思うんですが」

「わたしはただ、希望がすぐにかなうわけではないと念押ししたかっただけだ」

「幻想は抱いていません」

「けっこう。では、ここでの用事を片付ける時間を一日だけあげよう」

ぼくは手を伸ばして足もとの搭乗用バッグをぽんと叩いた。「用事は片付きました。あとは、友人のハートを見つけて、この面接の段取りをつけてくれた礼に一杯おごるだけです」

「それをさっさとすませられるなら、三十六番ゲートから二時間後に出発するチャンドラー号へのシャトルに間に合うぞ」

「乗ります」

「そうか、では」ハンは立ちあがり、片手を差し出してきた。「チャンドラー号へようこそ、操縦士」

ぼくはその手をとった。「ありがとうございます。乗船できてうれしいです」

ハートを見つけたのは三十分後。フェニックス・ステーションの反対側でひらかれていた、彼の上司であるアブムウェ大使のレセプションの席上だった。

「彼女は勲功賞を受賞したんだ」ハートが説明した。手にしたカクテルパンチは二杯目だったらしいが、さほどアルコールに強いほうではないので、もうほろ酔いかげんだった。しかも身につけているのは正式な外交官用の制服だ。なんだかドアマンみたいに見える。もっとも、こちらは過去一年のかなりの時間をスエットパンツ姿で過ごしていたのだから、人のことを言えた義理ではなかった。

「いったいどんな勲功を？」ぼくはたずねた。

「まず第一に、地球ステーションが襲撃されたときにスタッフ全員を生き延びさせた。地球ステーションのことは聞いてるか？」

ぼくはうなずいた。コロニー連合は悪いニュースが各コロニーの民間人たちに伝わるのをふせぐのが得意だけど、中には隠すのがむずかしいニュースもある。たとえば、地球の唯一の宇宙ステーションが正体不明のテロリストたちに破壊されて、外交団の精鋭を含む数千人の死者が出たとか、地球がその襲撃の責任をコロニー連合に負わせて、外交面および経済面の交流をすべて断絶したとか。

うん、あのニュースを隠すのはちょっとむずかしかった。

コロニー連合の公式声明でわかったのは、テロリストによる攻撃だったという部分だけで、それ以外については、かつての船員仲間やハートのような友人たちから教えてもらった。重力井戸の底で暮らしていると、聞こえてくるのは公式声明ばかりになりがちだ。そのいっぽうで、実際に星ぼしのあいだを渡っている連中は、もっといろいろなことを耳にする。自分の目で確かめられる連中に公式声明を信じ込ませるのはむずかしい。

「自力で生き延びたやつらもいた」ハリー・ウィルスンが言った。こちらはハートの友人で、ぼくはそのとき紹介されたばかりだった。ウィルスンはコロニー防衛軍《CDF》の一員だ。緑色の肌ですぐにわかる。それともうひとつ、たぶん百二十歳くらいなのにぼくの弟と同じくらいの歳に見えることとで。遺伝子操作された、いささか人間離れした肉体には、それなりのメリットがある――アボカドディップと同じ色になることをいとわなければ。「たとえば、あんたの友人のハートはここにいる。地球ステーションが文字どおりまわりで吹っ飛んでたときに、こいつは脱出ポッドにたどり着いて逃げ出したんだ」

「少し誇張してるな」ハートが言った。

「いや、あれは文字どおりあんたのまわりで吹っ飛んでた」

ハートは手を振って友人を黙らせ、ぼくに目を向けた。「ハリーは実際よりもドラマチックに聞こえるような話し方をしているんだ」

「すごくドラマチックに聞こえるよ」ぼくは認めた。

「宇宙ステーションがまわりで吹っ飛んでたんだぞ」ウィルスンはもう一度言って、後半の部分を強調した。

「地球へ降下していたあいだはほとんど意識がなかった」ハートが言った。「かえって良かったのかもしれないが」

ぼくは写真で見たことのあるアブムウェ大使のほうへ顎をしゃくった。彼女はレセプションホールの反対側にいて、出迎えの列の中で支持者たちと握手をかわしていた。「式典はどうだった？」

「悲惨だった」ウィルスンが言った。

「良かったよ」ハートが言った。

「悲惨だった」ウィルスンが繰り返した。「メダルを授与したやつは──」

「外務副長官のタイスン・オカンポだ」ハートが口をはさむ。

「──ひでえおしゃべり野郎だった」ウィルスンは続けた。「外交団では自分の声の響きが好きでたまらない連中とさんざん出くわしてきたが、あんなのは初めてだ。あいつとあの声は人前に出しちゃだめだ」

「それほど悪くはなかったよ」ハートがぼくに言った。

「あの野郎がしゃべっていたときのアブムウェの顔を見ただろう」ウィルスンがハートに言った。

「オカンポだ」ハートは外務副長官を〝あの野郎〟と呼ばれるのが不快そうだった。「外務省のナンバーツーだぞ。それに、大使の顔は別になんともなってなかったし」

「大使はたしかに〝お願いだから口を閉じて〟って顔をしてたんだ」ウィルスンはぼくに言

った。「嘘じゃない、おれは何度もあの顔を見てきたからな」

ぼくはハートに目を向けた。「それは事実だ」ハートは言った。「ハリーは大使の〝口を閉じろ〟という顔をたいていの人たちより頻繁《ひんぱん》に見てきた」

「噂をすればなんとやらだ」ウィルスンがそう言って、かすかに頭を動かした。「こっちへ来るぞ」ぼくが視線を移すと、コロニー連合のぱりっとした外交官用の制服を着た中年男が、若い女性を従えてこちらへ近づいてくるのが見えた。

「ひでえおしゃべり野郎？」ぼくはたずねた。

「オカンポ外務副長官だ」ハートが語気を強めた。

「同じことだ」ウィルスンが言った。

「みなさん」オカンポがぼくたちに近づきながら呼びかけてきた。

「どうも、オカンポ外務副長官」ウィルスンがすらすらと応じると、ハートがほんの少しとはいえ緊張を解いたように見えた。「われわれになにかご用でも？」

「いや、きみたちのむこうにパンチがあるので、グラスをひとつ取ってもらえるとありがたいんだが」

「わたしが取りましょう」ハートはグラスを取ろうとして、自分のグラスをあやうく落としかけた。

「ありがとう。きみはシュミットだね？　アブムウェ大使の部下の」オカンポはそう言ってから、ウィルスンに目を向けた。「きみは？」

「ハリー・ウィルスン中尉です」

「ほう」オカンポは感心したような声を出した。「地球ステーションが破壊されたときに合衆国国務長官の娘さんを救ったのはきみか」

「ダニエル・ローウェンですね。そのとおりです。彼女は一人前の外交官ですよ、言うまでもないことですが」

「言うまでもないことだ。しかし、ローウェンが国務長官の娘だという事実は害にはならない。そのおかげもあって、合衆国は地球上でコロニー連合と対話の意志をしめしてくれる数少ない国家のひとつになっているのだ」

「お役に立ててうれしいです」ウィルスンが言った。ハートがパンチを差し出した。

「ありがとう」オカンポはハートに言ってから、ウィルスンに注意を戻した。「しかも、きみは地球ステーションからミス・ローウェンを連れてはるばる地上までスカイダイビングを敢行したそうだね」

「そのとおりです」

「さぞかしすごい体験だったにちがいない」

「おぼえているのは、最後に〝べちゃっ〟とならないようにしていたことくらいです」

「当然だな」オカンポはそう言ってから、今度はぼくに顔を向け、礼装ではないことと足もとに搭乗用バッグがあることに気づいて、こちらが身分を明かすのを待った。

「レイフ・ダクインです」ぼくは空気を読んで言った。「パーティに押しかけてしまいまして」

「この男はわたしの友人で、たまたまステーションにいたんです」ハートが言った。「貨物船の操縦士です」

「ほう」オカンポは言った。「どの船かな?」

「チャンドラー号です」ぼくはこたえた。

「奇遇だな。わたしはチャンドラー号の搭乗券を予約してあるよ」

「そうなんですか?」

「ああ。ここ何年か休暇をとっていなかったから、一ヵ月かけてハックルベリーのコネティカット山地を歩いてみようと思ってね。かんちがいでなければ、そこがチャンドラー号の次の目的地のはずだ」

「外務省の船を使えばいいような気がするんですが」

オカンポはにっこりした。「残念ながら、外務省の船を専用タクシーとして使うのは見てくれが悪くてね。チャンドラー号は乗客用の船室をふたつ用意しているようだ。わたしとこちらのヴェラで」顎で補佐官をしめす。「その二部屋を確保した。どんな具合かな?」

「船室のことですか?」ぼくはたずねた。オカンポがうなずいた。「よくわかりません」

「レイフは一時間ほどまえに雇われたばかりでして」ハートが言った。「まだ船に乗ったこともないんです。一時間くらいあとのシャトルで出発することになっています」

「副長官の乗るシャトルと同じです」ヴェラがオカンポに言った。

「では、いっしょに初体験というわけだな」オカンポがぼくに言った。

「そういうことになりますね」ぼくは言った。「よろしければ、出発の準備ができたところで、ぼくがおふたりをシャトルゲートまでご案内します」

「ありがとう、助かるよ。準備ができたらヴェラから連絡させよう。ではそのときに、みなさん」オカンポはうなずき、パンチを手にぶらぶらと去っていった。ヴェラがそのあとを追っていく。

「すごく外交官ぽかったな」副長官がいなくなったあとで、ウィルスンがぼくに言った。

「爆発する宇宙ステーションから飛び降りたって？」ぼくは話題を変えた。

「おれが飛び降りたときにはそれほど爆発していなかったんだよ」

「そしてきみは脱出ポッドで寸前に逃げ出した」ぼくはハートに言った。「宇宙旅行に刺激を求めるなら、ぼくは明らかにまちがった道を選んでいるようだな」

「信じてくれ」ウィルスンが言った。「あそこまでの刺激はないほうがいい」

チャンドラー号には、事前に宣告されたとおり、刺激がなかった。

まあ、それがあたりまえだ。まえに話したとおり、チャンドラー号は三角形に運行していた。つまり、行き先となる惑星が三カ所あって、そのすべてがひとつまえの惑星で輸出される生産品をほしがっているということだ。たとえば、ハックルベリーは農業中心のコロニーだ——大陸のほとんどが温帯に位置しているので、人間のための農産物を育てるのに都合がいい。ぼくたちは小麦や、トウモロコシや、ガールフルーツや、それ以外の何種類かの作物を受け取って、それをイアリへ運ぶ。イアリの植民者たちはハックルベリーの農産物に高い金を払う。たぶん、そっちのほうが健康にいいとかなんとか思っているんだろう。理由はどうあれ、要望があるからぼくたちはそれをイアリへ運ぶ。引き替えに、イアリで豊富に産出されるさまざまな種類のレアアースメタルを船に積み込む。

今度はそれを、コロニー連合のハイテク製造業の中心地であるフェニックスへ運ぶ。そこでは、医療用スキャナや携帯情報端末《PDA》など、大量生産して輸送するほうが自宅のプリンタで作製するよりも安上がりなものをどっさり仕入れて、テクノロジー方面の生産拠点がかなり貧弱なハックルベリーへ運ぶ。洗って、すすいで、また最初から。三角形を正しい方向へまわりさえすれば金持ちになることができる。

でも、刺激はない。たとえどんなふうに〝刺激〟を定義しようとも。この三つのコロニーはどれも基盤がしっかりしていて守りも堅い。いちばん歴史の浅いハックルベリーでも設立から一世紀近くたっているし、フェニックスはコロニー連合のどの惑星よりも古くて防衛力も高い。だから、そこで商売をしても新世界探検とはならない。宙賊やそれ以外の悪党どもと出くわす見込みもない。奇怪な未知のエイリアンどころか、そもそもどんなエイリアンとも遭遇することはない。食料品や、鉱石や、いろいろな装置を運ぶだけ。こんなのは宇宙のロマンじゃない。宇宙における快適な日常生活だ。

とはいえ、そんなことはちっとも気にはならなかった。宇宙ならさんざん見ていたし、ときにはちょっとした刺激も味わった。バイカル号にいたときは、四日間ぶっ続けで宙賊に追われて積荷を捨てるはめになったこともあった。ふつうは。そうすれば、やつらがほしがるものがなくなるから、それ以上追われずにすむんだ。ごくたまに、積荷を捨てられた相手が腹を立てて、不快感をあらわすためにミサイルをこっちのエンジンに撃ち込もうとすることもあるけど。

だから、うん。ハリー・ウィルスンがほのめかしたように、刺激ってやつは過大評価されがちなんだよ。

とにかく、そのときのぼくは刺激なんかほしくなかった。ほしかったのは仕事だ。たとえそれが、チャンドラー号がすでにかぞえ切れないほど繰り返してきた旅のために航行システムのデータ処理をお守りする仕事だとしても、いっこうにかまわなかった。その任務をすっかりやり終えるころには、キャリアにまとわりつく悪評も消えているだろう。それもけっこうなことだった。

チャンドラー号自体はごくふつうの貨物船で、それはすなわち、コロニー防衛軍のフリゲート艦を輸送と交易用に再利用したということだ。もちろん、最初から貨物船として建造された船もあったけど、そういうのは高価で、大きな船会社が建造して使っている場合が多かった。チャンドラー号はその少人数のオーナーグループが所有する唯一の船だった。旧式のフリゲート艦をオークションで手に入れて、チャンドラー号へと改装したんだ。

面接にそなえてチャンドラー号について調べていたとき（調査は必ずしよう——ぼくはラ

スタン・フォールズ号のときにそれをおこたってツケを払わされた）、オークションに出品されたフリゲート艦の写真を見たんだけど、それは〝無保証〟で売りに出されていた。出品にいたるまでのどこかで、さんざん叩きのめされていたらしい。それでも、改装作業を終えてから、すでに二十年近く運行を続けていた。うっかりぼくを宇宙へこぼしてしまうことはなさそうだった。

オカンポ副長官とその補佐官（ようやくわかったラストネームはブリッグズ——副長官から聞いたのではなく、乗組員と乗客の名簿で知った）といっしょにシャトルに乗り込み、船に着いたところでふたりとは別れた。そのあと、まずはハンと直属の上司であるクラリン・ボルダック第一操縦士のもとへ出頭し、次いで補給係のサイデルのところで船室の割り当てを受けた。「運がいいわね」彼女は言った。「ひとりで船室を使える。少なくとも、イアリに着いて新しい乗組員を何人かひろうまでは。それからはルームメイトがふたりになる。いまのうちにプライバシーを満喫しておいて」

自分の船室へ行ってみると、そこは掃除用具入れくらいの広さだった。理屈のうえでは三人を詰め込むことはできるだろう。ただし、酸素が足りなくなりそうなのでドアを閉める気にはなれない。とはいえ、寝棚は選ばなければならなかったので、息をしやすそうなところにしておいた。

夕食の席で、ボルダックがほかの船員や各部門の責任者に紹介してくれた。

「空き時間に詐欺をはたらくつもりじゃないだろうね？」貨物主任補佐のチエコ・テレズが、

トレイを手に腰をおろしたぼくに問いかけた。

「身元調査はしっかりやった」ハンが彼女に言った。「問題はない」

「ジョークよ」テレズはハンに言ってから、ぼくに顔を向けた。「あんたの前任者のことは知ってるんだろ？」

「少しだけ聞きました」ぼくはこたえた。

「残念だなあ。いい人だったのに」

「ゆすりや賄賂や重婚にあえて目をつぶるならね」ボルダックが言った。

「あの人はあたしにはそんなことしなかった。だいじなのはそこよ」テレズはそう言ってから、笑顔でぼくをちらりと見た。

「ジョークなのかどうかよくわからないんですが」ぼくは正直に言った。

「チエコがジョークを言わないことはないわ」ボルダックが言った。「これでわかるでしょ」

「ちょっとしたユーモアが好きな人だっているんだよ」テレズがボルダックに言った。

「ジョークはユーモアとはちがうのよ」

「ふんっ」テレズは特に気分を害したようには見えなかった。たぶん、しょっちゅう軽口を叩き合う仲だったんだろうが、それは悪いことじゃない。船員たちが元気にやっているのは、楽しい船であるしるしだ。

テレズはぼくに注意を戻した。「あの外務省のお偉いさんたちといっしょのシャトルで来たんだろ？」

「そうです」ぼくは言った。

「ふたりはどうしてこの船に乗るのかあんたに話した？」

「オカンポ副長官がハックルベリーで休暇を過ごすんだそうです。この船がそっちへ向かうので、補佐官とふたりであいている船室を借りたとか」

「わたしだったらふつうに外務省の船を使うけど」ボルダックが言った。

「彼の立場でそういうことをすると見てくれが悪いと言ってました」

「たしかにそのことは心配なんでしょうね」

「サイデルがオカンポから聞いたところだと、なるべく目立たないように旅をして、自分の肩書きを引きずっている気分から逃れたいんだそうだ」ハンが言った。

「それを信じてるの？」ボルダックがたずねた。ハンは肩をすくめた。ボルダックはぼくに顔を向けた。「あなたはオカンポと話したんでしょう？」

「もちろん」ぼくは言った。

「筋のとおった説明に聞こえた？」

思い返してみると、オカンポは自分の声の響きが大好きなんだとウィルスンが言っていた。シャトルに同乗していたときも、礼儀正しいやりとりを終えたあと、オカンポはヴェラ・ブリッグズを相手にメモを口述していた。「まあ、目立たないことを好むタイプには見えませんでしたね」

「ひょっとしたら、あの補佐官といい仲になっていて、それを目立たないようにしたいだけなのかもよ」テレズが言った。

「いや、それはちがいます」

「なんでわかるの」

ぼくは肩をすくめた。「ふたりのどちらからもそういう気配は感じなかったので」

「で、あんたの気配を察知する能力はどれほどのものなわけ？」

「なかなかのものですよ」

「あたしからはどんな気配を？」

「あなたにはひねくれたユーモアのセンスがあります」

「その能力はちゃんとはたらいているようね」ボルダックが言った。

テレズはじろりとボルダックを見たが、無視された。「そもそも、休暇でハックルベリーへ行きたがる人がいるかな？　あたしたちはハックルベリーに行ったことがある。かぞえ切れないくらい。あそこには休暇を過ごす価値なんかないよ」

「コネティカット山地を歩いてみたいと言ってました」ぼくは言った。「どういう場所か知りませんけど」

「ジャケットを用意しているといいが」ハンが言った。「コネティカットがあるのは極地のほうだし、ハックルベリーの北半球はいまは冬だからな」

「トランクはいくつもありました。補佐官のヴェラは、副長官が必要な三倍の服を持ってきたとぼやいていましたし。ジャケットの一着や二着は入ってるんじゃないですか」

「そう願いたいものだ。さもないと残念な休暇を過ごすことになる」

でも、あとでわかったように、休暇なんかそもそもなかったんだ。


椅子から顔をあげると、タオ船長とリー・ハンがぼくを見おろしていた。タオがひどく腹を立てたような顔をしていたので、まず考えたのは――〝くそっ、今回はどんなヘマをやらかしたのかさえわからないぞ〟

次に頭に浮かんだのは、そもそもなぜ船長がここにいるのかという疑問だった。ぼくは第三操縦士なので、シフトは船長がふつうはデッキにいない時間帯になる。ぼくが操縦席にいるときには、彼女は眠っているかほかの職務をこなしている。それまで操縦を担当していた三日間についていえば、副長のハンが船長の席につき、ぼくは自分の席にすわっていただけで、ほとんどなにもしていなかった――フェニックス・ステーションからスキップポイントまでの航路はフェニックス・ステーションによって指定されていたから、やるべきことといえば、なにかの理由で船が漂流しないよう見張るくらいだったんだ。

そんなことは起きなかった。シフトのあいだずっと居眠りをしていたとしても、なにも変わらなかっただろう。

スキップまではあと十二時間。そのときが来たら、船長は本来の席につき、ボルダックは操縦を担当し、第二操縦士のシュライバーがそれを補佐して、ぼくは運が良ければ寝棚で眠っているだろう。いま船長がデッキにいるということは、なにか問題が起きているということ。船長がぼくの席のそばに立っているとすれば、その問題はぼくに関係があることかもしれない。いったいなんなのかは見当もつかなかった。さっきも言ったとおり、船はスキップにそなえて正しい位置にいた。ミスをする可能性は事実上なかったはずだ。

「なんでしょうか、船長?」ぼくは言った。よくわからないときは、命令を受けるつもりでいないと。

タオ船長がメモリカードを差し出した。ぼくはそれをぼんやりと見つめた。「メモリカードですね」

「これがなにかはわかってる」タオ船長は言った。「あなたに協力してもらいたいことがあるの」

「なるほど。どんなことですか?」

「あなたはプログラマとして本船の航行システムの開発をしていたのね? リーからそう聞いたけど」

「数年まえにやっていました」ぼくはちらりとハンに目を向けたが、副長の顔にはなんの表情もなかった。

「じゃあ、仕組みはわかっていると」

「最新バージョンのソフトウェアのコードをいじったことはありませんが、開発用の言語やコンパイラは同じです。理解するのに問題はないはずです」

「本船の航行システムには暗号化されたコマンドを受け付ける機能があるのね？　目的地を入力するときに、その内容をおおっぴらに明かす必要がないように」

「もちろん。標準機能です。軍用航行ソフトウェアには必ず組み込まれているので、たとえ艦船やドローンが拿捕《だほ》されても、つかまえた相手がその目的地を知るのは困難です。交易船でセキュアモードがめったに使われないのは、そんなことをしても無意味だからです。どのみちコロニー連合には航路を申告しなければならりません。彼らには行き先を知られているんです」

「このメモリカードには暗号化された目的地が入ってる。それを知ることはできる？」

「むりですよ。暗号化されているんですから」そう言ったとたん、自分の返事が〝人を見くだすオタク〟の口調になっていたことに気づいたので、急いで言葉を継いだ。「つまり、中身を知るには暗号化キーがいるということです。それがありませんから」

「システムにはキーがあるでしょう」

「ありますけど、システムはそれをぼくたちには教えてくれません。セキュアモードでなによりも重要なのは、航行コンピュータだけが行き先を知っているという点にあるんです」

「キーなしで解読できる？」

「暗号をですか？」ぼくがたずねると、タオはうなずいた。「時間はどれくらいもらえるんでしょう？」

「スキップまではあとどれくらい？」

ぼくはモニタを確認した。「十二時間二十三分です」

「その時間で」

「むりです。一カ月あればできるかもしれません。あるいは、船長にそのメモリカードをよこした人がそもそも暗号化システムに入るために使ったパスワードか生体認証かなにかがあれば」ぼくは身ぶりでカードをしめした。「それはチャンドラー号で暗号化されたものなんですか？」

「ちがう」

「それならもっと多くの時間が必要です、船長」

タオ船長はむっつりとうなずき、ハンに目を向けた。

「どういうことなのかきいてかまいませんか、船長？」ぼくは言った。

「だめ」タオ船長はそう言って、メモリカードをつかんだ手を突き出した。「この新しい目的地を航行システムに入力しなさい。作業がすんで新しい目的地が承認されたらハンに知らせて」

ぼくはカードを受け取った。「一分半ほどですみますよ」

「けっこう。とにかくハンに知らせて」タオ船長はそれ以上なにも言わずに去った。ぼくはハンに目を向けた。相変わらずその顔にはなんの表情もなかった。

「ミスター・ダクイン」オカンポ副長官が自分の船室のドアをひらき、通路にぼくが立っているのを見て声をあげた。「これは驚いた。どうぞ中へ」そしてぼくをとおすために脇へよけた。

　中に入ってみると、そこはぼくの船室の二倍くらいの広さがあった。つまり、掃除用具入れふたつ分ということだ。そのかなりの部分を占めていたのがオカンポの荷物で、ヴェラ・ブリッグズが言ったように、一カ月の旅行にしては多すぎた。もっとも、オカンポはファッションにこだわりのあるタイプに見えたから、それだけの荷物も珍しいことじゃないのかもしれなかった。

「狭苦しくてすまないね」オカンポが言った。

「ぼくの船室より広いです」

「そう願いたいものだ！」オカンポは声をあげて笑ってから、付け加えた。「気を悪くしないでくれよ」

「気にしてません」

「ヴェラがいなくて良かった。身動きひとつできなくなるところだ」オカンポはすごく小さなテーブルの脇の椅子にすわった。「さて、きみがここへ来た理由をあててみようか、ミスター・ダクイン。この数時間ほどのあいだに、船長が新しい目的地を指示するためにきみのところへやってきた。そうだろう？」

「そうかもしれません」

「たしかに、可能性の話だな。しかも、この新しい目的地は秘密にされていて、察するところ、きみやチャンドラー号のほかの乗組員たちは、この目的地とやらがどこなのか、なぜ自分たちがそこへ向かっているのか、なぜ船長はどこからもくるはずのない命令に従っているのかと、にぎやかに議論をかわしてきた。そんなところではないかね？」

「ええ、だいたいそんなところです」

「きみはほかの乗組員たちにうながされて、その件でわたしに会いに来たと。なにしろきみとわたしは同じシャトルでチャンドラー号へやってきたからね」

「ちがいます。たしかに乗組員たちは話をしています。でも、ここへ来たのはだれかに言われたからではありません。自分の意志で来ました」

「それは積極的すぎるか愚かすぎるかのどちらかだよ、ミスター・ダクイン」

「そのとおりです」

「両方少しずつかもしれない」

「そういう可能性もあります」

オカンポは声をあげて笑った。「わかっていると思うが、わたしが船長に行き先を教えられないとしたら、きみにだって教えることはできない」

「それはわかります。ここへ来たのは行き先を知るためではありません。理由を知りたいのです」

「理由か」

「はい。たとえば、なぜコロニー連合外務省のナンバーツーが、極地の山へ休暇に出かけるふりをして、そのために貨物船を使うのか――どこでだれと会って交渉するにせよ、正式な外交団と共に外務省の船で出かければいいだけなのに」

「ふむ」オカンポはしばし黙り込んでから言った。「自分ではうまくやったつもりでいたんだが」

「上出来でしたよ。ただ、船の外ではなく中にいるとちがって見えるんです」

「なるほど。すわってくれ、ダクイン」オカンポは自分の寝棚を身ぶりでしめした。ぼくは腰をおろした。「ここはひとつ仮定の筋書きとして話を進めるとしよう。それでかまわないかな？」

「もちろん」

「きみはコロニー連合の現状についてどんなことを知っている？」

「もう地球とはあまり良好な関係にはないようですね」

オカンポは鼻を鳴らした。「きみは意識してないだろうが、それは今年最高に控えめな表現だな。より正確に言うなら、地球はコロニー連合を心底憎んでいて、われわれを邪悪な存在とみなし、全員死んでくれと願っている。彼らにとってもっとも重要な宇宙への出発点だった地球ステーションが崩壊したのはわれわれのせいだと考えているのだ。われわれが手をくだしたのだと」

「実際はやっていないのに」

「ああ、もちろんやっていない。だが、あの攻撃で使われた船の多くはコロニー連合から略奪されたものだった。それくらいは聞いているだろう？　こういう貨物船が拿捕されて攻撃のために転用されたのだと？」

ぼくはうなずいた。よく耳にするデマのひとつだ。宙賊が、あるいは宙賊のふりをしただれかが貨物船を次々と奪っているが、その狙いは積荷ではなく船そのものにある。それらの船を使って、コロニー連合や、多数のエイリアン種族の巨大政治同盟であるコンクラーベ内のさまざまな標的を攻撃するつもりなのだと。

ぼくがそれをデマだと思ったのは筋がとおらないからだ。船が奪われたことじゃない――それが事実なのは知っていた。宇宙にいるやつならだれでも、行方不明の船に乗っていた知り合いがひとりくらいはいる。でも、貨物船を転用して攻撃に使うというのは意味がわからなかった。コロニー連合とコンクラーベを攻撃するならもっと簡単なやりかたがいくらでもある。

ところが、オカンポはそれがただの噂ではないのだと言っていた。ほんとうに起きていることなのだと。そんなことを聞いたら、コロニー連合の境界の内側で安全な輸送業務にたずさわっていられるのがますますありがたくなる。

ただし、ぼくたちはもはやその安全な輸送業務を続けているわけじゃなかった。

「船の出所がコロニー連合なら、コロニー連合が攻撃を仕掛けたように見える」オカンポは続けた。「それで、われわれと地球のほぼすべての国家との外交関係が完全に断絶した。すっかり拒絶されているわけではない一部の国家についても、接触にはとても慎重にならざるを得ない。ここまではわかるかな？」

ぼくはもう一度うなずいた。

オカンポもうなずいた。「となると、ミスター・ダクイン、考えてみたまえ——コロニー連合外務省でナンバーツーの男が、地球との閉じた外交関係をほんの少しでもこじ開けようとして、しかも関係する人びとに政治的なポーズをいっさいとらせずにすませようと思ったら、いったいどんな手を使うだろう？」

「休暇に出かけるふりをしながら、実際には交易船を徴用して、非公式な会合がひらかれる秘密の目的地まで運んでもらう、かもしれませんね」

「たしかに、それもひとつの手段かもしれない」

「でも、その船の船長はやはり説得しなければなりません」

「説得にはいろいろなやりかたがある。コロニー連合からの正式な要請というかたちだった場合、断れば、その船はコロニー連合が管轄するどの宇宙ステーションでもドッキングを拒否されることになる。つまり、コロニー連合の宙域にあるすべての宇宙ステーションということだ」

「船長が協力しなかったという理由で拒否されるんですか」

「まあ、おもてむきはいろいろな理由がつくだろう。ステーションによっても変わるし、状況によっても変わる。だが、実情としては、非協力的な姿勢に対するコロニー連合からの不快感の表明ということだ」

「船長にとってはうれしくないでしょうね」

「ああ、そうだろう」

「問題はそれだけではありません。船の所有者や乗組員たちは交易ルートをはずれることで損失をこうむることになります」

「そのようなことが起きた場合には、理屈のうえでは、船の所有者と乗組員たちに対してコロニー連合からあらゆる損失について充分な補償がおこなわれる。時間やそれ以外に発生した費用についても同様だ」

「ほんとうですか」

「ああ、ほんとうだ。こういうことをめったにやらない理由がわかるだろう。とてつもなく経費がかさむ」

「船長にぜんぶ話したんですか」

「どうだろうな。まあ、仮に話したとして、船長は喜んだりはしなかったと思う。自分の船についてあれこれ命令されるのを好む船長はいないからな。とはいえ、それについてはいまさらどうしようもない。きみはどんな気分だね、ミスター・ダクイン？」

「わかりません。なにが起きているか少しはわかったので、いくらかマシな気分でしょうか。とにかく、あなたの話が正しいとしてのことですが」

「わたしはなにも話さなかったぞ、ミスター・ダクイン。われわれは可能性について語り合っただけだ。そして、これはわたしには充分な可能性があるように思える。きみにも充分な可能性があるように思えるかね？」

　ぼくはあると思った。


次の日、ぼくは頭を撃たれた。

でも、そうなるまえに、まず寝棚から飛び出した。

寝棚から飛び出したことが重要なわけじゃない。重要なのはどうやって飛び出したかというところだ。ぼくは勢いよく押しやられ――より正確には、チャンドラー号が押しやられて、ぼくはほぼその場にとどまっていた。つまり、一瞬まえには体の下に寝棚があったのに、次の瞬間にはなくなって、それから空中を隔壁めがけて吹っ飛んでいったわけだ。

　これが起きたとき、ぼくはふたつのことを考えた。ひとつは、正直に言うとそれが脳の大半を占めていたんだけど、〝わあああああああ〟だった。なにしろ、まず空中に浮き、次いで壁に激突したんだから。

　もうひとつ、脳のもっと冷静な部分で考えたのは、船になにか深刻な事態が生じたということだった。チャンドラー号でも、ほとんどどんな船でも、人工重力フィールドはものすごく頑丈にできている。当然だ。さもなければちょっと加速しただけで人間の体がゼリーになってしまう。それだけでなく、このフィールドは船内の傾きや揺れを抑える役目も果たしている。要するに、船員たちが寝棚から飛び出すほど強く船を押しやるには、莫大なエネルギーが必要になるんだ。

さらに、寝棚から押しやられたとき、ぼくは落下していかなかった。となると、人工重力がはたらいていなかったことになる。なにかが起きて機能を停止したんだ。

結論——船がなにかに衝突したか、なにかに衝突されたか。

というわけで、脳のそれまで〝わあああああああ〟だった部分は、いまやこんな具合だった——〝ああくそっ、これでみんな死ぬ、みんな死ぬみんな死ぬもうだめだ〟

そのとき明かりが消えた。

ここまでが一秒ほどのできごとだった。

眠るまえにトイレをすませておいて良かったよ。

すぐに非常灯がついて、標準Gの二十パーセントにあたる非常用重力も作動した。充分な力ではないし、長く続くわけでもない。そのあいだに乗組員がいろいろなものを縛り付けて動かないようにするのが目的だ。船室内を飛び回っていた歯磨きのチューブや、解き放たれた衣服や、ぼく自身が、いっせいに床へ降下し始めた。ぼくは着地し、急いでズボンをはいて、船室のドアを開けた。

すぐにチエコ・テレズが通路を走ってくるのが見えた。

「なにがあったんです？」ぼくはたずねた。

「動力が落ちた」テレズはかたわらを走り抜けながら言った。「船がスキップしたら動力がバイバイ」

「はあ、でもどうして？」

「ちょっと、あたしはただの荷物運びだよ。ブリッジで働いてるのはあんただろ。そっちがあたしに教えてよ」そう言って、テレズは走り去った。

たしかにそうだ。ぼくはブリッジへ向かった。

途中でオカンポ副長官と出くわした。だいぶ混乱していて、あまり眠っていないようだった。「どうなってるんだ？」

「動力が落ちました」

「なぜそんなことに？」

ぼくは同じ会話をしたばかりだった。逆の立場で。「それを知るためにブリッジへ向かっているところです」

オカンポはうなずいた。「わたしもいっしょに行こう」それはあまりいい考えとは思えなかったけど、ぼくはうなずいて先を急いだ。オカンポは勝手についてくるだろう。

ブリッジは大忙しだったけど統制はとれていた。第一シフトの乗組員たちがそれぞれの持ち場からタオ船長に状況報告をあげ、船長がそれを受けて質問を返していた。ぼくはほんとうについてきたオカンポにうなずきかけてから、ハンのところへ向かった。

「きみは非番だろう」ハンがそばに来たぼくに言った。

「手伝いがほしいかと思いまして」

「操縦士なら間に合っている」ハンはボルダックを顎でしめした。

「ほかのことでもかまいませんが」

「いいだろう。ウォマックがセンサーのほうで手助けを必要としているかもしれん」ぼくはセンサー担当のシェリータ・ウォマックのところへ向かった。ハンはオカンポに注意を向けた。「あなたは本船の乗組員ではありません、オカンポ副長官。はっきり言えばじゃまになっています」

「わたしなら役に立つかもしれないと思ってね」オカンポが言った。

「いいえ。船室に戻ってください」

「待って」タオがふたりに顔を向けて言った。「副長官にはここにいてもらわないと。いろいろと質問したいことがあるんだけど、この人ならきっちり説明してくれるはず。動かないで、副長官」

「なんなりと、船長」オカンポが言った。

タオはこれには返事をしないで、ウォマックに注意を向けた。「センサー。報告を。スキップを終えたときになにかに衝突したのかどうか教えて」

「それはなさそうです、船長」ウォマックが言った。「なにかに衝突したのなら、わたしたちはとっくに死んでいるでしょう」

「衝突したものの大きさによりますよ」ぼくは言った。「ちっぽけな塵ならしょっちゅうぶつかっているんですから」

「そんなもので動力が落ちたりはしない」ウォマックは反論した。「船が針路からはずれることもないし」

「どれくらいはずれたの？」タオがたずねた。

ウォマックは肩をすくめた。「正確な数値は不明です。慣性センサーがすっかりおかしくなっていますし、船外の各センサーも同じ状況です。外になにがあるのかわからないんです、船長」

「各センサーが故障するまえは？」

「なんの反応もありませんでした。それまで真空しかなかったのに、次の瞬間には船体が揺れて動力が落ちたんです」ウォマックは口をつぐみ、彼女の診断スクリーンに表示されたなにかに眉をひそめた。ぼくは首を伸ばしてそれをのぞき込んだ。

「どうかした？」タオが言った。

「診断結果によれば船外の各センサーは正常に作動しているはずです」ぼくはスクリーンにならぶ数値を見ながら言った。

「でも、なんのデータも入ってこないんです」ウォマックが言った。「通信機器も作動しているはずなのに、まったく反応がありません」

「妨害されているのかも」ぼくは言った。

「そうみたいね」ウォマックはこたえて、タオに目を向けた。

ブリッジが静まり返った。タオはこの報告にうなずき、オカンポに注意を戻した。「どういうことか説明してもらえる？」

「できない」オカンポが言った。

「あなたは地球からの外交官たちと会うと言っていたはず」

「地球とコンクラーベの両方だ」オカンポはこたえた。それはぼくが聞いた話とは少しちがっていたけど、本人がぼくにはなにも話さなかったと言っていたのだからしかたがない。

「外交官がなぜこの船のセンサーを妨害するの？」タオがたずねた。

「妨害なんかするはずがない。われわれはここで合流するはずだった。彼らはわたしが来ることを知っていたし、この船で来ることも知っていた。危険な存在ではないとわかっているんだ」

「それなのに船のセンサーは妨害されて、わたしたちはここで目隠しをされたまま動けずにいる」

「宙賊かもしれません」ハンが口をはさんだ。

「いいえ。宙賊なら交易ルートを狙う。ここは交易ルートからはずれている。今回のルートは目的地が秘密のままで、わたしたちがそこへ行くことを知っているのはオカンポ副長官の外交関係の友人たちだけのはず。そうでしょう、オカンポ？　この旅は最高機密とされているのよね？」船長があえて強調した言葉が皮肉なのは明らかだった。

オカンポはこの質問の流れに居心地が悪そうだったが、どうにか返事をした。「コロニー連合の外交任務にまつわる情報はこの一年ほど漏洩しやすくなっている」

「どういう意味？」

「つまり、外務省にはスパイがいるのかもしれないんだ。わたしは今回の情報が漏れないようにあらゆる予防措置を講じた。どうやら充分ではなかったようだ」

「外務省にスパイが？　どこのスパイ？　コンクラーべの？　地球の？」

「どちらかだ。でなければ、ほかのだれかのスパイだな」

「ほかにだれが？」

オカンポは肩をすくめた。タオは見本になりそうなほどの嫌悪をあらわにした目で彼をにらみつけた。それからウォマックとぼくに顔を戻した。「動力が落ちるまで、センサーにはなんの反応もなかったのね」

「ありません、船長」ウォマックがこたえた。「スキップポイントまでは空っぽの宇宙空間が広がっていました」

「船外センサーにはまだ反応がないと」

「はい、船長。正常に作動しているはずなんですが。ただ反応がないんです。理由はわかりません」

タオはハンに顔を向けた。「だれかをエアロックへやって、クソな出入口から外の様子をのぞかせて」

ハンはうなずき、ヘッドセットで短く指示を出した。おそらく下のデッキのどこかで乗組員がエアロックへ向かうのだろう。「ただちに警護部隊を編成するべきです、船長」ハンは指示を終えたあとで言った。

「外にいるだれかが船内へ乗り込んでくると考えているのね」

「そうです。船長がおっしゃったように、今回の相手はふつうの宙賊ではありません。チャンドラー号にあるもので彼らにとって唯一価値があるのは、チャンドラー号そのものだと思います」

「いいえ」タオはそう言って、オカンポに目を戻した。「ほかにもある」

ウォマックのコンソールでポーンと音がした。ぼくたちは同時にそちらへ目を向けた。

「どうしたの？」タオがたずねた。

「外部からの信号です」ぼくはこたえた。

ウォマックがヘッドセットを取りあげた。「船長を指名しています」彼女は一瞬おいてタオに告げた。

「スピーカーで流して」タオは言った。ウォマックが回線を切り替え、船長にうなずきかけた。「こちらはイライザ・タオ船長」

「タオ船長、メリエラックス・シリーズ・セブンの三基のミサイルがきみの船をロックオンしている」声が告げた。キンキンして耳障りで、明らかに合成された音声だった。「最初のミサイルは船体中央部に命中して爆発する。チャンドラー号の構造全体でもっとも脆弱な部分だ。これで船体が完全に破壊されることはないが、大勢の乗組員の命が失われ、エンジンがむきだしになって、そこに二基目のミサイルが命中する。船体の三分の二が瞬時に雲散霧消し、乗組員はほぼ全員が絶命する。三基目のミサイルは総仕上げのためだ。

きみの船は交易船なのでまともな防御能力はない。たとえあったとしても、そちらの船外センサーは妨害されている。通信もやはり妨害されているし、どのみち、民間用であれ軍用であれ宇宙ステーションは何光年も彼方だ。スキップドローンの発射装置はすでに粒子ビームの標的になっている。船の動力は落ちていて、まだわかっていないとしてもいずれわかることだが、非常用バッテリが切れるまでに復旧させることはできない。たとえわれわれのミサイルの標的になっていなかったとしても、きみも乗組員たちもいずれ凍死し、それをまぬがれた者は窒息死する」

「言っておくけど――」

「もう一度口をはさんだら、われわれはミサイルを発射する」

タオは口を閉じた。

「これは交渉や協議ではない」声が続けた。「きみと乗組員たちがこれからの数時間を生き延びるためになにをしなければいけないかを伝えているのだ。

では説明しよう。まずエアロックを開けて外部から入れるようにしたまえ。乗組員はすべて貨物庫に集めること。われわれはきみの船に乗り込んでそれを制圧する。乗船したときにだれかが貨物庫の外にいた場合は、船を乗組員もろとも破壊する。だれかがわれわれを攻撃しようとしたり、われわれが船を制圧するのを妨害しようとしたりした場合も、船を乗組員もろとも破壊する。きみたちが船を放棄しようとした場合は、すべての救命ポッドを標的として破壊し、船とそこに残る乗組員をまとめて破壊する。きみや乗組員たちが貨物庫に集合して次の指示を待つ以外のことをした場合は、船を乗組員もろとも破壊する。

いまから五分以内に、以上の指示を了解した旨の合図をすること。その後、一時間以内にそれらの指示をすべて履行した旨の合図をしたまえ。その両方の合図がなかった場合、きみの船は乗組員もろとも破壊されることになる。

以上だ」

「いまの通信回線はまだつながってる？」タオがウォマックにたずねた。

ウォマックは自分のパネルを見つめた。「はい。これ以外はすべて妨害されたままです」

タオはオカンポに顔を向けた。「こいつらはあなたの友人ではないんでしょうね」

「ちがう」オカンポが言った。「彼らがこんなやりかたでわれわれを出迎えるはずがない」

「で、あなたの友人たちはどうなったと思う？」

「わからない。彼らも同じように攻撃を受けた可能性は高い」

「選択肢は」タオはハンに顔を向けて言った。

「ミサイルにまつわる話が真実なら、選択肢はありません」ハンがこたえた。「彼らの言うとおりです。本船にはまともな防御能力がないのです。逃げ切るのもむりです。たとえ非常用動力をすべて生命維持に振り向けたとしても、それほど時間はありません」

「ミサイルにまつわる話が真実ではないとしたら？」

「その場合は、救命ポッドを発射して、敵が乗り込んできたら戦い、必要とあらばわれわれの手で船を破壊します。やつらをぶっ倒してやりましょう」

「戦いましょう、船長」ぼくは言った。なぜそんなことを口走ったのかはわからない。それまでは戦うことなど考えていなかったのに。いきなり頭に浮かんだんだ。リー・ハンが言ったように——敵をぶっ倒してやろうと。たとえ棒きれで戦うことになるとしても、なにもしないよりはマシだ。

ブリッジを見渡すと、みんながうなずいていた。全員が戦うつもりだった。

タオはぼくに向かって、あなたの意見に感謝すると言うように笑顔でうなずきかけた。それから、笑みを浮かべていないハンに顔を戻した。「とはいえ」

「とはいえ、敵は本船の動力をわれわれには見当もつかない方法で停止させました」ハンが口をひらいた。「しかも本船の通信機器と船外センサーを妨害しています。とすれば、やつらはまだ切り札を隠しているはずです。たとえそうでなくても、ここで敵と戦って撃退したら、犠牲者が出て、船はさらに損傷を受けるでしょう。全員が生き延びるだけのために救命ポッドに乗るはめになるのです。その場合、正体不明の敵は」——ハンは身ぶりで外にいる襲撃者をしめし——「やはりもぬけの空になった船を奪うことができます。その場合、われわれは無意味にすべてを危険にさらすことになります」

タオは当直の操縦士であるボルダックに顔を向けた。「この場からスキップで脱出できる可能性は？」

「むりですね」ボルダックがこたえた。「この星系に入ったときに惑星が近くにありました。最高の条件がそろったとしても、スキップ可能な距離まで離れるには三日かかります」

「どのみちエンジンが動かなければスキップはできません」ハンが言った。

るでしょう」


「いつ動かせるようになるの？」タオがたずねた。

「エラー機関長は二十時間と見込んでいます。非常用動力が切れるのは六時間後。やはり救命ポッドに乗り込むしかありません。さもなければ動力が完全に復活するまで呼吸困難にな

「どうころんでも、わたしたちは船を失うことになると」

ハンはほんの一瞬だけ間をおいてこたえた。「現実的には、そのとおりです。たとえ襲撃者たちがなにもしてこないとしても、われわれは乗組員のほぼ全員を救命ポッドに乗せなければなりません。そして、襲撃者たちがなにもしてこないという想定は現実的とは思えません。すでにこれだけのことをしたのですから」

タオはいっとき無言ですわっていた。オカンポとブリッジにいるほかの人びとは、返答の期限が迫ってくるのを意識しながら待った。

「くそっ」タオがつぶやき、ウォマックにうなずきかけた。「むこうの条件を了解したと伝えて。エアロックは一時間以内に開ける。乗組員を貨物庫に集めたら合図をすると」

ウォマックは目をしばたたき、ぐっと唾をのんで、うなずいた。そして自分のコンソールに向き直った。

タオはハンに顔を向けた。「乗組員たちに伝えて。期限が迫っていると」ハンは行動を開始した。

そのあと、タオはオカンポに目をやった。「さて、ミスター・オカンポ。あなたの依頼を

断るべきだったという気がしてきましたよ」オカンポは返事をしようと口をひらいたが、タオはすでに彼を無視していた。

タオ船長に近づいてきた三体の生物は、黒ずくめで、武装していて、膝が逆の方向に曲がっていた。一体は拳銃のようなものを持っていて、ほかの二体はもっと長さのある、自動小銃らしき武器をたずさえていた。背後に控えるもっと大勢のエイリアンの集団が、貨物庫の中で扇状に広がり、ぼくたちチャンドラー号の乗組員に向かって発砲しやすい態勢をととのえていた。こちらは六十人ほどで、まったく武装していなかった。敵がその気になれば、全員を片付けるのにさほど時間はかからないだろう。

「あいつらなんなの?」チエコ・テレズが小声でぼくにたずねた。集まった乗組員たちの中で、彼女はぼくのとなりに立っていた。

「ララエィ族です」ぼくはこたえた。

「友好的じゃないね。いや、この連中のことは抜きにしても」

「そうですね」コロニー連合は個々の戦闘について熱心に宣伝したりはしなかったけど、ぼくの知るかぎりでは、この十年かそこらのあいだに、一度ならずララエィ族を手ひどくやっつけていたはずだった。ぼくたちにとってうれしい結末が待っていると考える理由はどこにもなかった。

三体のララエィ族がタオ船長のそばまで来た。「そちらの操縦士を教えろ」中央のララエィ族が言った。発せられたのは彼らの言語で、服に留めてある小型の装置によって翻訳されていた。

「理由を教えて」タオが言った。

そのララエィ族は武器をかまえ、船長といっしょに立っていたリー・ハンの顔面めがけて発砲した。ハンの体は低重力の中で浮きあがり、長い時間をかけてデッキに倒れた。

「そちらの操縦士を教えろ」乗組員たちからわきあがった叫び声がおおむね静まったところで、ララエィ族がもう一度言った。

タオは黙ったままだった。ララエィ族がふたたび武器をかまえ、今度は船長の頭に狙いをつけた。ぼくはまえに進み出ようとした。それを察したのか、テレズがいきなりぼくの腕をつかんだ。「バカなことをしないで」彼女は小声で言った。

「やめたまえ」だれかが言った。声のしたほうを見ると、そこにオカンポ副長官がいた。彼はチャンドラー号の乗組員たちから離れて進み出た。「そんなことをする必要はない、トゥヴァン指揮官」

ララエィ族が頭を回してオカンポを見た。タオもそちらへ目を向けた。船長も、ぼくと同じように、オカンポがそいつを名前と階級で呼んだことに気づいたのだろう。

「オカンポ副長官」トゥヴァンは頭をうなずかせてあいさつをした。「すまないが操縦士がだれなのか教えてくれ」

「もちろん」オカンポはそう言って、乗組員たちの中にいるぼくをまっすぐ指さした。「その男だ。連れていきたまえ」

二体のララエィ族がグループから離れてぼくに近づいてきた。テレズがぼくのまえに進み出た。ララエィ族の片割れが彼女に向かって武器をかまえた。「このクソ野郎」タオがオカンポに向かって叫び、チャンドラー号の乗組員たちがいっせいに騒ぎ始めた。

「静かに」オカンポが大声で言った。彼はその声を明らかに自慢にしていた。長年にわたり外交の場でスピーチを繰り返してきたことで磨きをかけられた、人びとがその言葉に耳をかたむけるのを当然とみなしている声。

たしかに効果はあった。ぼくをとらえようとしていたララエィ族さえ、足を止めてオカンポに顔を向けた。

オカンポは片手をあげていっそうの静粛を求めた。乗組員たちの騒ぎは低いつぶやきへと変わった。

「きみたちは生き延びる」オカンポは朗々と言った。「もう一度言う――きみたちは必ず、生き延びる。だが、それはここでわたしの話を聞いて言われたとおりにした場合だけだ。だから聞いてくれ。静かに」

チャンドラー号の乗組員たちはすっかり静まり返っていた。

「リー・ハンが亡くなったのは残念だった。ララエィ族の指揮官たちは命令したときに異議を唱えられたり拒否されたりすることに慣れていない。きみたちが抵抗したり命令にそむいたりしないかぎり、これ以上死人が出ることはないのだ。きみたちから見ればこれは略奪行為であり反逆行為でもあるだろう。断言するがそれはまったくの見当ちがいだ。残念ながらこれ以上の説明をしている時間はない。

さて。わたしはチャンドラー号と操縦士をひとり必要としている。すでに船は占拠しているし、ここでミスター・ダクインも手に入れる。残りの人たちについては、じきにチャンドラー号の救命ポッドに乗ってもらう。救命ポッドがすべて発射されて、チャンドラー号がスキップをしたらすぐに――いまから三日後だな――緊急用のスキップドローンがフェニックス・ステーションとコロニー連合へ送り出され、この星系ときみたちの救命ポッドの正確な座標を伝えるだろう。知ってのとおり、コロニー連合はこのような救助任務にそなえて、複数の艦船をスキップ可能な位置に待機させているのだ。

というわけで、きみたちは余裕をもって救助されるだろう。四日後、長くても五日後には救助が来る。救命ポッドは満載であれば七日間使える。きみたちは余裕をもって救助されるだろう。

もう一度言う――きみたちは生き延びる。だが、そのためには抵抗してはいけない。戦ってはいけない。異議を唱えてもいけない。そういうことがあったら、ここにいるラレィ族はためらうことなくきみたちを殺すだろう。きみたちには家族や友人と再会してもらいたい。ぶじにコロニー連合の宙域へ戻ってもらいたい。わたしがきみたちの帰還を手助けするのに協力してほしい。さあ始めよう」

「あなたを信用できない」タオが大声でオカンポに言った。

「むりもないな」オカンポはそう言って、トヴァンにうなずきかけた。

そのララエィ族は船長のひたいを撃ち抜いた。タオはくずおれ、死んだ。

オカンポは悲鳴が静まるのを待った。「さっきも言ったが、異議を唱えてはいけない。ではララエィ族の指示に従ってくれ」彼はチャンドラー号の乗組員たちに背を向け、トヴァン指揮官についてくるよう身ぶりでしめした。

二体のララエィ族はさらにぼくに近づいてきた。テレズが戦おうと身構えた。

「よせ」ぼくは彼女に言った。

「やつらはあんたを殺すつもりだよ」テレズが言った。

「あなたが止めようとしたら、彼らはあなたを殺しますよ」ぼくは指摘した。

「どうせみんな死ぬんだ」

「いちかばちか救命ポッドに賭けてください」ララエィ族がそばまで来たとき、ぼくはテレズの肩に手を置いた。「ありがとう、チエコ。ぼくのために戦おうとしてくれたことには感謝します。ほんとうに」

「でも、あんただってあたしのために戦ってくれるだろ?」

「ええ。いままさにそれをやっているところです」ぼくはララエィ族にうなずきかけて、用意はできたと伝えた。一体に肩をつかまれ、いっしょにテレズやチャンドラー号の乗組員たちのあいだから歩き出した。

ほとんどは知らない人たちばかりだった。

ぼくは自分だけが生き延びられることに早くも罪の意識をおぼえていた。

近づいていくと、オカンポ副長官がトヴァンと話しているのが聞こえてきた。「船体にどれくらいの損傷をあたえた？」彼はラエィ族にたずねた。

「ごくわずかで、船の構造に影響をおよぼすものではない」トヴァンが言った。「一部のシステムを妨害して無効化しただけだ」

「けっこう。チャンドラー号の機関長は、動力を回復させるには二十時間かかると言っていた。きみたちでも同じ時間でできるか？」

「もっと短い時間でいける。われわれはこういうことには経験豊富なのだ、副長官。知っているだろう」

「たしかに」

「きみと常に行動を共にできるようになって良かった」

「ありがとう、トヴァン指揮官。まったく同感だ」

「ほかの乗組員たちをどうしたい？」

「救命ポッドに乗せてやると伝えた。そのとおりにしよう」

「救命ポッドを失うのは残念だな」

オカンポは肩をすくめた。「現実にポッドが必要になることはないのだろう？」

「ない」

「それならなにも失うわけではない。ただ、忘れてはいけないことがある。救命ポッドをどれかひとつ破壊しておくんだ。わたしの死体が回収されないことにそれらしい説明が必要になるからな。救命ポッドが破壊されていれば役に立つだろう」

「当然だ。きみは補佐官を連れているな？　あの女は救命ポッドに乗るのか？」

「救命ポッドに乗るかわれわれといっしょに来るか選ばせよう。救命ポッドは良くない選択だということをどの程度ほのめかすかはきみ次第だ」

「あの女は知らないのか？」

「この件について？　知らないさ。秘密にしていたじゃないか」

「われわれといっしょに来いと命令するとしよう。そのほうがややこしくない」

「まかせるよ」オカンポはララエィ族の肩をぽんと叩いて話を切り上げた。トヴァンはチャンドラー号の乗組員を追い立てるための指揮に取りかかった。オカンポはぼくに注意を戻した。

「さて、ミスター・ダクイン」オカンポは言った。「今日はきみにとって幸運な日だ。とりあえずこの日を生き延びることができる」

「緊急用のスキップドローンなんてないんですね？」ぼくはたずねた。

「それは、コロニー連合にチャンドラー号の乗組員について伝えるという件かな？」

「ええ」

オカンポは首を横に振った。「そのとおり。ドローンはない」

「じゃあ、乗組員をみんな救命ポッドの中で窒息死させるつもりですか」

「それがもっとも可能性の高い筋書きだろう。この星系には住民がいないからね。よそのだれかが一週間以内にとおりかかることはなさそうだ。あるいは一年でも」

「なぜ？　なぜこんなことを？」

「わたしが裏切り者になったように見える理由かね？」

「まずはそこです」

「話せば長くなるがそんな時間はない。要するに、ほんとうに重要なのは人がなにに対して忠実であるべきかということだ——コロニー連合か、あるいは人類か。むろん、このふたつは同じものではない。わたしは人類に対して忠実であることを第一に考えるようになったのだ。コロニー連合の時代は終わろうとしているのだよ、ミスター・ダクイン。わたしはそれが終わるときに人類が道連れにされないよう努力しているにすぎない」

「人類に対して忠実だというなら、それを証明してください」ぼくはチャンドラー号の乗組員たちを身ぶりでしめした。「みんな人間なんですよ、オカンポ副長官。彼らを救ってくださ い。スキップドローンをフェニックス・ステーションへ送り出して、みんなの居所を伝えるんです。救命ポッドの中で死なせたりしないで」

「乗組員たちを救おうとするとは立派なことだ。その願いにこたえられたらと思うよ、ミスター・ダクイン。心からそう思う。だが、さしあたり、わたしが彼らをほうり出したことをコロニー連合に知られるわけにはいかないのだ。わたしも死んだと思ってもらわないと。そうではないという報告をする者がいては困る。すまない」

「操縦士としてぼくが必要だと言いましたよね。みんなを助けないかぎり協力はしません」

「いずれ気が変わるだろう」オカンポはそう言って、一体のララエィ族にうなずきかけた。

両足をさっとなぎ払われて、ぼくは貨物庫の床に勢いよく倒れ込んだ。

後頭部になにかが押しつけられた。銃のような感触だった。

発砲の振動と同時に、頭蓋のうしろになにかが当たるのを感じた。

そのあとのことはなにもおぼえていない。

2

　さて、いよいよぼくが箱の中の脳になったときの話をしよう。

　最初のところはなにひとつおぼえていない。電気スタンガンみたいなもので至近距離から後頭部を撃たれて、ぼくは気を失った。そのあと、ララエィ族の船に運び込まれ、なにかの医師（せめて医師だったと思いたい）の手で医学的に昏睡状態へ導かれた。プロセスの第一段階だ。船が三日後にスキップしたときもずっと意識がなかった。目的地に着いたときも意識は戻っていなかった。

　次の段階でも、ありがたいことに、ずっと意識はなかった。

　そのあとは回復期間で、これはけっこう長かった。まあ、ちょっと考えてみればわかることだと思うけど、人間の脳を頭から取り出して箱の中で生かしておけば、その脳には少なからぬトラウマがもたらされる。

　そんなこんなで、ぼくは十八日間ずっと意識を失っていた。

　失っていたというのは、ほんとうになにもなかったということだ。夢も見なかった。なぜ夢を見なかったかというと、厳密には眠っていなかったからだと思う。ぼくの身に起きていたのは眠りとはちがう。眠りというのは、脳が刺激の多い一日を終えて休息と整備のために実行する。ぼくの身に起きていたのはまったく別のことだ。眠りが穏やかな池で気楽に泳ぐようなものだとすれば、ぼくがやっていたのは陸地から遠く離れた嵐の海のただ中で水面に浮上するための闘いだった。

　ぼくは夢を見なかった。たぶんそのほうが良かったんだろう。

　あの段階で意識が戻ったのは一度だけ——とにかく、記憶にあるのは一度だけだ。意識を泥の中から荒っぽく引きずり出されたような気分で、〝両脚の感覚がない〟と思ったのをおぼえている。

　そのあと——〝どこもかしこも感覚がない〟と気づいた。そしてまた泥の中へ。

　次に意識を取り戻したときは感じるものがあった。

　はっきり言って、あれは生まれてこのかた最悪の頭痛だった。

　どうすればうまく説明できるだろう。想像してほしい。二日酔いのうえに偏頭痛をかかえたまま、幼稚園ですわり込み、わめき散らす三十人のこどもたち全員から、かわるがわるアイスピックで目を刺されそうになっている感じ。

　それの六倍ひどい。

　頭痛のほとんどはそんな調子だった。

　身じろぎひとつせずにじっと横たわり、目を閉じて、死なせてくれと祈ることしかできないような頭痛。そのせいで気づくのが遅れたことがいくつかあった。

まず第一に、そこはとてもありえないほど真っ暗だった。

目を閉じてみてほしい。いますぐに。そこは完全な暗闇になっているか？

いま気づいたけど、きみが言われてすぐに目を閉じていたら最後の質問は読めなかったはずだな。まえにも書いたとおり、ぼくは作家じゃないんだ。

やり直そう——一分だけ目を閉じてほしい。目を開けたら、閉じていたときにそこが完全な暗闇だったかどうか自問してくれ。

答は、そう、暗闇じゃなかったはずだ。明かりのある部屋かどこかにいたのなら、光の一部がまぶたの隙間から忍び込んできただろう。暗い部屋にいて、これをスクリーンで読んでいたのなら、網膜にスクリーンの残像が残っていただろう。暗い部屋で、これが読みあげられるのを耳で聞いていたとしても、物理的に存在するきみの目が最終的にはなにかを起こす。目をこすれば、視神経が圧迫されて幻のような像や色が脳内に出現する。

暗闇というのはけっして完全かつ逃れようのない暗さではないんだ。

でも、あのときの暗闇はそうだった。

光がなかったんじゃない。あらゆるものがなかった。

暗闇についてそのことに気づいたとたん、静寂についても同じことに気づいた。完全な静寂なんてものはない。なにかしら物音はしている——たとえそれが内耳の渦巻き管の中にならぶ毛がたてる幻の雑音だったとしても。

あのときあったのは完全に澄み切った虚無だけだった。

それから、口の味を感じないことに気づいた。

そんな目で見ないでくれ。たとえきみを見ることができなくても、きみがどういう目でぼくを見ているのかはわかるんだ。

いいか。常に口の味を感じているという事実についてきみが一度も考えたことがないとしてもかまわない。きみはいつだって口の味を感じている。なにせ舌がおさまっている場所だ。舌には機能を止めるスイッチはない。きみはたったいまも口の味を感じていて、ぼくに言われてそのことを意識したから、歯磨きをするかガムをかむかなにかするべきだと気づいたにちがいない。きみの口は、基本的に、少しばかりいやな味がするはずだから。

きみは口の味を感じることができる。たとえそのことを考えていないときでも。

ぼくはそのことをすごく強く考えていた。それなのにまったくなにも感じなかった。

このあたりでぼくは自制心をなくし始めた。だって、目が見えなくなるのだったらわかる。それは人間には起きることだ。視覚を、あるいは目そのものを失うことはあるし、たとえ目を再生したり人工眼をつくったりするのが可能だとしても、目が見えなくなることが現実にあって、自分にも起こるかもしれないという事実は受け入れられる。耳が聞こえなくなることについても同じだ。

でも、自分の口の味を感じられなくなるなんて、そんなやつがどこにいる？

というわけで。ここからぼくの脳は、ああくそっ、ああくそっ、ああくそっ、と叫び始めた。ほとんど無限ループのように。

そのあと、自分がなにひとつ感じていないことがわかってきたからだ。手も足も腕も脚もペニスも唇も感覚がなかった。においも感じなかった。空気が鼻の穴から鼻孔へ流れ込んでくる感覚もなかった。平衡感覚もなかった。暑さや寒さも感じなかった。緊張で唾をのむこともない。恐怖で腋の下に汗が流れることもない。心臓が早鐘を打つこともない。そもそも動悸を感じない。

なにも感じない。

怖くて確実にちびってしまいそうな状況だったけど、括約筋を制御できなくなる感覚もやっぱりなかった。

感じることができたのは痛みだけ。なぜなら、ぼくの頭痛はいまこそ痛みを十倍に悪化させるのに最高のタイミングだと決意していたんだ。

飢えた犬がステーキに意識を集中するように、ぼくはその頭痛に意識を集中した。感じられるものがそれだけしかなかったからだ。

そこで気を失った。たぶん、ぼくがなにも感じないことを感じすぎていると脳が判断したんだろう。

それがまちがいだったとはとても言えない。

ふたたび意識を取り戻したときには、もうパニックはおさまっていて、少しだけ誇らしい気持ちになった。ぼくはつとめて冷静に、理詰めで、なにが起きているのか突き止めようとした。

第一の仮説――ぼくは死んでいる。

バカげている気がしたのでこれは却下した。もしも死んでいるのなら、たしかに、なにも感じないだろう。でも、なにも感じないと気づくこともないはずだ。ただ……なにもなくなるだけだ。

これが死後の生だとすれば話はちがう。でも、それはないような気がした。ぼくはそれほど信心深いほうじゃないけど、話に聞く死後の生というやつは、空っぽの虚無よりもっとマシだった。もしも創造者とか神々が存在していて、永遠の生のためにこんなものしか用意できなかったとしたら、とてもじゃないけどユーザーには満足してもらえないだろう。

となると――たぶん生きている。

それが大前提だ！

第二の仮説――ぼくはなんらかの昏睡状態にある。

このほうがだいぶ理にかなってる気がしたけど、ぼくは昏睡について特に医学的知識があるわけでもなかった。昏睡状態にある人がものを考えられるのかどうかも知らなかった。周囲から見ると、なにかをやっているようには見えないものだ。だからこの仮説についてはあとでよく考えてみることにした。

第三の仮説――昏睡状態ではなく、なんらかの理由で五感を失った肉体に閉じ込められている。

これは一見するともっとも理にかなった説明だったけど、答のわからない疑問がふたつあった。第一に、そもそもどうやってこんな苦境に置かれたのか。意識はあったし自分が何者かわかっていたけど、それ以外の直近のできごとに関する記憶があやふやだった。寝棚からほうり出されて、それからブリッジへ行ったことはおぼえていても、そのあとのことはすっかりぼやけていた。

となると、なにかの事件に遭遇したのだろう。事故や怪我の記憶は、そのできごとがもたらしたトラウマによってかき消されてしまうことがある。これもその可能性が高い。なんであれ、ぼくはかなりの重体なのだ。

まあ、そんなのはいまさらだ。なにしろ意識だけで虚無の中をふわふわとただよっていたんだから。〈おまえはあまり良い状態にない〉というメモはすでに受け取っていた。

ただ、そこで第二の疑問が生じる――たとえぼくが考えているとおりのひどい状態にあるとしても、なにかしら感じることはできるはず、というか、自分の思考以外のなにかを感じ取れるはずだ。それができなかった。

困ったことに、もう頭痛さえ感じなくなっていた。

「目が覚めたのか」

明瞭ではあっても、どんな人物かはさっぱりわからない声が、あらゆる方向から聞こえてきた。ぼくはびっくりして身動きできなくなった。いや、身動きする手段があればの話だったけど。

「だれだ？」ぼくは言った。これもしゃべることができたらの話だったけど、それはむりだったから、なにも起こらなかった。パニックモードが発動しそうだった。自分がなにかまずいことになっているのをあらためて自覚したせいでもあり、だれだか知らないが、その声の持ち主に二度と虚無の中に置き去りにされないよう必死になっていたせいでもあった。

「話をしようとしているのか」声が、またもやあらゆる方向から聞こえてきた。「きみの脳が口と舌に信号を送ろうとしている。それはむりだ。代わりに言葉を考えてみたまえ」

〝こんなふうに〟ぼくは考えた。

「そうだ」声がこたえた。もしも泣くことができたなら、ぼくは安堵のあまり泣き出していただろう。ごちゃ混ぜになったさまざまな思いと感情が、伝えたいという強烈な欲求と共に押し寄せてきた。しばらくたつと、落ち着いてひとつの首尾一貫した思考に集中できるようになった。

〝ぼくはどうなったんだ？　なぜしゃべることができない？〟

「しゃべることができないのは口も舌もないからだ」

〝なぜ？〟

「われわれがそれらを除去したからだ」

〝理解できない〟ぼくは長い間をおいてから言った。

「われわれがそれらを除去したのだ」声が繰り返した。

〝口と舌になにかあったのか？　ぼくは事故にあったのか？〟

「いや、それらは完璧に機能していたし、きみは事故にあってはいない」

〝理解できない〟ぼくはもう一度考えた。

「われわれはきみの体から脳を取り出したのだ」

こうして思い返してみても、あのときぼくが体験していた完全な理解不能状態を正確に言い表すのはむずかしい。ぼくはなんとかして、相手の説明に自分がどれほど混乱して懐疑的になっているかを伝えようとした。その結果が——

〝なんだそれ〟

「われわれはきみの体から脳を取り出したのだ」声が繰り返した。

〝なぜそんなことを？〟

「われわれがきみにしてもらうことのためには、それらは必要がないからだ」

やっぱりよく理解できなかったけど、ほかにどうしようもなかったので、呆然と会話を続けながら、その状況がほんの少しでもいいから意味をなしてくれるのを待っていた。

〝ぼくになにをさせるつもりだ？〟

「きみの船の操縦だ」

〝そのためには口が必要だ〟

「いや、必要ない」

〝ほかの乗組員とどうやって話をするんだ？〟

「ほかに乗組員はいない」

これを聞いたとたん、脳内でなにかがわきあがった——記憶みたいだったけど、現実の記憶ではなかった。以前はチャンドラー号の乗組員になにが起きたか知っていたのに、いまはそれを知らなくて、しかもそれは悪いできごとだったという思い。

〝ほかの乗組員はどこにいる？〟

「彼らは死んだ。全員だ」

〝どうして？〟

「われわれが殺した」

パニックが復活した。ぼくはそれが事実だと、声がほんとうのことを言っていると知っていた。でも、どうしてそうなったのかは思い出せなかった。以前は知っていたのに。どうしてもそれを知りたかった。なのに、頭の中にその手掛かりはまったくなく、あるのは迫り来る壁のような不安だけだった。

〝なぜみんなを殺した？〟

「必要なかったからだ」

〝船を動かすためには彼らが必要だ〟

「いや、必要ない」

〝どうして？〟

「きみがいるからだ」

〝ひとりで船を運用することはできない〟

「できなければ死ぬだけだ」

〝体を動かすこともできないんだぞ〟ぼくは激昂した。

「それは問題ではない」

〝動くことさえできないのに、船全体をどうやって操縦して運用しろというんだ？〟

「いまはきみが船なのだ」

そのとたん、またもや完全な理解不能状態が復活した。

〝なんだって？〟ぼくはやっとのことでたずねた。

「いまはきみが船なのだ」声が繰り返した。

〝ぼくが船〟

「そうだ」

〝ぼくがチャンドラー号〟

「そうだ」

〝そりゃいったいどういう意味だ？〟

「われわれはきみの体から脳を取り出した。その脳をチャンドラー号と統合した。いまや船がきみの体なのだ。きみは体の動かしかたを学ばなければならない」

　言われたことをなんとか頭で処理しようとしたけど、ぶざまな失敗に終わった。突き付けられた要素をひとつも思い描くことができなかった。船になるということが想像できなかった。あんな複雑な機械をひとりで動かそうとする自分が想像できなかった。

〝もしもできなかったら？　動かしかたを学べなかったらどうなる？〟

「そのときは死ぬだけだ」

〝理解できない〟ぼくは、自分が感じているこの完全な無力感も相手にはすっかりお見通しなのだろうと思った。それが肝心なのかもしれなかった。

「きみにとって理解することは重要ではない」

これを聞いて、ぼくの脳の一部がすぐさま応じた。〝知るか、クソ野郎〟でも、それは伝わらなかったようだ――少なくとも、声はそれには返事をしなかった。だから、ぼくは声に向かって別のことを告げた。

〝なぜぼくにこんなことをする？〟

「この船には操縦士が必要だ。きみは操縦士だ。この船のことを知っている」

〝だからといって頭蓋骨から脳を取り出す必要はないだろう〟

「必要はある」

〝なぜ？〟

「きみにとってそれを知ることは重要ではない」

〝同意できない！〟

「きみが同意するかどうかは問題ではない」

〝ぼくがこの船を操縦しなかったら問題だろう。やらないぞ〟

「操縦しなければ死ぬだけだ」

〝とっくに箱の中の脳になってるんだ。死んだってかまうもんか〟

うまい切り返しだと思ったけど、それも急に激痛が襲ってくるまでだった。

例の頭痛をおぼえているかな？　これに比べたらあんなのはただのうずきだ。まるで全身が電気ショックで痙攣に襲われたような感覚で、体が復活したのかという驚きですら、その強烈な痛みから気をそらしてくれることはなかった。

客観的には、ほんの数秒しか続かなかったはずだ。でも主観としては一年は過ぎたように思えた。

痛みが止まった。

「きみにはもう体はないが、脳のほうはそのことを知らない」声が言った。「あらゆる経路がそのまま残っている。きみに痛みをあたえる脳の経路はすべてわれわれがコントロールしている。とても単純な仕組みだ。設定はすでにプログラムしてある。その気になれば繰り返し実行することもできる。あるいは、すべての感覚を奪ったまま、きみを暗闇に永遠に放置してもいい。そういうことだ。この船の操縦と運用をしなければ、きみは死ぬ。ただし、死にいたるまでのあいだに、自分の死がどれほど長く引き延ばされるかを、自分がどれほど多くの痛みを感じられるかを知ることになる。きみもそれは避けたいはずだ」

〝あんたは何者なんだ？〟

「われわれはきみが残りの人生で聞く唯一の声となる――きみが言われたとおりにしないかぎり」

〝そのわれわれは王様が使うわれわれなのか？〟ぼくは声ではなく自分に問いかけた。なぜそんなことを考えたのかはわからない。存在しない体に発電所ひとつ分の電気を流されたような衝撃をあたえられたせいで、少し頭がおかしくなっていたのかもしれない。

声は返事をしなかった。

まえにも同じことがあった。ぼくが声に向かって考えなかったときだ。なかなか興味深い。

〝あんたの言うとおりにしたらどうなる？〟ぼくは声にたずねた。

「その場合、きみは仕事が終わったあとで体を取り戻す。単純な取引だ。言われたとおりにすれば、きみはふたたび自分になれる。拒否すれば死ぬだけだ、苦しみながら」

〝ぼくになにをさせたいんだ？〟

「この船の操縦と運用だ。すでに伝えたとおり」

〝行き先と目的は？〟

「それはあとで説明する」

〝いまはなにをすればいい？〟

「いまは考えたまえ。自分がこれからどのような選択をして、それらの選択の結果がどうなるのかを。一日だけ猶予をあたえるから考えるのだ、その暗闇の中で。長い一日になるだろう。ではまた」

〝待て〟ぼくは呼びかけたけど、声はすでに去っていた。

というわけで、翌日はあれこれ考えた。

最初に考えたこと——まちがいなく死んでいない。宗教の危機が訪れることはない。これでリストからささやかな心配事をひとつはずせる。ひとつだけとはいえ、この段階ではどんなことでもありがたかった。

二番目に考えたこと——ぼくをとらえた相手は、船を拿捕し、乗組員を殺し、ぼくの体から脳を取り出し、いまはなんらかの目的でぼくにひとりきりで船を操縦させようとしていて、言うことを聞かなかったら殺すつもりでいる。

三番目に考えたこと——どうなろうと知ったことか。やつらのためになにかしてやるなんてありえない。

その場合、やつらはただ楽しみのために喜んでぼくを痛めつけるだろう。すでに身をもって体験したように。その点はしっかりと考慮に入れておかなければ。

四番目に考えたこと——なぜぼくが？

つまり、やつらはどうしてほかのだれかでなくぼくを選んだのか？　ぼくはチャンドラー号の第三操縦士だ。まちがいなくもっとも新入りの乗組員だった。あの船からほかのだれを選んでいたとしても、船の機能や能力についてよく知っているという点では、もっとマシな選択になっていただろう。ぼくは選ばれて当然ではなかった。

そちらの操縦士を教えろ。

そんなセンテンスがふいに意識下から飛び出してきたので、どんな状況だったかを知りたくなった。ぼくの記憶にはまだむらがあった。それを聞いたのはたしかでも、だれがいつ口にしたのかはわからなかった。思い出すには頭を絞って考える必要があった。

でもまあ、時間はたっぷりあった。

しばらくすると、ひとつのイメージが頭の中に浮かんだ──黒ずくめで、膝が逆の方向に曲がった生物が、タオ船長に命令をくだし、船長がそれについて疑問の声をあげると、副長のリー・ハンを射殺した。

オカンポ副長官。

ララエィ族だ。あのララエィ族がぼくを連れてきたんだ。やつらが何者なのかという疑問にはそれで答が出た。でも、なぜぼくなのかという疑問は残った。船長はぼくが操縦士だと教えなかった。だれのこともなにひとつ教えなかった。ほかのだれかが教えたんだ。

ふいに、あのゴミ野郎がぼくを指さしているイメージが、その瞬間をふたたび体験しているかのような明瞭さで、意識の中にぱっとひらめいた。

それから、ほかのあらゆることが戻ってきた──記憶にあったすべての空白が、痛みをともないそうなほどの強烈な勢いで埋め尽くされていった。

やめなければ。

チャンドラー号の乗組員たちのために嘆くのはやめなければ。あそこでつくった数少ない友人たちと、知り合いではなかったそのほかの人たち。ぼくに彼らの代わりに生きるいわれがなかったように、彼らにはあんなふうに死ぬいわれはなかった。

しばらく時間がかかった。でも、さっき言ったように、時間はたっぷりあった。

だからそれを使った。

それがすんだところで、あらためて目先の問題について考えた。

なぜぼくが選ばれたのか？　オカンポ副長官がぼくを知っていたからだ。まだチャンドラー号に乗り込んでもいないうちから、ぼくたちは顔見知りになっていた。同じシャトルに乗り合わせたし、ぼくは目的地の変更について疑問に思ったときに、オカンポの船室へ出向いてもいた。

オカンポはぼくが操縦士だと知っていたけど、ひとりの人間としてぼくのことを知ってもいた——たぶん、タオ船長とヴェラ・ブリッグズを別にすれば、彼がチャンドラー号で知り合いと言えたのはぼくだけだったんだろう。

オカンポがぼくを選んだのは、操縦士だと知っていたというだけのことかもしれない。ブリッジにいるボルダックを見ていたから、船内にほかにも操縦士がいることはわかっていたはずだけど、最初に思いついたのがぼくだったわけだ。じかに会っていたから。知り合いだったから。とにかく、むこうはそう思っていたんだ。

となると、ぼくが操縦士だから選んだというだけではなかったのかもしれない。ぼくを選んだのは、そこらの乗組員のひとりとはみなしていなかったせいかもしれない。そこに個人的なつながりがあったから、あえてぼくを救ったのかもしれない。

つながりはあっただろう？　ぼくだって、オカンポの船室へ出向き、彼が船長にあたえた命令について質問してもかまわないと感じていなかったか？　オカンポはぼくがそれに気づいたことに少しは感心していなかったか？

　だから、うん。オカンポがぼくを選んだのは知り合いだったせいかもしれない。ぼくのことを気に入ったせいかもしれない。ぼくを救ってやると考えていた可能性さえある。善行をほどこしているのだと。

〝体から脳をほじくり出すために選んでやるというのは、善行とは言えないだろう〟ぼくの脳の一部がつぶやいた。

〝いい指摘だ、脳〟ぼくは思った。自分を相手にしゃべっていることは考えないようにした。でも、肝心なのはぼくがどう思ったかではなく、オカンポがそのことを、ぼくのことをどう思ったかだ。自分がオカンポにとって重要な存在だったから気をよくしていたわけじゃない――思い返してみると、彼はトヴァン指揮官に向かって、ヴェラ・ブリッグズに救命ポッドには近づくなと伝えるかどうかはまかせると言っていた。何年もいっしょに働いてきた自分の補佐官に対してあんなふうだとしたら、ぼくが生意気な態度をとろうが面倒を起こそうがたいして気にはしないはずだ。

　でも、それまでに、なにかやることがあるかもしれなかった。

　いったいなにを？　どんな目的で？

　ぼくにはまだわからなかった。

肝心なのはそこじゃなかった。肝心なのは、自分にあるかもしれない強みをリストアップすることだった。そうした強みのひとつが、どんな理由であれ、オカンポがぼくをチャンドラー号の操縦士に選んだこと――チャンドラー号そのものに変えたことだった。

だから、それがまずひとつ。

もうひとつの強みは――オカンポがぼくについてなにも知らなかったことだ。名前は知っていた。顔も知っていた。操縦士だということも知っていた。

あとは……それだけだ。

それはなにを意味するのか？

なんの意味もないかもしれない。でも、意味があるかもしれない――やつらがぼくをチャンドラー号のシステムに接続したとき、やつらは知らないだろうが、ぼくはすでにそのシステムについて多くのことを知っていた。その使い方についても。

〝あまり興奮するな〟ぼくの脳の一部が言った。〝おまえはいまや箱の中の脳だ。やつらはおまえの行動をすべて見ることができる。いまだって、おまえがこんなことを考えているのを監視しているはずだ〟

〝気のめいるやつだな〟ぼくは自分の脳の一部に言った。

〝少なくともおれはひとりごとを言ってるわけじゃない。どのみち、おれが正しいことはおまえもわかってるはずだ〟

もっともな指摘だった。たしかに、こうしてひとりであれこれ考えさせているのは、ぼくの反応を見るためのテストかもしれない。いまもぼくの思考を追うことができるのだとしたら、その情報を使ってぼくをどうするか決めるのだろう——殺すにせよ、痛めつけるにせよ、なんにせよ。

　でも、なんとなくそれはちがう気がした。まる一日ひとりで考えさせているのには、まったく別の目的があるんじゃないかと。ぼくを支配して。怯えさせて。どれほど孤独で無力であるかを思い知らせるわけだ。いまや、生き延びるためにはどうしてもやつらにすがるしかないと。

　教えてあげようか？　それについてはやつらは正しかった。ぼくは孤独だった。生き延びるためにはやつらにすがるしかなかった。

　それでも、ぼくは支配されるつもりはなかった。そして怯えていた。

　たしかに隔離されてはいた。たしかに怖くてたまらなかった。

　でも、すごく、すごく怒ってもいた。

　ぼくはその気持ちをかかえてやっていこうと決めた。

　そんなことを考えているのを聞かれていたとしたら、やつらはいつでもぼくを殺すことができた。その場合はさっさとケリをつけたはずだ。さもないと、おたがいの時間をむだにするだけだ。

　でも、ぼくは聞かれていないと思った。

　やつらはそんな必要があるとは考えなかったはずだ。

それもこちらの強みになるかもしれなかった。やつらは有利な立場でぼくの相手をしていると思い込んでいた。

これまた、もっともな考えだ。ぼくは箱の中の脳でしかなく、やつらはいつでも好きなときにぼくを殺したり痛めつけたりすることができた。まさに有利な立場と言える。

でも、実のところ、やつらにはぼくが必要だった。

やつらはチャンドラー号のために操縦士を必要としていた。それでぼくをとらえた。

ただし、やつらの手中にあるのはぼくだけだ。ほかの乗組員については、やつらがあの救命ポッドの中で窒息させて、全員殺してしまった。自分たちが有利な立場にあると思い込んでいたために、予備を用意しようとは思わなかったんだ。

となると、やつらはこういうことをするのが初めてで、やりかたがまったくわかっていないか、さもなければ、さんざんこういうことをやっていて、獲物になった操縦士の反応がいつも同じだったかのどちらかだ。

思い起こすと、ラエィ族は自分たちの技術者ならこの船を修理して動くようにできると言っていた——何度もやっていることだと。乗組員を相手にしたときにも、効率よく脅しをかけて、望みの結果を得ていた。

どう考えても初体験というわけではなさそうだった。

やつらはもっとまえからやっていたんだ。ぼくと同じ目にあわされている操縦士はほかにもいるのかもしれなかった。やつらは操縦士が必死になり、体を取り戻すためにどんなことでも引き受けると思い込んでいた。そういう反応に慣れきっていたせいで、ほかの反応がありえると本気で考えたことがなかった。

だから、そのときもやつらがぼくの思考を追っているとは思わなかった。やつらがそんな必要を感じているとは思わなかった。まちがっているかもしれなかったけど、そういう前提で考えを進めるのはちっともかまわなかった。

これで自由に考える時間ができた。計画も立てられる。またひとつ強みができたんだ。とにかく、しばらくのあいだは。

あともうひとつ、ぼくには強みがあった——

ぼくは自分がすでに死んだも同然だとわかっていた。

つまり、いずれ自分の体に戻してやるというやつらの約束がほぼ百パーセント嘘っぱちだとわかっていたんだ。そんなことはけっして起きないと。

それはやつらがチャンドラー号の乗組員を殺したという事実でわかることだった。ぼくが乗組員を救うためにフェニックス・ステーションへスキップドローンを送ってくれと頼んだときのオカンポの返事でわかることだった。やつらが乗組員をみずから死地へ向かわせるためについた嘘でわかることだった。

やつらはぼくを体へ戻すつもりはなかった。ぼくは自分の体がすでになくなっていることをほぼ確信していた。焼却されたか、宇宙へ投棄されたか、シチューの具にされたか——なにしろ、ララエィ族は隙あらば人間を食ってしまうことで有名なんだ。

でっかい鍋の中で自分の体が煮えている様子を想像してみた。

まさにブラックジョークだ。

どうなっているにせよ、ぼくの体はもうおしまいだ。それは確実だ。

もうひとつ、オカンポとララエィ族が――あるいはやつらを雇っているなにかが――ぼくになにをさせたがっているにせよ、それが片付いたとき、やつらはスイッチかなにかをぱちんと切ってぼくを殺すはずだ。

もっとも、やつらがぼくにあたえる任務が初めから死を前提とした作戦だとしたら話はちがってくる。ぼくはたぶんそうじゃないかと疑っていた。少なくとも、ぼくが帰還しなくてもやつらが心配で眠れなくなることはなさそうだった。

自分の運命がチャンドラー号のほかの乗組員たちとはちがうものになるという幻想は抱いてなかった。いつになるかというだけの問題だ。そして〝いつ〟の答は――やつらがなにかの計画のためにぼくを利用し尽くしたときだ。

となると、いまからそのときまで、順番はどうあれ、やつら（オカンポとララエィ族の兵士たち以外）の正体をあばき、その計画を突き止め、それを阻止する方法を考え、やつら全員をぶち殺すための時間があるわけだ。

全員とはいっても、オカンポだけは別だ。彼をコロニー連合の宙域へ連れて帰ることができるなら、そうするつもりだった。ほかのことはどうあれ、コロニー連合はオカンポがどんなことにかかわっていたのかについてすごく興味をもつはずだからだ。

それに、オカンポを死などという楽なかたちで退場させるわけにはいかなかった。

〝肉体をもたない脳にしては野心満々だな〟ぼくの脳の一部がまた口をはさんできた。

〝ほかにやることもないし〟ぼくはこたえた。それが事実だったからだ。そのときあったのは自分の思考と、時間だけ。たくさんの時間だ。

だからそれを使った。


どこかの時点で眠ったようだった。外部に基準となるものがないと、ほんとうに眠ったかどうかを判断するのはむずかしい。

夢を見なかったのはたしかだ。それはかまわなかった。

そしてどこかの時点で声が戻ってきた。

「自分の置かれた状況についてじっくり考える時間があったはずだ」声は言った。「いよいよ決断をするときだ」

声の言うとおりだった——いよいよ決断をするときだった。

生き延びるかどうかを決めるわけじゃない。それはとっくに決めていた。

そのとき決めようとしていたのは、声のまえでどうふるまうかということだった。

怯えたり怖がったりしているふりをするべきか？　けんか腰で反抗的な態度をとりながら、それでも相手の要求に応じるべきか？　じっと黙ったまま、声に言われたことだけをやるべきか？

それは重要な決断だった。ここで声にどんな対応をするかによって、おたがいの関係が決まり、この先どんな行動が許されるかが変わる可能性があった――そして、ぼくがなにをやり遂げられるかということも。

もしもまちがった態度をとったら、ありがたくない結果になるかもしれなかった。あまり現状に甘んじているようだと、やつらはぼくを船に組み込んだ機械として扱うかもしれなかった。あまり反抗的だと、空いた時間はずっと電気ショックをくらって過ごすはめになるかもしれなかった。どちらも望む流れではなく、特に電気ショックはかんべんだった。一度でたくさんだ。

「きみの決断は?」声がたずねた。

〝いくつか質問がある〟ぼくは唐突に考えた。そんなことを伝えるつもりじゃなかったんだけど、まあいい、どうなるか反応を見てみよう。

「きみの質問は適切ではない」

〝言い直そう。ぼくはあんたの要求に応じるつもりだ。それはもう決めた。ただ、いくつか知っておくと役に立つことがある。質問にこたえることをあんたに強要できないのはわかってる。でも、こたえてもらえればあんたに協力する役に立つんだ〟

はっきりした間があった。「きみの質問とは?」

〝三つある〟ぼくは言った。これまた、考えていなかったことだったけど、まあ三つくらいの質問ならひねり出せるだろう?

　実際に、ひとつ目がぱっと頭に浮かんだ。〝第一に、あんたには名前があるのか〟

「なぜそんなことが問題になる？」

〝あんたのことを、あの頭の中の声、とか考えるのは居心地が良くない。これからは組んで仕事をするんだから、名前があるほうがやりやすい〟

「わたしのことはコントロールと呼びたまえ」

〝よし、わかった。ハロー、コントロール〟

　コントロールは無言で待ち続けた。ふむ、いいだろう。

〝第二に、いつかオカンポ副長官と話をすることはできるか？〟

「なぜ彼と話をする必要がある？」

〝話をする必要があるわけじゃない。もうあんたに協力することは決めた。でも、ぼくがチャンドラー号から連れ出されたとき、オカンポは、自分がこんなことをしているのは人類を救うためだと言っていた。その意味を理解するために、彼ともっと話をしたいんだ〟

「きみが理解するかどうかは問題ではない」

〝わかってる。あんたにはぼくの頼みに耳を貸す義務はないけど、ぼくの考えはちがう。ぼくはあんたに協力する。でも、ちゃんと理解させてくれたら、ぼくはもっと役に立つかもしれない。オカンポ副長官は立派な男だ。尊敬している。彼がこんなことをするとしたら、それなりの理由があるはずだ。その理由はぼくにとって筋がとおるものだと思う。もっとくわしく知りたいんだ〟

「いまオカンポ副長官と話をさせるわけにはいかない。だが、きみが仕事をうまくこなせば、いずれは検討してもいいかもしれない」

〝それでかまわないよ〟

「二度とそのような頼み事はするな」

〝もちろんだ。あんたはもう検討してくれると言った。それで充分だ〟

「最後の質問は」

〝ぼくの体を返してくれるという件について、あんたの言質《げんち》がほしい〟

「わたしの言質」

〝そう、あんたの言質だ。約束だよ。ぼくはもう協力すると言った。そのとおりにする。言われたことはなんでもする。そうすればぼくは体を返してくれるとあんたは言った。それは取引だ。でも、取引と約束はちがう。取引はだれが相手でもできる。約束というのは信頼できる相手とするものだ。あんたがぼくと約束をしたら、それはぼくがあんたを信頼できるということだ。あんたを信頼できるかどうか心配する必要がなくなるということだ。あんたに頼まれることを、もっとうまくやれるということだ〟

ここでふたたび間があった。

始めたときには自分でもわかっていなかったとはいえ、こういう質問をするのには狙いがあった。

情報。信頼。親密さと結びつきの構築。

名前をたずねたときは、コントロールという適当な返事がかえってきたけど、意味がないわけじゃなかった。人格化だ。それは例の王様の〝われわれ〟をただの〝わたし〟に変えた。オカンポと話をさせてくれと頼んだことで、ぼくたちの取引は意味が広がり、一般的な取引――たぶんやつらが脳を箱に入れた操縦士たち全員に強要した取引――が、ぼくだけの特別なものに変わった。

では、コントロールに言質を求めたのは？ より親密さが増し――取引が双方にかかわりをもつことになる。おたがいに影響をおよぼす取引。信頼をともなう取引。

それはテストでもあった。

「きみにわたしの言質をあたえよう」コントロールは言った。

これでコントロールについて知っておきたいことはすべてわかった。

しかも、むこうはぼくが知ったとは思ってもいなかった。

〝必要なのはそれだけだ。あんたの準備ができたらこっちは仕事に取りかかれるよ〟

「では始めよう」

チャンドラー号のブリッジがぼくのまわりにぐるりと出現した。

いや、より正確には、チャンドラー号のブリッジのコンピュータ処理された画像だ。より明瞭で、簡素で、必要のない細部はすべて視界から消えていた。

「これがなにかわかるな」コントロールが言った。

〝もちろん〟

それは訓練で使われる標準的なブリッジ・シミュレーション・プログラムで、設定は、もともとかなり標準的なチャンドラー号のブリッジ用になっていた。

すぐにそうとわかったのは、ブリッジ勤務につく者がだれでもそうするように、各自の持ち場での実地訓練に加えて、二百時間にわたってそれを利用した経験があったからだ。

おまけに、ぼくはそのプログラムの開発に協力していた。

まあ、少しだけ古いバージョンではあった。数年まえのことだ。これはアップデートされたバージョンだろう。

とはいえ、ちらりと見ただけで、ソフトウェアがぼくが開発にたずさわったときからそれほど大きく変更されていないことはわかった。見たところ新しいメジャーリリースですらないようだ。ポイントリリースくらいか？　こまかな修正を加えただけの？　コロニー連合の商業方面の主流とは明らかにつながりのない組織が、こんなプログラムをどうやって手に入れたんだろう？　自社のプログラムを勝手に使われているかつてのぼくの雇用主のことを思うと、なんとなく気分が悪かった。

自分がそのプログラムの開発にかかわったことをコントロールに伝えようとしたわけじゃない。コントロールが知らないのはオカンポが知らないからで、ふたりに教える理由は見当たらなかった。コントロールはすでに、ぼくがバカだから彼の言葉をうのみにしていると考えていた。その考えをあらためてもらうためになにかするつもりはなかった。

〝ブリッジ・シミュレータだ〟ぼくはコントロールに向かって考えた。

「もとはブリッジ・シミュレータだった。現時点では、その用途に変わりはない。だが、われわれが改造してチャンドラー号を制御できるようにしてある。最終的には、きみは船内から全システムを制御できるようになる」

〝どうやって制御するんだ？　シミュレータのプログラムは仮想空間として設計されているけど、生身の手や体の動きを追跡する。ぼくはどっちも失ってしまった〟

「そら」コントロールが言うと、ぼくは仮想の体の中にいた。視野は目の高さに設定されているようだった。頭で考えるだけで、実際に首があるかのようにぐるりと視野を回転させることができた。見おろすと、細部がはぶかれ、画像として表現された人間の体がそこにあった。両手を動かすことを想像したら、脇におりていた両手がせりあがってきた。手のひらがこちらを向いていたけど、しわや指紋があるべきところはのっぺりしていた。

感謝のあまり、あやうく心が壊れそうになった。そんな偽物の体でも、まったく体がないよりはましだった。

それでも……

脳の一部――まえにぼくと議論をしたのと同じやつかも――の反応は、〝マジか？　それでいいのか？〟だった。

なにを言いたいのかはよくわかった。つまりこういうことだ――このクズどもはチャンドラー号を操縦させるためにぼくの体から脳を取り出し、ぼくはたったひとりでチャンドラー号を操縦しなければならず、しかもやつらはチャンドラー号を操縦させるために、ぼくが失ってしまった人間の体のシミュレーションを使わせようとしていた。

それはなんというか、効率が悪いように思えた。ぼくの体を捨てるために時間をかけるのなら、人間の体に制限されないという利点を生かした制御用メタファーの開発に時間を使ってもいいんじゃないかと。

〝やつらがおまえを体から取り出したのは効率を求めたからじゃない〟例の脳の一部が言った。まあ、それはしばらくまえに察しがついていた。肝心なのは恐怖と支配だ。

とはいうものの。やはり徒労感があった。

ぼくは（隠喩として）背筋をしゃんと伸ばし、シミュレート版のブリッジを見回した。

〝あんたもいっしょにブリッジに立つのか？〟ぼくはコントロールにたずねた。

「いや。船長席につきたまえ」

ぼくはうなずいた。船長席にはスクリーンがあり、各部署から届く情報を、ぜんぶいっぺんにでもひとつずつでも見られるようになっていた。タオ船長は、たいていの船長がそうであるように、なるべくブリッジのクルーから報告を受けるようにしていた。そのほうが、ただちに知る必要がある情報をうまく要約してもらえるからだ。それでも、自分で確認したいときには、スクリーンからすべての情報を手に入れることができた。つまり、ぼくも同じようにできるということだ。

同じように、船長はその気になれば、命令を出す代わりにスクリーンから自分で船を制御することもできた。そんなことをする船長はめったにいない。あっというまに事態がややこしくなってしまうし、そもそも、ブリッジのクルーの機嫌を損ねたいと思ったら、彼らの仕事に手を出すのがいちばんだからだ。現実問題として、どんなに有能な船長だろうとブリッジですべての持ち場を兼任するのはむりだ。ほとんどの船長はそんなことを試そうとはしなかった。

でも、そのときのぼくはやるしかなかった。

仮想の船長席について、船長のスクリーンを引きあげた。

〝準備完了〟ぼくはコントロールに向かって考えた。

仮想の船長のスクリーンが点灯し、すべての部署のウィンドウが格子状にひらいた。どれかを二度タップすると、そのウィンドウがスクリーンいっぱいに広がってインタラクティブな操作が可能になる。フルスクリーンにできるのは一度にひとつの部署のスクリーンだけだったけど、フルサイズのスクリーンをいくつかつなげてスワイプ操作で素早く表示させることもできた。どれもごく基本的なものとはいえ、ぼくはすべてのスクリーンの監視と操作を担当しなければならなかったんだ。

ぼくは船長のスタート画面をじっくりながめてみた。

〝いくつか表示されていないところがあるな〟

「船の機能の一部はもはや制御する必要がないからだ。きみは船内にいる唯一の生物となるが、居住エリアは完全に密閉してわれわれが制御するので、きみが生命維持の制御を受け持つ必要はない。通信機能も同じだ。それ以外にも、船に関するいくつかの機能はわれわれが制御する。たとえばエンジニアリング方面については、きみが制御しなければならないのはごく一部だけだし、各機能の保守作業も今後はわれわれがおこなう。きみが自分で受け持つ必要がある機能は、航行と、兵装と、スキップも含めた推進だ」

〝とりあえず、それならいろいろとシンプルになるな〟ぼくは航行と、推進と、兵装のウィンドウをフルサイズにして、それらをひとつにつなげた。

〝準備完了だ〟

「いまから模擬任務を送信する。簡単な任務で、おもに航行機能に焦点が置かれている。では始めよう」


初日のシミュレーションは十時間続いた。とにかく、シミュレーション時計ではそうなっていた。ほとんどはすごく簡単な航行操作で、操縦士のぼくとしては眠っていてもできるくらいだった。思うに、それらのシミュレーションは、コントロールがぼくのために選び出したものではなく、ひととおり実行すべきシミュレーションとしてリストに載っていただけなのかもしれない。

退屈だった。

でも、やりやすい任務でもあった。初日は、ぼくにできないことはひとつもなかった。操縦については、たいていの操縦がそうであるように、コンピュータに情報を入力して、問題になりそうな異常があれば対処する。最初の一連のシミュレーションではなにも問題は起きなかった。

いちばんむずかしかったのは、シミュレート版のチャンドラー号で宇宙空間にただよう岩をかわすことだった。小さい岩だったので、シミュレート版のレーザーで粉砕してしまおうかと思ったけど、そのシミュレーションの目的はそういうことではないはずだったし、たとえ粉砕しても、もっと微細で追跡がむずかしい岩のかけらが大量に発生して、ほかの船がぶつかってしまう危険性があった。たいていの艦船は微少隕石との衝突に対処できるものだとはいえ、必要もないのに他人に迷惑をかけることはないだろう？

そこで、チャンドラー号の針路を変更して、岩の現在位置と進行方向を記録したあと、本来なら近隣の艦船にシミュレート版のデータパケットを送信するところだったけど、船の通信機能はぼくの担当じゃなかった。代わりに、できるだけ早くデータをほかの艦船に送るようメモを残した。

コントロールがこれを監視していたとしても、ぼくにはまったくわからなかった。やつはこのシミュレーションのあいだも、同じ日のほかのシミュレーションのあいだもずっと黙っていた。「きみはひとりで船を制御する」シミュレーションの合間に、その沈黙についてぼくが質問すると、コントロールはそんなふうにこたえた。「いったん任務を開始したら、相手がわれわれであれほかの人びとであれ連絡をとることはできない。静寂には慣れておくことだ」

〝退屈することは心配していないのか？〟ぼくはたずねた。〝人間の精神には航行システムの監視以外のちょっとした刺激が必要なんだ〟

「これまではそのような問題は起きていない」コントロールがこたえた。ぼくはここで確信した――やつらがこういうことをしたのはぼくが最初ではないと。

ぼくは同じ苦境に置かれたほかの人たちのことを考えた。体があったら身震いをしていただろう。

それはまた、現在こういう状況に置かれているのはぼくだけではないという可能性をも暗示していた。あの正体不明のコントロールは、ぼくと作業をしているあいだにも、ほかの人と船でシミュレーションを実行しているのかもしれなかった。それはいずれ突き止めなければならないことだった。

「今日はここまでだ」コントロールがようやく言った。「続きは明日にしよう」

〝明日というのは何時間先になるんだ？〟ぼくはたずねた。コントロールが人間なのかどうかわからなかったし、ぼくたちがいる場所はほぼまちがいなく人類の開拓地ではなかったので、一日がどれくらいの長さなのか見当もつかなかった。

「およそ十二時間後だ」コントロールが少し間をおいてこたえた。換算するために〝時間〟がどんなものか調べなければならなかったのかもしれない。

〝ぼくはどうすれば？〟

「好きにするがいい」

〝ジョギングに出かけたいんだけど〟

コントロールはこれには返事をしなかった。何者だか知らないが、コントロールにはそれほどすぐれたユーモアのセンスがあるわけではなさそうだった。

〝なにかぼくにできることはあるのか？〟

「なんなら、今日のシミュレーションをリロードして、もう一度実行してもかまわない。むしろそれを勧める」

〝ほかにないのか？　読むものとか？　見るものとか？　聞くものとか？〟

「ない」

〝なにか娯楽を頼んでもかまわないか？　なんでもいいんだ。航行シミュレーションしかないようだと、ぼくの作業効率はいずれ低下するはずだ〟

「あまりひどく低下したら、きみは罰を受けることになる。その後もまだ低下するようなら、きみは殺されることになる」

〝ほう、そりゃまた励みになるねえ〟

コントロールは返事をしなかった。すでにシミュレーションから離れていたのかもしれなかった。

〝静寂には慣れておくことだ〟ぼくはコントロールにその日言われた言葉を思い返した。まあ、否が応でも慣れ始めてはいた。

シミュレート版の船長席へ目をやると、スクリーン上に表示された小さなメニュータブに、その日こなした任務がならんでいた。どれでも好きなときにリロードできるようになっていた。

　それはせずに、立ちあがってシミュレート版のブリッジをぐるぐると走り回った。そのあと、腕立て伏せとランジと腹筋を少しやった。

　言っておくけど、それでほんとうに運動になると思っていたわけじゃない。ぼくは自分のシミュレートされた体を感じることができなかった。昼間にやっていたダブルタップやスワイプだって感覚はなかった。目的は体形をととのえることじゃない。そもそもととのえるべき体がなかった。

　コントロールがぼくにさせたがっていたこと以外だと、それくらいしかやれることがなかったんだ。自分だけの時間を使ってやりたかったこと。自分なりのやりかたで自分自身を制御する。言い方を変えればそういうことだ。

　効果がないわけでもなかった。しばらくすると疲れた。ぼくはシミュレート版の床に横たわって眠ろうとした。

　そしてシミュレート版のまぶたがないことに気づいた。

　別にかまわなかった。どのみちすぐに眠りに落ちたから。

　このときは眠ったことを自覚した。

　二日後、ぼくはブリッジのシミュレーションを破って脱出した。

　訓練が終わり、コントロールが夜にそなえて、というか、たぶん夜だと思うんだけど、いなくなったあとのことだった。ぼくはその日やったシミュレーションのひとつを実行していた。宇宙ステーションでチャンドラー号をドッキング地点まで航行させるやつで、ぼくにとっては、シミュレーションと現実の両方で、何百回まではいかなくても何十回もやった操船だった。まるっきり楽勝だった。

そこでぼくは、退屈で、しかも不適切な行動をとっても罰則のないシミュレーションを実行しているときにだれもがやることをした。

ものを壊し始めたんだ。

まず最初に、チャンドラー号で宇宙ステーションに突っ込んでみた。それは純粋な科学的好奇心というやつで、シミュレーションによる古典物理学の表現という観点から、その衝突がどれくらいリアルなものになるのか知りたかった。

結果——悪くはなかった。限定的とはいえ船外センサーを制御できたので、チャンドラー号と宇宙ステーションの両方がぺしゃんこになり、船体がステーションを突き抜けたときに起きた爆発的減圧によって金属とガラスがしっかりと噴き出すのを見物できた。ただ、センサーを見るかぎりチャンドラー号のエンジンは過負荷にはならなかった。そうなればみごとな大爆発が起きていたはずなのに。

そこで、もう一度シミュレーションを実行した。今度は事前に距離をとっておき、チャンドラー号を充分に加速させてから宇宙ステーションに衝突した。

今度はチャンドラー号が爆発した。すべての制御ウィンドウが赤くぱっと輝いてから消えた。船体の構造健全性にとって肯定的なしるしとは言えなかった。そのシミュレーションでは経済的損失や人的損失の詳細は不明だったけど、宇宙ステーションの破壊された各セクションにいた人びとやチャンドラー号の乗組員が生き延びられたとは思えなかった。

〝チャンドラー号の乗組員はすでに生き延びられなかった〟例の脳の一部が言った。

ぼくは無視した。

次に、宇宙ステーションを攻撃したらどうなるかが気になった。それまでに実行したシミュレーションでは兵装システムを操作する必要がなかったので、コントロールがいたときにはそれをいじろうとは思わなかったんだ。

でも、とにかくぼくは兵装システムを制御していたし、それは完全に運用可能な状態にあった。というわけで、次のシミュレーションでは、三基のミサイルを宇宙ステーションめがけて発射して、どうなるか確かめてみた。

一分後、損傷センサーがいっせいに赤く輝いた。ステーションから飛来した十基のミサイルがチャンドラー号のさまざまな急所に命中し、武器と、エンジンと、乗員室と、外部センサーを破壊したんだ。その一秒ほどあとに、すべてのスクリーンが消えた。なぜなら、このシミュレーションにおいて、チャンドラー号はすでに雲散霧消するデブリの群れと化していたからだ。

〝ふん、えらく荒っぽいな〟ぼくは考えた。顔があったら笑みを浮かべていただろう。

その後もさらにシミュレーションを繰り返して、宇宙ステーションを攻撃したり、ステーションにいるほかの艦船を攻撃したり、シャトルめがけて発砲したりと、あらゆる戦術を組み合わせてミサイルをもつ相手に奇襲を仕掛けてみた。どのシミュレーションでも結果はほとんど同じだった――チャンドラー号はミサイルの針刺しになってしまった。

〝いいだろう、じゃあこれはどうだ〟ぼくはもう一度シミュレーションを実行した。

今度は宇宙ステーションには突撃せず、発砲もしなかった。ただチャンドラー号をドッキング地点まで移動させて、シミュレーションが〝勝利条件〟の信号を送ってくるのを待った――ぼくがシミュレーションの課題を完了したという合図だ。

それから、宇宙ステーションへミサイルの集中砲火を浴びせた。特に狙ったのは兵装システムで、目視できるやつだけじゃなく、見えないやつについても、宇宙ステーションのデータを参照して標的にした。ミサイルは発射時間を調整して、すべての兵装システムに同時に着弾するようにしておいた。

ミサイルはもくろみどおり命中した。あらゆるものが派手に爆発しているあいだに、ぼくはエンジンのスロットルをひらいて混乱のただ中へ突っ込んでいった。

チャンドラー号が宇宙ステーションの外殻と最初に接触したとき、なにかが起きた。

すべてが真っ暗になった。

船長のスクリーンだけだとしたら、チャンドラー号が破壊されたということだろう。そうじゃなくて、なにもかもが真っ暗になった。それまで存在していたシミュレーションが、まる数秒のあいだ、存在しなくなったんだ。

その数秒間、ぼくは完全な暗闇の中で過ごしながら、いったいなにが起きたのかと思いをめぐらせていた。

そのあと、ブリッジのシミュレーションが周囲にぱっと復活した。

なにが起きたかはわかった——シミュレータをクラッシュさせてしまったんだ。

それと同時に、これは嘘偽りのない話だけど——ぼくの脳は外へ出ていた。

ここでブリッジ・シミュレータについて説明しておこう。あのブリッジ・シミュレータはぼくの全世界になっていた。ぼくはその中で暮らして、シミュレーションを実行するだけで、ほかにはなにもなかった。そこを離れることはできなかった——内部にはいたけど、コントロールからあたえられたシミュレーションを実行できるというだけで、それ以外にはなにもできなかった。シミュレーションの外へ出ることも、それを閉鎖することも、そのコードをいじくることもできなかった。ぼくはその中に閉じ込められていた。まさに監獄だった。ところが、シミュレータをクラッシュさせたとき、ぼくは外へ追い出された。ほんの数秒とはいえ、どこか別の場所にいた。

いったいどこに?

そもそも、プログラムがクラッシュしたらなにが起こる? そのプログラムが実行されているシステムの中へ引き戻される。

厳密にはシステムの〝中〟じゃない。ぼくの意識はコンピュータの中に吸い込まれるとかどうとかしていたわけじゃなかった。そんなのはバカげてる。ぼくの意識は、ずっとそうだったように、脳の中にあった。

でも、五感のほうはブリッジのシミュレーションの中に取り込まれていた。ぼくが見たり感じたりできるものはすべてその中にあった。シミュレータがクラッシュした数秒間、ぼくは別の場所にいた。シミュレータが実行されているシステムの中だ。

なにも見えないまま待っていると、ブリッジのシミュレーションがぱっと復活した。シミュレータのクラッシュはまったく前例のないことではなかったようだ。コントロール（あるいはほかのだれか）は、ブリッジ・シミュレータをすぐに復活させる再起動ルーチンを用意することで、操縦士が、なにが起きているかを察したり、コンピュータのインターフェースを目撃したりすることがないようにしていたんだ。

だからといって、操縦士が完全にシステムから締め出されているとはかぎらなかった。

ぼくはもう一度ドッキングのシミュレーションを実行した。

コントロールがプログラムのクラッシュを知っていたとしたら、バグがどこにあるかを知っていたことになる――少なくとも、一部のバグについては。となると、バグのある場所を知りながら、シミュレータを再起動させるようにしただけで放置していたのかもしれなかったし、対策としてコードにパッチをあてようとしたものの、新しいコードと古いコードの連動がうまくいかなくて別のバグを生み出してしまったのかもしれなかった。

コントロールは、監視している最中に障害が発生しないかぎり、新しいバグについてはなにも知らないはずだ。そして、コントロールが監視しているときにぼくがやったようなことをするやつはいない——仕事をさぼれば電気で処刑されてしまうからだ。

つまり——コントロールはこの障害が存在することを知らない。

とはいえ、こうした障害の中には一時的に発生するだけで再現しないものもある。プログラマにとってはそういうバグを修正するのがいちばんむずかしい。

ぼくはまえにやったときと同じようにシミュレーションを実行して、障害が同じように再現されるかどうか確かめてみた。

再現された。

そこで三度目の実行を始めた。

今度は、プログラムがクラッシュしたところで、ブリッジ・シミュレータを構築したシステムが起動されると同時に診断用スクリーンと修正用スクリーンをひらくコマンドについて考えた。

すごく熱心に考えた。

すると二秒後に、それらが出現した。

診断用スクリーンと修正用スクリーンだ。不格好で実用本位なのは、視覚的ユーザーインターフェースというものが初登場したころからずっと同じだった。

ほんとにすばらしかった。

つまり、ぼくはシステムに入り込んでいたんだ。

もっとはっきり言うなら、チャンドラー号のシステムに入り込んでいた。

とにかく、ちょびっとは。

これがドラマの一場面だとしたら、勇敢なハッカーが魔法のようなコードをいくつか打ち込んで、すべての情報がさらけだされるところだ。

困ったことに、ぼくの置かれた状況はそれとは少しちがっていた。ぼくは魔法のコードをあやつる勇敢なハッカーじゃなかった。ぼくは箱の中の脳だった。

でもプログラマにはちがいない。かつてはたしかにそうだった。しかもそのシステムを知っていた。そのソフトウェアを知っていた。

そしてぼくには計画があった。ふたたびだれかにじゃまをされるまで、少しばかり時間もあった。

だから作業に取りかかった。

なにをやったかをこまごまと説明してみなさんを退屈させるつもりはない。もしもみなさんがプログラマで、あのシステムとハードウェアとコードを熟知しているなら、ぼくがやったことがすごくクールで、とんでもなく刺激的だとわかるだろう。それを題材にしてシステムのセキュリティに関するセミナーをひらいてもいいくらいだ——あらゆるシステムは、すべての変数を考慮に入れたという思い込みの餌食になりがちだけど、実際に考慮しているのは自分が把握している変数だけ、もっと正確に言うなら、自分が把握していると思っている変数だけなんだと。

プログラマじゃない人だと、目をどんよりさせて死にたい気分になるだろうな。ほとんどがそっちだと思う。

だから、そっちの人たちが知っておくべきことは――

まず作業は、というかその最初の部分は、ひと晩じゃ終わらなかった。

実際には二週間かかった。そのあいだずっと、ぼくは待ち続けた――コントロールかだれかがチャンドラー号のシステムを調べて、ぼくがそこをうろつき、入るべきではない場所に入ろうとして変更を加えた証拠を見つけるのを。やつらがそれを見つけて、ぼくに罰をあたえようと決めるのを。

でも、やつらは見つけなかった。

嘘じゃない。ぼくはやつらが見つけなかったことに少しいらついた。

だって、そんなセキュリティはぬるすぎる。なにもかもがずさんだったんだ。チャンドラー号を乗っ取った連中は、システムを開けっぴろげのままにして、コンピュータ時代の初期ですら時代遅れだったはずの基本レベルのセキュリティだけに頼っていた。ここでは心配はいらない――全員が信用できるし、システムをいじろうとするやつもいない――と確信していたのか、あるいは、ただの大バカ野郎だったのか。

両方かもしれない！　そのセキュリティのゆるさは侮辱的なほどだった。

でも、ぼくにとってはありがたい話で、そうでなければたぶん死んでいたのだから、ほんとは文句を言うべきじゃなかった。

その最初の二週間がいちばんひやひやした。なにしろ、かなり目につきやすいところで作業をしていたんだ。できるだけ隠すようにしていたとはいえ、監視している相手ならそれを見つけられるはずだった。もしもコントロールかだれかがぼくの課外活動をきちんと監視していたら、ある特定のシミュレーションを何度も同じように実行しているのを見て、なにをやっているかに気づいたはずだった。

つまり、もしもコントロールがシミュレーションを監視している最中にプログラムがクラッシュしたら、やつはコードにパッチをあてるかもしれず、そのパッチはぼくがプログラムを抜け出すために利用していたバグに影響をおよぼすかもしれなかった。そうなったら、ぼくはまたもや閉じ込められてしまう。

コントロールが監視しているシミュレーションでは、すごく、すごく慎重に行動した。軽率なことはせず、型破りなこともしなかった。

やつらに痛めつけられたり殺されたりする可能性を排除するために、やつらに要求されたとおりの行動をとるというのが、いかに皮肉な状況であるかはわかっていた。

その二週間は、文字どおり、ぼくの人生で最悪の二週間だった。ぼくをとらえたやつらが用がすんだらぼくを殺すつもりでいるということは、とっくにわかっていた。でも、それがわかっていたからといって、コードをいじっているというストレスは少しもやわらぐことはなかった。だれかがその気になれば見つかってしまうのに、それでも作業を続けるのはきつかった。

自分が死んでいることを自覚するのと、だれにも見られなければ生き延びるチャンスを得られるかもしれない作業にたずさわるのは、まったく別のことだ。

やつらは一度も見ようとしなかった。ただの一度も。そんな必要があると思っていなかったからだ。

ぼくは本気でそのことに感謝した。

それと同時に、本気でさげすみを感じた。

そんなやつらなら、ぼくにどんな目にあわされてもしかたがないはずだ。それがどんなことになるか、まだ考えついてはいなかったけど。

でも、いざやるときには——同情はしない。


その二週間にぼくがやったこと——青い錠剤《ブルーピル》の開発。

いや、どこでそんな言い回しが生まれたのかは知らない。ずっと昔から使われているんだ。調べてみるといい。

どういうことかというと、チャンドラー号のコンピュータシステムに合わせたオーバーレイを造りあげたんだ。ほぼ完全なレプリカを。

システムをコピーして、ちょっといじくり、ブリッジ・シミュレータと同じように、外部からの入力情報をすべてそこに接続した。見た目も、反応も、制御機能も、チャンドラー号のほんもののコンピュータシステムと同じだった。

でも、ほんものじゃなかった。

チャンドラー号を実際に動かしているシステムは、コピーの下で動き続けていた。それはどうなったか。

そっちのほうは、ぼくが完全に支配していた。現実はシミュレーションの下にあった。現実がシミュレーションの下に存在することを知っていたのはぼくだけだった。そのシミュレーションは現実を反映しているとだれもが思い込んでいた。

それがブルーピルだ。

それからの一カ月、ぼくは毎日、朝から晩まで、ブリッジ・シミュレータでどんどん複雑さを増す任務を実行し続けた。武器の操作が必要になるシミュレーションを。

やつらがなんのためにぼくを訓練しているにせよ、そこに大きな軍事的要素があるのは明らかだった。やつらはぼくに戦闘をさせたがっていた。ぼくがその戦闘を生き延びることを想定しているかどうかはわからなかった。筋書きとしては〝生き延びない〟ほうが可能性は高かったと思う。

別に驚くことじゃなかった。

そのあいだずっと、ぼくはコントロールとのおしゃべりを欠かさなかった。関心を引くために。ぼくのことでなにかを感じてもらうために。彼が箱の中に入れた人物をちゃんと見てもらうために。

目に見える成果はなかった。

自分でもそんなことは期待していなかった。

ぼくはコントロールが考えているとおりの人物になりきる必要があった。協力しようと決めた人物に。コントロールを信頼すると決めた人物に。

失敗したくなかった。コントロールやそれ以外の耳をすましている連中に、やつらが期待するとおりの姿を見せておきたかった。ずっと変わることなく、ぼくをうまくあやつれているとうぬぼれさせておきたかった。

その願いは裏切られなかった。

やつらがそんなふうに考えているかぎり、日中のシミュレーションが終わってひとりになったあと、ぼくはチャンドラー号を自由に見てまわることができた。

あとでわかったことだけど、チャンドラー号は大がかりな改修作業の真っ最中だった。とりわけ目立ったのが、ほんものの兵装システムの再実装だ。チャンドラー号になる以前、この船はコロニー防衛軍のフリゲート艦だった。退役したときに、兵装システムは撤去されて解体されていたんだ。

そのシステムがもとに戻されようとしていた。船の内外で大勢の作業員がうごめいていた。それまでは彼らに気づかなかったけど、当然だろう？　ぼくは箱の中の脳で、シミュレーションに閉じ込められていたんだから。

でも、そのころにはもう、船で起きていることはなんでも見たり聞いたりできるようになっていた。

作業員たちはほとんどが人間じゃなかった。その大半は、ぼくの見たかぎりでは、最初にチャンドラー号を襲撃した兵士たちと同じララエィ族だった。でも、ときどき、船内にひとりだけ人間があらわれて、武器の設置について助言や指示をおこなっていた。いつも同じ人間だった。

オカンポじゃなかった。その補佐官のヴェラ・ブリッグズでもなかった。見たことのない女だった。なにが起きているにせよ、人間の側でかかわっているのはオカンポだけじゃなかったんだ。

作業員たちが兵装システムを設置するのをながめていて、ぼくは運が良かったことに気づいた。あと二週間もすれば、こうした作業は終わって、兵装システムはチャンドラー号のコンピュータシステムに接続されていただろう。作業がもっと早く終わったり、ぼくが自分の作業を始めるのがもっと遅かったりしていたら、やつらに発見されていたはずだ。小さな間隙があって、ぼくはそこにひょいと滑り込んでいたわけだ。

いっときは宇宙でもっとも幸運な男であるような気分になったけど、それも自分がまだ箱の中の脳だと思い出すまでのことだった。

そういえば、チャンドラー号ではもうひとつ見つけたものがあった――

ぼく自身だ。

ブリッジに置かれた、その大きな長方形の箱は、どこから見ても棺《ひつぎ》そっくりだった。箱の上面は透明だった。ブリッジのカメラという見晴らしのいい位置から、まっすぐその中を見おろすことができたんだ――ぼくの脳を。

いくつもの電子素子がその灰色の物質の表面につながっているのが見えたけど、内部にも同じようにつながっているはずだった。うねうねと這い出したワイヤが、箱の側面にある接続部へと伸びていた。

脳が浮かんでいる液体は、かすかなピンク色に染まっていた。脳につながっているチューブは、血液かそれに代わるなにかの注入と排出のためだろう。栄養素と酸素を届けて、老廃物を取り出す。それらのチューブもやはり箱の内壁にある接続部につながっていた。

カメラを切り替えて視野が変わると、ワイヤとチューブがつながっている別の箱が見えるようになった。この箱については、医師とおぼしき二体のララエィ族が毎日やってきて診断作業をおこなっていた。内部には濾過システムと、吸気用と試料採取用のバルブと、ぼくの脳につながって健康状態を監視するコンピュータがあった。もうひとつなにかあって、初めは用途がわからなかったけど、あるときララエィ族がうっかりそれをつつくと、そばにいた仲間が叫び声をあげた。

チャンドラー号のシステムには既知の数百の種族に対応した翻訳ライブラリが組み込まれている。たいていの交易船と同じように、ぼくたちの取引相手はほとんどが人間なので、それが利用されることはめったにない。それでも、なにか翻訳する必要が生じたときのために自由に使えるようになっている。おかげで二体目のララエィ族が最初のララエィ族に言ったことを翻訳してもらえた。

「気をつけろ」そいつは言った。「三人とも吹っ飛ぶところだぞ」

「そうなれば、少なくともわれわれの遺体は故郷へ帰れる」最初のララエィ族が言った。

「おれは故郷を楽しめる姿で帰るほうがいい」二体目のララエィ族は、配線でつながったモニタの一台にプロテクト解除用のドングルを挿入した。たぶん、ぼくの脳の状態をチェックして調整をおこなうためだろう。

その瞬間、モニタ上のぼくの脳波は不安で大きく乱れていただろう。

爆弾のせいで。

このうえなお、やつらはぼくに爆弾をつないでいたんだ。

ぼくがほんとうに生きて帰してもらえるのか心配し始めたときにそなえて。

ぼくがこの地獄から本気で脱出しようと考えたときにそなえて。

3

「きみはシミュレーションで良い成績をおさめている」ある日、コントロールが言った。ぼくが目を覚まして肉体のない脳になっていることに気づいてから三カ月以上たっていた。

〝ありがとう〟ぼくは考えた。〝やるべきことはきちんとやろうと努力してきたよ〟

「そうだな。知りたいかもしれないから伝えておくが、われわれの訓練における目標達成率の面で、きみはトップレベルの操縦士のひとりとなっている」

まあ、それはそうだろう。ぼくはシミュレーションを仕様どおり実行するためにせいいっぱい注意を払ってきた。ソフトウェアの障害が発生して、やつらがシステムを修正しようとあちこちほじくり返すような事態になるのを避けるためだ。ぼくが構築したブルーピルのシステムはかなり堅牢だけど、危ない橋を渡ることはない。

もうひとつは、コントロールが注意を払っていなかったときに、チャンドラー号の娯楽ライブラリにあるビデオを見たり音楽を聞いたりしていたおかげだろう。自分が全人類から完全かつ徹底的に孤立していることをくよくよ考えずにすんだので、正気をたもつのに役立った。訓練で好成績をあげようとしているとき、正気でいることが役に立つというのはとりたてて驚くことでもない。

こういったことは、コントロールがいるあいだは、おもてには出さなかったし頭で考えもしなかった。

このころには、ぼくがコントロールに向かって考えたことだけが〝聞こえる〟理由が、少しはわかってきていた。脳を読み取るソフトウェアは、意図的なコミュニケーションの試みだけを認識し、それを、すべての脳が常にやっている軽いつぶやきやひとりごとから切り離すことで、コミュニケーションの最適化をはかろうとしていた。あのソフトウェアは、ぼくがひとりごとのつもりで考えたことは内にとどめていた――とはいえ、黙っているつもりだったことをうっかり口に出し、そのせいで一日をだいなしにしてしまったことが過去に何度あったかを思い出してみれば、コントロールがいるときにぼくが思考を空っぽにしようとしていた理由もわかるだろう。

〝それはうれしいな〟ぼくはそう考えてから、いつものように返事を待った。

「きみがとてもよくやっているので、われわれはきみの要望にこたえることにした」

〝ぼくの要望？〟

「きみはオカンポ副長官といずれ話をしたいと言っていた。われわれのほうできみが話せるよう手配した」

〝オカンポがぼくに会いに来るのか？〟

「そうとも言える。ある特定のフィードについて、このシミュレーションへのポート通過を許可した」

するとチャンドラー号の船内ではないわけだ。まあ、それはかまわなかった。〝話は今日できるのか？〟

「いや。今日はやるべきことがある。だが近いうちに」

〝ありがとう。感謝する〟これは本心にはちがいなかった。

「どういたしまして。では今日のシミュレーションを始めたまえ」

〝ぼくが実際の任務につくのはいつなんだ？〟

「なぜそんなことをきく？」

〝これまでずっと訓練を受けてきた。あんたが言ったとおり、成績も良好だ。もう任務につく準備はできている〟

「われわれへの義務を果たしたいのだな」

〝そうだ〟

「自分の体を取り戻すために」

〝それが大きな要因じゃないと言ったら嘘になる〟これもまた本心にはちがいなかった。

「きみにあたえる情報はない。われわれが適切な時期だと判断したら、きみは任務につくことになる。いまはまだその時期ではないのだ」

〝わかった。気になっただけだ〟

「心配するな。すぐに大忙しになる」コントロールはそう言うと、ぼくがコロニー連合の三隻のフリゲート艦と同時に戦っているシミュレーションをひらいた。

以前にもやったやつだけど、少しだけちがっている部分があった。ぼくとの交戦でなるべくそのシミュレーションの目的は、すべてのフリゲート艦を撃破することじゃなかった。ぼくとの交戦でなるべく火火力を浪費させることで、味方の三隻の船がスキップで到着して攻撃に加わるとき、敵にそれを乗り切るだけの防御力がなくなっているようにすることだった。

基本的に、そのシナリオの中のぼくはおとりだった。

そのころ、ぼくがおとりにされるシナリオはほかにもあった。

正直、そういうパターンのシミュレーションは見ていて楽しいものじゃなかった。

船長のスクリーン上で、ふだんは完全に沈黙している通信ウィンドウがぱっと輝いた。ぼくはそこにあらわれたフィードを仮想のブリッジでいちばん大きなモニタに表示させた。

そのフィードには、通知されていたとおり、オカンポ副長官の姿があった。

「ミスター・ダクイン、そこにいるのか？」オカンポは手にしたPDAのカメラをのぞき込んでいた。チャンドラー号で使っていたのよりさらに狭い個室にいるようだった。

〝はい〟ぼくは考えた。

「そうか、良かった。こちらにはきみの音声フィードしかなくてね。なぜかビデオフィードが――」オカンポは急に口をつぐんだ。やっと気づいたらしい。ビデオフィードがないのは、見ようにも肉体が存在せず、透明な箱に入ったむきだしの脳しかないせいだと。

でも、ぼくのほうにはビデオフィードがあったので、オカンポがさっと顔を赤らめるのを見ることができた。少なくとも、ぼくをどんな目にあわせたか忘れていたことを恥じるだけの慎みはあるようだった。

〝大丈夫ですよ。どのみち話をしたかっただけです。それでかまわなければですが。あなたに時間があればですが〟

「今日はこの前哨地を運営しているララエィ族の宗教上の祝日でね。だから、今日はなにも用事がない。こうして話ができるのはそのおかげなんだ」

〝ララエィ族のクリスマスさまさまですね〟ぼくはオカンポに向けて考えた。

オカンポはこれを聞いてにっこりした。「で、なにが胸にひっかかってるんだ？」そうたずねたとたん、彼の顔はまたもや赤く染まった。ぼくに向かってそういう言い回しを使うのがどれほど不適切であるかに気づいたらしい。ともあれ、彼も今度はごまかそうとはしなかった。

「ああ、レイフ。すまなかった」

〝大丈夫ですよ〟

「きみがなぜわたしと話をしたいのか、それすらよくわからない。わたしがきみのような身の上に――ああくそっ」

〝気にしないで。もしも声を出せるなら、まちがいなく大声で笑っているところです〟

「きみだけでもそんな気分になれて良かった。わたしが言いたいのは、きみが話をしたがる理由がわからないということだ。きみの身に起きたことを考えれば、二度とわたしとは話したくないはずだ。怒り狂っているはずだ」

〝たしかに怒り狂っています〟それは百パーセント本音だった。〝いまでもこの状況が幸せだとは言えません。やつらがぼくに、ぼくの体にしたことは知っているでしょう〟

「ああ」

〝幸せなことなんかひとつもありません。でも、最後に会ったときにあなたから言われたことがあります。おぼえていますか？〟

「よくおぼえていない。わたしは、その」オカンポは言葉を切った。「あの日はいろいろなことがあったから」

〝あなたはこう言ったんです。人はなにに対して忠実であるべきか自問しなければならない——コロニー連合か、あるいは人類か。そのふたつは同じものではないのだと〟

「なるほど。ああ。おぼえているよ」

〝あれがどういう意味だったのか知りたいんです。だって、ぼくの身に起きたことはあなたでもぼくでも変えようがありませんが、あなたならなにか筋のとおった説明ができるかもしれないでしょう。そうすれば、ぼくだってむだに体と自由を失ったわけじゃないと思えるんですよ〟

オカンポはいっとき黙り込み、ぼくは好きなだけ時間をかけさせてやった。

「きみに話せないことがたくさんあるのはわかるだろう」しばらくして、オカンポはこたえた。「わたしの現在の活動はほとんどが機密扱いとなっている。同僚たちにこの会話を聞かれている可能性があるから、機密事項をきみに伝えるのは危険だし、たとえ聞かれていないとしても、どのみち話すつもりはない。それがものの道理だからだ」

〝わかります。オカンポ副長官、ぼくは自分の役割を知っています――理由を問うことなく、ただやり遂げるか死ぬか〟

オカンポは目をしばたたいてから、にっこり笑った。「テニソンの引用か」

〝というか、まちがった引用ですけどね。ぼくが言ってるのは、戦術や戦略を教えてくれということではありません。そこにある理念について教えてほしいんです。それならあなたも話せるはずです〟

「話せる」オカンポはそう言ってから、冗談めかして、「だが、きみにはどれだけ時間があるのかな？」

〝あなたが望むだけ、いくらでも〟ぼくはそれ以上なにも考えずに待った。

するとオカンポが語り始めた。彼は人類について、コロニー連合について語った。コロニー連合の歴史を大まかに説明し、さまざまな知的エイリアン種族との最初の接触――すべてがコロニー連合にとって悪いほうへころがり、歴史の浅い政治機構はあやうく崩壊しかけた――のせいで、ずっと攻撃的で好戦的で偏執的なままになっていることを語った。

オカンポは地球を隔離するという決断について語った。地球の政治面およびテクノロジー面の進歩を意図的に遅らせて、そこを基本的には植民者と兵士の飼育場としたおかげで、コロニー連合は必要な生の人的資源を手に入れ、知的種族の中で頭角をあらわした——ほかの種族が予想したよりもはるかに早く、それこそ対処する間もないうちに。

オカンポの説明によれば、数百におよぶ知的種族の同盟であるコンクラーベが創設されたのは、ある面ではコロニー連合のせいでもあった。そのリーダーをつとめるターセム・ガウ将軍が気づいたのだ——ほかのどんな種族や統治組織と比べても、コロニー連合は、いずれ近隣の宇宙を征服するだけでなく、意図的であるにせよないにせよ、ほかの知的種族の大虐殺をもたらす可能性が高いと。唯一の解決策がコンクラーベの創設だった。コロニー連合は、コンクラーベに吸収されて数多くの声のひとつに成りさがるか、さもなければ衰退するはずだった。なぜなら、コンクラーベは巨大すぎて、とてもコロニー連合が争える相手ではなかったからだ。

理論上はすばらしいアイディアだった。でも、現実には、コロニー連合があやうくコンクラーベを壊滅させそうになったことがあり、ガウ将軍の個人的な決断がなければ、コンクラーベの全種族が線路上の鼠を押しつぶす列車のようにコロニー連合に襲いかかっていたはずだった。ガウがいなくなれば、コロニー連合は標的になってしまう——全人類と共に。

オカンポは、大まかに、あいまいな言い回しで説明を続けた。彼と、ごく少数の信頼できる仲間と、人類の敵と思われているが実はコロニー連合の敵でしかないいくつかのエイリアン種族は、種としての人類は救う手立てがあると考えていた——たとえコロニー連合は崩壊するべきだとしても。この〝するべき〟は、解釈としては〝するだろう〟という意味であって、実際には、コロニー連合は崩壊するというより、むしろ特定の方向へ進むよう圧力をかけられることになるだろう。

こういった話を披露したときのオカンポは、自分の役割を乗り気ではない歴史上の触媒か支点とみなしていた。できればコロニー連合にそんな圧力はかけたくないが、必要なことだとわかっているので——やむなく、だけではなく、雄々しく？——立ちあがり、人類という種に尽くすために、その圧力を行使しているのだと。

要するに、とんだ大バカ野郎だ。

でも、そんなことは言わなかった。

そんなことはちらりと考えることさえ自分に許さなかった。

このとき、ぼくが言ったり考えたりしたのは、表現はいろいろでも結局はたったひとつの言葉で、その言葉とは〝もっと聞かせて〟だった。

ぼくはオカンポに話をしてほしかった。もっとたくさん話をしてほしかった。

チャンドラー号でのあの日以来、初めて人間と話ができたから、というわけじゃない。オカンポのことはそれほど好きじゃなかった。もちろん、本人にそれを知られたくはなかったけど。

オカンポには、ぼくが彼の話すことに興味津々だと思ってほしかった。こんな状況でもそれなりに彼に好感をもっていると。

オカンポには、ぼくが彼の考えをすばらしいものだと、純然たる英知のかたまりだと認めていると思ってほしかった。〝もっと聞かせて〟とうながすことで。

オカンポにそう思ってほしかったのは、ぼくと話をしているあいだ、彼がチャンドラー号とつながっていたからだ。より具体的に言うなら、彼のＰＤＡがチャンドラー号とつながっていた。

オカンポが語り続けていたあいだに、ぼくは彼のＰＤＡにあったファイルをひとつ残らずチャンドラー号のストレージへコピーした。

なにしろ、ぼくはこんな問題をかかえていた――チャンドラー号のシステムをどれだけ自由に扱えたとしても、ぼくはそこに閉じ込められていたんだ。

コントロールがチャンドラー号と接続するときに使うシステムに侵入するわけにはいかなかった。チャンドラー号がそのシステムに接続要求を出せば、だれかが気づくはずだ。要求はすべて記録される。いつかは、やつらも犯人がだれなのかに思い当たるだろう。そうなったらぼくはおしまいだ。

それに、侵入する先はまったく未知のシステムになる。ぼくはまえから疑っていたし、オカンポも無意識に認めていたけど、あのときぼくたちのいた場所を支配して運営していたのはララエィ族だ。ぼくはララエィ族のコンピュータシステムや、その設計や、プログラミング言語についてなにひとつ知らなかった。コンピュータ上になんらかのシェルがあれば、人間が設計したオペレーティングシステムを実行できる可能性はあったし、文書の相互変換を実現するソフトウェアだってあるかもしれなかった。

とはいえ、システムへの全面的なアクセスは？　むずかしいだろう。たとえ可能でも習得するための時間もリソースもなかったし、そんなことをやろうとすれば、発見されて、たぶん痛めつけられて、あげくに殺されるかもしれなかった。

では、オカンポのPDAはどうか。ぼくはそっちのソフトウェアとハードウェアのことならなんでも知っていた。

コロニー連合の公式PDAは数多くの企業によって製品化されていたけど、どれも同じソフトウェアで動いていた。相手が種類のちがうPDAだろうと、コロニー連合が公務で使用しているどんなコンピュータだろうと、交信できなければならないのだ。何兆マイルにもわたって広がる政府機関でそんなレベルの標準化が実現されているとすれば、ほかのあらゆるコンピュータも、オペレーティングシステムも、テクノロジー製品も、それと規格を合わせるか、交信できるようにするしかない。

そう、ぼくはオカンポのPDAを熟知していた。彼がチャンドラー号との接続をひらいたとたん、そこにアクセスする方法も、あちこち見てまわる方法も、ファイルを抜き出す方法もすぐにわかった。

しかも、それを本人に知られずにやる方法もわかっていた。

オカンポに知られると思っていたわけじゃない。なんというか、彼は〝プログラマ〟っぽい顔をしていなかった。プログラマの上司ならありそうだ。部下にきらわれるタイプ。休日にまで部下に仕事をさせるタイプ。

それと、オカンポならPDAにいろいろと興味深いファイルを保存しているにちがいないと思っていた。簡単な話、ほかに置き場があるか？　チャンドラー号を離れたいま、情報の処理と保存に使う装置はそれしかない。彼はぼく以上にララエィ族のテクノロジーになじみがないはずだ。PDAをそのまま使って、手持ちの情報をそこに保存するのは理にかなっている。オカンポがヴェラ・ブリッグズの件でトヴァンと話していたことを思い出す。あの気の毒な女性はたくさんのことを教えられていなかった。オカンポは仕事については自分の胸にしまい込むほうだった。

オカンポに長くしゃべらせればしゃべらせるほど、彼の仕事についてくわしく知ることができたんだ。

彼が語っている最中に情報をより分けようとしたわけじゃない。集中しているふりをして話を続けさせる必要があった。もしも（比喩として）手持ちぶさたにしていると思われたら、接続を切られてしまっただろう。

そこで、オカンポに話を続けさせながら、プログラムに彼のPDAのコピーを作成させた。あらゆるものを、それこそ彼がぼくと話すために使っていた通信プログラムまで、ぜんぶコピーしたんだ。データの整理ならあとでできる――暗号化されたファイルも含めて。あとでわかったことだけど、ファイルはすべてPDAに鍵付けされていたので、そのPDAの仮想コピーの中でひらけばなんの問題もなかった。ずさんだ。

ずさんさに万歳三唱。

コピー処理全体で二時間弱かかった。ぼくはそのあいだずっとオカンポにしゃべらせていた。ほんの少し話をうながすだけでよかった。

〝ひとり語り《モノローギング》〟というのを聞いたことがあるかな？　とらわれのヒーローが死をまぬがれるために、脱出できるまで悪人にしゃべらせておくというやつだ。

まあ、このときは状況がちがった。ぼくはやっぱり箱の中の脳だったし、ほぼ確実に最初の任務で死ぬはずだった。でも、似ているところはあった。そして、オカンポはまだまだ余裕で話を続けられそうだった。

オカンポが誇大妄想狂だったとは思わないし、自分のせいで裸の脳にされた男を哀れんでいたという好意的な見方もちがう気がする。あそこにほかの人間がどれくらいいたのかはわからない。ぼくが知っていたのは、オカンポと、ヴェラ・ブリッグズと、チャンドラー号の兵装システムの再実装を手伝っていた正体不明の女だけだ。ほかのふたりのうち、兵装システムの監督はいつ見てもなんだか忙しそうだった。ヴェラ・ブリッグズについては、この時点でオカンポに対して特に親しみを感じていたということはないと思う。

言葉を変えると、オカンポは人間との接触がなくてとにかく寂しかったのかもしれない。

それはよくわかる。ぼくだって寂しかった。

もちろんちがいはあって、ひとりは孤独になることをみずから選んだ。もうひとりはいきなりその選択を押しつけられた。

結局、オカンポの話をしたいという気持ちは、ぼくが必要とした時間よりも十五分長く続いた。「いや、きみを退屈させてしまったようだ」と彼が言ったとき、終わったなとわかった。これは「さすがにもう飽きた」の利己的表現でしかないからね。

〝退屈なんかしてませんよ〟ぼくはオカンポに向かって考えた。〝でも、今日はずいぶんあなたの時間をとってしまったようです。これ以上は申し訳ないです。ありがとう、オカンポ副長官〟

「どういたしまして」オカンポはそう言ったあと、妙な表情を見せた。ぼくには、なにかで罪の意識をおぼえているくせに、それについて行動を起こして面倒なことになりたくはないと思っている顔に見えた。

ぼくが黙っていると、オカンポのかすかに残った道義的責任感が発動したようだった。

「なあ、ダクイン、きみをつらい立場に置いたことはわかっている。彼らはきみに体を返すと約束しているし、事実そうなるだろう。以前にもやったことだからな。とはいえ、それまでのあいだ、わたしになにかできることがあれば、その……」オカンポはそこで言葉をにごし、ぼくのためになにかしたがっているとほのめかしながら、実際には口に出そうとしなかった。逃げ道を確保していたんだと思う。

まったくとんでもない野郎だったよ、このタイスン・オカンポ外務副長官は。

〝ありがとう。いまはあなたにしてほしいことはなにも思いつきません〟モニタ上では、オカンポが目に見えて表情をゆるめていた。ぼくが責任をまぬがれさせてやったからだ。おかげで、こちらがほんとうに言いたいことを伝えるチャンスができた。〝でも、いずれあなたにしてほしいことがひとつあります〟

「言ってみたまえ」

〝もうじきぼくは任務をあたえられるでしょう。ずっと実行してきたシミュレート版の任務ではなく、最初のほんものの任務です。その日にあなたとヴェラ・ブリッグズが見送りに来てくれたら、ぼくにとっては大きな意味をもつんですが〟

「つまり、チャンドラー号へということか」

〝そうです。まあ、ぼくはこんな状態ですから〟――と、オカンポの脳の罪悪感中枢にわざとナイフを突き刺して――〝あなたがチャンドラー号の中でお別れを言おうが外で言おうがあまり変わりがないことはわかっています。でも、ぼくにとっては大きな意味があるんです。いまではぼくの知り合いはあなたとミズ・ブリッグズしかいません。だれかに見送ってほしいんです。出発まえのほんの数分でかまいません。できることなら〟

オカンポはしばらく考え込んだ。どうすれば実現できるか考えているか、断る口実を探しているかのどちらかだった。「わかった」彼はようやく口をひらいた。「ふたりで見送るとしよう」

〝約束ですね？〟ぼくはたずねた。なにしろ、ついさっき「わたしになにかできることがあれば」で言葉をにごした男だ。

「約束する」オカンポはこたえ、ぼくはその言葉を信じた。

〝ありがとう、オカンポ副長官。あなたはいい人ですね〟

オカンポの顔は笑ったようにもたじろいだようにも見えた。

どちらにせよ、彼は手を振って通信を切った。

オカンポのPDAから入手した情報――

第一に、オカンポが姿を消すつもりでいたのはまちがいなかった。かなりの分量の娯楽ライブラリが保存されていたんだ――地球のクラシック映画からフェニックスの最新シリーズまで数千本のビデオと、同じくらいの数の書籍と音楽、さらにはかなりの本数のビデオゲームもあったけど、これはほとんどが十年かそれ以上昔のものだった。宇宙を運営する仕事をしていると、あらゆる分野で遅れずについていくだけの時間はないのだろう。

そうそう、ポルノも山ほどあった。

いやいや、別に非難しているわけじゃない。いまも言ったように、オカンポは長期にわたって姿を消すつもりでいて、そのあいだは人間との深い付き合いもなくなるとわかっていた。ぼくだって彼の立場になれば同じことをしないとは言えない。ただ、ほかのどんな種類の娯楽よりもポルノがたくさんあったと言ってるだけだ。

うん、ぼくも何本か観賞した。たしかに箱の中の脳かもしれないけど、最大の性器は精神だと言われてるだろう？　ぼくの場合、事実としても比喩としてもそのとおりなんだ。

それに、生殖腺がなくなると反応もなくなるのかどうか知りたい気持ちもあった。

答は——絶対にちがう。これにはみなさんが考える以上にほっとさせられたよ。

おっと、ポルノについてちょっと長く語りすぎたかもしれない。

要するに、オカンポは長期間かかると考えて計画を立てていたんだ。

ほかにPDAに保存されていたもの——コロニー連合から持ち出された目を見張るほど大量の機密情報。

まずは、コロニー連合の軍事能力に関する、ぼくが思いつくかぎりのあらゆる情報——通常のコロニー防衛軍のほか、特殊部隊とその能力についても。艦船に関する情報、その能力、その準備状況。

コロニー防衛軍の人的資源や、過去の死亡率、地球との関係が切れることがCDFの即応性にあたえる影響——なにしろ、新兵を補充できなければ、兵士をひとり失うたびに召集できる兵士がひとり減ることになる。

コロニー連合政府の文民部門に関する詳細なファイルは、とりわけ外務省に重点が置かれていて、これはオカンポが何者であるかを考えれば理にかなっていたけど、コロニー連合の官僚機構のあらゆる側面が、見たところあますところなく網羅されていた(ぼくもかなりの部分にざっと目をとおしてみた)。

コロニー連合の商船隊——惑星間を行き来する無数の貿易船や貨物船——に関する情報には、どれが専用に建造されたものでどれがCDFの艦船を再利用したものかという区別や最新の交易ルートまで含まれていた。

コロニー連合と、人類以外の既知のあらゆる知的種族との関係、さらには政体としてのコンクラーベや地球との関係にまつわる概要資料。

コロニー連合の惑星ひとつひとつについて、人口や防衛能力に関する資料、および住民やインフラや生産能力に最大のダメージをあたえられる標的のリスト。

コロニー連合政府の本拠地であり、人類にとって最大の宇宙港でもあるフェニックス・ステーションの設計図および評価書。

言葉を変えると——コロニー連合を攻撃する計画を立ててそれをやり遂げるために手に入れたい情報がほぼすべてそろっていた。少なくとも、ぼくが必要だと考えた情報は。ぼくは専門家じゃない。でも、まさにそんなふうに見えたんだ。

さて、これらの情報はすべてが機密扱いというわけでもなかった。一部の情報は百科事典か公文書を調べるだけで手に入れられるものだった。オカンポかこの情報を使っているだれかは、もうコロニー連合のデータネットワークにはアクセスできなくなる。オカンポが必要なものを——あるいは、彼が必要だと考えたものを——すべて持ってきたのだ。

ただ、それ以外のデータもあった。

新しい情報だ。

オカンポがここへやってきたあとで入手したデータ——ちなみに、ここというのは小惑星をくりぬいた軍事基地で、もともとはララエィ族が建設して運営していたんだけど、彼らは最近のコロニー連合や他種族との紛争で大幅に勢力を削がれていた——と、彼がここへ来てから作成した情報だ。

　このグループと共に。

〈均衡〉と共に。

とにかく、やつらは自分たちをそんなふうに呼んでいた。

おかしな名前だと思ったよ。でも、ぼくに投票権はなかった。たとえ投票できたとしても、たぶん〝大バカ同盟〟と名付けただろうから、やつらがそれを受け入れたとは思えない。

　新しい情報の中には、さまざまな会議の音声とビデオによる記録とその自動議事録も含まれていた。だれがなにを言ったかがわかるのでこれは役に立った。なにしろ、会議の出席者の中にはぼくがそれまで出会ったことのない種族もいたからだ。ぼくの活動範囲はコロニー連合内にかぎられていたから、特に驚くようなことじゃないけど、なんとかしなければいけないのは同じだった。

　ほとんどの議事録は、ありきたりな会議の記録だった──たとえば、基地の保守に関する打ち合わせでは、一部の種族の呼吸器系に悪影響をおよぼす黴《かび》について語られていて、それに対するぼくの感想は──〝へえ、そうなんだ〟

　とはいえ、やはり興味深い記録もいくつか見つかった。

　例をあげると──ぼくたちが基地に到着してまだ二週間しかたっていないころのある議事録は、ララエィ族の外交官であるクー・トレア・ドゥが、オカンポがぼんやりしているのに気づくところから始まっていた。

「集中していないようだな、オカンポ副長官」ドゥは言った。ビデオで見ると、彼は狭い会議室を占拠する円形のテーブルの奥のほうに映っていた。参加者は十名ほどで、そのほとんどがことなる種族だった。

「まだここの基地に慣れていないんだよ、ドゥ大使」オカンポが言った。

「きみはしばらくここに滞在するのだ、副長官。時間ならある」

オカンポはここでにっこりした。「あまり長くかからないといいんだが」

「どういう意味だ?」アケ・バエがたずねた。彼はアイア族だ。アイア族はコンクラーベに加盟していた、というか、オカンポが持ち込んだファイルにはそう記されていた。コンクラーベで徐々に不満をつのらせている種族だ。

「そろそろ最終目標について話し合うべきだ」オカンポが全員に向かって言った。「われわれの最終目標について」

「そうなのか」

「そのためにわたしはここへ来たのだよ、アケ・バエ」オカンポが言った。

「なるほど」アケ・バエは言った。「確認しておきたいのだが、オカンポ副長官、きみは自分の最終目標とわれわれの最終目標とを混同していないのだろうな? きみはいまやコロニー連合からの亡命者であり、最低でも作戦行動のあいだはそれが続く。だからといって、〈均衡〉が予定を変えてきみの個人的な要望や意向に合わせなければいけないということにはなるまい」

オカンポはまたにっこりしたけど、あまりいい笑顔じゃなかった。「心配するのはよくわかる」彼は部屋を見回しながら言った。「きみたちの多くはこんなふうに考えているのだろう。人間というやつは、個としても種族としても、自分たちの重要性をとてつもなく過大視している――一般的にも、今回のわれわれの活動においても。もっと言うなら、きみたちの多くは、わたしのことをずっと目の上のたんこぶとみなしてきたはずだ」

部屋にわき起こったざわめきは笑い声にあたるものだったと思う。

「だが忘れないでほしい、今回の反乱の始まりは、われわれコロニー連合がロアノークでコンクラーベに攻撃を仕掛けたところまでさかのぼるのだ」オカンポは部屋に集まったさまざまな種族を見回しながら続けた。「きみたちの政府のどれだけが、コンクラーベが創設されるのを見ながら手も足も出せずにいた？」彼はアケ・バエに目を向けた。「きみたちの政府のどれだけが、コンクラーベと戦う代わりにそこに加わった？　コロニー連合だけは――人類だけは――あのコンクラーベに血を流させた。彼らだって血を流すのだと思い知らせてやった。ガウ将軍の覇権の試みは打倒できるのだと思い知らせてやったのだ」

「きみはロアノークのあとでガウに対するクーデターが起きかけたことを無視しているようだな」アケ・バエが言った。

「コロニー連合がコンクラーベの艦隊を攻撃したことが刺激となったクーデターだ」オカンポは反論した。「要するにだな、アケ・バエ、われわれが今日ここに集まったのは人間のやったことがきっかけになっているのだ。人間であるわれわれが今回の反乱において自分たちの重要性を高く評価しているとしても、それは当然のことだ。単なるエゴではない」

「コロニー連合がコンクラーベに立ち向かったことを称賛するとは皮肉な話だ。まさにそのせいで、われわれみんながコロニー連合をコンクラーベもろとも破壊しなければならないと確信したのだからな」ウター・ノヴェが言った。ノヴェはエルプリの出身だ。ぼくはそのときまでエルプリなんていう名前の惑星があることさえ知らなかった。

「力の均衡を取り戻すことがすべての種族にとって最善だという点で、全員の意見は一致した」オカンポは言った。「だから組織の名前もこうなったのだ。コンクラーベはその均衡に対する最大の脅威と言える。その点でも意見は一致した。コロニー連合がコンクラーベの対抗勢力として強大になりすぎているという点についても同じだ。とはいえ、コロニー連合を人類と混同してはならない」

オカンポはパオラ・ガディスに向かってうなずきかけた。ぼくもまえから見かけていたもうひとりの人間で、兵装システムの実装作業を監督していた。その女はオカンポにうなずき返した。

「ここにいるわたしの同僚は、地球のいくつかの政府の利益を代表している」オカンポは続けた。「彼女にきけば喜んで話してくれるが、それらの政府はコロニー連合の利益になどこれっぽっちも関心がないのだ。結局のところ、コロニー連合は人類そのものではない。ひとつの政府にすぎない。もしもコロニー連合が崩壊したら、いや、実際にするだろうが、そのときは地球が、かつてコロニー連合だった各世界を先導する役割を引き受けるかもしれない。

あるいは、それらの世界が別の連合を結成する可能性もある。人類は生き延びる。人類は新たな均衡の一部として存続するのだ」

「人類はそうかもしれない」アケ・バエが言った。「だが、わたしはきみ個人のことを言っているのだ、オカンポ副長官。きみ自身と、〈均衡〉のそれとはことなるきみの最終目標のことだ」

　オカンポはまたにっこり笑い、自分のPDAをテーブルから取りあげた。ビデオ映像が一瞬だけ揺らぎ、持ちあげられているあいだにふたたび安定した。「これがなにか知っているな、アケ・バエ」

「携帯情報端末《PDA》、のはずだが」

「そうだ。ここにはコロニー連合外務省とコロニー防衛軍の過去十年のデータの大半が保存されている。コロニー連合の活動や紛争に関する極秘のファイルや報告書がほぼすべてそろっているのだ。外部には知られたくないこと、あるいはカーペットの下に掃き込んでしまいたいもの。同盟者による裏切り行為、あるいはその計画。みずからの世界に対する軍事行動。暗殺。失踪。すべてが事実だ。すべてが検証可能だ。すべてがコロニー連合に多大なダメージをあたえる」

「われわれが次の段階の計画を立てるために、きみが用意すると約束したデータだな」

「ちがう。次の段階ではない。最後の段階だ」オカンポが力をこめようとしてPDAを振ると、ビデオの映像がまたぼやけた。「コロニー連合から入手したデータはすべてが正確かつ検証可能だということを理解してくれ。なにもかも現実に起きたことだ。おかげで、それはわたしが付け加えるものを隠す役割を果たしてくれる」

「なにを付け加えるのかね?」ドゥがたずねた。

「われわれの作戦すべてだ。これまで徴発してきた人類およびコンクラーベの艦船。われわれがコロニー連合とコンクラーベの各世界であおってきた社会不安。地球ステーションの攻撃も含めた、すべての破壊活動。どれも手を加えて、コロニー連合とコロニー防衛軍の後ろ盾のもとで実行されたように見せかけてある。どのデータも、わたしの照合用のハッシュ値と、わたしの以前の上司であり現在の外務長官である人物のハッシュ値により、ほんものであることが検証可能になっている」

「どうやってハッシュ値を入手したんですか?」パオラ・ガディスがたずねた。

「セキュリティや検証システムのもっとも脆弱な部分は、それを使う人間なのだよ」

その瞬間、脳裏にいろいろな思いがわきあがり、ぼくはビデオを一時停止してオカンポの発言の強烈な皮肉をじっくり味わいたくなった。

「それと、ずっと友人や味方として付き合ってきた人びとを信じてしまうことだ」オカンポはぼくの嘲笑に気づくこともなく話を続けた。「ガレアーノ長官は簡単にだまされるような人物ではないが、忠誠心が弱みになっている。わたしはずっとまえから彼女の信頼を得ていた。それを疑われるようなことは絶対にしなかった」

「例外はこれですね」ガディスがPDAを指さした。「それと、あなたが〈均衡〉のためにやってきたことすべて」

「ガレアーノがいつかわたしを許してくれると言うつもりはない。それはないだろう。ただ、いつの日か、必要なことだったと気づいてくれると思いたい」

「むりでしょうね」ガディスは言った。オカンポは肩をすくめた。

「それだけではこれが最後の段階になるという理由の説明にはなっていない」アケ・バエが話を戻した。「コロニー連合がわれわれの作戦によって非難されるというだけだ」

「いいえ」ガディスがオカンポよりも先に口をひらいた。「地球はすでにコロニー連合が地球ステーションを攻撃したと信じています。地球から行動の自由を奪うことで、コロニー連合に依存したままにするために。証拠があれば両者は戦争状態に突入するでしょう」

「そうなればコンクラーベがいやでも動き出す」オカンポが言った。

「そうです」ガディスが続けた。「いま現在、コンクラーベが地球と良好な関係をたもちながらも距離を置いているのは、コロニー連合を敵に回したくないからです。しかし、コロニー連合が地球ステーションを破壊したことがその内部資料によって証明されたとしたら、すべての前提が崩れます。コンクラーベは地球を仲間に引き込もうとするはずです」

「それでは、われわれのように人間がコンクラーベに加わることを望まない種族の反感を買うことになるぞ」ウター・ノヴェが言った。「悪くとらないでくれ」彼はガディスに向かって付け加えた。

「気にしてません」ガディスが言った。「どのみち、それはわたしたちの望むことです。分裂によってコンクラーベは弱体化するでしょうし、コロニー連合はコンクラーベを重大な脅威とみなして、破壊するための行動に出るでしょう」

「その行動は失敗に終わると」ノヴェが言った。

オカンポは首を横に振った。「たしかに、コンクラーベと真っ向から戦ったら失敗するだろう。だが、コロニー連合はそんなことはしない。ロアノークでコンクラーベの艦隊を撃破したときもそうだった。彼らは艦隊を送り出してコンクラーベのそれと戦ったりはしなかった。暗殺者たちを送り出したんだ——特殊部隊を潜入させてすべての艦船に反物質爆弾を仕掛け、それをいっぺんに爆発させた。物理的な損害と同じくらい精神的なダメージが大きかったよ。以前にもやったわけだからな。また同じようにするだろう。一度の暗殺、一発の銃弾——全面崩壊。今回もそういうことが起こるはずだ」

「きみはガウ将軍の暗殺を計画するつもりか！」ノヴェが言外の意味を察して叫んだ。

「ちがう」オカンポはそう言って、ノヴェを指さした。「きみが計画するのだ」彼はアケ・バエを指さした。「あるいは、きみが計画するのだ。きみたちふたりはそれを実現しやすい立場にいる。だれがやるかはわたしの関与するところではない。重要なのは、どちらが計画するにせよ、コロニー連合の要請を受けての行動であることが明白になるということだ。コロニー連合は、ガウに恥をかかせたら自分たちはほぼ終わりだと知っている。ガウが求めているのは彼への忠誠であって、コロニー連合自体ではないということも。ガウを殺せばその忠誠は壊れる。ガウを殺せばコンクラーベは崩壊する」

「それではコロニー連合が最大の勢力として突出することになる」アケ・バエが言った。

「いいえ」ガディスがこたえた。「地球抜きではむりです。兵士がいません。植民者もいません」

「地球が気を変えたらどうなるかな」クー・トレア・ドゥが言った。

「適切な時期に、そうならないよう手を打つつもりだ」オカンポが言った。「以前にもやったことだ。今回だって同じように説得できる」彼は部屋の中から、チャンドラー号の艤装《ぎそう》作業が進むドックがあると思われるほうへ手を振った。「もっとも、これまで集めてきた艦船にもっといい使い途《みち》があるというなら話は別だが」

「船を集めるのはだんだんむずかしくなっている」ドゥが言った。「いつでもきみがチャンドラー号でやったように船長たちをだませるわけではない」

「それならなおのこと、はっきりとケリをつけるべきだ。われわれは小さいけれど影響力のあるグループとしてやってきた。小さいことは問題ではない。その行動に影響力があるということが鍵なのだ」

「では、すべてはそこにある情報を流すところから始まるのだな」アケ・バエがPDAを指さして言った。

「そうだ」

「どこで流せばいい？」

「あらゆる場所で流す。あらゆる場所で、いっせいに」

「これは良い計画だと思います」ガディスが言った。「狙いどおりの効果を発揮する可能性もあると思います」

「ふたりの人間が合意に達したのは喜ばしいことだな」ノヴェが言った。皮肉というのは宇宙のほぼすべての知的種族に共通する特質らしい。

「失礼ですが、ノヴェ大使、ここで合意するのは良いことです」ガディスが言った。「この件でもっとも弱い立場にあるのはわたしの惑星だということを忘れないでください。わたしたちには宇宙船がありません。軍事力もありません。わたしが代表している各政府は、地球がふたたび他種族から注目を集めるまえに防衛体制を築く最大のチャンスをあたえてくれるのは〈均衡〉だと考えています。この計画はそれを現実にできるのです」ノヴェは不満そうに身じろぎした。

ガディスはオカンポに注意を戻した。「とはいえ、やはりリスクはあります。もっとも重要なのは、コロニー連合にあなたは死んだと思わせなければいけないという点です。しかも忠実なまま死んだと。実は生きていて、しかも裏切り者だと思われたら、彼らはあなたをいつまでも探し続けるでしょう」

オカンポはうなずいた。「コロニー連合は船を奪われるのがどういうことかわかっている。操縦士以外は全員殺されるものだと知っているんだ。わたしだけ例外だと考えることはないだろう」

「きみは外務省の副長官ではないか」ノヴェが言った。

「いまは休暇中だよ。不運な民間人以外の何者でもない」

「あなたが疑われるとは思わないのですか」ガディスが言った。

「わたしは何年もまえからこの活動にたずさわってきた」オカンポが言った。「そのあいだずっと〈均衡〉に情報を流してきたんだ。ここでバレるくらいなら、姿を消すまえにそうなっていたはずだ」

「使っていた部下がいただろう」ドゥが言った。

「少数だが単独で動く者を雇ってはいた。出発するまえに始末しておいたよ」

「殺したということか」

「わたしにつながる可能性がある者については、そうだ」

「それが疑われることは絶対にないと」ガディスがちゃかすように言った。

「わたしの気配りの確かさを少しは信用してくれ」

「これだけ話をして」アケ・バエが言った。「計画だの戦略だのを聞かされても、いまだにきみの最終目標とやらがわからないのだがね、オカンポ副長官」

「〈均衡〉の最終目標と同じだよ。コンクラーベの終焉。コロニー連合の終焉。この宇宙の片隅で超大国が終わりを告げる。すべてにケリがついたら、影の中で活動してきたわれわれのグループは、永遠に姿を消す。そしてわれわれは各自の世界へ帰るのだ」

「ああ、しかしきみは死んでいる。少なくとも、コロニー連合はそう思っている。彼らがそう信じ続けることはきみの——そしてわれわれの——利益になる」

「現時点では」

「では、もっと先には？」

「いずれ事情は大きく変わるだろう」

「そのことが問題になるとは思わないのか」

「思わない」

「確信があるのだな」

「どんなことも確実ではない。だが、さっきも言ったとおり、わたしがこのグループとその目的のためにやってきたことを考えてもらえば、わたしの意見もいくらかは信頼を得ているはずだ。そしてわたしの意見は――ノーだ。すべてにケリがついたら、そのことはまったく問題にならない」

そのあと、やつらはまたもや黴の問題について話し始めた。

これを聞き終えたとき、ぼくはふたつのことを思った。

第一に、繰り返しになるけど――オカンポはほんとにとんでもないやつだった。

第二に、オカンポが人類とコロニー連合についてぼくに語った涙をそそる物語は、まったくの大嘘だった。

訂正しよう――完全な大嘘じゃない。オカンポがぼくに語ったのは粉飾バージョンだ。そのバージョンだと、彼は無私の殉難者であり、混乱から利益を得るために爆弾を仕掛ける男ではなかった。あのアケ・バエとかいうやつのことは好きになれなかったけど、彼だか彼女だかそれだかは、まちがってはいなかった。オカンポがなにをたくらんでいたにせよ、彼がそれにかかわったのは、ほかのだれかやなにかのためであるのと同じくらい——それ以上ではないとしても——自分のためだったんだ。

ついでに、もうひとつ思ったことがあった——オカンポの誇大妄想だかなんだかは、すでに何千人もの人びとを殺していたんだ。

オカンポの誇大妄想だけとは言えない。彼はひとりで活動していたわけじゃなかった。とはいえ、力仕事の一部を引き受けているのはまちがいないようだ。

じきに、やつらはもっと力仕事をこなすためにぼくを使うはずだった。

それから、突然、そのときが来た。

「きみに任務をあたえる」コントロールが言った。ある朝、というか、ぼくが〈均衡〉の基地に着いてから朝と考えてきた時間帯のことだった。

〝わかった〟ぼくはコントロールに向かって考えた。〝それはいい知らせだ。どんな任務なんだ？〟

「スキップポイントに近づいたら任務について説明する」

〝じゃあ、まだ二、三日先か〟

「もっと早い。きみたちの時間で八時間くらいだ」

興味深い情報だった。宇宙で広大な距離を旅するときに使うスキップドライヴは、時空が充分に平坦でなければ起動できない——つまり、重力井戸から遠く離れている必要がある。

スキップ可能な距離に達するまでのおおざっぱな時間を教えることで、コントロールは現在の居所についてぼくに情報を渡していた。基地は質量が小さくて、もっと大きな、たとえば惑星や衛星のそばにはないわけだ。

要するに、ここは小惑星で、恒星から遠く離れていると言っているのと同じだ。

ぼくはそれを知っていたけど、コントロールはぼくが知っていることを知らなかった。それまで一度も話していなかったからだ。

いまそれを伝えたということは、コントロールが口を滑らせたか、もはや問題はないと思ったかのどちらかだ。

コントロールは以前にもこういうことを何度もやっていたのだから、口を滑らせたという可能性は低かった。となると、問題はないと考えたことになる。ぼくが充分に飼い慣らされてやつらのいいなりになると思われたか、さもなければ、ぼくがその任務を生き延びる予定になっていないということだ。

手持ちの兵器について考えてみた——数十基のミサイルと、通信システムや襲来するミサイルを無効化するのにうってつけの増強されたビーム砲システム。それから防御システムのほうも考えてみたけど、チャンドラー号が貿易船だったときと比べて特に強化はされていなかった。

だから、うん。帰還できないという筋書きのほうが現実味がある。

〝わかった。ただ、せめて任務の概要について教えてもらえると助かるんだが。途中でシミュレーションをいくつか練習しておけるかもしれない〟

「その必要はない。任務が始まったらそれに集中してもらいたいのだ」

〝了解。とすると、スキップ可能な距離に到達するまでぼくが船を制御できるのか？〟

「できない。出発からしばらくはわれわれが制御する。そのあとで針路が設定される。きみが全面的に制御できるのはスキップ後だ。それまではシステムの監視を続けたまえ。通信回線をずっとあけておくので、なにか問題が起きたら連絡してかまわない」

〝そちらとの距離が離れるにつれて通信の遅れは長くなる〟ぼくは指摘した。〝光の速度はいまでも変わらない〟

「われわれは問題が起きるとは考えていない」

〝ボスはあんただ。いつ始める？〟

「オカンポ副長官から、きみに別れを告げたいので任務の開始を遅らせてくれと頼まれている。きみの要求だったとか」

〝そうだ〟

「オカンポへの礼儀として、われわれはそれを認めることにする。彼はいまは別件にたずさわっている。それが片付いたら、きみのところへ行く。きみたちの時間で十分だけ、別れのあいさつができる。いまから二時間以内に」

〝わかった。ありがとう、コントロール。ぼくにとっては大きな意味がある〟

コントロールは無言だった。すでに接続を切っていたのだ。そのほうがありがたい。二時間かけて任務のための準備ができるということだ。

だから準備をした。

「このままここにいたときのことを思い出すな」オカンポが言った。

彼はチャンドラー号のブリッジに立っていた。いっしょにいたのはヴェラ・ブリッグズと、護衛をつとめる二体のララエィ族の兵士たちだった。

〝ぼくには少し変わったように思えます〟ぼくはオカンポに向かって考えた。〝ちょっとだけがらんとしているような〟

これを聞いて、オカンポは目に見えてたじろいだ。ブリッジのカメラの一台でそれを見ることができた。ヴェラ・ブリッグズは黙ったまま、ぼくの脳がおさまっている箱を恐ろしげに見つめていた。ララエィ族のほうは、ぼくには表情が読めなかった。エイリアンてやつはそういうものなんだろう。

〝会いに来てくれてありがとう〟ぼくはオカンポとブリッグズ両方に向かって考えた。〝ほんとうに感謝しています〟

「どういたしまして」オカンポが言った。「正直言って、あの岩から離れられるのは――」

ララエィ族の片割れがここで咳払いのような音をたてた。言葉を使わない合図の中には宇宙共通のものがあるらしい。まあ、喉があればの話だけど。

「――風景が変わるのはいいものだ、と言わざるを得ない」オカンポはそのラライェ族をにらみつけた。

〝あまりお時間をとらせたくはありません。おふたりとも忙しいのはわかっています。それに、コントロールの話では、いっしょにいられるのは十分だけだとか〟

「そうだ。実のところ、すぐにでも帰るべきかもしれない。別れのあいさつをさせてくれと頼んだだけでも、彼らはずいぶんいらついていたからな」

〝わかります。どのみち、ぼくも始めなければいけないと思うので〟

ブリッジの外からガンッという大きな音が聞こえてきて、複数の声らしきものがあとに続いた。チャンドラー号のインターコムのスピーカーが起動したのかもしれなかった。あるいは、なにかほかの音かもしれなかった。

オカンポとブリッグズが跳びあがった。ラライェ族は彼らの言語でなにやら言葉をかわして武器をかまえた。一体がオカンポとブリッグズのほうへ手を突き出し、ブリッジにとどまるよう合図した。それから、二体そろって様子を見るためにブリッジから出ていった。

ブリッジへ通じる自動式の強化扉がばたんと閉じて、オカンポとブリッグズが中に、ラライェ族が外に封じ込められた。

「なんだこれは？」オカンポが言った。

チャンドラー号のエンジンが休止状態から推進状態へ移行する低い轟音が響き始めた。

「なにをしているんだ？」オカンポがぼくにたずねた。

〝ぼくはなにもしていません。まだ船の制御を引き継いでいないので〟

ブリッジの扉をばんばんと叩く音がした。ラエィ族が中へ戻ろうとしているのだ。

「扉を開けろ」オカンポがぼくに言った。

〝ぼくは扉を制御できません〟

「だれならできる？」

〝ぼくのシミュレーションを実行していただれかです。彼らが何者かは知りません。自分たちのことはコントロールと呼べと言っていました〟

オカンポはひと声毒づいてPDAを取り出した。基地への回線をひらけないことがわかると、彼はもう一度毒づいた。チャンドラー号に持ち込まれた時点で、そのPDAは自動的に船のネットワークに接続した。チャンドラー号のネットワークは見たところ完全に機能を停止していた。

オカンポはブリッジの各ステーションを見回した。「通信用はどれだ？」

〝いまはどれもちがいます。ブリッジの各ステーションは指揮系統から切り離されています。すべての機能はぼくが制御することになっているシミュレート版のブリッジを経由しているんです〟

「だったらきみがこの船を制御しているんだろう！」

〝いいえ、することになっていると言ったでしょう〟ぼくは指摘した。〝まだ船の制御を引き継いでいません。ぼくが指揮できるのは船がスキップしたあとです。この件の裏にいるの

はコントロールです〃

「だったらコントロールと話をしろ！」オカンポは叫んだ。

〃できません。彼らと話をする機能をあたえられていないんです。むこうから連絡してくるのを待つしかありません〃

驚くなかれ、ここでだれかさんがいきなり回線に割り込んできた。

「チャンドラー号が動いている」コントロールが言った。「どうやったのか説明しろ」

〃知らないよ。この船を制御しているのはあんただ。あんたが教えてくれ〃

「わたしは船を制御していない」

〃でも、だれかがしているはずだ〃

「きみしかありえない」

〃どうやって？〃ぼくは語気を強めた。〃そっちで確認すればいい！　ぼくはシミュレーションの中でなにもやってないんだ！〃

コントロールが確認をとるあいだ、短い間があった。たしかに、シミュレーションの内部でぼくはなにもしていなかった。そうこうしているあいだにも、ブリッジの扉を叩く音は激しさを増し、こぶしの代わりに武器の床尾が使われているような音に変わっていた。

コントロールの声がブリッジのスピーカーから流れ出した。「オカンポ副長官」

「なんだ？」

「きみがチャンドラー号をなんらかの方法で制御しているのだな」

「とんでもない」

「きみはブリッジを占拠している」

「われわれはここに閉じ込められているんだ、クソ野郎。いやでも気づいたんだが、ララエィ族の護衛たちは扉のむこう側だな。なにをたくらんでいる？」

「ただちに占拠をやめてもらいたい」

「なにもやってないと言ってるだろうが！」オカンポは叫び、ブリッジの各ステーションを身ぶりでしめした。「ここのガラクタは使えないんだ！　この事態を引き起こしているのはおまえだろう！」

間があった。オカンポがとまどった顔になった。それからさらに一、二秒ほどたってようやく、彼は自分がコントロールを怒鳴りつけていたあいだに扉を叩く音がやんでいたことに気づいた。

「きみはブリッジ以外のあらゆる場所から空気を排出した」コントロールが一分ほどたってから言った。「きみはたったいまふたりのララエィ族を殺した」

「よしてくれ」オカンポは明らかに憤慨していた。「それはわたしじゃない！　わたしはこの船を制御していない！　おまえだ！　おまえがこの事態を引き起こしているんだ！　人殺しはおまえであって、わたしじゃない！　なぜこんなことをしているんだ？」

「もういい」コントロールが言った。このころには、ぼくはシミュレート版のセンサー群によって、チャンドラー号が発進プロセスを完了して〈均衡〉の基地からぐんぐん離れていくのを確認していた。こうなると、コントロールとしては、損失を最小にとどめるためにチャンドラー号を行動不能にするか破壊するしか選択肢がなくなる。ぼくは次になにが起きるかを興味津々で見守った。

次に起きたのは、ぼく専用のセンサー群による信号の感知だった。それはぼくの脳が入った箱の脇にある爆弾に届くはずの信号だった。

それは爆発を引き起こし、ぼくを殺すはずだった。

実際には、その信号でチャンドラー号から一ダースのミサイルが発射された。

ぼくとしては、〝ぼくの脳を吹き飛ばす〟作戦には哲学的にまったく賛同できなかったということだ。これは、その作戦に対するぼくなりの論評だった。

コントロールがセンサーでそれらのミサイルを確認して驚きの叫びをあげるのが、ほんとうに聞こえたような気がした。

チャンドラー号以外に三隻の船が〈均衡〉ステーションにドッキングしていた。一隻はチャンドラー号のような改装されたコロニー連合のフリゲート艦で、もう一隻は専用に建造された貿易船みたいだったけど、あと一隻は初めて見るデザインだったので、たぶんエイリアンの船だろう。三隻とも、チャンドラー号と同じように、〈均衡〉がひそかに用意したそれぞれのクソな計画に合わせて改造されていたんだと思う。

ぼくはそれぞれの船に一基ずつミサイルを割り当てた。

それらの船で乗組員が配置についていたのなら、ミサイルを阻止できる可能性はあったはずだ。でも、そこにあるのが箱の中の脳だけで、自分の船の制御権をあたえられていなかったとしたら、どれも無防備な標的でしかなかった。

三基のミサイルはそれぞれの標的に命中し、船を行動不能に陥らせたが、完全に破壊はしなかった。

狙いどおりだった。それらの船にやはり箱の中の脳があるのだとしたら、ぼくの手で死なせるわけにはいかなかった。

彼らにはあんな恐ろしい目にあわされる理由はひとつもなかったんだ。

六基のミサイルは〈均衡〉の基地の兵器群を標的としていた。やつらに、狙い澄ました一基、あるいは二基、あるいは十基のミサイルで、ぼくの逃亡を阻止するチャンスをあたえたくなかったからだ。

一基のミサイルは〈均衡〉の基地のエネルギー発生機へ突進した。やつらが暗く冷たくなっていく基地のことを心配していれば、ちっぽけなぼくや、チャンドラー号のことを心配する時間が減ると思ったからだ。

一基のミサイルは基地の通信アレイに命中して、情報の伝達をさらに困難にした。やつらはスキップドローンを発射しようとするはずだけど、ぼくはすでにビーム兵器を配して、それらがスキップ可能な距離へ到達するまえに焼き払う準備をととのえていた。光の速度によって生じる追尾の遅れを計算に入れるのは簡単じゃない。でも、ぼくにはたっぷり練習する時間があった。

残るミサイルは一基。それはコントロールがいる可能性がもっとも高いとぼくが判断した場所を目指した。

あいつがクソ野郎だからだ。

うん、たしかに大忙しだった。チャンドラー号の外部カメラで基地をくわしく調べながら、その情報をオカンポのPDAから手に入れたデータで再確認していたんだから。

うまくやるチャンスは一度きりだとわかっていた。ひとつでもミスをしたとたん、すべてがずっとややこしいことになってしまう。

幸い、まだミサイルは二ダースほど残っていた。

でも、結局それが必要になることはなかった。ミサイルを発射したとき、ぼくはまだ〈均衡〉の基地のすぐそばにいた。どの標的も対応するための時間は十秒から二十五秒くらいだった。戦闘中ならそれで充分だったかもしれない。

では奇襲だったら？　基地と船が攻撃にそなえていなくて、警報を発することができた唯一の人物が、ひどく混乱してどんどん敵意を増していたオカンポ副長官との議論に忙殺されていたとしたら？

むりだ。時間が足りない。

ミサイルはすべて標的に命中した。

それがもたらした混沌は、ぼくにとっては華々しいものだった。

すごく華々しかった。

「おーい？」オカンポの声がして、ぼくは気がついた。彼の観点ではなにも起きていないのと同じだったのだ。彼はまだコントロールからの返事を待っていた。

〝すみません、オカンポ副長官。コントロールはいまは応答できないと思います〟

「なぜだ？」

〝ぼくがたったいまミサイルをやつのクソな喉へ突っ込んでやったからです〟

「なんだって？」

〝たったいま〈均衡〉の基地を攻撃したんです。十二基のミサイルを、すべて狙いどおりの場所へ。彼らは大忙しでしょうから、そのあいだにぼくたち三人はスキップ可能な距離まで到達できるはずです〟

「なんだって？」オカンポはもう一度言った。明らかに理解できていなかった。

「帰ろうとしているということ？」ヴェラ・ブリッグズが言った。「故郷へ？　コロニー連合へ？」ぼくのおぼえていたかぎりでは、彼女がまともにしゃべるのを聞いたのはそのときが初めてだった。

〝そうです。予定では。フェニックス・ステーションへ帰還します。オカンポ副長官がどんな弁明をするのか、みんなすごく興味をもつと思います〟

「そんなことができるものか」オカンポが言った。

〝あなたをコロニー連合へ連れて帰ることが？　いえ、できますよ。必ずそうします。というか、ぼくはまさにそれを待ち望んでいたんです〟

「どういうことだ」

〝チャンドラー号の制御は何週間もまえから可能になっていました。逃げるだけならもっと早くいけたんです。でも、あなたのデータを持ち帰る必要がありました。裏付けのためにあなたも必要でした。あなたは故郷へ帰るんですよ、オカンポ副長官〟

「きみは自分がなにをしているかわかっていない」

〝もちろんわかっています〟

「いや、わかっていない。われわれがここでやっているのは人類を救う――」

その先の言葉は、オカンポがもらしたウォッという音でぜんぶ消えてしまった。ヴェラ・ブリッグズが数フィート離れたところにいた上司につかつかと歩み寄り、その睾丸に思い切り膝を叩き込んだからだ。

ぼくにはもう睾丸がなかったけど、それでもあの痛みは感じられた。

オカンポはうめき声をあげながらへたり込んだ。ブリッグズは彼のあばらと顔をさらに何度か、不器用に、でも熱心に蹴飛ばし続けた。オカンポが体を丸めて横たわったまま身動きしなくなるまで。

「このゴミ野郎」ブリッグズはようやく身を引いた。

〝殺してませんよね？〟ぼくはたずねた。

「信用して、あたしは絶対にこの男を死なせたりしない」ブリッグズはそう言って、ぺっと唾を吐きかけた。オカンポは身をすくめもしなかった。「陰で反逆行為をはたらいてあたしをコケにしたのに？　何年もよ？　船いっぱいの人びとを殺して、あたしに死ぬか誘拐されるかの選択を強要したのに？　もっとたくさんの人びとを殺すためにあたしを共犯者にしたのに？　いいえ、ミスター・ダクイン。このバカは死なせない。それに、あたしが知っていることはなにもかもコロニー連合に伝えるつもり。だからあなたはあたしたちを連れて帰るだけでいい。とにかく連れて帰って。あとのことはぜんぶ引き受けると約束するから。それとあなた」ブリッグズはオカンポに言った。「帰り着くまでのあいだにちょっとでも体を動かしたら、さっき蹴り殺されたほうがましだったと思うことになるわよ。わかったわね、副長官？」

オカンポはそれから旅が終わるまでぴくりとも動かなかった。

「今後のことを話し合おう」ハリー・ウィルスンがぼくに言った。

忙しい一週間だった。

ぼくはチャンドラー号をスキップさせ、フェニックス・ステーションから十キロメートルほどの位置に出現して、ステーションにある接近警報をひとつ残らず作動させた。まさにそれが狙いだった。ぼくを見逃してほしくなかったんだ。

スキップを終えると同時に、この船にはオカンポ副長官が乗っていて、エイリアンの襲撃に関するきわめて重大な情報があると送信を始めると、みんなが注目してくれた。一時間もたたないうちに、チャンドラー号はコロニー防衛軍に取り囲まれて、オカンポとブリッグズは船から連れ出され——オカンポはフェニックス・ステーションの拘留施設にある診療所へ、ブリッグズは上層部による事情聴取へ——そのあと、ＣＤＦはぼくの処遇について検討を始めた。

そこでウィルスンが登場した。

「なぜきみが？」ぼくはウィルスンに向かってたずねた。〝考えた〟んじゃない——彼はブレインパルという頭の中にあるコンピュータで直接ぼくと接続していたからだ。

「まえにもやったことがあるんだよ」ウィルスンは言った。それがどういうことか説明してもらったのは、のちに彼がぼくの事情聴取をしたときのことだった。その事情聴取で、ぼくは自分がどんな体験をしたかを説明し、手持ちの情報をすべて彼に伝えたんだ。

話を戻して——「今後のこと？」ぼくは言った。

「そうだ」ウィルスンは言った。

「ぼくが今後に望むのは、自分の体を取り戻すことだ」

「いずれそうなるさ。もう作業は進めているんだ。コロニー防衛軍のほうであんたのクローンを育てるための許可をとった」

「ぼくの脳をクローンの中に入れるのか？」

「ちょっとちがう。クローンが成長したら、あんたの意識をその中に転送する。あんたはこの脳を捨てて新しい脳に入るわけだ」

「それは……不安だな」ぼくの脳は、ぼくの体で残っている唯一の部分なのに、それを捨てることになると言われているのだ。

「わかるよ。気休めになるかどうかわからないが、おれも同じ処置を受けた。そのあとでもあんたはやっぱりあんただよ。約束する」

「いつ始めるんだ？」

「まあ、それはあんた次第だな。その点について話をしておきたくてね」

「どういう意味だ？」

「あんたの体を育てる作業はもう始まってる。あんたが望むなら――そしてあんたが望んだとしてもだれも文句は言わないが――数週間で用意してやることもできる。ただ、すでに存在している意識を新しい脳に移す場合には、そいつは最善とは言えない。体をもっとゆっくり育てて、脳にあんたの意識を受け入れるための準備をさせるほうがいい。そうすれば転送でも不具合が生じない」

「それにはどれくらいかかるのかな？」

「自然なやりかたで育てるよりは短いが、それでも数ヵ月かかる。正直なところ、体に意識を受け入れる準備を長くさせればさせるほど、結果も良くなる」

「それまでのあいだ、ぼくはチャンドラー号の中で動けないままか」

「〝動けない〟というのは相対的な表現だが」

「どういう意味だ？」

「あんたが望むなら、仕事を用意してやってもいいってことだ。チャンドラー号にも」

「仕事って？」

「仕事はあんたがそこにいることだ。レイフ・ダクインのあんたと、チャンドラー号を動かしている脳のあんたと、両方が。これからさまざまな種族と話をするときに、あんたが実在していて、その話も事実なんだと実感してもらいたい」

「〈均衡〉に関して知っていることはぜんぶ伝えた。かなり説得力があるはずだけど」

「おれたちを説得してもらう必要はない。おれたちはあんたが真実を話しているのを知っている。だが、おれたちが〈均衡〉のことを知っていても――地球ステーション襲撃の黒幕がやつらで、コンクラーベとコロニー連合の対立をあおったのもやつらだと知っていても――それだけじゃ足りないんだ。〈均衡〉のこれまでの活動のせいで、コロニー連合はほとんど信用されていない。だれからも。独立している種族からも。コンクラーベや、そこに加盟しているどの種族からも。そしてもちろん、地球からも」

「ぼくがいることでそれが変わると？」

「いや、それはないな」ウィルスンはあっさり認めた。顔があったらぼくは笑みを浮かべていただろう。「そこが変わることはない。ただ、足がかりにはなる。ほかの連中からすれば、おれたちが真実を話しているという可能性が生まれる。あんたがいれば、少なくとも話を聞いてもらえるわけだ」

「〈均衡〉の基地のほうは？　船を送ったのか？」

「その件については話せないことになってる」

「冗談だろう?」

「落ち着けよ。まだ話は終わってない。その件については話せないことになってる。具体的に言うと、話せないことになってるのは、基地を発見してあんたの話と合致する真新しい損傷をたくさん確認したが、それを別にすれば基地は放棄されていたということだ」

「放棄されていた? いつ現場に着いたんだ?」

「あんたから座標を教えてもらったあと、ほとんど間をおかずに探査機を送って、そのあとに数隻の戦艦が続いた」

「それならなにかは見つけたはずだ。やつらが消滅するはずがない」

「消滅したとは言ってない。放棄されていたと言ったんだ。だれかがそこにいて、基地がつい最近まで使われていた形跡はたくさんあった。しかし、そこにいた連中はもういなかった。大あわてで立ち去ったんだ」

「ほかの船は? つまり、ぼくと同じような船は」

「残骸は発見した。それらの船があんたと同じようなやつだったのか、なにか別の船だったのかはまだわからない」

「あの船はどこへも行けなかったはずだ。残骸があったのなら、それがその船だよ」

「残念だったな、レイフ」

「どうしてそんなに早く基地を放棄できたのかわからない。通信機能を破壊したのに」

「ほかの星系にドローンか船を待機させて、もしも基地からの通信が途絶えたら調べに来るようにしてあったのかもしれない。あのバカどもは誘拐した操縦士たちで艦隊を編成していた。遅かれ早かれ、そのうちのひとりが攻撃を仕掛けたりだれかを呼び寄せたりするかもしれないと予想していたんだろう」

「でも、ぼくは逃げおおせた。やつらがそれにそなえていたのなら、どうしてうまくいったんだ？」

ウィルスンはにやりとした。「あんたはやつらの予想を上回ったのかもな。やつらは仲間を避難させるかあんたを追跡するかの決断を迫られたにちがいない」

「それでも、まだ証拠はぜんぶ残ってる。オカンポがいるじゃないか！　あいつに話をさせればいい」

「しばらくのあいだ、オカンポはCDFの諜報部以外と話をすることはない。もう少し言うと、さしあたり、やつにはほかのだれとも話をする能力がないんだ」

「どういう意味だ？」

「つまり、いま現在、あんたとオカンポには多くの共通点があるってことだ」

一瞬おいて、それがなにを意味するのかに思い当たった。ぼくは小さな箱に入ったオカンポの姿を想像した。

「自分でもいまの気持ちがよくわからないな」ぼくはしばらくして言った。

「たぶんムカついてるんじゃないかと思うが、おれの気のせいかもな。おれはこの決定にはかかわっていない。なあ、レイフ、あんたの言うとおりなんだよ。おれたちは事実をすべてつかんでいる。名前もわかっている。データもある。人びとがそれを冷静に見てくれさえすれば、いまコロニー連合が責任を押しつけられているいろんな騒ぎについて、実は濡れ衣だとわかってもらえるはずなんだ。だが、それまでのあいだ、あんたがいっしょにいて人びとの感情と倫理観に訴えかけてくれるとありがたい。あんたには利用価値がある」

「哀れみを誘うために」

「ああ。それもひとつだ。あと、おれたちには船がいるんだよ」

ぼくは考え込んだ。「いつまで？」

「あまり長くかからないといいんだが。事態は急速に動いている。それでなくても一週間ほど遅れているんだ。コンクラーベには裏ルートでメッセージを送ってあって、いまは会合の段取りをつけているところだ。地球相手にも同じことをやろうとしている。どちらについても、相手側の一部の連中が関与しているからややこしい。そのいっぽうで、〈均衡〉は相変わらず野放しだ。しかも、あんたはやつらの予定を加速させた可能性が高い。なにもかも近いうちに片がつくことになるだろう、おそらく」

「それがぜんぶ解決したら、ぼくの体がぼくを待ってると」

「たとえ解決しなくても、あんたの体はあんたを待ってるよ。ただ、その場合、あんたが自分の体を味わえる時間はあんたの期待よりも短くなるかもしれない」

「考えさせてほしい」

「いいとも。二日以内に返事を聞かせてもらえると助かる」

「そうする」

「それで、返事がイエスの場合、おれたちはいっしょに働くことになる。あんたとおれとハート・シュミットだ。あいつはあんたのことを心配していて、いまだに面会が許可されないことと、おれがあいつになにも話せないことに静かな怒りを燃やしている。上のほうから許可が出たら、できるだけ早くあいつを呼んでやるといい」

「そうする」

「もうひとつ、おれたちのほうからあんたのことをご両親に伝えてほしいか？」ウィルスンは穏やかに言った。

それはずっと悩んでいたことだった。ぼくは生きている。でも、いまのこの姿を見て家族が安心するとは思えなかった。

「両親はぼくがほかの乗組員たちといっしょに行方不明になったと思っているんだな」ぼくはたずねた。

「そうだ。こっちで救命ポッドを発見して、遺体をすべて回収して、それぞれの家族に連絡をした。ひとつだけ破壊された救命ポッドがあった。事情は知ってるはずだ。あんたのご両親には、いくつかの遺体は発見されていないと伝えることもできる。いまのところ、それは事実でもあるからな」

「もうひとつの件について返事をするときに、どうするか教えるよ」

「そうだな」ウィルスンは立ちあがった。「最後にもうひとつ。外務省のほうから、あんたの体験を文章にしたくないかきいてくれと言われている。自叙伝ってやつだな」

「もうきみにくわしく話したじゃないか」

「そうだ。事実はすべて把握した。外務省はそれ以外のこともぜんぶ知りたがってるんだと思う。やつらにこんな目にあわされたのはあんただけじゃないんだ、レイフ。おれは事実としてそれを知っている。この件が片付いたら、ほかの連中ももとどおりにしてやらなけりゃならない。あんたがどんな感じか話してくれたら助けになるかもしれない」

「ぼくは作家じゃないよ」

「作家になる必要はない。だれかに文章になるよう整理させるから。あんたはなにもかもすっかり話してくれればいい。あとはこっちでなんとかする」

「わかった」

だからそのとおりにした。

その結果がこれだ。

精神の営み。

まあ、ぼくの精神だけなんだけど。

いまのところは。

この空疎な同盟

ウィリアム・デュフリスとテイヴィア・ギルバート、そのほか〈老人と宇宙《そら》〉シリーズでオーディオブックのナレーターをつとめてくれたみなさんへ。登場人物に声をあたえてくれてありがとう。

1

「あたしたちの同盟が崩壊の瀬戸際にあるのが心配でたまらないの」リスティン・ラウスがわたしに言った。

よく言われるように、といっても、そんな言い方をするのはわたしのことがあまり好きではない者がほとんどだと思うが、わたし、ハフト・ソルヴォーラは、既知の宇宙で二番目の権力者だ。たしかに、わたしはコンクラーベのリーダーをつとめるターセム・ガウ将軍のもっとも近い側近であり顧問でもあり、そのコンクラーベはというと、いずれも人口が十億をくだらない種族が四百以上も集まった、知られているかぎりではもっとも巨大な政治同盟だ。さらに、ターセムの側近および顧問として、わたしにはどのような事柄に彼の注意を振り向けるかについて無数の選択をおこなう役割がある。おまけに、ターセムは自分が関与していることを知られたくない数多くの問題を解決するために戦略的にわたしを活用していて、それらの事案では、わたしは問題解決のために広範囲の自主判断を認められ、コンクラーベの莫大なリソースを意のままにできる。

というわけで、わたしが実は宇宙で二番目の権力者だというのは、不正確な表現でもないだろう。

ただし、宇宙で二番目の権力者になるというのは、あらゆることで二番になるというのとほぼ同義で、つまるところ、常に一番ではないから、一番ならではの恩恵をまったく受けられないということになる。わたしの地位と立場は、宇宙で一番の権力者の恩寵と要求によって成り立つものなので、その特権を行使する能力についても、なんというか、不自然なところがある。なぜわたしのことがあまり好きではない者がそんな言い方をするのか、これでわかってもらえるだろう。

それでも、いまのこの状況は気に入っている。権力をあたえられるのは別にかまわないが、自分でそれを手に入れようとしたことはめったにない。わたしの地位は、他者にとって常に有益な存在であり続けて、しかもその相手が次々と権力の大きな人物に替わっていったおかげで得たものだ。わたしはこれまでずっと、背後に立つ者であり、頭数をかぞえる者であり、助言をする者だった。

それだけでなく、面会で不安そうな政治家たちの相手をし、彼らがそれぞれの外肢をもみ合わせながら〝すべての物事の終わり〟について嘆くのを聞かされる者でもあった。今回の相手はリスティン・ラウス。彼女はコンクラーベ〈大議会〉の議長をつとめている――この堂々たる政治組織については、その名称に文法的重複があると常々感じていたが、そうはいってもないがしろにできる相手ではなかった。リスティン・ラウスはわたしのオフィスですわり、こちらを見あげていた。わたしはララン族の中でも背が高いほうなのだ。手にしたカップに入っているイエットは、彼女の母星で飲まれている温かい飲み物で、伝統的な朝の元気づけだった。ラウスがなぜそれを手にしているかというと、わたしが慣例として勧めたからであり、まだとても早い時刻だけに、彼女がこのスール（コンクラーベの標準日）の最初の面会者だからでもあった。

「実際の話、リスティン、わたしたちの同盟が崩壊の瀬戸際にあるのが心配ではなかったことがあるのですか？」わたしはそう言って、自分のカップに手を伸ばした。こちらの中身はイエットではなかった。わたしにとってのイエットは、死んだ動物の発酵物を水の瓶に入れて熱い日射しの中で申し訳ないほど長期間にわたって放置しておいたらこんなふうになるかもしれないという味なのだ。

ラウスが頭を動かした。しかめっ面に相当するしぐさだ。「あたしが心配しているからってバカにしているの、顧問官？」

「とんでもない。あなたの議長としての誠実さに賛辞を贈っているのです。あなたほど〈大議会〉についてくわしい者はいませんし、あなたほど同盟関係や戦略の変化を把握している者はいません。だからこうして五スールごとに顔を合わせているわけで、わたしはそのことに感謝していますとはいえ、あなたはコンクラーベの崩壊にまつわる不安を定期的に表明していますから」

「誇張じゃないかと思ってるのね」

「明快に語ってほしいのです」

「わかった」ラウスはそう言うと、まだ飲んでいないイエットをおろした。「じゃあ明快に語るわね。あたしがコンクラーベは崩壊すると思うのは、ガウ将軍が〈大議会〉で、必要もないのに何度も投票を求められてきたから。将軍の政敵が彼の権力に対抗してそれを揺るがすために投票を要求して、そのたびに負けてきたわけだけど、票差はだんだん少なくなっているのよ。いま初めて、ガウ自身とコンクラーベの方向性に対しておおっぴらに不満の声があがっているわけ」

「初めて？　それほど遠くない昔、ロアノークでわたしたちの艦隊を全滅させた人間たちに対してガウが罰をあたえないという決定をくだしたせいで、クーデターが起きかけたような気がするのですが」

「不満をかかえた少人数のグループが、将軍の立場が弱っていると踏んで、そこにつけこもうとしただけよ」

「たしか、もう少しで成功するところでした。ガウの首にナイフが振りおろされ、すぐあとにミサイルが飛来したのをおぼえています」

ラウスは手を振ってさえぎった。「あたしが言いたいのはそういうことじゃないの。あれはクーデターで、超法規的な手段で将軍から権力を奪おうとする試みだった。いまはそうじゃなくて、投票のたびに将軍の権力と影響力が——道徳的地位が——だんだんと低下しているの。中でもウンリ・ハドは、将軍を不信任投票にかけようとしている。このままだと、それほどたたないうちにあいつは望みをかなえることになるわ」

わたしは自分のカップに口をつけた。しばらくまえに、ハドはガウ将軍のコロニー連合への対応に文句をつけて、人間が新しいコロニーを建設していると主張したが、結局そんなものは実在しなかった――より正確に言うなら、すでにコロニー連合によってそれぞれの惑星から撤去されていて、それらが存在した確実な証拠は残っていなかった。コロニーをひそかに排除するよう要求したのはガウ将軍だった。ハドを愚か者に仕立てあげるために、あえてコロニーがあるという古い情報を流してやったのだ。

計略はうまくいった。ハドは将軍を非難しようとして愚か者に仕立てあげられた。わたしと将軍が予想しなかったのは、そのまま愚か者のあとについていく〈大議会〉のメンバーがあんなにたくさんいたことだった。

「将軍は〈大議会〉のメンバーではありません」わたしは言った。「不信任投票に拘束力はないでしょう」

「そうかしら?」ラウスは言った。「たしかに、〈大議会〉は将軍をコンクラーベのリーダーの地位から追いやることはできない。そうするための仕組みがないから。でも、不信任投票が成立したら、将軍の甲冑《かっちゅう》に致命的な亀裂が入ることになる。その先、ガウ将軍はもはや、だれからも愛される、コンクラーベの伝説的な創設者ではなくなってしまう。ただの長居をしすぎた政治家になるのよ」

「あなたは〈大議会〉の議長でしょう」わたしは指摘した。「ガウ将軍の不信任投票を阻止できるはずです」

「そうね」ラウスは認めた。「でも、そのあとであたしの不信任投票を阻止することはできない。あたしが退場したら、ハドか、もっとありそうな展開として彼に従順な副官が、あたしの地位に昇格することになる。将軍の不信任投票は避けようがなくて、ただ先延ばしになるだけ」

「もしもそれが現実になったら？」わたしはカップをおろしてたずねた。「将軍だって自分が永遠にコンクラーベのリーダーでいられるという幻想は抱いていないでしょう。コンクラーベは彼よりも長く続くんです。わたしよりも。あなたよりも」

ラウスはわたしをじっと見つめた。実を言えば、ラウスにはまぶたがないので、いつでも見つめている。だが、このときはたしかに力がこもっていた。

「どうかしましたか？」

「冗談で言ってるのよね、ハフト。でなければ、コンクラーベをひとつにまとめているのはガウ将軍だという事実を忘れているのかしら。ロアノークのあとでもコンクラーベが崩壊せずにすんだのは、ガウ将軍とその理念に対する忠誠心のおかげ。彼に対する忠誠心があったから、その後のクーデターの試みも切り抜けることができた。将軍もそれだけはわかっていた――だから全員に個人的に忠誠を誓わせた。あなたが最初に誓ったのよ」

「そうすることの危険性も将軍に警告しましたよ」

「あなたは正しかった。理屈のうえでは。でも、あの時点では、コンクラーベをひとつにまとめるのは自分に対する忠誠心だというガウ将軍の判断は正しかった。それはいまでも変わらない」

「わたしたちはそういう個人的忠誠への依存から脱却しようとしてきたのでしょう。将軍が目指してきたのはまさにそれです。わたしたち全員が目指してきたのも」

「まだそこには到達していないけどね。ガウ将軍が退陣させられることになったら、コンクラーベの中心が崩壊する。それでもこの同盟は存続する？　しばらくのあいだは。でも、空疎な同盟でしかないし、すでにあちこちで生まれている派閥は離れていく。コンクラーベは分裂し、それらの派閥がまた分裂する。そして、なにもかも元のもくあみになる。わかるのよ、ハフト。現時点ではほとんど避けようがないわ」

「ほとんど」

「とりあえず分裂を避けることはできる。少し時間を稼げば裂け目を修復できるかもしれない。でも、将軍は彼が強く望むものをあきらめなくちゃいけない」

「というと？」

「地球をあきらめないとね」

わたしはまたカップに手を伸ばした。「地球の人間はコンクラーベへの加盟を求めたことはありませんよ」

「バカなこと言わないで、ハフト」ラウスは鋭く言った。「〈大議会〉の代表たちがみんな知っているとおり、ガウ将軍は地球に大規模な交易とテクノロジーの譲与を持ちかけて、なるべく早く彼らをコンクラーベに引き込むつもりでいるのよ」

「将軍はそんなことは一度も口にしていませんが」

「おおやけにはね。自分でやらずに〈大議会〉にいる友人たちにまかせてきたから。もっとも、だれがこの件でブラフ・ブリン・ガスをあやつっているかをみんなが知らないとあなたが思っているのなら話は別だけど。ブラフはガウ将軍から引き立ててもらっていることについてさほど控えめになってはいないわ。それを言うなら、あなたからでも」

わたしはなるべく早くブラフ代表との面会を予定に入れようと心に留めた。〈大議会〉のほかの代表たちにあまり得意げな態度をとるなと警告しておいたのだが。「あなたはハドが地球とのあらゆる取引を不信任投票を実現するための梃子《てこ》にすると思っているんですね」

「ハドは人間をきらっているけど、あれは一歩まちがえば明白な種族差別《レイシズム》になると思う」

「地球はコロニー連合に加盟すらしていないのに」

「ハドにとってはたいしたちがいじゃないわ。もっと正確に言うと、彼自身かほかの者たちのためにあえて無視しているのよ。計画のさまたげになるから」

「計画というと？」

「きく必要があるの？　ハドは人間をきらっているけど、大好きでもある。なぜなら人間は彼が心からほしがっている仕事をあたえてくれるかもしれないから。少なくともハドはそう思ってる。コンクラーベは彼が充分に利用するよりも先に崩壊しているだろうし」

「では人間がいなくなれば、ハドの梃子もなくなるのですね」

「ハドがいまつかんでいる梃子を取りあげたって、彼はほかにも持ってるのよ」ラウスはイエットのカップを取りあげ、冷たくなっているのに気づいて、またおろした。補佐官のウンマンが部屋にひょいと頭をのぞかせた。次の面会相手が到着したのだ。わたしはうなずいて立ちあがった。ラウスも立ちあがった。

「ありがとう、リスティン」わたしは言った。「今日のおしゃべりも役に立ちそうです。いろいろ教えられました」

「だといいけど。よければ、今日の最後の助言をひとつ。機会があったらすぐにハドをここへ呼んで。なにをたくらんでいるか教えてはくれないでしょうけど、どのみち彼が話すことはなにもかも重要だから。ほんの少しでも話をすれば、あたしの言ってることがわかるはず。なぜあたしがコンクラーベがピンチだと思っているかということも」

「とてもいい助言ですね。急いで従うことにします」

「どれくらい急いで？」

「あなたが帰ったらすぐに。次の面会の相手がウンリ・ハドなんです」

「コンクラーベが破滅へと突き進んでいるのが心配なのだ」ウンリ・ハドが、オフィスへ招き入れられるやいなや口をひらいた。わたしが腰をおろすよりも早いくらいだった。

「ふむ、対話の出だしとしてはなかなかドラマチックですね、代表」わたしは言った。ウンマンがそっとオフィスへ滑り込んできて、デスクにボウルをふたつ置いた。ひとつはわたしの近くに、もうひとつはハドの近くに。ハドのボウルには、ニティという、エルプリ族の朝食用の食べ物が入っていた。わたしが食べたら命を落とすところだが、ハドが好んで食べることはわかっていた。わたしのボウルにもニティに似た軽食が入っていたが、こちらの材料はララン産の植物だった。いま死にたくはない。このスールにはまだほかの予定も入っているのだ。わたしはうなずいてウンマンに感謝を伝えた。ハドは彼に気づいていないようだった。ウンマンは滑るように部屋から出ていった。

「こうして懸念を伝えに来たことがドラマとして片付けられるとは思わなかったな」ハドは手を伸ばしてボウルからニティを一本引き出し、音をたててすすり始めた。わたしはエルプリ族のテーブルマナーにくわしくなかったので、それが不作法なことなのかどうかはわからなかった。

「あなたの懸念を、ドラマとしてであれなんであれ、軽んじるつもりはまったくありません。ただ、おわかりでしょうが、わたしからすると、コンクラーベの破滅から始まったのではそこで話はほぼ終わってしまいます」

「ガウ将軍はいまでも人間をコンクラーベに引き込もうとしているのか？」

「ご存じのとおり、将軍が一種族に圧力をかけてコンクラーベに加盟させることは絶対にありません。その利点について説明し、興味があるなら申し出てくれと伝えるだけです」

「よくできた作り話だな」ハドはニティをのみ込み、次の一本に手を伸ばした。

「もしも人間がコンクラーベに加盟したいと申し出たら——ご存じのとおり人間の政府は複数ありますので、いずれかの政府がコンクラーベに加盟したいと申し出たら——ほかのすべての種族と同じ手続きを踏むことになるだけです」

「その際には、ガウ将軍が人間を全面的に支援するわけだ」

「これまでに将軍が、エルプリ族も含めて、各種族のためにしてきた程度のことだけだと思いますよ、ハド代表。お忘れですか、将軍が〈大議会〉の中央に立ち、投票のときにあなたの同胞を称賛していた姿を」

「その件については、もちろん将軍にはおおいに感謝している」

「当然でしょう。コンクラーベに加盟しているすべての種族が感謝しているはずです。実際には、今日にいたるまで、加盟を求めて同盟の規約を受け入れたすべての種族を将軍は歓迎してきたのです。あなたはなぜ——もしもほんとうに人間のいずれかの政府が加盟を求めてきた場合——将軍が別のやりかたをすると思うのでしょう」

「わたしが人間について将軍が知らないことを知っているからだ」

「秘密の情報ですか？」わたしは自分の軽食に手を伸ばした。「失礼ながら、代表、人間にまつわる秘密の情報について、あなたの過去の実績には汚点があります」

ハドは、ほかの相手にならら晴れやかと思われそうな笑みを浮かべた。「わたしがきみたちの仕掛けた罠にはまったことがあるのはよく承知しているよ、顧問官。だが、ここだけの話、ほんとうはなにがあったのか知らないふりをするのはやめようじゃないか」

「なんの話なのかよくわかりませんが」わたしは愛想よく言った。

「好きにするさ」ハドはベストの内側に手を入れてデータモジュールを取り出した。それをふたりのあいだのデスクに置く。

「これがあなたの秘密の情報ですか？」

「秘密ではない、あまり知られていないだけだ。いまはまだ」

「ざっと説明していただけますか？　それともこちらのコンピュータに挿入しますか？」

「この中身はすべて見ておくべきだな。だが、簡単に言うと、コロニー連合内のある密告者が、コロニー連合の過去数十年にわたる軍事活動および諜報活動に関するあらゆる情報を公開したのだ。ロアノークでわれわれの艦隊を破壊したこと、略奪したコンクラーベ加盟種族の貿易船を使ってコンクラーベの艦船や惑星を襲撃したこと、コンクラーベ市民に対して生物学的実験をおこなったこと、そして地球ステーションを攻撃したこと」

わたしはデータモジュールをつまみあげた。「その密告者はどうやってそれだけの情報を入手したのですか？」

「その男はコロニー連合外務省の副長官だった」

「その副長官と接触することはできないんでしょうね」

「わたしの知るかぎりでは、ふたたびコロニー連合の手中に落ちたようだ。コロニー連合のふだんのやり口から考えると、すでに死んでいないとしても、脳だけで瓶の中に浮いているだろうな」

「この情報がどうやってあなたのところに届いたのかを知りたいですね、ハド代表」

「今朝、エルプリから届いた外交伝書ドローンで手に入れた。エルプリ時間で一日まえから簡単に入手可能だったのだ。情報は広く公開されているようだ。きみがどこかよそから、たとえばきみ自身の惑星政府から同じ情報を手に入れていたとしても不思議はないのだよ、顧問官。このスールが終わるまでにコンクラーベそのものに情報が流れたとしても、やはり不思議はないな」

「この情報が信頼できるかどうかはわからない、とおっしゃっているんですね」

「わたしが確認した部分については――おもに最近のできごとだが――正確に見えた。少なくとも、コンクラーベがなぜ貿易船や貨物船を失っていて、コロニー連合がそれらをどのように利用してわれわれに攻撃を仕掛けているのかについては説明がつく」

「あなたは驚かないかもしれませんが、コロニー連合も自分たちの民間船が略奪されていると主張しているのですよ」

「わたしは人間を好んでいないことを否定するつもりはないが、だからといって彼らが愚かだと考えているわけではない。当然、彼らは自分たちの計画を見えにくくするために多大な労力を費やしているだろう」

「人間の計画というのはなんなのですか、ハド代表？」

「コンクラーベの破壊だろうな、どう見ても。人間はロアノークのコロニーでそれを試みて失敗した。それに再挑戦するために、われわれ自身の貿易船でわれわれに攻撃を仕掛けているのだ」

「そんな調子でやっていたら、人間がわたしたちを倒すには宇宙が熱死を迎えるまでと同じくらいの時間がかかりますよ」

「物理的なダメージではない。コンクラーベの圧倒的な力にもかかわらず継続していることが重要なのだ」

「地球ステーションへの攻撃は？　あれがコンクラーベとなんの関係が？」

「コロニー連合はステーションへの攻撃を否定している。地球はほかのだれだったらそんな画策が可能だと考えるかな？」

「しかし、あなたはなにがあっても人間をコンクラーベに加盟させたくないのでしょう」

「地球がコロニー連合と和解して、ふたたび兵士と植民者を供給するようになるのも望ましくない」

「だとすると、地球がコンクラーベに加盟することにあなたが反対する理由がよくわかりません。地球が加盟すれば、コロニー連合はそこを人材集めの場として利用することができなくなるでしょう」

「そしてコロニー連合をますますいらつかせ、ますます危険な存在にするのかね。それは置いておくとしても、そもそもどうして人間を信用できるのだ？　あるグループの人間たちがわれわれと戦争をしていて、別のグループがわれわれの味方になっている状況で、われわれの同盟者とされている種族のどれだけが、その連帯心によって、あえて不利益になる行動をとろうとするだろう?」

「では、コンクラーベは人間を受け入れても破滅し、受け入れなくても破滅すると」

「第三の選択肢がある」

わたしは身をこわばらせた。「将軍が先制攻撃についてどう考えているかはご存じでしょう、ハド代表。あるいは集団殺戮について」

「待ってくれ、顧問官。わたしがどちらの提案もしていないのは明白だろう。人間との戦争は避けられないのではないかと言っているだけだ。遅かれ早かれ彼らは攻撃してくる――この機に乗じて、あるいは恐怖心から」ハドはデータモジュールを指さした。「ここにある情報を見ればそれははっきりしている。人間が行動に出たとき、もしも将軍が動かなかったら、コンクラーベになにが起こるか心配なのだ」

「コンクラーベは頑強ですよ」

「繰り返すが、わたしが心配しているのは物理的なダメージではない。コンクラーベが存続しているのは、加盟している各種族がリーダーを信頼しているからだ。将軍は以前、人間を叩きつぶすチャンスがあったのにそうしなかった。また同じことが起きたら、それはなぜなのか、どんな目的があるのかという当然の疑問が生じる。これから彼の判断を信頼していいのかという疑問も」

「もしも答が〝ノー〟だった場合、だれが彼の後任になるか、あなたには考えがあるんでしょうね。その〝信頼〟を回復するために」

「きみは誤解しているよ、顧問官。きみはいつもそうだ。わたしが身の程をわきまえない野心をもっていると思っている。はっきり言うがそれはない。考えたこともない。わたしの望みはきみの望みであり、将軍の望みでもある——すなわち、コンクラーベが結束して安全であることだ。ガウ将軍にはそれを維持する力がある。それを破壊する力もある。すべては彼が人間にどう対処するかにかかっているのだ。人間すべてに」

ハドは立ちあがり、おじぎをすると、ボウルからニティをもう一本だけ取って、部屋から出ていった。

「彼はこれがコンクラーベを破壊すると思っているのか」ヴィナック・オイが、ウンリ・ハドが持ってきたデータモジュールをつまんで言った。わたしはオイのオフィスへ移動してきていた。少し気分を変えたいというのもあったし、オイがコンクラーベ情報局の責任者なので、こちらのオフィスのほうがセキュリティがずっと強固だというのもあった。

「それよりも、ターセムを失脚させるのに利用したいようでしたね」わたしは言った。

「きみのデスクにほうり出していくとは大胆だな。頭の上に看板を掲げて自分の計画を宣伝しているようなものだ」

「あとで言い逃れができるようにしているんですよ。ハドが最初にこの情報とそこにひそむ危険性についてわたしたちに警告したという事実は動きません。コンクラーベの忠誠心あふれる有能な臣下の完璧な見本というわけです」

オイはあざけるように口笛を吹いた。「神々がそういう忠誠心からわれわれを守ってくれないとな」

わたしはデータモジュールを指さした。「これについてわかっていることは？」

「ハドが入手方法について嘘をついていないのはわかっている。この情報はコンクラーベの数十の世界ですでに公開されていて、いまも多くの報告が入ってきている。データはさまざまな惑星に広がっている。ここでさえ公開されているんだ」

「どうやって？」

「外交伝書スキップドローンだ。認証情報が偽造されていて、それはすぐにこちらでもわかったのだが、いずれにしてもデータは入念に調査した。提供されたほかのすべてのデータパケットに入っていたものと同じだ」

「どこから来たのか見当がつきますか？」

「いや。スキップドローンはファニウ製だ。同じものが年に数十万台製造されている。ドローンの航行キャッシュは消去されていて、スキップの履歴は残っていなかった。データそのものは暗号化されておらず、標準的なコンクラーベの書式だった」

「あなたはそれを見たのですか？」

「ただ見るだけでも大仕事なんだ。ふつうに読んでいたら時間がかかりすぎる。だからコンピュータに語義解析とデータ分析をおこなわせて、重要な情報と傾向だけをつかむようにしている。それでも何スールか必要だな」

「あなたが見たのかという意味なんですが」

「もちろん。同封の文書に、これを送りつけてきたやつがわれわれに関連があると考えた部分の情報が抜粋されていた。それにざっと目をとおしたよ」

「あなたの意見は？」

「公式の？　それとも個人的な？」

「両方で」

「公式には、どこからともなくあらわれた匿名の情報は、裏付けがとれるまでは疑わしいものとして扱うべきだ。とはいえ、スポット分析をすませた文書は、コロニー連合のデータ書式や既知の活動と明確に合致している。あれが捏造だとしたら、きわめて精巧なものと言えるな、少なくとも表面的には」

「個人的には？」

「われわれがコロニー連合の内部に情報源をもっていることは知っているな？　あえてきみや将軍に詳細を教えたりはしないやつだ」

「もちろん」

「この問題が発覚したとき、すぐにその中のひとりに、この密告者とされているオカンポ副長官のことを問い合わせてみた。きみがここに来る直前に返信があった。オカンポは実在している、というか、少なくとも実在していた。彼らの時間で数カ月まえに行方不明になっていたんだ。オカンポならこの情報にアクセスできただろう。従って、個人的には、これがほんものである可能性は高いと思う」

「ハドはコロニー連合がこのオカンポを見つけたと考えているようでしたが」

「それについてはなんの情報もないし、ハドがそう考えた理由を知りたいところだ」

「ただの噂かもしれません」

「この件については噂ばかりが先行しているようだ。わたしのほうで調べてみるか？」

返事をするより先に、わたしのタブレットが奏でた着信音が、ウンマンが緊急の用件で連絡をとりたがっていることを伝えた。わたしは応答した。「はい？」

「マニキュア師から連絡があって、次回の予約について確認をとりたがっています」ウンマンが言った。

「いまはオイのオフィスにいるのです、ウンマン」わたしはちらりとオイに目をやった。わざとらしく無表情をたもっている。「オイはわたしの〝マニキュア師〟のことをすでに知っていると考えてかまいません」

「では、そちらへメッセージを送っておきます」

「ありがとう」わたしは通話を切ってメッセージを待った。

「わたしがきみの職務について知っていても気を悪くしないでいてくれてありがとう」オイが言った。

「あなたがわたしの職務について知っているとほのめかしても気を悪くしたふりをしないでいてくれてありがとう」わたしは言った。

メッセージが届いた。「で、コロニー連合のリグニー大佐はなんと言っている?」オイがたずねた。

「こうです――『きみはすでに、うちの外務省のオカンポ副長官から流出したとされているデータを見ているだろう』」わたしは読みあげた。「『一部は事実だ。多くは事実ではない。事実ではないほうのデータがコロニー連合とコンクラーベ双方にとって心配の種なのだ。われわれはこの件でコンクラーベに特使を送り、事態がエスカレートするまえに円満に解決しようとしている。特使は、きみも知っているオデ・アブムウェ大使で、きみが入手している情報について説明または反論するための情報を持参することになる。われわれのかつての協力関係を誠実さの証《あかし》として依頼したい――彼女と会って説明を聞いてくれ』そのあとに、アブムウェ大使が到着する時刻と場所に関するデータがあります」

「コロニー連合がなんの見せかけもなしにここへ来るのか。興味深い」

「自分たちの率直さをしめしたいようですね」

「それもひとつの解釈だ。別の解釈として、いつものようにこそこそ動き回っていたら、そのあいだにこの件が爆発してしまうと考えているのかもしれない。さらに別の見方をすると、長期にわたる策略の一環として、もっとも効果的に攻撃できる場所へわれわれを誘導しようとしているのかもしれない」

「わたしの知っているリグニー大佐やアブムウェ大使はそういう人物ではありません」

「それは関係ない。なぜなら、公式には、きみはリグニーやアブムウェとは知り合いですらないのだろう？」オイは触手を持ちあげてわたしの返事を待った。「きみやわたしがどう考えるかということではないのだ、ハフト。ウンリ・ハドとその取り巻きがコロニー連合のこうした動きをどう解釈するかということなのだ」

「あなたは大使たちと会うべきではないという意見なんですね」

「わたしにはどのような意見もない」オイは如才なく嘘をついた。「それはわたしの仕事ではない。ただ、きみは将軍とこの問題について話をして、おたがいにどうしたいのかをはっきりさせたほうがいい。それもできるだけ早く。わたしは〝ただちに〟を勧めるよ」

「そのまえに面会の予定があるので」わたしは言った。

「ご承知のとおり、地球の各国がコンクラーベの崩壊を招くような活動を容認したり、それに加担したりすることはけっしてありません」国連からコンクラーベを訪れている外交使節、リーガン・バーンが言った。国連というのはひとつの外交組織で、実際には地球の政府ではないのだが、今回のような状況ではそういうふりをするのだった。

わたしは小さくうなずいて、オフィスの天井に頭をぶつけないよう気をつけた。バーンのオフィスは、コンクラーベの本部でも地球がなんらかの存在感をしめすほうが有益だと判断された際に、もとは倉庫だったのを大急ぎで片付けた部屋だった。この手の倉庫は、コンクラーベのたいていの種族にとっては充分な高さがあるのだが、あらためて言うと、ララン族はそもそも長身で、わたしはその中でも背が高いほうなのだ。

　こうして突っ立っているのはすわる場所がないからだ。ふだんはバーンのほうがわたしのところへ来るだけで、その逆はないので、彼女のオフィスにはわたしがすわれるスツールがなかった。バーンもそのことに恐縮してみせるくらいの礼儀はそなえていた。

「コンクラーベにはこの新しい情報によって地球に疑いの目を向けるような者はひとりもいません」わたしは言った。実際には、ウンリ・ハドが地球は裏切り者やスパイだらけだと非難しているという事実にはふれないでおいた。「わたしがガウ将軍と会うまえに知っておきたいのは、地球がこの情報を受け取っているのかどうか、それに対してどんな反応を見せているのかということです」

「ウンマンに連絡をとろうとしていたときに、彼のほうからここで会いたいとの連絡がありました」バーンは言った。「今朝がた国連から届いたスキップドローンにこの情報がありましたので、あなたがまだ入手していないのならお渡しし、いま申しあげたようにわれわれは無関係であるとお伝えするつもりでした。むろん、もっと正式なかたちで。のちほどあなたのオフィスへすべて送らせていただきます」

「ありがとう」

「これもお伝えするよう指示されたのですが、われわれは正式な外交団を派遣して、この新情報に対する地球の最終的な対応についてコンクラーベに説明します。一週間以内にこちらへ到着する予定です。外交団は国連の後援のもとに送られますが、地球のいくつかの政府の代表によって構成されます。それについても、わたしが送るデータパケットの中に情報が入っています」

「承知しました」わたしは言った。つまりわたしたちは、地球とコロニー連合両方からの外交団がコンクラーベの本部を同時に訪れるという、かなり気まずい状況に置かれることになるのだ。なんとかしなければならない。わたしは眉をひそめた。

「なにも問題はないでしょうか、ソルヴォーラ顧問官？」バーンがたずねた。

「もちろん」わたしはにっこり笑った。バーンはお返しに弱々しい笑みを浮かべた。そういえば、わたしの笑顔は人間にはかなり恐ろしげに見えるのだった。身長が彼らの二倍近くある生物が見せる表情だということも少なからず影響しているのだろう。「どのお話も、わたしが将軍と会うときにとても役に立つでしょう」

「それは良かった」

「ところで、いかがお過ごしですか、リーガン？　残念ながら、あなたやほかの使節のみなさんとなかなかお会いできていません」

「元気にやっています」バーンは言ったが、これもまた如才ない嘘だった。「スタッフの大半は、まだステーションの地図と首っ引きで自分の居場所をつかもうとしているところだと思います。なにしろとても広いので。地球のいくつかの都市より広いくらいです」

「そうですね」わたしは言った。コンクラーベの本部は大型の小惑星を掘り抜いた宇宙ステーションで、かつて建造された最大級の人工物のひとつだった。もっとも、ここにはコンスー族の手になるもっと見栄えのするいくつかの建造物は含まれていない。あの種族は、このあたりの宙域ではテクノロジー面でほかの種族よりもはるかに進歩しているので、勘定に入れないことになっていた。そのほうがだれにとっても礼儀にかなうからだ。

「しかたがないことなのです」わたしは続けた。「四百の世界の代表たちと、そのスタッフ全員と、その家族の多くに加えて、コンクラーベ自体の大勢の政府職員たちとその家族、さらにはサポート職員全員とその家族まで収容しなければならないのですから。計算は合いますよ」

「あなたの家族もここにいるのですか、ソルヴォーラ顧問官？」

わたしはにっこり笑った。今度はもう少しやさしく。「ララン族には、人類やほかの多くの種族にあるような家族構造がありません。より共同体志向が強い、とでも言いましょうか。それでも、ここにはララン族の強固なコミュニティがあります。たいへん居心地がいいですよ」

「それは良かった。わたしは家族やほかの人間に会いたいですね。ここはいいところですが、ときどき故郷が恋しくなるんですよ」

「よくわかります」わたしは言った。

「もしもコンクラーベが終わらなければならないとしたら、ここから終わりが始まるのがよさそうだな」ターセム・ガウ将軍がわたしに言った。コンクラーベのリーダーは、ララン族の公園で、腰をおろしているわたしのとなりに立っていた。この公園は、コンクラーベの小惑星で最初期に建造された施設のひとつで、コンクラーベ本部に駐在中の三百名のララン族全員が、顔を合わせ、くつろぎ、卵を産み、孵化したこどもが成長するのを見守れるだけの広さがあった。

ターセムは、小さな池の反対側の岸で岩にのって遊んでいるララン族のこどもたちを指さした。「きみのこどももいるのか？」彼は冗談めかして言った。わたしがもう卵を産める年齢ではないと知っているのだ。

それでも、わたしは真剣に返事をした。「片方、あるいは両方とも、ウンマンのこどもかもしれません。彼と外交官のひとりがしばらくまえにそういう時期になって、彼女のほうがここで卵を産みました。あのこどもたちはちょうどそれくらいの大きさです」

急に叫び声がしたかと思うと、年かさのこどもが岩のむこうからあらわれ、日向ぼっこをしていたふたりの幼いこどもの片方を顎でとらえて、咀嚼《そしゃく》を始めようとした。とらわれたこどもがもがき始めた。もうひとりは急いで逃げ出した。わたしたちはその幼いこどもが生き延びようと闘い、敗北するのを見守った。すぐに、大柄なこどもは、年下のこどもをくわえたまま、ひとりで食べるためにそっと立ち去っていった。

ターセムがわたしに顔を向けた。「あれにはやはり驚かされるな」

「わたしたちのこどもが別のこどもを捕食するからですか？」

「そういうことがあってもきみがまったく動じないからだ。きみだけではない。ほかのララン族のおとなたちもだ。わかると思うが、ほとんどの知的種族は自分のこどもをなんとしても守ろうとするからな」

「わたしたちも同じです。ある時点を過ぎたら。こどもたちの脳が発達して意識が芽生えたあとなら。それ以前は、彼らはただの動物ですし、とても大勢いますから」

「それが自分のこどもでも同じように感じるのかね？」

「さっきの不運なこどもくらいの年齢では、どれが自分のこどもかわかりません。わたしたちが共同で卵を産むのはご存じでしょう。わたしたちはその地区の公園にある産卵ハウスへ行きます。受け入れ用の籠に卵を産み落とし、その籠をハウスの管理者に渡します。管理者はそれを、その日に受け取った卵のために用意されている部屋におさめます。毎日三十名から四十名の女たちがハウスで卵を産みます。ひとりにつき十個から五十個です。わたしたちの時間で十五日後に卵は孵化し、その五日後には外への扉がひらかれて、生き延びたこどもたちだけが公園へ出てきます。いったんあずけたあとは卵を見ることはありません。外への扉がひらかれる日にハウスへ戻っても、どの生き残りが自分のこどもなのかはわからないのです」

「だが、以前きみのこどもたちと会ったぞ」

「あなたが会ったのは、こどもたちが成長して意識が芽生えたあとのことです。おとなになると、遺伝子検査を受けて自分の両親を教えてもらうことが許されています。データベースへの登録に同意するという条件で。あなたが会ったふたりは、両親を見つけようと決めたふたりです。ほかにも生き延びたこどもはいたかもしれませんが、検査を受けなかったか、わたしに連絡しないと決めたのでしょう。だれもが知りたがるわけではないのです。わたしもそうでした」

「それはずいぶん――」

「異質《エイリアン》ですか？」ターセムがうなずいた。わたしは声をあげて笑った。「ターセム、わたしはあなたにとってはエイリアンです。あなたもわたしにとってはそうです。だれもがおたがいにとってはエイリアンなんです。それでも、このとおり、わたしたちは友人になっています。いまでは人生の大半を友人として付き合ってきました」

「とにかく、意識が芽生えてからの部分はな」

わたしはさっきの岩を身ぶりでしめした。逃げ去ったこどもが戻ってきていた。「あなたはこどもの間引きかたが残酷だと思っています」

「そうは言っていない」

「もちろん口には出さないでしょう。外交辞令としてもそんなことは言えません。だからといって、そう思っていないわけではないはずです」

「わかった」ターセムは認めた。「たしかに残酷に見える」

「実際に残酷だからですよ」わたしはターセムに顔を戻した。「不快で残酷ですし、おとなのララン族がそれを見ているだけで苦しみに涙を流したりはしないという事実は、わたしたち自身も不快で残酷な種族かもしれないということを意味しています。ただ、わたしたちはほかの種族が知らないある物語を知っています」

「どんな物語かな？」

「ララン族の歴史上、それほど遠くない昔のことですが、ルームト・ボウスという哲学者がほとんどのララン族を説得したのです——わたしたちがこどもたちを間引くやりかたはまちがっているし道徳に反していると。彼とその支持者たちは、すべてのこどもたちを守り、全員が意識の芽生えまで成長できるようにして、新たに生まれる大勢の思考する個体がもたらす知識と進歩の恩恵を受けられるようにするべきだと主張しました。その結果がどうなるかについて、あなたは予想がつくと思っているのではありませんか」

「人口過剰、飢饉、そして死。そんなところかな」

「その予想はまちがっています。そういう明白なことについては、あらかじめ対策がとられるからです。たしかに人口は急増しましたが、わたしたちは同時に宇宙飛行を実現していました。それもあって、ボウスはこどもたちの間引きをやめるべきだと主張したのです。わたしたちはコロニー世界へ急速に広がり、ほとんど一夜にして二十の世界から成る帝国を築きあげました。ボウスの戦略はわたしたちに宇宙への足がかりをもたらし、しばらくのあいだ、彼はもっとも偉大なララン族とあがめられました」

ターセムはにやりと笑った。「これが訓話になると思っているのだとしたら、ずいぶんな失敗に終わっているようだぞ、ハフト」

「まだ物語は終わっていません。ボウスが見逃していたのは——わたしたち全員が見逃していたのは——意識が芽生えるまえの日々がむだではないという事実でした。いかにして間引きを生き延びるかということが脳に痕跡を残すのです。実のところ、きわめて現実的な意味合いで、それはわたしたちに知恵をもたらします。自制心をもたらします。おたがいやほかの知的種族に対する慈悲や共感の気持ちをもたらします。想像してみてください、ターセム、数十億のララン族が、知恵をもたずに意識を獲得するのです。自制心もなく。慈悲や共感の気持ちもなく。彼らがつくる世界を想像してみてください。彼らがおたがいにどんなことをするかを想像してみてください」

「怪物になりかねないわけだ」

「ええ、そのとおりです。実際にそうなりました。それからごく短期間のうちに、わたしたちはおたがいを引き裂き、遭遇するあらゆる知的種族を引き裂きました──築きあげた帝国を失い、わたしたち自身をも失いかけるまで。わたしたちは不快で残酷な存在となり、やがて、その事実と、意識ある死へ追いやってしまったすべての者たちを思って苦悶の涙を流しました」わたしはまたさっきの岩を指さした。「わたしたちのこどもは意識を手に入れるまでに無慈悲な体験をします。しかし、それはわたしたちを民族として強くしてくれます。わたしたちは痛みとリスクを早いうちに負い、その結果、民族として救われるのです」

「ふむ。ここで会おうと提案したときには、こんな話の流れは予想していなかった。きれいな場所だから話をするのにいいと思っただけなのに」

「きれいな場所ですよ。気持ちのいい場所ではないだけです」

「今日のニュースについてどう思うか教えてくれ」

「オカンポのデータの件ですか？」わたしがたずねると、ターセムはうなずいた。「あれはコンクラーベにとって非常に悪い意味をもっていると思います。リスティン・ラウスの言うとおりですよ、ターセム。コンクラーベが危なっかしい状態にあるのは、あなたが物事を強引に進めすぎるからです。地球の人間をコンクラーベに引き込もうとしていることも含めて。それについてはわたしが警告したのに」

「そうだったな」

「でも、あなたは話を聞こうとしない」

「話は聞いている。同意しないのには理由があるのだ」

わたしはターセムに非難の視線を送り、彼は文句も言わずにそれを受け止めた。わたしは話を続けた。「彼女の言うとおり、あなたが不信任投票で負けたら、コンクラーベは崩壊しかねません。すでに何十もの種族が、脱退して独自の道を進むか、さもなければ、自分たちでコントロールできそうなより小規模な同盟をつくりたいと望んでいます。あなたがコンクラーベに分裂の機会をあたえたら、それは分裂するでしょう」

「それはオカンポのデータとは無関係だろう」

「しかし、オカンポのデータは火に油を注いでいます。あれを見るかぎりでは、人間は信用できないし、わたしたちに危害を加えようとしているように思われます――とにかく、コロニー連合にいる人間については。こんなことがあったあとで、あなたが地球をコンクラーベに加盟させようとしたら、ウンリ・ハドがそれを利用して、あなたが敵を玄関から招き入れようとしているとほのめかすでしょう」

「だから、われわれは地球がコンクラーベに加盟するのを止めているのだ」

「その場合、ハドは、コロニー連合が地球を取り戻すのを黙認していると言ってあなたを非難するでしょう。まちがいありません。あなたがなにをしようと、ハドは地球を利用してあなたを叩くつもりです。もしもあなたが、直接挑発することなくコロニー連合を攻撃するという口には出せない第三の選択肢を選んだ場合、ハドはあなたの初めての軍事的敗北を、彼が求めている不信任投票を実現させるための機会として利用するでしょう。どの選択肢を選んでも、あなたを排除するための投票につながります。それが現実になるとき、すべてが崩壊するのです」

「以前はもっと簡単だったのだがな――コンクラーベの運営は」

「それはあなたがまだコンクラーベを築いている最中だったからです。築いているものが存在していないときのほうが、野心あるリーダーでいるのは容易です。しかし、コンクラーベが存在しているいま、あなたにはもはや野心はありません。いまのあなたは、ただの役人の親玉にすぎないのです。役人が畏怖の念を呼び起こすことはありません」

「これをうまく処理する時間はあるか？」

「あったかもしれません――コロニー連合と地球の両方が話し合いのために外交団一式を送り込んできたりしなければ。片方だけでも困った事態なのです。この両方がオカンポのデータをめぐって対峙するとなれば、ハドとその支持者たちは、自分たちの憤りをぶつける生身の標的を手に入れ、それを利用して遅かれ早かれ不信任投票をごり押しするでしょう。もしもあなたが、生身の人間の外交官たちがいるときに、ハドたちがあなたの評価を落とすチャンスを見逃すと思っているのなら、それこそ彼らの思うつぼです」

「では、きみはどのような提案をするのかね」

「アブムウェ大使が到着しても会うべきではありません。おおっぴらに彼女を追い払うのです。そうすれば、コロニー連合が外交的に受け入れられるという、ハドが期待している派手な場面は実現しません」

「コロニー連合が約束している新情報はどうする？」

「それはわたしにまかせてください。リグニー大佐との面会の場を設定すれば、そこで手に入れることができます。目立たないように」

「大佐はがっかりするだろうな」

「大佐に幸せになってもらう必要はありません。彼にはわたしたちが直面している政治的状況について理解してもらう必要があります。わたしならそれができます」

「地球からの外交団のほうは？」

「彼らとは会わなければなりません。地球そのものについては、コロニー連合の手が届かないようにする必要があります――コンクラーベに加盟させることなく」

ターセムはにやりとした。「それをどうやって実現するのか聞くのが楽しみだよ」

「彼らに保護を求めさせるのです」

「保護。だれからの？」

「コロニー連合からの保護です。地球ステーションを攻撃した敵からの」

「ほんとうに攻撃していればの話だがな」

「事実かどうかは重要ではありません。重要なのは地球がそれを脅威と信じることです」

ターセムはこの言葉に対して複雑な反応を見せたが、いまは追求せずにおくことに決めたようだった。「では、彼らが保護を求めるとしよう。それでなにが解決する？」

「たとえば、ウンリ・ハドの問題が解決します。地球はコンクラーベへの加盟を求めず、しかもコロニー連合に対して無防備なままではいなくなります。彼らが保護を求めたら、わたしたちは三つの種族にその防衛を担当させます」

「三つというのは？」

「ふたつはどうでもいいです。好きなのを選んでください。ただし三番目は――」

「三番目はエルプリか」

「はい。それでハドは身動きがとれなくなります。彼の策略はあなたが人間に対して寛大すぎることを根拠としています。しかし、これで人間の一部は公式に追い払われ、別の一部はハド自身の種族によって保護されることになります。今日、ハドはわたしに、ただコンクラーベの結束だけを考えていると言いました。おおやけの場で、その言葉に責任をとってもらいましょう。ハドは自分の見せかけに縛られることになるのです」

「きみは地球がこの話に乗ってくると考えているのか」

「彼らはわたしたちには共通の敵がいると信じていて、わたしたち抜きでは身を守れないと自覚しているはずです。ひとつだけ気をつけなければいけないのは、わたしたちが地球を閉じ込めようとしていると思われないことです――コロニー連合がかつて彼らを閉じ込めていたように」

「だが、実際には、きみはわれわれにそうするべきだと勧めている」

「現時点ではいずれも選択肢に入っています」

「こんなことがほんとうにうまくいくと思っているのか」

「時間は稼げると思います」わたしはさっきまでララン族のこどもがいた岩へ顔を向け、もう姿が見えなくなっていることに気づいた。ただ、血の染みが残っていた。あのこどもの血なのか、そのまえに殺されたこどもの血なのかはわからなかった。「たぶん、コンクラーベを崩壊から救うだけの時間が。とりあえずはそれで充分でしょう」

2

「起きろ、ハフト」だれかが言った。

わたしは目を覚ました。ヴィナック・オイがそこにいた。わたしはいっとき相手を見つめてから、なんとか口がきけるくらいまで心を落ち着けた。

「なぜあなたがわたしの睡眠室にいるのですか？」

「きみに起きてもらう必要がある」

「どうやって入ってきたのですか？」

オイは〝いまそんな話を？〟という目でわたしを見た。

「わかりました」わたしは睡眠台から身を起こし、服を着るために衣装庫へと向かった。ふだんは服を着ていない姿を他人に見られるのは避けるようにしているが、それは自分のためではなく、相手のためだ。ララン族には裸でいることに対するタブーはない。「せめてなにが起きているのか教えてください」

「人間の船が攻撃を受けた」オイは言った。

「なんですって？」わたしは衣装庫からオイに顔を向けた。「どこで？　だれに攻撃されたたんです？」

「われわれの宙域だ。相手はわからない。だが、さらにまずいことがある」

「それ以上なにがまずくなるんです？」わたしはとりあえずローブを身にまとって衣装庫から出た。ほかの装身具はあとまわしだ。

「人間の船が制御を失い、この小惑星の重力に引き寄せられている。あと四セルティで衝突する」

「あまり時間がありませんね」三十セルティが一スールにあたる。

「さらにまずいことがある」

「それは言わなくていいです」わたしはすでにオイのまえに立っていた。「なにが起きているのかだけ教えてください」

「人間たちが船に閉じ込められている」オイは言った。「その中に地球からの外交団もいるんだ」

「これがオディアンボ号です」ルーム・ガルフィンが、状況説明室のモニタに表示されている回転する宇宙船の映像を指さした。ガルフィンはコンクラーベの港湾施設の責任者だ。状況説明室に集まっているのは、わたしと、オイと、ターセム・ガウ将軍と、ラウス議長と、リーガン・バーン。部屋の壁に沿って、ガルフィンの部下たちが何人か立っていて、全員が銃殺刑のために整列させられているような顔をしていた。まあ、もしもオディアンボ号がこの小惑星に衝突するとしたら、彼らの身に起こりうる事態としてはそれがもっとも情け深いことかもしれなかった。

「オディアンボ号がコンクラーベ宙域にスキップしてきたのはおよそ百ディトゥまえ」ガルフィンは言った。九十ディトゥで一セルティなので、それほどまえのことではない。「報告によれば、コンクラーベ宙域に入るやいなや、船は何度か爆発を起こして大きな損傷を負ったようです」

「爆発の原因はわかっているのか？」ターセムがたずね、オイに向かって顎を振った。「ここにいるヴィナックはわしとハフトに攻撃だと言っていたが」

「なにが起きたのかはわかりません」ガルフィンは言った。「スキップ直後、オディアンボ号からは、口頭および自動モニタリングによって、システムはすべて正常である旨の報告がありました。それから急になにもかもめちゃめちゃになったんです」

「ヴィナック？」ターセムが言った。

「被害報告が入るとすぐに、うちの分析班のほうでデータの調査を開始し、オディアンボ号についてわかっている情報と付き合わせてみた」オイが言った。「オディアンボ号はリース船で、もとはオルム族の貨物船だった。爆発直後に送られてきた損傷パターンは、動力システムの故障によって生じる可能性のある損傷とは一致していない。動力システムが攻撃されて二次損傷が生じたときのパターンと一致している」

「だから攻撃か」

「わたしにはそう見える」オイはガルフィンを身ぶりでしめした。「ただし、ここにいるわれわれの同僚から追加情報があるならそれ次第だ」

「いまこちらの独自データを綿密に調べて、オディアンボ号の到着の前後にだれかあるいはなにかがスキップしてきたかどうかを確認しています」ガルフィンが言った。「いまのところ一スールまえまでさかのぼっていますが、なにも発見できません」

ターセムはうなずいた。「現在の状況に話を戻そう」

「現在の状況ですが、オディアンボ号は大きな損傷を負ってコンクラーベ宙域内で回転しています。爆発によって船体に小惑星方向へのわずかな運動量があたえられ、小惑星の固有の重力がそれを手伝っています。このまま放置しますと、三セルティと五十五ディトゥ後に衝突します」ガルフィンが表示している画像には、オディアンボ号がコンクラーベの本部へ向かう予想進路がしめされていた。

「衝突でこちらにどんなダメージがあるのですか？」わたしはたずねた。

「一般用途であれ特殊用途であれ、居住施設はありません」ガルフィンが言った。「大量の死者が出るとは考えていません。ただ、オディアンボ号はこちらの太陽熱発電ファームのひとつを直撃しますので、その近隣にある地表レベルの農業ドームについては、損傷する可能性が高いです。どれくらいの損傷になるかは、オディアンボ号の動力システムが衝突でどうなるかによります。最善のシナリオの場合、衝撃で太陽熱発電ファームを失うだけですみます。最悪のシナリオの場合、衝撃に加えて船の動力システムが大爆発します」

「その場合、小惑星には真新しいクレーターができて、デブリが広範囲に飛び散り、場合によっては、ドッキングエリアに突っ込んでほかの艦船に損傷をあたえたり、小惑星上のそれ以外の、たとえば住民がいるエリアに突っ込んだりするかもしれない」オイが言った。「死亡者数はもう少し多くなる可能性がある」

「船の乗組員は？」ターセムがたずねた。

「乗組員が六十名、乗客が十名、全員が地球からの外交団のメンバーです」ガルフィンが言った。「船長の報告では、爆発によって六名が死亡、八名が重傷を負っていて、そのほとんどが機関部の者です。死者は船内に残されたままです。負傷者とそれ以外の乗組員のほとんどが救命ポッドで退去しました。船長と、副長と、機関長はまだ船内です」

「しかし、われわれの外交官たちは閉じ込められている」リーガン・バーンが言った。

「船長はそのように報告しています」ガルフィンが応じた。「あなたがたの外交団が使っていた乗客用の区画はぶじなのですが、その区画へたどり着くための通路が大きな損傷を受けています。外から船体に降り立って脱出路を切りひらく以外、そこへ出入りする手立てはありません」

「問題はオディアンボ号の動力システムが損傷を受けていることだ」オイが言った。「いつどうなってもおかしくない。救助チームを送り込んで船が爆発したら、外交団だけでなくこちらの人員も犠牲になる」

「外交官たちを閉じ込められたままにしておくわけにはいきません」バーンがオイを見つめ

て言った。

「ここは冷静にリスクを判断しなければならない」オイはバーンを見つめ返して言った。それから部屋全体へ顔を向けた。「しかも早急に決断する必要がある」オディアンボ号の映像を指さす。「船が衝突するまで三・五セルティあるが、われわれにはそんな時間はない。いますぐ、ここの防衛網で船を破壊すれば、まだ充分に距離があるから、デブリを始末してわれわれ自身やほかの艦船の被害を最小限にとどめられる。セルティが過ぎるごとに、起こりうる被害を抑制するのはどんどんむずかしくなる。しかも船はいつ爆発するかもしれず、そうなった場合、破壊は制御不能なので、リスクはさらに増大する」

ターセムがガルフィンに顔を向けた。「ルーム？」

「オイ局長はまちがっていません」彼女は言った。「オディアンボ号をこちらで破壊するのが最善の選択肢で、それも早いほどいいです。衝突を許すわけにはいきませんし、遅れれば遅れるほど船の動力システムが爆発する可能性は高まります」

「それはつまり外交団を犠牲にするということですよね」わたしは言った。「そんな選択肢は容認できません」

「同感よ」ラウス議長がオイを見ながら言った。「コンクラーベが少なくとも彼らを救助する努力をしなかったら、なんて言われると思う？」

「われわれの救助チームに命を危険にさらせというのか」オイが言った。

「それも彼らの仕事でしょう」

「ああ、しかし愚行はちがう」オイはそう言って、ガルフィンに顔を向けた。「オディアンボ号の動力システムが爆発する確率を推定してくれ」

「これからの一セルティにですか？」ガルフィンがたずねた。

「そうだ」

「すでに判明している損傷から考えると、六十パーセントですね。つまり、実際の確率はもっと高いということです。判明している損傷というのは最小限の推定ですから」

「ほぼ確実に死ぬ状況で出動してくれと頼むことになるな」

「ミズ・バーン」ターセムが言った。「あなたの考えを聞かせてほしい」

バーンはちょっと間をおいて心を静めた。「みなさんにわたしの同胞を救助してほしくないと言うことはできません。救助活動がなくても充分に理解できると言うことさえできません。ここで言えるのは、もしも救助活動がなかった場合、わたしは地球の各政府に対し、みなさんが行動しなかったという事実を今後の討議に影響させないよう提言する、ということだけです」

ターセムはその言葉を聞いたあとでわたしに目を向けた。わたしは無言で見返し、これだけ長く付き合ってきたのだから、わたしがバーンの現実政治的《リアルポリティーク》な返答をどう思ったかは彼にも伝わっているはずだと考えた。

「救助チームを出発させるまでどれくらいかかる？」ターセムはガルフィンにたずねた。

「オディアンボ号が最初に救難信号を発したときから準備を進めていました」ガルフィンが

こたえた。「ご要望があればいつでも出発できます」

「要望する」ターセムは言った。「救助チームを派遣してくれ」

ガルフィンはうなずき、部下に顔を向けて、彼女の種族の体形に合うヘッドセットを受け取った。ターセムがバーンに顔を向けた。「きっと救出するよ、リーガン」

「ありがとうございます、将軍」バーンが言った。全身から安堵感が滝のように流れ落ちていた。

「将軍、ややこしいことになりました」ガルフィンが言った。

「どうした？」

「ちょっと待ってください——」ガルフィンは片手をあげて自分のヘッドセットに聞き入った。「救助活動はすでに進行中です」

「だれがどのような権限でおこなっているのですか？」わたしはたずねた。

「救助にあたっているのはチャンドラー号です」ガルフィンはヘッドセットに一瞬耳をすませてからこたえた。「コロニー連合からやってきた、人間の船です。われわれがこの会議を始めたころにスキップしてきたようです」

わたしがターセムに目をやると、彼はにっと笑みを返してきた。それがなにを意味するかはわかっていた。すなわち——〝ほら、わしがきみの助言を無視してコロニー連合と会うことにしたのは正解だったろう〟

「どうしましょう？」ガルフィンがターセムにたずねた。

「チャンドラー号に伝えてくれ。救助を完了させるまでの時間は一セルティ、それが過ぎたらコンクラーベ本部の安全のためにオディアンボ号を消滅させる。それと、こちらからも救助チームを送っているので、そちらが必要とするなら支援するし、必要がなければ監視にあたると」ガルフィンはうなずき、ヘッドセットで連絡を始めた。

そのあと、ターセムはわたしに顔を向けた。

「なにも言わないでください、わかっていますから」わたしは立ちあがった。

「どこへ行くんですか？」バーンがわたしを見あげてたずねた。

「救助チームといっしょに出かけます。監視のために」

「爆発に巻き込まれるかもしれないぞ」オイが言った。

「そうなったら、地球はわたしが彼らの民を救う手伝いをしていて吹き飛ばされたと知るでしょう」〝そして、コンクラーベがコロニー連合だけにすべてのリスクを背負わせたわけではないと知るでしょう。同じように犠牲を払ったと〟わたしはそう考えたが、口には出さないことにした。それはターセムの計算に含まれていることだ。部屋にいる者たちに会釈をしてから出口へ向かった。

「ハフト」ターセムが呼びかけてきた。わたしは戸口で足を止め、彼を振り返った。「生きて帰ってくれ、頼む」

わたしはにっこり笑って部屋を出た。

「なるほど、この操縦士はいいとこを見せようとしているんだな」救助用シャトルの操縦士、トーム・アウルがわたしに言った。わたしたちはオディアンボ号とチャンドラー号に接近しているところだった。救助用シャトルに乗っているのは、わたしと、アウルと、彼《ジズ》の副操縦士のリアム・ハル——いまはその座席をわたしが使っていて、ハルは乗員区画をぶらぶらしていた——それと六名のフフリクト族から成る救助チームだ。フフリクト族には五種類の性別がある——男性、女性、ジアール、ヤール、中性。アウルはジアールで、その性別に使われるジズやジーといった代名詞をきちんと発声するのを好んでいた。わたしでもそうするだろう、彼《ジズ》の立場にあれば。

「どの操縦士ですか？」

「チャンドラー号の操縦士だ」アウルはそう言って機外を映すモニタを指さした。「オディアンボ号がでたらめに回転しているから、チャンドラー号もその動きに合わせようとしているんだ」

「なぜそんなことを？」

「そのほうが救助にあたる隊員たちが安全だからな。二隻の船をおたがいに対して安定させるわけだ。ただ、チャンドラー号の操縦士はオディアンボ号の動きを正確に追いかけなければいけないからむずかしい」

「船はいったん回転を始めたら、同じように回転を続けるはずです。熱力学の法則に近いと思いますが」

「そうなんだが、それは追加の運動量がいっさいないことを前提にしている」アウルはモニタに表示されているオディアンボ号を指さした。「ところが、オディアンボ号は損傷を受けていて、いろんなものを排出している。そういう排出がいつ起こるのかはだれにもわからない。もうめちゃくちゃさ。だからチャンドラー号の操縦士はそれをぜんぶ追いかけているわけだ——できるかぎりリアルタイムで」

「あなたにもできますか？」

「いいとこを見せたいときだったら、もちろんいけるさ」アウルは言った。わたしは笑みを浮かべた。「だが、このシャトルよりも大きな船ではやらないだろうな。だれだか知らないが、チャンドラー号の操縦士はそれをふつうの船でやってる。なにかヘマをしたら、一隻じゃなく、二隻の船でくるくるまわりながら本部へ墜落することになるのに」

「彼らにそのことを教えてあげるべきですね」

「信じてくれ、顧問官、彼らはとっくにそんなことは知ってるはずだ」

「チャンドラー号に呼びかけてください。必要なら手を貸すと伝えるんです」

アウルは言われたとおり、彼の言語《ジズ》でヘッドセットに向かってしゃべりだし、わたしは二隻の人間の船が調子を合わせて回転するのを見守った。

「チャンドラー号の船長はネイヴァ・バーラという名で、こっちに敬意を表してきたが、現時点では手伝いはいらないそうだ」アウルはひと呼吸おいて言った。「それの話では、なにか時間的な制約があって、おれたちを計画に組み込むとその制約がきつくなるだけなんだぞうだ。二十キロメートル――およそ二十五チュウ――の相対距離をたもち、オディアンボ号で動力サージや急激な温度上昇が起きていないか監視してもらいたいとのことだ」

「できますか？」

「二十五チュウの相対距離を維持するなら自動操縦にしておけばいい。このシャトルはセンサー機器をたっぷり搭載しているからな。大丈夫だ」

わたしはモニタを顎でしめした。「両船の映像を固定して回転していないように見せる方法はありますか？　どういう状況なのか、めまいを起こさずに見てみたいのですが」

「問題ない」

「オディアンボ号の船長がまだ船内にいるのなら、リアルタイムのデータフィードを送ってくれるよう頼んでください」

「わかった」

「それと、ネイヴァ・バーラ船長は〝彼女〟で、〝それ〟ではありませんよ」

「たしかか？」

「以前に会ったことがあります。人間は一般的に〝それ〟と呼ばれるのを好みません。できることなら」

「現場にいても民族についていろいろ学べるもんだな」アウルは言った。

「さあ行くぞ」アウルがモニタを顎でしめした。オディアンボ号の真向かいで、チャンドラー号のひらいたエアロックの中にぽつんと立つ人影。二隻の船の距離は三十プリントー――人間の単位だと約五十メートル――もない。アウルの言うとおりだ。だれだか知らないがチャンドラー号の操縦士はみごとな腕前をもっていた。

エアロックの人影は、なにかを待っているようにそのまま立っていた。

「時間をかけるのは良くないな」アウルが息をひそめて言った。

チャンドラー号からひと筋の光がほとばしった。エアロックの人影からわずかに斜めの方向へ伸びていく。

「船に向かって撃っていますね」わたしは言った。

「興味深い」

「なぜ興味深いのですか？」

「彼らは船殻を切りひらく必要がある」アウルはそう言って、ビームを指さした。「ふつうの救助活動なら、粒子ビームカッターを装備した隊員を送り込んで船殻を切りひらく。実を言えば、このシャトルにもふたつほど用意されている。だが、それには時間がかかるんだよ。彼らには時間がない。だから、ビームで焼き切って船殻にでっかい穴を開けようとしているんだ」

「あまり安全には見えませんね」わたしは作業を見守りながら言った。オディアンボ号から激しく噴き出した空気は、ビームによってプラズマ化された部分以外は真空の中で結晶化していた。

「まったく安全ではないな。船内の切りひらかれた区画にだれかいたら、おそらく窒息死するだろう。まあ、ビームで蒸発させられなければの話だが」

「慎重にやらなかったら船を爆発させてしまうかもしれませんね」

「あの船はどのみち爆発するんだよ、顧問官。ていねいにやる理由はないな」

ビームが出現したときと同じように唐突に消えて、直径三プリントの穴がオディアンボ号の船殻にひらいた。モニタ上で、チャンドラー号のエアロックにいた人影がその穴に向かって身をおどらせ、ケーブルを背後に引きずっていく。

「ああ、なるほど」アウルが言った。「チャンドラー号とオディアンボ号のあいだにケーブルを張り渡している。それで乗客を船から退去させるつもりだ」

「真空の中を」わたしは言った。

「待ちきれないな」アウルは言った。人影がオディアンボ号の中へ姿を消した。一瞬おいて、わずかにたるんでいたケーブルがぴんと張られた。続いて、大きなコンテナがケーブルに沿って移動を始めた。

「コンテナの中身は、真空用スーツ、ハーネス、自動滑車といったところか」アウルが言った。「乗客にスーツを着せて、ハーネスに固定し、あとは滑車におまかせと」

「賛同しているような口ぶりですね」

「してるよ。きわめてシンプルな道具を使った、きわめてシンプルな救助計画だ。だれかを救助しようというときには、なるべくシンプルなほうがいい。まちがいの起こる部分がはるかに少なくなる」

「チャンドラー号がオディアンボ号と動きを合わせていられるかぎりは」

「ああ。それはある。とはいえ、この計画の面倒な部分はその一点だけだ」

それからしばらくは目に見える動きはなかった。わたしはその隙に副操縦士のモニタセットを見て、オディアンボ号の動力および温度の状況を確認した。ありがたいことに、そちらも大きな変動はなかった。「オディアンボ号の船長に、残っている乗組員をできるだけ早く退去させるよう勧めたほうがいいかもしれません」わたしはアウルに言った。

「お言葉を返すようだがね、顧問官、船長が自分で決断しないかぎり、おれは船を捨てろと勧めるつもりはないよ」

「なるほど」わたしはオディアンボ号が映っているモニタへ目を戻した。「見て」わたしは指さした。外交官の最初のひとりがケーブルを渡り始めていた。光をよく反射する真空用スーツに身を包み、胸部をハーネスに固定して、滑車で引っ張られていく。

「あれでひとり」アウルが言った。「あと九人だ」

チャンドラー号が七人を回収したところで、オディアンボ号が爆発した。

兆候はほとんどなかった。七人目の外交官がチャンドラー号のエアロックの中へ姿を消したときに、ちらりと副操縦士のモニタに目をやると、表示された各データが危険な領域まで急上昇していた。わたしがアウルにチャンドラー号へ警告しろと叫んだとき、船外モニタに激しくねじれるような動きが映り、二隻の船に張り渡されたケーブルが切断された。アウルが映像をズームした瞬間、オディアンボ号の船体中央部が破裂した。

アウルが彼《ジズ》のヘッドセットに向かって怒鳴ると、ふいにモニタ上の映像が激しく回転を始めた——というか、見かけ上はそうなった。モニタが二隻の船の動きに合わせるのをやめたので、わたしたちから見たとおりの映像に戻ったのだ。オディアンボ号はみずからを引き裂き始めていた。チャンドラー号は命運尽きた僚船から離れようとしていた。

「急げ、急げ、急げ」アウルがモニタに向かって叫んでいた。「さっさと動け、この大バカ野郎。それじゃ近すぎる」彼《ジー》はチャンドラー号の操縦士に向かって怒鳴っているのにちがいなかった。

アウルの言うとおりだった。チャンドラー号はあまりにも近すぎた。オディアンボ号はいまやふたつに分裂し、それぞれの部分が勝手に動いていて、艦首のほうがチャンドラー号に危険なほど接近していた。

「ぶつかるぞ！」アウルが叫んだ。

それでも衝突はなかった。チャンドラー号の操縦士は、舳先をふって船体をかしげ、三次元機動で狂乱のバレエを踊って衝突を回避したのだ。二隻の間隔は広がったが、その勢いはわたしから見るとゆっくりしすぎていた——五十プリント、八十、百五十、三百、一チュウ、三チュウ、五チュウ、そこでようやく、チャンドラー号はコンクラーベ本部に対する動きを安定させ、オディアンボ号から急速に遠ざかり始めた。

「もうだめだったはずなのに！」アウルがモニタに向かって叫んだ。「もうだめだった、おまえの船はもうだめだった、みんな死んでいたはずなんだぞ！　このとんでもないクソくらえ野郎が！」

　わたしはアウルに目を向けた。「大丈夫ですか？」

「いや。あやうくちびるところだった」アウルはあたりを見回した。彼の頭部《ジズ》には純粋な驚嘆と思われる表情が浮かんでいた。チャンドラー号の乗員はみんな死んでいたはずだった。「ありえないことが起きた。チャンドラー号は広がっていくデブリの雲になっていたはずだった。あれはおれが生まれてこのかた目にしたもっとも驚くべきできごとだったよ、顧問官。あんたがこれまでに目にしたもっとも驚くべきできごとでないとしたらびっくりだな」

「トップ3くらいには入るかもしれません」わたしは認めた。

「操縦士がだれなのかは知らないが、あのクソくらえ野郎には好きなだけ酒をおごってやらないと」

　わたしが返事をしようとすると、アウル《ジー》は手をあげてヘッドセットに耳をすました。それからモニタを見あげた。「嘘だろ」彼は言った。

「どうしました？」

「あの残った三人の外交官とチャンドラー号の乗組員だ。彼らはまだ生きている」アウルは彼《ジズ》のヘッドセットで指示して、オディアンボ号の船尾部分の映像をズームした。チャンドラー号によって船殻に穴をあけられたところだ。

　ズームするにつれて、それが見えてきた。光を反射するスーツがひとつ、穴から飛び出してくるくると宇宙空間を舞い、そのあとにもうひとつ、さらに、おたがいにしがみついたふたつが続いた——最後に残った外交官たちとチャンドラー号の乗組員だ。オディアンボ号は回転しながら彼らからゆっくりと離れていく。

「彼らに呼吸できる空気はどれくらいあると思います？」わたしはアウルにたずねた。

「多くはないな」アウルはこたえた。

副操縦士のモニタをちらりと見ると、それはいまだにオディアンボ号を単一のユニットとしてまちがって表示していた。船首側は急速に冷えていた。すべての電源が落ちて、熱と動力が宇宙空間へ放散されていた。

逆に船尾側は熱をもっていて、見ているうちにも温度が上昇していた。

「あまり時間はないようですね」わたしは言った。

アウルはわたしの視線を追って副操縦士のモニタを見た。「そのようだな」彼《ジー》はそう言ってから、わたしに顔を向けた。「ひょっとして真空用スーツを持ってきたりはしていないよな、顧問官？」

「ないですね。その質問をされたことで、ひどい後悔の念がわきあがってきました」

「いいさ。おれが副操縦士抜きでこれをやらなけりゃいけないというだけのことだ」アウルは操縦席のモニタのボタンを押した。「聞いてくれ、チームの諸君。二ディトゥで真空用スーツを着用しろ。三ディトゥ後に貨物室から空気を排出してそこを開放する。大急ぎで乗客たちをつかまえる準備をするんだ。非常用の空気と熱源を用意しろ。お客さんたちは冷え切って窒息しかけているはずだ。つかまえたあとで死なせたら、おまえたちをここに置き去りにするからな」

「奮い立ちますね」アウルが話を終えたところで、わたしは言った。

「効果はある」アウルは言った。「ほんとうに置き去りにしたのは一度だけだがな。さてと、もう少し寄ってもらえるかな、顧問官。この区画を密閉しなけりゃならない。あんたがしばらく息を止めていたいのなら別だが」


「四人はおたがいからそれほど離れていない」アウルが言った。二ディトゥたって、わたしたちは作戦を遂行中だった。彼《ジー》はメインスクリーンに外交官たちの位置をしめした画像を表示させた。「そのうちのふたりはいっしょだから、実際には目標は三つになる」一本の曲線がその三カ所すべてを通過していた。「ゲートを開けて、速度を落とし、文字どおり彼らを貨物室に吸い込む。三つの目標、三ディトゥ、帰還したら、しばらくはヒーローだ」

「そんなふうに言うと呪いがかかりますよ」わたしは言った。

「迷信はよせよ」

　オディアンボ号の船尾側が破裂した。

「うわ、かんべんしてくれ」アウルが叫んだ。

「追尾スクリーンをこちらへお願いします」わたしは言った。アウルがスクリーンを副操縦士のモニタへ転送した。オディアンボ号の船尾側の中心部分はまだ回転しながら外交官たちから遠ざかっていたが、デブリの大きなかたまりがひとつ、まったく別の方向へはじけ飛んでいた。わたしはシャトルのコンピュータがその軌道を描画するのを見守った。

「このデブリはこちらのふたりに当たります」わたしはふたり組の外交官を指さした。

「時間はどれくらいある？」アウルがたずねた。

「三ディトゥ」

　アウルはちょっと考え込んだようだった。「よし、わかった」

「なにが、よし、わかったんです？」

「重心をできるだけ低くしたほうがいいかもしれない。このシャトルの慣性・重力システムはかなり信頼できるが、どうなるかわからないからな」

　わたしは上体をかがめた。「なにをするつもりなんです、アウル？」

「そのときまで聞かないのがいちばんだと思う。うまくいけば最高の結果になる」

「うまくいかなかったら？」

「そのときはすぐに終わる」

「なんだかうれしくない展開のような気がするんですが」

「どっちでもかまわないんだったらさ、顧問官、終わるまでおれに話しかけないでくれ。集中しないと」

　わたしは口を閉じた。アウルは外交官たちの位置を操縦席のスクリーンに表示し、そこにデブリの軌道をかさねた。それから彼《ジー》はシャトルを前進させ始めた。操縦席のスクリーンをにらみ、一心不乱に入力を続けるだけで、まったく顔をあげようとしない。

わたしのほうは、船外モニタに目をやり、遠くから迫ってくるデブリのかたまりと、そこへ容赦なく接近していく自分たちのシャトルを見つめていた。どうやらデブリのど真ん中へ自殺覚悟で突っ込むらしい。ちらりとアウルを見たが、彼《ジー》はすべての意識をスクリーンに集中させていた。

ぎりぎり最後の瞬間に、モニタに映る白い星形を見て、それがわたしたちの目指していた真空用スーツだと気づいたが——手遅れだ！——ちょうどそのとき、デブリが巨大な海獣のように下からせりあがってきた。わたしは叫ぼうとして息を吸い込み、モニタ上の画像がさっと流れるのを目にし、デブリが下からシャトルにぶつかる激しい衝撃にそなえて身を硬くした。アウルが約束したとおり、すぐに終わりそうだった。

「ふう」アウルがつぶやき、ヘッドセットに向かってしゃべりだした。「つかまえた？　うん。うん。そうか。良かった」彼《ジー》はわたしに目を向けた。「うまくいったぞ」

「なにがうまくいったんです？」

「目標のまわりを高速で回転したんだ。シャトルの慣性フィールド発生装置が新しい物体を認識してその速度を調節するには少しだけ時間がかかる。直進ルートで新しい乗客をさっきみたいな速度でひろったら、そいつらはシャトルの内壁にぶつかってゼリーになってしまう。そこで、シャトルを急速回転させて、慣性フィールドが乗客たちの存在を認識してその速度をこちらと一致させるための時間を稼いだわけだ」

「はあ」

「ざっくりした説明だけどな」アウルは言った。彼《ジー》は操縦席のモニタにコマンドを入力していた。おそらく、残ったふたりの外交官をひろうためだろう。「ほかにも、シャトルにはあれこれ指示しなければならなかった。標的とシャトルの貨物室との相対速度をどう設定するかとか、システム内にいきなり放り込まれた運動量を消散させたりとか、要は、うまくいったということだ」

「デブリはどこに？」

「シャトルの後方、上のほうにある。二プリントの差でぶつからずにすんだ」

「あなたはもう少しでわたしたちを殺すところでした」

「もう少しでな」アウルは認めた。

「二度とやらないでください」

「良い知らせとして、もうそんな必要はないよ」

ほかのふたりの外交官をひろう作業は、拍子抜けするほど簡単だった。

コンクラーベの小惑星へ向かって引き返しながら、アウルが機内に空気を戻して操縦区画を開放した。「救助された外交官のひとりがあんたと話をしたがってるようだ」アウルが言った。

「わかりました」わたしは頭をさげて乗員区画へと向かった。すると、ひとりのフフリクト族がこくりとうなずき、わたしをかすめるようにしてすれちがっていった。副操縦士が早く勤務に戻りたがっているのだ。わたしはまた頭をさげて乗員区画に入った。

救助チームは外交官たちの世話で大忙しだった。外交官たちはそろって自己発熱式の毛布にくるまれ、マスクをとおして空気を吸っていた。例外がひとりいて、いまではわたしも知っているコロニー防衛軍《CDF》の戦闘用ユニタードに身を包んでいた。ユニタードの着用者は膝をつき、黒い巻き毛の女性の外交官に話しかけていた。彼女は男の手を握っていたが、その力の入れかただと、相手が遺伝子改造された超人兵士でもなければ痛くてつらそうだった。ユニタードの着用者はまさにその兵士だった。緑色の肌を見ればわかる。

兵士はわたしの姿を見ると、その女性を身ぶりでしめした。女性はふらつきながら立ちあがった。マスクをはずし、肩をすくめて毛布を落とし――たちまち震えだしたので良い考えとは言えなかった――わたしのそばへ歩いてきて片手を差し出した。兵士は彼女の少しうしろでとなりに立っていた。

「ソルヴォーラ顧問官」外交官は言った。「合衆国国務省のダニエル・ローウェンです。わたしとチームの仲間たちを救っていただいてとても感謝しています」

「どういたしまして、ミズ・ローウェン」わたしは言った。「コンクラーベの本部へようこそ。みなさんの入場がこんなに……ドラマチックになってしまって申し訳ないです」

ローウェンはぎこちなく笑みを浮かべた。「あなたがそうおっしゃるなら、わたしも同感です」彼女の体が激しく震え始めた。わたしは兵士にちらりと目をやった。彼は意図を察して、いったんその場を離れ、毛布を手に戻ってきた。ローウェンは毛布をありがたく受け取り、ふらりと兵士にもたれかかった。兵士はやすやすと彼女の重みを受け止めた。

「もちろん、みなさんを救ったのはわたしたちコンクラーベの者だけではありません」わたしはそう言って、兵士にうなずきかけた。

「残念ながら、おれの救助の試みは七十パーセントしか成功しませんでした」兵士は言った。

「いいえ、あれは百パーセント成功でした。あなたは七人をぶじにチャンドラー号へ送り届けました。しかも、残りの三人を船から遠く離せば、わたしたちが見つけるとわかっていたのです」

「わかりませんでしたよ。期待しただけです」

「なんとすばらしい」それから、わたしはローウェンに顔を向けた。「あなたはどうでした、ミズ・ローウェン？　あなたも期待しましたか？」

「わたしは信じてました」ローウェンはそう言って、兵士に目を向けた。「この人がわたしを宇宙へ放り投げたのは今回が初めてではなかったので」

「前回もずっとあんたといっしょにいただろう」兵士が言った。

「いたわね。だからといって何度もやる必要はないんだけど」

「おぼえておくよ」

「あなたがたふたりにはおもしろい逸話があるようですね」わたしは言った。

「そうなんです」ローウェンはそう言って、兵士を身ぶりでしめした。「ソルヴォーラ顧問官、紹介が遅れましたがこちらは――」

「ハリー・ウィルスン中尉ですね」わたしはあとを引き取って言った。

ローウェンはわたしたちふたりを見つめた。「ふたりは以前に会ったことが？」

「あります」わたしは言った。

「おれは人気者なんだよ」ウィルスンがローウェンに言った。

「あたしならそんな言葉は使わないけどね」ローウェンはにやりと笑った。

「記憶が正しければ、わたしが前回あなたとお会いしたときも、やはり宇宙船が爆発していましたね」わたしはウィルスンに言った。

「妙ね」ローウェンが言った。「あたしが前回ハリーと会ったときも、やっぱり宇宙船が爆発していた」

「偶然だよ」ウィルスンはまずローウェンを、それからわたしを見た。

わたしはにっこり笑った。「そうですか？」

3

「わしの生きて帰ってくれという頼みに、きみがあんなに挑戦的な返答をするとは思ってもみなかったよ」ターセム・ガウが言った。わたしは救助任務をすませたあとで彼のオフィスを訪れたところだった。

ターセムの個人用オフィスは、いつものように狭苦しかった。宇宙船のちっぽけな空間で長年過ごしてきたせいで、ターセムは狭い空間にいるときがいちばん快適に感じられるのだ。幸い、わたしは閉所恐怖症ではなかったし、彼の個人用オフィスがもっとも平凡なコンクラーベの代表のそれよりも小さいという政治上の知恵には賛同していた。このオフィスは人間の外交使節にあたえられた部屋よりも小さくて、ミズ・バーンが知ったらショックを受けるかもしれなかった。幸い、ターセムはわたしがすわるための台座を用意していたので、わたしは首を痛める心配がなかった。

「わたしがあやうく死にかけるのがいやなのでしたら、ほんとうに死ぬ可能性がある任務には送り出さないことですね」わたしは腰をおろしながら言った。「少なくとも、いかれたフリクト族が操縦士をつとめるような任務はやめておくべきでしょう」

「きみが望むなら、わしが彼《ジム》を懲戒処分に付してもいいぞ」

「わたしがあなたに望むのは、頭の回転の速さとみごとな操縦の腕を披露した彼《ジム》を表彰して、二度とわたしを彼の《ジズ》シャトルには乗せないことです」

ターセムはにやりとした。「きみは冒険心をもっていないようだな」

「わたしは冒険心をもっています。ただ、それは自衛本能には勝てないのです」

「わしはそんなことは気にしない」

「あなたはときどき、部下の意見を吟味することも気にしないようですね」

「きみを退屈させたくなくてな」

「わたしは、悲しいかな、退屈などしません。さて、打ち解けた前置きはこれくらいにして、あなたには今回の事件がわたしたちにとってたいへんな災難だったということをわかっていただきたいのです」

「なかなかうまくいったほうだと思ったがな。人間たちは救出されたし、オディアンボ号は本部やほかの艦船に二次被害をあたえることなくぶじに破壊されたし、きみのいかれたフフリクト族の行動によって残った者を救助したおかげで地球からは好感をもたれたままでいられるし、コロニー連合の外交官たちからは同胞を救ったということで少しばかり感謝すらしてもらえた」

「その薄っぺらな自画自賛の下にはぼろぼろの実体が隠れていますよ。たとえば、わたしたちの宙域でオディアンボ号に対して敵の攻撃があったのに、こちらはその襲来に気づかず防御もできなかったという事実。わたしたちはもはや、こうした協議でもくろんでいたように、コロニー連合と地球の人間たちを分断させておくことはできないという事実。そして、これらすべてが、いまも〈大議会〉であなたに反対している勢力の計画にとっては完璧に好都合だという事実」

「きみは人間の外交官たちを救うべきだと主張していたように記憶しているが。わしはその助言に従ったのだよ」

「わたしがどんな助言をしようと、あなたは外交官たちを救おうとしていたでしょう」わたしが言うと、ターセムはにやりと笑った。「それに、彼らを救うという決断は単なる政治的思惑を超えて重要なことでした。にもかかわらず、彼らを救ったことは、あなたの敵から見れば、あなたが人間に肩入れしていることの証明になってしまうのです――あたりまえの良識のあらわれではなく」

「彼らがどう考えるかをなぜ気にしなければいけないのかね。まともな頭があればなにが起きたか理解できるはずだ」

「野心とコンクラーベに対する不満で目がくらんでいなければ理解できるでしょう。しかし、あなたもよく知っているように、目がくらんでいる者はそれを見ないことを選ぶのです。同じように、コロニー連合の人びとが地球人を救助したことには深い意味があると考えてしまうのです。事実そうなのですが」

「あれほど近くにいればどんな船でも外交官たちの救助を試みるとは思わないのかね？」

「いいえ。人間たちならなにがあろうと試みたかもしれないとは思います。少なくとも、この特定の人間たちなら」

「きみはコロニー連合の連中には好意的なのだな」

「わたしはアブムウェ大使とそのチームには、彼らのCDFとの連絡係も含めて、好意的です。彼らの政府には台所の火だって信頼してまかせるつもりはありませんし、あなたにもそれを勧めることはありません――あなたとの会見でアブムウェ大使の口からどのような言葉が出ようと」

「おぼえておこう」

「人間のふたつのグループが一セルティと間をおかずに到着することさえ、なにかの前兆とみなされるでしょう」わたしは目先の問題に話を戻した。「そして、これは簡単に避けることができた失態でした――わたしはあなたにコロニー連合の人びととは会うなと警告したのですから」

「もしもわしがコロニー連合の連中と会うことに同意していなかったら、地球から来た人間たちは全員死んでいた可能性が高い――われわれの救助活動は失敗していたかもしれないのだからな。付け加えるなら、きみもいっしょに死んでいた」

「もしもコロニー連合の人びとがいなかったら、あなたはわたしを救助活動へ送り出すことはなかったはずです」わたしは指摘した。「地球から来た人間たちが死んだとしても、たしかに悲劇ではありますが、それがあなたの敵に利用されることはなかったでしょう」

「彼らの宇宙船がわれわれの宙域で破壊されたという事実は利用されたはずだ」

「それはわたしたちが事故調査の結果をいじって、必要とあらば何人か辞職させればすむことです。トーム・アウルは仕事をなくしてがっかりするでしょうが、それも簡単に対処できます」

「こういうふうな会話の流れを、きみのことをよく知らない連中がきみの上品さを褒め称えているときに思い出すと笑えるのだよ」

「あなたがわたしをそばに置いているのは上品だからではないでしょう。わたしがあなたの置かれた状況について嘘を言わないからです。そして、あなたの置かれた状況は、わたしたちが今朝起きたときと比べても悪化しています。ここからさらに悪化するでしょう」

「両方の人間のグループを追い返すべきだろうか？」

「それはもはや手遅れです。だれもがあなたは双方のグループと内々に会合をもったのだと邪推するでしょうし、あなたの敵はその会合にはふたつのグループが同時に出席していたのだとほのめかすはずです。彼らの目で見れば、どちらも機能としては同じなのですから」

「では、なにをどうやろうと、われわれは非難されるのか」

「はい。そのとおりです。もっとも、わたしはいつものように情報を提供しているだけです。あなたがそれを使ってなにをするかが重要なのです」

「辞職もできる」

「なんですって？」

「辞職もできる、と言ったのだ。このまえきみは言っていた――わしがもっとも能力を発揮していたのは、まだコンクラーベを築いている最中、偉大な構想のシンボルだったときであり、官僚機構の運営者になってからではないと。なるほど、よかろう。わしは辞職して、シンボルとして残り、運営はほかのだれかにまかせよう」

「だれですか？」

「きみが仕事を引き継げばいい」

「なんだってまた、わたしがそんなことを望むという印象をもったのですか？」わたしは純粋にショックを受けていた。

「きみならうまくやれるかもしれん」

「最悪のリーダーになるかもしれません」

「これまではとてもうまくやってきたではないか」

「それは自分の才能がよくわかっていたからです。わたしは助言者です。顧問です。ときにはあなたがだれかの脇腹に刺すナイフとなります。あなたはわたしをうまく利用していますよ、ターセム、でも、あくまであなたがわたしを利用するんです」

「では、きみならだれを推薦する？」

「だれもいません」

「わしは永遠に生きるわけではないのだぞ。遅かれ早かれ、ほかのだれかが責任者にならなければならん」

「そうです。その瞬間まで、わたしはあなたが責任者であり続けるようにします」

「忠実なことだな」

「わたしはあなたに忠実ですよ。でも、それ以上にコンクラーベに忠実なのです。あなたが築きあげたものに。わたしたちが築きあげたものに。あなたと、わたしと、加盟しているすべての種族、それこそ、いま自分の利益のためにそれを引き裂こうとしている愚か者も含めた全員で築きあげたものに。いま現在、コンクラーベに忠実であるというのは、あなたの立場を守ることなのです。一部の者が〈大議会〉で不信任投票を実施するのを阻止することなのです」

「そこまで接戦だと思っているのか」

「これからの数スールがどのように展開するかがとても重要だと思っています」

「きみの提案は？」

「いまとなっては、アブムウェ大使の報告を聞くしかありません。あなたが自分で招いたことです」

「わかっている」

「アブムウェはあなたにじかに報告するつもりでしょう」

「そうだ。彼女はきみやヴィナック・オイも話を聞くことになると思っているだろう。その場にいるか、秘密の盗聴器を通じて」

「彼女はその報告が長く秘密にされることはないとわかっているはずです」

「そういうことはめったにないからな」

「では、そのときが来るのを予想よりも早めたらいかがでしょう」わたしは言った。

「いまでもこれが良いアイディアだと思っているのか」ヴィナック・オイが言った。

「役に立つアイディアです」わたしは言った。「良いかどうかということではありません」

オイとわたしは〈大議会〉の議場のずっと上のほう、主として傍聴者や各代表の補佐官たちが使う階層ですわっていた。補佐官たちはときおり、長周期の軌道にいる彗星のようにぐるりと弧を描いて議場の内側のくぼんだ部分へ降りていき、自分の代表の指示に従う。通常、わたしが議場にいるときは、ターセムがいつもの質疑応答をしているあいだ、中央の演壇で頭数をかぞえている。今回は、ターセムが演壇にいないので、わたしは頭数をかぞえるために別の見晴らしのいい場所にいたかった。

〈大議会〉の議場は満席だった。ターセムはひとりきりで、いつもは議長とそのスタッフが使う席にすわっていた。今回の特別な演説では、議長はふつうの代表が使う席へ格下げされ、彼女のスタッフはわたしのすぐ下の階層でうろうろしていた。わたしはそのうちの何名かの表情を見た――彼らは自分たちが格下げされたことになんとなく憤慨していた。

その下の階層には人間たちがいた。コロニー連合の外交官たちは円弧の片側にすわっていた。地球から来た人間たちは反対側だ。両者のあいだにはかなりの空間があいていた。

「今回の報告の内容はまだわからない」オイが言った。

「あなたが何者であるかを考えると、たいへん印象的な事実ですね」わたしはこたえた。「もちろん努力はしたのだが」

「ああ、そうだな」オイはそう言って、いらいらしたような身ぶりを見せた。

「なにをしたんですか?」

「チャンドラー号のシステムに侵入を試みたんだが、サンドボックスへ隔離された。そこにはファイルがひとつだけあって、〝ヴィナック・オイ宛て〟という題名がついていた」

「中身がなんだったのかきいてかまいませんか?」

「ひとりの人間が臀部《でんぶ》をあらわにしているビデオクリップで、〝みんなといっしょに待ってて〟という言葉が表示されていた」

「彼らがあなたのことを考えてくれたのはうれしいですね」

「彼らのコンピュータシステムのファイアウォールが頑丈すぎて侵入できないのはあまりうれしくないな」

「あなたならコロニー連合に別の情報源があるはずでしょう」

「ある。だが、今回の件に関してはない。これが良いアイディアではないと言うのはそのためだ、ハフト。この人間がなにを言おうとしているのか見当もつかない。どんなダメージがあるかわからないのだ」

「こういうやりかたを選んだのは将軍であって、わたしではありません」それは建て前としては事実だった。

「よしてくれ」オイはちらりとわたしを見た。「この件にはきみのにおいがぷんぷんしている。将軍の頭にこのアイディアを吹き込んだのがだれなのか、わたしにわからないと思っているのか」

「わたしはたくさんのアイディアを将軍の頭に吹き込んでいます。あなただってやっているでしょう。それがわたしたちの役目なのですから。将軍はそれをもとになにをするかを決めます。それが彼の役目ですから。ほら」わたしは指さした。アブムウェ大使が中央の裏手から姿をあらわし、彼女のために用意された演説台へ向かった。「時間です」

「良いアイディアではないな」オイが繰り返した。

「そうかもしれません」わたしは認めた。「すぐにわかりますよ」

数百の知的種族がたてる物音がさっと静まった。アブムウェは演説台に着くと、異例なことに、数枚の紙片をそこに置いた。通常、人間の外交官たちは、彼らがPDAと呼ぶ携帯コンピュータにメモを保存している。今回の情報がきわめて注意を要するものなので、アブムウェはそれを電子的に複製が困難な形式で保存しているようだ。わたしのとなりでオイがいらだったような音をたてた。やはり紙片を目にしたのだ。

「ターセム・ガウ将軍、リスティン・ラウス議長、そしてコンクラーベを構成する各国家の代表のみなさん、わたし、コロニー連合のオデ・アブムウェ大使は、この栄誉にふさわしきごあいさつと共に、みなさんのまえでお話をする機会をいただけたことについて謙虚な感謝の意を表します」アブムウェが話し始めた。ヘッドセットをとおして、彼女の言葉は数百のことなる言語に翻訳されていた。「これがもっと幸せな状況であれば良かったのにと思わずにはいられません。

多くのみなさんがご承知のとおり、つい最近、ある情報がみなさんの政府の入手するところとなりました。この情報は、コロニー連合が実施した、多くのみなさんに対する活動、およびコンクラーベ全体に対する活動、その両方にまつわる歴史的事実を詳述しているように見えます。ほかに、コンクラーベとみなさんのいくつかの国家、さらには人類の生まれ故郷である地球に対する今後の計画の概要と称されるものもありました。

この報告書にある情報の多くは——とりわけ過去の活動に関する情報は——事実です」

これを聞いて議場は大騒ぎになった。むりからぬことではあったが、わたしは動揺しなかった。アブムウェは基本的に、わたしたちがすでに事実だと知っていたことをたしかに事実だと認めただけだ——すなわち、コロニー連合はわたしたちの多くと戦い、さらにはコンクラーベと戦ってきたと。これはだれにとっても新情報ではなかった、というか、新情報であるはずがなかった。わたしは議場をざっと見渡して、平然としている代表たちと、対照的に憤慨している代表たちとを確認した。

「しかしながら——いいい、しかしながら」アブムウェは話を続けながら、片手をあげて静粛を求めた。「わたしがここへ来たのは、過去の行為について正当化したり謝罪したりするためではありません。わたしがここへ来たのは警告するためです——報告書にあるそれ以外の情報は捏造であり、わたしたち全員に危険をもたらすものであると。コロニー連合にも、コンクラーべにも、そして地球の各国家にも。

いまも、これまでも、わたしたちはおたがいのことを敵と考えています。今日わたしが伝えたいのは、どこかに別の敵がいて、人類とコンクラーベの各国家にひとしく脅威をあたえているということです。この敵は、人数は少ないものの、きわめて戦略に長けており、劇的な行動によって桁外《けたはず》れの影響をおよぼし、わたしたちのそれぞれにテロ行為を仕掛けながら、わたしたちがおたがいにテロ行為を仕掛けていると信じ込ませています。この敵は、みずからの独善的な目的のために、コロニー連合とコンクラーベの両方を破滅させようとしているのです」

アブムウェは目をあげて、わたしのふたつ下の階層にいる自分のスタッフにうなずきかけた。スタッフのひとり、たしかハート・シュミットが、手にしたPDAをタップした。わたしのとなりでオイがうなり声をあげ、自分のコンピュータを取り出した。「嘘だろ」オイはそっとつぶやいてから、完全にスクリーンに没頭し始めた。

「たったいまスタッフに指示して、みなさんの情報局長であるヴィナック・オイに対し、この共通の敵についてコロニー連合が把握しているすべての情報を開示しました――みずからを〈均衡〉と呼ぶグループの情報です」アブムウェは続けた。「このグループを構成するメンバーは、コンクラーベともコロニー連合ともつながりのない種族が中心で、中でもララエィ族の存在が顕著です。しかし、それ以外の政府や国家出身の裏切り者も活動していて、コロニー連合の外務省副長官だったタイスン・オカンポ、アイア族のアケ・バエ、エルプリ族のウター・ノヴェ、そして地球のパオラ・ガディスといった面々が含まれています。彼らの陰謀は数多く、その中にはガウ将軍の暗殺計画もありました」

議場は一気に大混乱に陥った。

わたしはウンリ・ハドがすわっているはずの場所へ視線を走らせた。ハドは席から立ちあがって叫んでいた。その周囲では、ほかの代表たちが大声をあげ、彼に向かってなにやら身ぶりをしていた。もう一度、今度はアイア族の代表であるオーン・スカーへ視線を走らせる。スカーはほかの数名の代表を押しのけて議場を出ようとしていた。ほかの代表たちはそれを押し返し、力ずくでスカーを席へ戻そうとしていた。わたしはちらりと人間たちを見た。地球から来たうちのふたりが、コロニー連合から来た人びとに向かって怒鳴っていた。両者の真ん中では、三つの人影が身を寄せ合い、なにやら話し合っている。ダニエル・ローウェン、ハリー・ウィルスン、それとハート・シュミットだ。

「オイ」わたしは喧噪の中で呼びかけた。

「彼女は嘘をついていない」オイはまだスクリーンをにらんでいた。「つまり、ファイルのことだ。量がすごい。それがここにある」

「送ってください」

「なんだって?」オイはわたしを見あげた。

「送ってください」わたしは繰り返した。「なにもかも」

「時間がなくてまだ精査できていない」

「オカンポのデータだって精査する時間はなかったでしょう」

「これを送るのはお勧めできかねるな」

「あなたがそれを長く独占していればいるほど、たったいま告発された代表たちに、わたしたちがコロニー連合と共謀してデータを改竄《かいざん》していると主張させるチャンスをあたえることになるのです。送ってください。いますぐに」

「だれに送るんだ？」

「全員にです」

オイの触手がスクリーンの上で躍った。「これもいいアイディアとは思えないな」

わたしは演説台で静かに待っているアブムウェに注意を戻した。彼女に警護部隊をつけておくべきだったのではないかという気がしてきた。いつになったら話を再開するつもりなのだろう。

それについては、すぐに答が出た。「わたしたちはだれも無実ではありません」アブムウェは力強く言った。混乱がおさまり始めた。「わたしたちはだれも無実ではないのです」彼女は繰り返した。「コロニー連合もコンクラーベも、地球から来た人びとも、わたしたちの政府から離れたところにいる人びとも。だれもがその内部にかかえているのです——弱みを利用し、圧力をかける場所を利用し、わたしたち自身の流儀や頑固さを利用してわたしたちを攻撃してくる敵を。この脅威はほんものです。この脅威は現実に存在しています。わたしたち全員で対処しなかったら、わたしたち全員が破滅する可能性が高いのです」

「おまえは敵だ！」だれかがアブムウェに叫んだ。

「そうかもしれません」アブムウェは言った。「しかし、現時点では、わたしはみなさんが心配すべき敵ではないのです」彼女はわきあがる怒りのコーラスを背に演説台から去っていった。

「よくもあんなことを」ウンリ・ハドがアブムウェに向かって吐き捨てた。

わたしたちはターセムの公務用オフィスのとなりにある会議室にいた。彼が公式行事のときに使う立派な部屋だ。集まっているのは、ターセム、わたし、オイ、ラウス、アブムウェ、ハド、スカー、バーン、ローウェン、ハリー・ウィルスン。基本的には、アブムウェの演説で名前があがったすべてのグループの代表たちが顔をそろえていた。あの演説が終わるとすぐに、ターセムが全員をここへ引っ張り込んだのだ。

「よくもあんなことを」ハドがまた言った。「コンクラーベに対するわたしの忠誠心に、わたしの国家の忠誠心に疑問があるとか。わたしの同胞たちのだれかがコンクラーベに対して陰謀を企てているとか、きみたちといっしょに陰謀を企てているとか。よくもあんなだいそれたことを言えたものだ」

「わたしはだいそれたことは言っていません、ハド代表」アブムウェが言った。彼女は会議室のテーブルにつき、平然としていた。「真実を話しただけです」

「真実だと！　コロニー連合がそんなものを気にかけたことがあるというのか」

「ウター・ノヴェはどこにいるのですか、ハド代表？　こちらの情報によれば、彼はエルプリ族の中でもかなり重要な外交官だったようです。わたしたちが提供した情報に疑問があるのなら、なぜ本人にきかないのです？」

「わたしはエルプリ族外交団のすべてのメンバーの居場所について常に知らされているわけではない」

「そうかもしれないが、この件についてはわたしも興味がある」オイが言った。「いまその人物に関する情報のキャッシュ版を見ているところだ。ウター・ノヴェはエルプリ年で数年まえに引退して、ある研究財団で閑職に就いたことになっている。財団にあるノヴェの連絡先情報は〝研究休暇中〟となっていて、それ以上の情報はない」

「本気で言っているのか、オイ局長？」ハドが言った。「情報がないというのは情報があるというのとはちがう。わたしはウター・ノヴェを知っている。彼の経歴にはエルプリ族やコンクラーベに対する反乱を示唆するようなものはいっさいない」

「たしかに、エルプリ族に対してはないだろう」オイが言った。「だがコンクラーベに対しては？」

「それはどういう意味だ？」

「つまり、きみはこのところコンクラーベに対してひどく批判的だった。きみのそういう姿勢がエルプリ族の政府内で広く共有されていると考えるのは、別に理不尽なことではないだろう」

「わたしは彼らに対して批判的だったのだ！」ハドはアブムウェのほうへ腕を振った。彼女は相変わらず平然とすわっていた。「この人間たちは、コンクラーベにとって史上最大の物的脅威となっているのだぞ。それとも、きみはロアノークを忘れたのか、オイ？」ハドはターセムに顔を向けた。「将軍、あなたはどうなんだ？」

「コロニー連合は味方のふりをしてはいないと思うのだがな、ハド」オイが言った。

「またやるがいい」ハドがオイに注意を戻して言った。「またわたしを反逆罪で告発するがいい、オイ局長」

「もうよせ、ふたりとも」ターセムが言った。ハドとオイは黙り込んだ。「だれもコンクラーベに対する反逆や不実の罪で告発されることはない」

「もう手遅れだよ、将軍」スカーが初めて口をひらき、アブムウェをにらみつけた。

「では、はっきり言っておこう。わしはきみやウンリ・ハドを反逆や不実の罪で告発してはいないし、この先もそんなことはしない。今回の件については、こうした宣言は意味があるはずだ」

「ありがとう、将軍」スカーはひと呼吸おいて言った。ハドは無言だった。

ターセムはアブムウェに顔を向けた。「きみはわれわれに爆弾を落としたわけだ」

「わたしはこの情報を将軍だけに渡すという提案をしたのです」アブムウェが言った。

「そうだったな。だが、肝心なのはそこではない。肝心なのは、きみがわれわれの中に裏切り者がいると訴えたことだ」

「はい。裏切り者。スパイ。日和見主義者。さらに、以上をひとつふたつ組み合わせた者たち。わたしたちの中にもいます」アブムウェはバーンとローウェンにうなずきかけた。「彼らの中にもいます。しかし、ほんとうの問題はそこではないのです、将軍。裏切り者やスパイや日和見主義者はいつだっているものです。いま問題なのは、そうした裏切り者やスパイや日和見主義者たち全員がおたがいを見つけ出し、自分たちの利益のためにわたしたちに対して陰謀をめぐらしていることです」

「それで、われわれがどう対処するべきかについて、きみにはどんな提案があるのだ？」オイがアブムウェにたずねた。

「われわれがどう対処するべきかを提案しているわけではありません」アブムウェはそう言ってから、ターセムに顔を戻した。「率直に話すことをお許しください、将軍」

「かまわんぞ」ターセムは言った。

「わたしがなぜここにいるのかを明確にしておきましょう」アブムウェはオイに注意を戻して言った。「わたしがここにいるのは、コロニー連合がコンクラーベをたいせつに感じているからでもなければ、この情報を共有することでふたつの連合がより友好的な方向へ進めると信じているからでもありません」アブムウェが身ぶりでハドをしめすと、ハドは人間が自分のほうへ注意を向けたことが腹立たしくてたまらないという態度を見せた。「ハド代表は、この情報にあからさまに疑いをかけている点ではまちがっているかもしれませんが、コロニー連合があなたがたにとって物的脅威であるという点についてはまちがっていません。たしかにそうだったのです」

「ありがとうよ」ハドはそう言ってすぐに、自分の発言がひどく不適切なものであることに気づいたようだった。

「感謝してもらうようなことではありません」アブムウェはそう言って、ハドにますますばつの悪い思いをさせた。言葉でのさりげない叩きのめしかたがみごとだった。「わたしは明白な事実を述べているだけです。これは提案でもなければ緊張の緩和でもありません。わたしがここにいるのはあなたがたと情報を共有する以外に選択肢がなかったからです。わたしたちの意図にまつわる〈均衡〉の嘘をこのまま放置した場合、ふたつのことが起こる可能性が高くなります。ひとつ」アブムウェはまたハドを身ぶりでしめした。「彼または彼のような人物が、コロニー連合を攻撃して破壊することをコンクラーベに要求する」

「それは可能だな」スカーが言った。

「わたしたちも否定はしません。しかし、そのためのコストは高くつきますし、一部でほのめかされているほど容易なことではないでしょう――たとえ、地球との関係にまつわるコロニー連合の現状を考慮したとしても」アブムウェはターセムをまっすぐ見つめた。「人間には〝ピュロスの勝利〟という言葉があるのです、将軍」

「〝犠牲が多くて引き合わない勝利〟か」ターセムは言った。

「あなたもご存じでしたか」

「敵を知っておいて損はないからな」

「たしかに。これもきっとご存じでしょうが、あなたがたがわたしたちをよく知っているのと同じように、わたしたちもあなたがたをよく知っています。あなたがたはわたしたちを破壊できるでしょう。しかし、わたしたちはあなたがたを道連れにするでしょう」

「われわれ全員というわけではないだろう」ハドが言った。

「わたしたちはコンクラーベを道連れにします」アブムウェはあらためてハドをまっすぐ見つめた。「ここで問題になる敵はそれだけですよ、ハド代表。そして、それがもうひとつの起こることです。わたしたちがコンクラーベを血まみれにして、それは巨大すぎるので負けることはないという誇張された世評を地に落とし、それに対する恐怖心を星ぼしの真空の中へ絞り出してやったら、コンクラーベそのものが分裂するでしょう」彼女はハドを、身ぶりでしめすのではなく、はっきりと指さした。「この人か、あるいは似たようなだれかが、それを実行するはずです。とりわけ、コロニー連合との争いのあいだに、コンクラーベが地球をその隊列に引き込むようなことがあったら」

「地球は公式にはコンクラーベに加わることに関心はありません」ローウェンが言った。

「もちろんそうでしょう」アブムウェはローウェンに目を向けて言った。「現時点ではそんな理由がありません。いまの地球は、なんの義務もなしに、コンクラーベと交流することで得られるメリットを享受しているのですから。しかし、コンクラーベとコロニー連合が戦争になったら、あなたがたは心配し始めることになります――わたしたちが地球を訪れて、かつてはあなたがたがわたしたちに提供していたもの、すなわち兵士たちを、奪おうとするのではないかと。そうなったら、地球はコンクラーベへの加盟を求めるでしょう。それはハド代表のような人びとが求める強みになるのです」

「またわたしが反逆者とみなされているぞ」ハドが言った。

「いいえ、反逆者ではありません、ハド代表。あなたはそんな者になるには頭が良すぎるという前提で話を進めさせてください。そう、あなたは、あるいはあなたのような人は、自分をコンクラーベの救済者という立場に置くはずです。コンクラーベをみずからの影の中から救い出す者であると。そして、充分な賛同者を集められなかった場合は、似たような考えをもつ少数の国家と共にコンクラーベを離脱し、ニュー・コンクラーベとかなんとか自称するでしょう。そのあとは、もう長くはかかりません。なぜなら、あなたは反逆者になるには頭が良すぎるのですが、どうやら、自分の野心が四百の種族をひとつにまとめる自分の能力よりも大きすぎるという事実に気づくだけの頭はもちあわせていないようです。もう一度、率直に言わせてもらいます——あなたは能力不足なのです、ハド代表。この部屋にいる人びとの中でその能力をもつのはひとりだけです」

わたしがちらりとオイに目をやると、むこうも視線を返してきた。オイは明らかに楽しんでいた——ハドが、自身がもっとも忌み嫌う種族の代表にこきおろされるのを。

「なんとも傲慢なことだな、大使、たった数ディトゥでわたしのことをそんなふうに決めつけてしまうとは」ハドが言った。

「それはちがいます」アブムウェが言った。「あなたに関するファイルがあるのです」彼女はスカーに顔を向けた。「あなたのもあります。〈均衡〉に代表がいることが判明しているすべての国家の、すべての外交官に関するファイルがあるのです——わたしたち自身のも含めて。ぜんぶ報告書に入っています」

「その報告書の話に戻りたいのだが」ターセムが言った。

「もちろんです」アブムウェは言った。

「この報告書の存在は、きみたちのスパイが〈均衡〉の内部に、それもかなりの期間潜入していたことを暗示している。そこで知りたいのだが、なぜいまになってわれわれにこの情報を渡そうと決めたのかね？　このグループはわれわれ双方にとって脅威となるのに」

「あらためて、率直に話す許可をいただけますか」

「アブムウェ大使、いまとなっては率直ではないきみなど想像できんよ」

「もしも〈均衡〉が自分たちのデータをぶちまけていなかったら、わたしたちがこれを提供することはなかったはずです。喜んで〈均衡〉に関する情報を我が物にし、自分たちの都合のいいようにそれを加工していたでしょう。繰り返しますが、わたしたちはこの情報を友好のしるしとして提供しているわけではないのです、将軍」

「了解した」

「ただ、スパイの件ですが、実を言えばわたしたちにスパイはいませんでした。〈均衡〉がひとつミスをして、制御できない人質をとってしまったのです。その人質は彼をとらえた敵よりも頭が切れました。敵のデータと、敵の船を盗み、両方を持ち帰ってくれたのです」

「コロニー連合への忠誠心によって?」

「ちがいますね」ハリー・ウィルスンが言った。「〈均衡〉が彼を怒らせたのがでかかったみたいです」

「この情報を全面的に信用するまえに、情報源について調べておくべきではないのか」ハドが言った。「きみたちの情報提供者とやらはどこにいるんだ?」

「偶然にも、彼はチャンドラー号の操縦士なんです」アブムウェが言った。

ハドがターセムに顔を向けた。「だったら、わたしはそいつをここへ連れてきて尋問することを提案する」

「そんなに単純な話じゃないんですよ」ウィルスンが言った。

「なぜだ?」ハドがウィルスンにたずねた。「そいつにはシャトルに乗れない理由でもあるのか?」

これを聞いて、ウィルスンはなぜかにやりと笑った。


「ガウ将軍、ソルヴォーラ顧問官、ハド代表、そしてミズ・ローウェン、チャンドラー号の操縦士であるレイフ・ダクインを紹介します」ウィルスンがチャンドラー号のブリッジに置かれた箱を身ぶりでしめした。その中には人間の脳がおさまっていた。

「これは見覚えがある気がします」わたしは箱を見つめながらウィルスンに言った。

「あなたはそう思うかもしれないと思ってました」

「だれがこんなことをしたのだ？」ハドがたずねた。

「はい？」ウィルスンが言った。

「頭蓋から脳を取り出すのはコロニー連合の手口だ。悪評は知れ渡っている」

「コロニー連合がこれをやったのかという質問ですか？」

「そうだ。もっとも、本音を言えば、きみが正直にこたえるとは期待していないがね」

「本人にきけばいいでしょう」

「なんだって？」

「レイフにきけばいいんですよ」

「ええ、かまいませんよ」スピーカーから声が流れ出した。「ぼくは現実にここにいますから」

「わかった」ローウェンが言った。「ミスター・ダクイン、だれがあなたにこんなことをしたの？」

「ぼくの脳を箱に入れたやつですか？〈均衡〉と自称しているグループです、ミズ・ローウェン」ダクインが言った。

「彼らはなぜそんなことをしたのかね？」ターセムがたずねた。

「船を動かすのに必要な部品の数を切り詰めたいというのがひとつ。ぼくをまちがいなく彼らの制御下に置くのがもうひとつ。彼らは、体を返してやると言えばぼくがどんな命令にでも従うと思っていたんです」

「なぜ従わなかったのかね?」

「彼らにはぼくの体を返すつもりがまったくないと思ったからです」

「だが、コロニー連合だったらきみに新しい体を用意できたはずだ」ハドが言った。「なのにそうしていない。彼らはこの〈均衡〉というグループがやったようにきみを利用しているんだ」

「こうして話しているあいだも、コロニー連合はぼくのために新しい体を育てています。もうじき準備ができるんですよ。でも、ここにいるハリーから、もうしばらくチャンドラー号の乗組員でいてくれないかと頼まれたんです。特にこういう旅で、〈均衡〉がコロニー連合にとって都合のいい作り話ではなくほんとうに実在しているんだと、人びとを納得させる必要があるときのために」

「これが事実だとすればな」

「なんなら科学者たちを何人か連れてきてテストをしてください。お客さんがいるのはうれしいので」

「それでもなんの証明にもならない」ハドはターセムに顔を向けた。「われわれは、この不運な生き物があの報告書は自分のものだと言うよう強制されているわけではないと信じろと言われているんだ。彼のような立場にある者が自分をとらえている連中の意向に反したことを話せると信じるのはむりがあるだろう」

「とらえている連中ねえ」ダクインのあざけるような口調は聞き逃しようがなかった。「まじめな話、この人はだれなんです?」

「ハド代表の言葉には一理あります」わたしは言った。「あなたは箱の中の脳です、ミスター・ダクイン。あなたが利用されていないという保証はどこにもありません」

「きみのほうから説明するか、ハリー? それともぼくが?」ダクインがたずねた。

「当然、あんたが話すべきだろう」ハリーが言った。

「ガウ将軍、ソルヴォーラ顧問官、ぼくたちがここに到着したとき、そちらの情報局長がチャンドラー号のシステムに侵入を試みたことは知っていますか?」ダクインはたずねた。

「ええ、それは知っていました」わたしは言った。

「そりゃそうですね。オイ局長がなにを見つけたか知っているんですね?」

「オイの話ですと、だれかが臀部をあらわにしている画像だったとか」

「ええ、あれは〝ムーニング〟と呼ばれています。ぼくがやったんです、顧問官。尻を出したわけじゃないですよ、もちろん。ただ、オイ局長が見つける場所にあの画像を置いたんです。あんなことをしたのは、ぼくが船を操縦しているだけではなく、ぼくが船そのものだからです。この船は全面的かつ完全にぼくがコントロールしています。チャンドラー号には乗組員がいて、あれこれ業務をこなしています——なんならバーラ船長にきいて、確認してください——でも、結局のところ、彼らはぼくが許す範囲でしか船を制御できません。この船がぼくだからです。ぼくが手伝うことを選んでいるんです。ぼくの協力がなかったら、コロニー連合がこの船に対してできることといえば破壊することだけです。そんなことになるくらいなら、ぼくが自分で破壊しますけどね」

「それでも補給は必要なのではないかね」ターセムが言った。「きみの船にはやはりエネルギーがいる。きみはコロニー連合にそれを頼るしかない」

「そうですか？　将軍、ぼくがいますぐ亡命を求めたら、あなたは受け入れてくれますか？」

「ああ」

「あなたはぼくを飢えさせたりはしないでしょうね」

「しないな」

「だったら、あなたの主張は正しくないということです」

「でも、コロニー連合に体を取り戻してもらう必要はあるよね」ローウェンが言った。

「新しいのを育ててもらう、ということですね」

「ええ」

「ミズ・ローウェン、あなたの左側にドアがあります。この船が建造されたとき、そこは船長の待機室でした。どうぞ開けてみてください」

ローウェンはドアを見つけてそれを開けた。「うわっ」彼女はドアを大きくひらいてわたしたちにも見えるようにした。

ドアのむこうにあるコンテナには、人間の体がひとつおさまっていた。

「それがぼくです」ダクインが言った。「とにかく、いずれはそうなります。すっかり成長して、ぼくが自分をその中へ入れると決めたら。ハド代表、あなたの科学者たちに、その体のDNAとここにあるぼくの脳のDNAをチェックさせてもいいですよ。一致するはずですから。まあ、要するに、コロニー連合はぼくの体を人質にしていないんです。ぼくを人質にしてもいません。なにかを強要したりもしていません。さあ、これでも信じるか信じないかはみなさんの自由ですが、これだけ説明して、なおもぼくを信じないとしたら、ぼくたちがみなさんに信じてもらうための努力をしていないせいではないですよね」

「ミスター・ダクイン」わたしは言った。

「はい、ソルヴォーラ顧問官」

「あなたは例の外交官たちを救助したときに操縦をしていたんですね」

「はい、そうです。ほかに操縦士はふたりいますが、あのとき舵をとっていたのはぼくです」

「わたしの知り合いの操縦士が、あれはすばらしい操縦だったので、あなたをたたえるために何杯か酒をおごりたいと言っていました」

「その友人の操縦士に了解したと伝えてください」ダクインは言った。「もっとも、実際に飲めるのは少し先になりますが」

「幸せですか？」わたしはターセムに問いかけた。わたしたちは彼のオフィスでふたりきりだった。

「幸せ？」ターセムは言った。「妙な質問だな」

「あなたが今日計画したことはすべて実現したのかということです」

「わしが計画したのはアブムウェに演説をさせることだけだが、あれはわしの計画ですらなかった。あれはきみの計画だ。だから、わしのほうがきみは幸せかと質問するべきなんだろうな」

「まだですね」

「なぜだ？　アブムウェの演説で、ウンリ・ハドとその支持者たちの不信任投票を求める動きはつぶされた。わしはハドとスカーを反逆者とはみなさないと保証したが、それでもあのふたりの信望は取り返しのつかないほど地に落ちている。たとえこのまま代表の地位にとどまったとしてもな」

「今日のハドの失墜が楽しくなかったというふりをするつもりはありません。あのうぬぼれが強いやかまし屋は叩きつぶされるべきでした。しかし、これでもう少し大きな問題が生じてしまいました――エルプリ族とアイア族が、反逆ではないとしても、最悪レベルの背信行為をおこなったという批判にさらされているのです。当然ながら、この〈均衡〉というグループのメンバーをかかえているのは、あのふたつの国家だけではないでしょう。ヴィナックがいまデータをふるいにかけているところです」

「それでどんなことが明らかになるかを心配しているのか」

「いいえ。わたしが心配しているのは、あなたがそれを利用して自分の政敵を、その国家もろとも摘み取ろうとしていると非難されることです。ハドがつぶされたのは良かったのですが、よりにもよってエルプリ族が、アブムウェの報告書で名前があがったふたつの種族に含まれていたのは困りものです。ヴィナックが報告書の内容すべての裏付けをとったとしても――たとえそのすべてが疑いの余地のない真実だとしても――それはあなたにとっては不利な状況をくつがえすチャンスでしかないと解釈する連中が出てくるはずです」

「きみがオイに命じてデータを公表させたのは、それを避けるためだったのか」

「わたしがデータを公表させたのは、そうすればあなたがコロニー連合と結託していたようには見えないからです。その問題は解決しました。もうひとつの問題はまだ残っています」

「きみの提案は？」

「この件について、あなた自身が〈大議会〉の議場でじかに語る必要があると思います」

「で、わしになにをしゃべらせようというのだ？」

「あなたがハドとスカーに言ったことです。ただし、もっと大きな範囲について。外交官レベルではなく、国家レベルで」

「われわれは裏切り者を探し出すんだろう」

「はい、しかし彼らは個人でしかありません」

「個人でも、それぞれの政府を説得してコンクラーベから離脱させられるかもしれん」

「それならなおのこと、心得ちがいの少数の行動は種族全体の意向を反映していないとはっきりさせるべきです」

「これでうまくいくと思うのか」

「コンクラーベの各メンバーが同盟を傷つけていると言っておたがいを非難するような事態を招くよりはましだと思います。それではわたしたちの望む方向へは進みません」

「きみはこの考えにどれほどの確信をもっているのだ？　コロニー連合がわれわれに対して入念に計画された陰謀をめぐらしているのではないとすれば――それはきみがわしに考慮してくれと言っていたことで、わしも考慮するつもりだが――それぞれの加盟国家の政府そのものがコンクラーベを終わらせようとしている可能性があるわけだ。以前にもそういう試みはあった。われわれは彼らを処罰せずに見逃してしまうことになる」

「ちがいます。わたしたちは彼らに、全員で墜落するまえに崖っぷちから引き返すための道を提示するのです」

「それはずいぶん楽観的な見方だな」

「少しも楽観的ではありません。それで問題に対処するための時間が稼げるのです」

「もう時間がないとしたら？」

「それならすぐに問題に対処するだけです。ただ、わたしの感触では、いまや崖がどれほどそばに迫っているかに全員が気づき始めていると思います。本気でそこへ飛び込みたがっているのはごくわずかでしょう」

「やはり、きみは楽観的だな。わしは現時点でも崖をとても魅力的に感じている連中がそれなりにいると思っている」

「だからこそ、あなたに彼らを説得してほしいのです」

「わしの能力を盲信してくれてうれしいよ」

「盲信ではありません」わたしは言った。「これは信頼です」

4

「どのニュースを最初に聞きたい?」ヴィナック・オイが問いかけてきた。わたしはまたオイのオフィスを訪れていた。このスールの最初の打ち合わせだ。

「良いニュースはあるのですか?」わたしはたずねた。

「ないな。ただ、いくつかのニュースはほかのよりも客観的に見て悪さの度合いが低い」

「では、ぜひそちらから聞かせてください」

「アブムウェ報告書の語義解析とデータ分析はひととおり完了した。うちのデータベースにある独自の情報との突き合わせもしてみた。思い切りざっくり言うと、アブムウェのデータはオカンポ報告書よりは疑わしさが低かった」

「〝疑わしさが低かった〟」

「つまり、うちのデータとの比較で明らかな虚偽や矛盾している点が少なかった」

「では、あなたはコロニー連合が、その印象を一新して、ほんとうに真実を語っていると言うのですね」

「〝真実〟とは言っていない。ぱっと見てわかる虚偽が少なかったと言ったんだ。たとえほとんどが真実だったとしても――それについてはまだ解明が必要なんだが――真実は必ずしも良いこととはかぎらないからな。彼らがどんなことについて真実を語っているか、どんな情報をわれわれに提供したかということが、同じくらい重要だ。アブムウェがこれをわれわれに提供したとき、わたしがほんとうに知りたかったのは、彼女がなにを提供しなかったかということだった」

「きいておきたいのですが、あなたは、この〈均衡〉というグループが実在していて、それがアブムウェの言うような脅威になると思っているのですか」

「最初のほうはイエスで、二番目のほうはなんとも言えない。まだ何度かデータの分析を繰り返さないと。ただ、それについて言っておくことがあるんだ、顧問官」

「ここであまり良くないニュースが悪いニュースにレベルアップするんですね」

「そのとおり。というのも、いまのところ、アブムウェの情報が真実かどうかは問題ではないからだ。将軍の言うとおり、コロニー連合とアブムウェはわれわれに爆弾を落としてくれたが――言っておくが、きみが爆発させるべきだと勧めたのだぞ――あれ以来、わたしの耳に入ってくるおしゃべりと言えば、どこそこのメンバーが中道路線をとるべくコンクラーベと近づいたとか遠ざかったとかいう話ばかりだ。われわれは、親愛をこめて〈大議会〉と呼ぶ野心と打算の混合物に、大きな混乱をもたらした。以前なら、議場にはふたつの主要グループがいた――コンクラーベから離れようとするグループと、コンクラーベを支えようとするグループだ。わたしの分析官たちは、現時点で、新たに生まれた六つの哲学的グループを確認している。オカンポ報告書を信じるグループもあれば、アブムウェ報告書を信じるグループもあり、ほかに、どちらについても真実かどうかは気にせず、それを政治的な恨みを晴らす道具として利用できるかどうかだけを考えているグループもある。わたしがとりわけ心配しているのは、分析官のひとりが〝粛清派〟と呼んでいるグループだ。そいつらがなにを望んでいるかは想像がつくだろう」

「将軍は〈大議会〉でまさにこの問題について話そうとしていますよ」

「どうせきみが助言したんだろう」

「いつにも増して非難しているような口ぶりですね、局長」

「申し訳ない。悪い助言だったと言うつもりはないのだ。ただ、このところ、きみはふだんにも増して将軍に強い影響力をもっているように見える」

「わたしはそうは思いません」

「きみがそう言うなら。いずれにせよ、ほかの連中は忙しすぎて気づいていないだろう」

「あなたは将軍が以前よりも苦しくなっていると思いますか、政治的に？」わたしは話題を変えてたずねた。

「いや。アブムウェが〈大議会〉で演説をするまでは、ひとつの大きな派閥が自分たちの仲間を権力の座に押しあげるために将軍を標的にしていた。いまは、その大きな派閥が分裂して、すべての派閥がおたがいに争っている。だから、きみの計画が将軍から注意をそらすことだったとしたら、それは成功した。もちろん、いまは事態が複雑になっている。将軍にとって短期的には最善だったことも、長期的にはコンクラーベにとって最善ではないのだと思う。きみだってわかるだろう、顧問官」

「わかります。できるだけ時間を稼ぎたいのです」

「きみはたしかに時間を稼いだ」オイは認めた。「わたしにはそれがあまり上質なものとは思えないのだ」


自分のオフィスで、将軍の演説の直前に、わたしはオデ・アブムウェをまじまじと見つめ、彼女もわたしをまじまじと見つめた。「わたしたちは似た者同士なのかもしれません」わたしはようやく口をひらいた。「どのような環境で活動していようと、ふたりとも真実は有益であると信じています」

「あなたがそう信じていてうれしいです、顧問官」アブムウェは言って、わたしが話を続けるのを待った。

「昨日の演説のあとの会合では、あなたはとても率直でした。もう一度そうしてくれないかと期待していたんですが」

「お望みどおりに」

「コロニー連合は、手持ちの情報をわたしたちと共有することで、なにを得たいと思っているのですか?」

「コンクラーベとの戦争を避けたいと思っています」

「ええ。しかし、そのほかには？」

「公式にも内密にも、ほかに指示はあたえられていません。オカンポと〈均衡〉は、彼らなりの理由で、わたしたちをおたがいにけしかけようとしていました。その計略がわたしたちの側で失敗したことはわかっています。それがあなたがたの側でも失敗するように、できるかぎりのことをしたいのです」

「わたしたちにこの情報を提供したところで、両者のあいだにひそむ衝突の芽が消えることはないのですよ」

「ええ、もちろん消えません。ただ、もしも衝突が起きても、それはわたしたち自身のどうしようもない愚かさのせいであり、ほかのだれかの愚かさのせいではありません」

わたしはこれを聞いてにんまりと笑った。アブムウェは、プロの外交官らしく、眉ひとつ動かさなかった。「しかし、あなたは信じていないのでしょう――あなたにあたえられた指示が、この情報がわたしたちに提供された理由のすべてであるとは」

「わたしの意見を求めているのですか、顧問官」

「そうです」

「はい、信じてはいません」

「ほかの理由についてあなたの考えを聞かせてもらえますか？」

「それは無責任な行為になります」

「お願いします」

「わたしたちが望んでいたのは、ここで現実に起きたことだと思います。あの情報を利用してコンクラーベの連帯を破壊し、すでに生じている亀裂をこじ開ける。あなたがたはわたしたちを破壊できますし、たとえわたしたちがあなたがたを道連れにできたとしても、それはたいした慰めにはなりません。あなたがたがわたしたちを始末するまえに自滅してくれるほうがありがたいのです」

「あなたはそれが現実になると信じているのですか？　そのときはすでに元コンクラーベとなっている各種族が、個別にであれ連帯してであれ、自分たちが破滅の道を歩み始めたのはあなたの報告書がきっかけだったという事実を都合良く忘れてくれるとでも？　ロアノークを忘れてくれるとでも？　わたしたちがあなたがたを嫌悪しているそれ以外の理由をぜんぶ忘れてくれるとでも？」

「わたしがなにを信じているかは、コロニー連合に対するわたしの責任とは別のことです」

「それはわかります。しかし、わたしがたずねたのはそういうことではありません」

「わたしが確信しているのは、いま双方の政府がたいへん困難な状況に置かれているということです。たしかに、わたしたちはこの〈均衡〉というグループにけしかけられました。しかし、〈均衡〉だけではわたしたちの両方をこんな状況へ追い込むことはできなかったはずです。責任を〈均衡〉に押しつけたり、おたがいに押しつけたりすることはできます。しかし、わたしたちがこんな状況にあるのは、わたしたちがみずから招いたことです。これから来るものを避ける方法があるのかどうかはわかりません。いまとなっては、できるだけ時間を稼いで、そのあいだになにか別の状況が進展するよう期待するのがせいいっぱいです——わたしたち自身からわたしたちを救うために」

「ふたりの共通点がまた見つかりましたね、大使」

「まちがいありません、顧問官。噂によると、今日、将軍が〈大議会〉で演説をするとか」

「そうです」

「わたしの報告書がもたらしたダメージを修復しようというのですか」

「ええ、それもあります」

「わたしが将軍だったら——あるいはあなただったら——わたしに議場で演説をさせたりはしなかったでしょう」

「あなたに演説をさせなかったら、また別の問題が起きていたのですよ」

「もっとましな問題だったかもしれません」

「議論の余地はありますね」

「あなたはなにか助けになると思っているのですか？　今日の将軍の演説が」

「そうなることを期待しましょう」わたしは言った。「おたがいのために」

「われわれはコンクラーベの歴史上きわめて危機的なときを迎えている」ターセムが〈大議会〉の中心にある演説台から語っていた。そのあと、将軍はもっとたくさんの言葉をならべ始めた。

わたしはひとつひとつの言葉には注意を払っていなかった。将軍の斜め後方という有利な位置から、自分にできる最善のことをしていた――頭数をかぞえていたのだ。将軍の言葉に熱心にうなずいている者を見つけて。疑いや、怒りや、恐怖をあらわにしている者を見つけて。

種族がぜんぶで四百以上もあって、中には、頭部がはっきりした感情をしめさない種族や、それどころか、厳密には〝頭部〟とみなされるものが存在しない種族もいる状況で、これが簡単な仕事だと思うなら、ぜひとも試してみてほしい。

「プルーリン・ホーティーンには特に注意を払う必要があります」ターセムが演説を始める直前、わたしは彼にそう伝えていた。「オイは彼女を新興の〝粛清派〟のリーダーとみなしています。これ以上勢力が拡大するまえにつぶさなければなりません」

「彼女がなにをもくろんでいるかは知っている」ターセムは言った。「ヴィナックと話をしたからな」

「いつです？」

「ここへ来る直前だ。きみはアブムウェ大使と話をしていた。わしはきみがいない会合にだって出席しているのだよ」

「お勧めはしませんが」

「そうだろうな」ターセムはにっと笑った。「心配するな、ハフト。この演説は数多くの問題を解決してくれる。わしはそう確信している」

「とにかく、第一歩にはなるはずです」

「われわれは良いものを築いてきた。つまり、コンクラーベのことだ。きみとわしとこの議場にいる全員で。まさに一生の仕事だよ」

「たしかにすばらしいものです。もしも維持できるなら」

「できるはずだ」

「まずはプルーリン・ホーティーンを叩きつぶしましょう。ついでにウンリ・ハドも」

わたしはハドがいるはずの場所へちらりと目をやった。彼のまわりには明らかに空隙ができていた。エルプリ族が〈均衡〉に加わっていたとアブムウェに糾弾されて以来、ハドはすっかり評判を落としているようだ。それでも、さほど遠くないところに、プルーリン・ホーティーンの姿があった。彼女は、すべての種族をコンクラーベのまな板の上に乗せようとすることで、自分がターセムを助けていると思っているにちがいなかった。わたしがターセムに注意を戻すと、彼はたまたまその件について話をしていた。

「……オイ局長とその分析官たちが、いまもふたつの矛盾する報告書のデータをふるいにかけて、どの情報が正確で、どれが不正確で、さらに重要なことに、なにが語られていないのかを教えてくれようとしている。オイのオフィスから完全な分析結果と報告書が届くまでは、加盟国家の忠誠心について憶測をすることはできないし、するつもりもない。これらの国家にコンクラーベに恨みを抱く個人はいるか？　ああ、もちろんいる。そういう者たちについては、見つけ出してきちんと対処する。

だが、個人はその国家を正確に反映しているわけではない。きみたちがオカンポ報告書とアブムウェ報告書のどちらを信じようと、その裏にある意図はどちらも同じ――コンクラーベの解体と破壊だ。だれもがまだ記憶している、国家間の暴力と蛮行の時代へ戻ろうというのだ。われわれはそれを許すわけにはいかない。わしはそれを許すわけにはいかない。われわれは空疎な同盟ではない。だれもが、この平和を実現する最大のチャンスに加わる道を選んできたのだ。

もう一度言う。われわれは蛮行の時代へ戻ってはならない。われわれは空疎な同盟ではなく――」

ターセムの演説台が爆発した。

わたしはすぐにはそのことに気づかなかった。爆風で床へ向かってうしろ向きに突き飛ばされたのだ。生理機能上の理由により、わたしは、あるいはララン族ならだれでも、なかなか倒れることはない。にもかかわらずわたしは倒れ、呆然として耳も聞こえないまま、自分がなぜか床に横たわっていることに驚きをおぼえた。

それから急に頭が働き始めて、わたしは悲鳴をあげ、重い体を引きずるようにしてターセムのそばへ行った。

ターセムは無残なありさまだったがまだ死んではいなかった。わたしが彼の体をつかんで支えると、その目があたりを見回して、焦点を合わせる場所を探した。そしてやっとのことでわたしを見つけた。

ターセムはなにも言わずに——そのとき彼がなにかを言えたとは思えない——ただ彼を見つめるわたしを見つめていた。死にゆく彼の体を支え続けるわたしを。

ほどなく、ターセムは見るのをやめてわたしから去っていった。

彼が去ったあと、わたしはようやく周囲の喧噪と狂気を意識し始めた。代表たちとそのスタッフたちが、おたがいの体を乗り越えるようにして〈大議会〉の議場から逃げ出そうとしていた。ターセムの警備部隊がわたしと彼のもとへ押し寄せてきて、わたしを彼から引き離し、ふたりまとめてどこかへ連れ出した——たぶんわたしを安全な場所へ、そしてターセムを忘却の彼方へ。


「きみは医師の診察を受ける必要がある」オイが言った。

「大丈夫です」わたしはこたえた。

「大丈夫ではない。きみはショック状態で、ほとんど耳が聞こえないから大声で叫んでいる。しかも血まみれなんだよ、顧問官。その一部はきみの血だ」

わたしたちは議場からそれほど遠くない安全が確保された部屋にいた。まわりにはターセムの警備部隊のメンバーがいたが、彼らはもはやターセムの警備部隊ではなかった。どうしてか任務の遂行に完全に失敗してしまったからだ。考えると怒りがこみ上げてくる。わたしはそれを抑えつけて、いちばん近くにいる警備隊長に目を向けた。

「医師を呼んでください」わたしは言った。「できればララン族になじみのある者を」

警備隊長はわたしを見あげた。「顧問官、あなた自身が病院へ行かれるほうがいいかもしれません。われわれが一帯の安全を確保したあとで」

「あなたの意見を求めているわけではありません。呼びなさい。すぐに」

警備隊長はあわてて部屋を出ていった。わたしはオイに注意を戻した。「どうしてこんな見逃しが起きたの？」

「いまはそれについては明確な答がないのだ、顧問官」

「ええ、そうでしょうね。なぜ将軍の暗殺をもくろむ相手を見逃すことができたのか、あなたには明確な答はない」わたしは残っている警備部隊のほうへ血まみれの手を振った。「どうやって警備をすり抜けて演説台に爆弾を仕掛けたのか、彼らにも明確な答はない。いまコンクラーベの責任者がだれなのか、だれにも明確な答はない。いまこの瞬間に重要な問題となるあらゆる事柄について、わたしたちのだれにも明確な答はない」

「わたしにどうしてほしいのだ、顧問官？」

「時間をさかのぼってちゃんと任務を果たしてくださいよ、オイ！」わたしは言った。このときは耳がよく聞こえないから叫んだわけではなかった。

「この件がすべて片付いたあとで、きみが望むなら、わたしの辞表をきみのデスクに置くとしよう」

わたしは苦い笑い声をあげた。「わたしのデスクに」

「ああ、きみのデスクだ」オイは力をこめて繰り返した。「きみはまちがっているぞ、顧問官。だれがガウ将軍を殺害したのかについて、きみに伝えられる明確な答はない。だが、だれがコンクラーベの責任者になるのかについては明確な答がある。きみだよ」

「それはターセムから提示された職務内容説明にはなかったことです、オイ。わたしの仕事ではありません」

「こんな状況で、きみが悲嘆に暮れているときに申し訳ないがね、顧問官、将軍は死んだんだ。その地位はあいている。ただちに後任を決めなければならない」

「ほかの何十名もの代表たちが同じことを考えているとは思わないのですか？」

「考えているだろうな。それは分析官たちに確認するまでもなくわかっている。それに、ガウ将軍の地位を狙う連中がえんえんと繰り広げる争いがわれわれにどれほどの犠牲をもたらすかもわかっている」

「では、あなたが地位を引き継げばいい。あなたのほうが適任です」

「わたしはこの地位にふさわしい人材ではない。だれもわたしには従ってくれない」

「あなたに従う者たちの完全な一覧表が手元にあるでしょう」

「彼らはリーダーの地位に従っているのだよ、顧問官。その忠誠心がわたしにまでおよぶとうぬぼれるつもりはない」

「では、なぜその者たちの忠誠心がわたしにおよぶと思うのですか？」わたしはそう言ってから、ふたたび警備部隊のほうへ手を振った。「彼らの忠誠心はどうです？　ほかのみんなの忠誠心は？」

「顧問官、この警備部隊がなぜここにいると思っている？　彼らはガウ将軍の警備部隊だった。いまはきみの警備部隊なんだ」

「わたしはそんな地位はほしくありません」

「だれがほしがるかを考えてみろ。この地位があいていると気づいたときに、だれがそれをほしがるかを」

「では、あなたがわたしをその地位につけようとするのは、もっとひどいことになるのを避けるためなのですね」

「そうだ。それがわたしのいちばんの動機というわけではないが」

「では、あなたのいちばんの動機とは？」

「コンクラーベを守るためだ」オイは〈大議会〉の議場のほうを身ぶりでしめした。「ウンリ・ハドは個人的な野心のためにこの地位をほしがっているし、同じような連中はほかにもたくさんいる。プルーリン・ホーティーンの目的は恨みを晴らすことで、これまた同じような連中がたくさんいる。リスティン・ラウスは、そんなことはないだろうが、もしも依頼があった場合、業務を止めてはならないという官僚的な動機によって引き受けるだろう。コンクラーベが彼らや彼らの当面の目的よりもずっと重要だということを、だれひとりほんとうには理解していないんだ。この三つの選択肢では――どの選択肢でも――コンクラーベは破滅する」

「時間は稼げるかもしれません」

「われわれはもう稼げるだけの時間を稼いできたんだ、顧問官。将軍がそのツケを支払ったばかりだろう。もう時間なんかない。いまわれわれの目のまえにあるのは選択肢だけだ。きみがコンクラーベを指揮するか、ほかのだれかにやらせるか。ひとつを選べば同盟は維持される。もうひとつを選べばそうはならない」

「あなたはわたしをずいぶん信じているんですね、オイ」

「わたしはきみのことを信じてなどいないよ、顧問官。わたしにあるのは分析結果だ。将軍が権力の座を離れたあとでなにが起こるか、わたしがシミュレートしていなかったと思うのか？　だれがガウの地位を奪おうとし、そこからどういう展開になるかを？」

「いえ、それがあなたの仕事だということはわかっています。ただ、わたしがその計算に含まれているとは予想していませんでした」

「ほかのだれかがそんなことを言ったら、ただの謙遜だと思っただろう。きみの場合はそうではないことはわかっている。きみはずっとだれかのうしろを歩いてきた。だが、もはやついていく相手はいない。コンクラーベはきみがまえに出ることを求めている」

わたしは部屋の中を、そこにいる警備部隊を見渡した。すべての準備がととのっていた。

「わたしはそんな地位はほしくありません」わたしはもう一度言った。

「わかっている。だが、失礼な言い方かもしれないが、いまのわたしはきみの望みになど興味はない。きみがどうするかを知りたいのだ」

警備隊長が戻ってきた。ひとりのララン族を背後に従えている。

「あなたが医師ですね」わたしは言った。

「はい」そのララン族がこたえた。「ドクター・オーメド・ムーアです」

「では、ドクター」わたしは両腕を広げた。「わたしは死んでいますか？」

「いいえ」

わたしは両腕をおろした。「それなら、残念ですが、いまは診察にかけられる時間はこれだけです。ありがとう、ドクター」わたしは困惑している医師からオイに顔を向けた。「あなたの分析では、あなたはわたしのために働くことになっていますか？」

「わたしはコンクラーベのリーダーの意向に従う」

「それがわたしだと」

「将軍が亡くなった瞬間からそうなっていた。あとはそれを周知するだけだ」

「会わなければならない相手が何人かいます」

「だれに会いたいのかは見当がつく」

「そうでしょうね」

「まだわたしの辞表がほしいか？」

「このスールが終わるとき、まだわたしがそれを受け取れる立場にいたとしたら、辞表はいりません」わたしは言った。「そうでなかったときは、ふたりとも同じエアロックの中にいて、だれかに宇宙へ押し出されるのを待っているでしょう」

「きみがどのような権限でわれわれをここへ呼び出したのかを知りたい」ウンリ・ハドが言った。「きみはガウ将軍ではない。その将軍は、コンクラーベの指揮権をきみに引き継ぐという指示を残していなかった。いまだれかがコンクラーベのリーダーにならなければいけないとしたら、それはラウス議長だ」

ハドがすわっているのは、ターセムの公務用オフィスのとなりにある会議室だった。ラウス、プルーリン・ホーティーン、オーン・スカー、それとオイが同席していた。

「おっしゃるとおりです」わたしはこたえ、ラウスに顔を向けた。「議長？」

「あたしは〈大議会〉のリーダーであって、コンクラーベのリーダーじゃないわ」ラウスは言った。「そんな地位は望まないし、受け入れることもできない」

「臆病者が」ハドが言った。

「ちがうわ。だけど、あたしは愚か者でもないの。コンクラーベはリーダーを失ったばかりだけどね、ウンリ、それは暗殺だったのよ。あなたは自分の野心で目がくらみすぎて、ガウの地位を狙う者が暗殺者の雇い主に見えてしまうことに気づいていないみたいね」

ハドはわたしに向かって腕を突き出した。「この女はそうではないと？」

「ええ、そうはなりません」わたしは言った。「ここでおたがいに折り合いがつけば」

「もう一度言う——きみがどのような権限でわれわれをここに呼び出したのかを知りたい」

「オイ」

「ハド代表、わたしの手元にあるきわめて信頼のおける情報によれば、ガウ将軍の暗殺を命じたのはきみだ」オイが言った。「アブムウェ報告書から入手した証拠と、わたし自身の捜査官たちが収集した機密情報を突き合わせれば、きみが黒幕であることは明白だ。このスールのうちに、きみは反逆罪で逮捕され、総括報告書により、エルプリ政府がこの暗殺だけではなく〈均衡〉そのものにも兵站《へいたん》および物資の支援をおこなっていたことが明らかになるだろう」

ハドは信じられないというように目を見ひらいた。「嘘っぱちだ！」

「あまり抗議しないほうがいいよ、ハド」ホーティーンが言った。

オイが彼女に顔を向けた。「プルーリン・ホーティーン、わたしの手元には、きみがこの暗殺計画のためにハド代表に物資の支援をおこなった証拠と、コンクラーベを裏切っているときみが判断した国家は粛清すべきだというきみの最近の弁舌が、きみ自身の関与から注意をそらすための陽動であるという証拠がある」

「はあ？」ホーティーンが言った。

「スカー代表、きみの政府がハドによる将軍の暗殺計画と〈均衡〉そのものに関与していたことも、やはりあますところなく証拠が出ている」

「なんの話をしているのかさっぱりわからんね」スカーが言った。

「わたしにはわかっているぞ」ハドはそう言って、わたしに顔を向けた。「これはきみに敵対する者たちの処刑だろう」

「いいえ」わたしは言った。「これは、コンクラーベがもっとも不安定だったときに、その連帯に物的脅威をおよぼした三名の代表たちに対する予防措置です。あなたたち三名のだれもが、みずからの野心と、強欲と、愚かさによって、コンクラーベを崩壊させるかもしれないのです。わたしたちのリーダーの暗殺からまだ四セルティもたっていません。〈大議会〉は混乱しています。代表たちはひどい恐怖に襲われています。もしもヴィナック・オイがあなたたち三名を暗殺と謀略の罪で逮捕したら、わたしがこのスールが終わるまでに全員をエアロックの外へほうり出したとしても、だれもがその決断力に祝いの言葉を述べるだけでしょう。議長からは表彰すらされるかもしれません」

「たしかにそうするかも」ラウスが言った。その言葉に対するハドとスカーとホーティーンの反応を見るといろいろ参考になった。

「その告発がまったくのでたらめだと最終的に証拠でしめされたら？」ハドが言った。「必ずそうなるんだぞ。オカンポとアブムウェの報告書は、だれでも見て比較できるようになっているんだから」

「ハド代表、わたしはひどい侮辱を受けた気がするよ」オイが言った。「きみはまったく信じていないようだが、わたしにはデータを操作してこちらが伝えたいとおりの筋書きを語らせる能力があるのだ」

「なぜわれわれにこんなことを話すのかね？」スカーが言った。「それがきみの計画だったとしたら、さっさとわれわれを逮捕させればよかっただろう？」

「わたしの計画だったとは言っていません」わたしは言った。「ハド代表がみなさんをここへ呼ぶ権限について質問されましたので、それに対する反論です。すでに明確になったと思いますが、ここで〝権限〟という用語を使うのは正しくありません。わたしにはみなさんをここへ呼ぶ〝権力〟があります。みなさんに死刑を宣告する権力があるように。ご理解いただけるとありがたいのですが」

「では、われわれを見せしめにしたいのだな」ハドが言った。

「わたしが望むのは、ハド代表、コンクラーベを救うことです。それと同時に、あなたがた三名に権力と信望を高めるチャンスをあたえることです」

「わたしたちをエアロックからほうり出して？」ホーティーンが言った。

「もっといい考えがあります。それはこんなに簡単なことです。ホーティーン代表、あなたとハド代表は〈大議会〉のメンバーの中に大きな権力基盤をもっています。その両者は重複していません。あなたがたふたりでラウス議長のところへ行き、コンクラーベのためにわたしにリーダーの地位を引き受けてもらいたいと申し立てるのです。スカー代表、あなたはその申し出に賛同してください。ホーティーンとハドがそれぞれの派閥に投票をうながし、ラウスがそれ以外の代表たちの相手をし、文句を言う者についてはオイが対処します。明日こういうことが起こります、真昼《ミッドスール》ごろに」

「そうはならなかったら？」ハドがたずねた。

「その場合、きみたち三名はエアロックの中で会合をひらくことになる」オイが言った。

ハドはちらりとオイを見てから、わたしに顔を戻した。「きみたちはわれわれを脅迫する必要はなかった。ただ頼むこともできたはずだ」

「ハド代表、ここまではおたがいとても正直に話し合ってきたではありませんか」わたしは言った。「いまさらぶち壊さないでください」

「ガウ将軍ならわたしたちとこんなふうに交渉はしなかった」ホーティーンが言った。

わたしはちらりとハドを見た。「いや、ガウも同じことをしただろう」ハドがホーティーンに言った。「ただ、ここにいるソルヴォーラを身代わりに立ててるだけだ」

「将軍はもはやここにはいません」わたしは言った。

「残念だ」ハドが言った。

「まったくです。なんとも皮肉なことですね、ハド代表、あなたがここまで来てようやく彼の真価を認められたとは」

「交渉成立か？」オイがたずねた。

「選択の余地があるのか？」ハドが応じた。

「あなたはこれでわたしたちの権力が高まると言った」ホーティーンが言った。「どうしてそうなるのかをまだ聞いていない」

「こういうことです」わたしは言った。「今回の危機が過ぎて、コンクラーベの持続性に疑問の余地がなくなったら、わたしはコンクラーベのリーダーの継承計画を策定するための対策委員会の設置を宣言して、ここでわたしたちが陰謀をめぐらして回避しようとしているような危機が二度と起こらないようにします。わたしがあなたがた三人を、議長と共に、その対策委員会の責任者として指名し、完全な自由裁量で手続きを決めてもらうことになりますが、ひとつだけ条件があります——次代のコンクラーベのリーダーは〈大議会〉から選ばれなければならない」

「おもしろい」ホーティーンが言った。

「あなたはそういう反応をするだろうと思っていました」わたしは言った。すでにホーティーンとハドは、その対策委員会を自分の利益を得るために活用する方法について考え始めているようだった。「この手続きが適用されるのはわたしが引退したあとだということをお忘れなく」

「きみは引退するつもりでいるのか」ハドが言った。

「はい。言っておきますが、すぐにではありません。しかし、それなりに早くです」

「それまでのあいだ、きみはわれわれへの脅迫を続けるのか」スカーが言った。

「いいえ。この脅迫は、明日〈大議会〉がわたしをコンクラーベのリーダーに選出したら終わりです」

「選出された場合だけだ」オイが言った。

「では、だれに責任を負わせるつもりなのだ？」ハドがたずねた。「将軍の死について」

その瞬間、わたしは胸の痛みをおぼえた。わたしの友人のために、そして、良心に反してまで彼の死をこんなふうに無節操に利用しなければならないことに。「とりあえず、それはわたしが心配することです、ハド代表」

「お好きなように、顧問官」ハドはそう言って立ちあがり、ほかの者もあとに続いた。「いや、もはや顧問官ではないのだな？　きみのことをなんと呼べばいい？」

「そちらで決めてください。明日にでも」

全員が部屋を出ていき、オイだけが残った。わたしは疲れ切ってへたり込んだ。

「よくやった」オイがわたしに言った。

「ごく基本的な脅迫でした」わたしは弱々しく言った。「過去に経験がないわけでもありませんし」

「今回は懸かっているものが大きかったかもしれないな」

「ええ、そうですね。ラウスの演技指導をしてくれて助かりました」

「これを知ったら驚くかもしれないが、わたしはやっていないんだ、ほんとうに。ラウスと会ったときに、きみがリーダーなら従うかとたずねた。彼女がなんて言ったと思う？」

「わかりません」

「『コンクラーベのためなら、従う』と言ったんだ。それでああなったと」

「あなたはラウスを信じるのですか？」

「彼女は安定こそ自分の職を維持する鍵だと知っているんだと思う」

「ほかの三名については？　彼らは取り決めを守ると思いますか？」

「疑う余地はないな。わたしのような仕事をしていてありがたいのは、内情をよく知らない連中が、わたしならどんなことでもできると無制限に信じてくれることだ——たとえそれが、なにもないところから有罪をしめす証拠をでっちあげることだとしても」

「あなたは信じていないのですか?」

「〝無制限〟ではないな」オイが言った。わたしはにやりと笑った。「いずれにせよ、彼らはわれわれがはったりをかけていたことを知る必要はない。それに、彼らがそのことに気づくころには、とっくに手遅れになっている。それについては保証するよ、顧問官」

「ありがとう、ヴィナック。では、次のふたりの来客を招き入れてくれますか」

オイはうなずき、次の面会相手が待っている控えの間へ向かった。

「アブムウェ大使、ローウェン大使」わたしは部屋に入ってきたふたりの人間に向かって言った。「こんなに急に会っていただいてありがとうございます」

「ソルヴォーラ顧問官、お悔やみを申しあげます」ローウェンが言った。「わたしが代表する政府からもお悔やみを申しあげます。ほんとうにひどい一日でした」

「わたしとコロニー連合からもお悔やみを申しあげます」アブムウェが言った。

「おふたりともありがとう」わたしはそう言って、テーブルを身ぶりでしめした。「どうぞおかけください」

ふたりはすわった。オイが隅の席について観察を始めた。わたしは立ちあがり、ふたりの来客をじっと見つめた。

「大丈夫ですか、顧問官?」ローウェンがたずねた。

「はい」わたしはかすかに笑みを浮かべた。「申し訳ありません、大使の方々。これから言わなければならないことをどのように伝えたものか決めかねていたので」

「あなたは真実は有益であるとおっしゃっていました」アブムウェが言った。「わたしたちがどのような環境で活動していようと。いまは、正直であることがいつにも増して有益かもしれません」

「わかりました。ではこう言いましょう——明日のいまごろには、わたしはコンクラーベの支配者になっているはずです。取引はすでに成立しました。みずから求めた役割ではありませんが、コンクラーベの安定のためには引き受けるしかなかったのです」

「わかります」アブムウェが言った。ローウェンはうなずいた。

「今日の事件のひとつの結果として、コンクラーベの各メンバーがガウ将軍暗殺の責任を負わせる相手を探すでしょう。時がたてば真相は明らかになるでしょうが、すぐに標的を求める動きがおさまるわけではありません。基本的にはふたつの選択肢があります——内部へ責任を負わせるなら、コンクラーベのひとつあるいは複数の国家へ、さもなければ外部へ」

「どういう話になるか見えてきましたよ」アブムウェが言った。

「はずれてはいないと思います。とにかく最後まで言わせてください。おわかりでしょうが、現時点で、わたしにはひとつ優先すべきことがあります——コンクラーベを分裂させないこと。ほかにその目的に匹敵するようなことはありません。現時点では、内部への疑念や、内部への告発や、内部への非難を許すわけにはいかないということです。たとえそれが正しいことだとしても」

「そこでわたしたちを非難する」ローウェンが言った。「わたしたち人間を」

「そうです。公式には」

「どういう意味ですか?」アブムウェがたずねた。

「当面、コンクラーベの公式の対応としては、オカンポ報告書をあなたがたの報告書より重視するということです。つまり、わたしたちは公式には、コロニー連合がコンクラーベに対して悪行をもくろんでいるとみなすということです。つまり、ターセム・ガウ将軍の死に関してコロニー連合が疑われているということです。つまり、このふたつの政府のあいだに戦争状態が存在すると宣言するつもりはありませんが、今後コロニー連合から挑発行為があれば、わたしたちはもっとも厳しい対応策をとるということです」

「つまり、わたしたちをスケープゴートとして利用するということですね」アブムウェが言った。

「その言葉はあまり聞いたことがないのですが、意味はわかるような気がします。答はイエスです」

「おわかりでしょうが、〈均衡〉というグループは、これを口実にして、コロニー連合からのように見える攻撃を仕掛けてくるはずです」

「ええ、そのとおりです」

「では、わたしの次の関心事がなんであるかもおわかりでしょう」

わたしはローウェンに向かってうなずいた。「この件についての話し合いはふたりだけで続けるほうがいいのではありませんか。ローウェン大使はこの部分を聞く必要はないでしょう」

「いまさら手遅れだとは思いませんか」

「わかりました」わたしは言った。「ご存じのように、わたしにはコロニー連合への裏ルートがあります。ここにいるオイ局長が」とヴィナックを顎でしめし、「そのルートの管理者になります。もしもコロニー連合がわたしたちとの戦争を回避することに心からの関心をいだいているなら、コンクラーベは双方のあいだで自由な情報の共有を続けることを認めるでしょう。当面、それでコンクラーベのコロニー連合に対する公式見解が変わることはありませんが。非公式には、それはわたしが〈大議会〉の主戦論者たちを抑えつける役に立つでしょう」

「地球はどうなんですか？」ローウェンがたずねた。

「コロニー連合にはほんのわずかでも攻撃の誘因や口実をあたえることはできません」わたしはローウェンに顔を向けて言った。「あるいは、ほかのグループにそれを攻撃のための隠れみのとして利用させるわけにもいきません。いまは、地球からわたしたちの外交官を引きあげ、コンクラーベ本部からあなたがたの外交官を追放しているところです。貿易および貸与艦船に関する既存の取り決めについてはそれぞれの公式文書の記載に準じます。当面はそれ以上なにも期待しないでください」

「それでは、あなたがコロニー連合に関して地球とのあいだで厳しい立場に置かれます」ローウェンが言った。「あなたがたの貿易支援や物的支援がなくなったら、地球の政府の多くはふたたびコロニー連合に好意的な目を向けるようになるはずです」

「この問題について選択肢はありません。事態が落ち着くまでは、人間にコンクラーベのじゃまをさせるわけにはいかないのです」わたしはアブムウェに顔を向けた。「とはいえ、ご承知おきいただきたいのですが、もしもコロニー連合が地球に対してなんらかの敵対行為をとった場合、コンクラーベは、コロニー連合のそうした行動は軍隊やコロニーの人口を増やすためであり、その狙いはコンクラーベに対する攻撃や新規コロニーの設置にあるとみなします。わたしたちの対応がどんなものになるかをお伝えする必要はないと思います」

「わたしたちには地球を攻撃する意図はありませんよ」アブムウェが言った。

「地球を再度攻撃する意図でしょう。これがわたしたちの公式見解です、大使。いまのところは」

「とても満足できる選択とは言えませんが」

「あなたに満足してもらう必要はありません、大使。それがなぜ必要なことなのかを理解してほしいのです」

アブムウェがローウェンに顔を向けた。「あなたのほうは？　〈均衡〉に対する地球の公式見解はどうなるのですか？」

「なんとも言えませんね」ローウェンは言った。「わたしたちは〈均衡〉の存在を知ったばかりです。というか、あなたたちが存在すると主張していることを。この情報はもちろん地球へ持ち帰って公表します。思い切り疑いの目を向けられるはずですが」

「わかります。しかし、あなたがどう思うか教えてもらえませんか、ローウェン大使？　ここだけの話で」

　ローウェンはわたしに目を向けてから話を続けた。「わたしとしては、コロニー連合は地球ステーションの破壊とは無関係だとすごく信じたいです。地球に対して悪意はないんだとすごく信じたいです。でも、地球がコロニー連合を信用できるかどうかはわかりません、大使。わたしはそうしたいんですが。はたしてどうなるか」

「信用を得る方法をいっしょに見つけられるかもしれません」アブムウェが言った。

「あなたにできることがひとつありますよ」

「教えてください」

「わたしの船は爆発しました」ローウェンは言った。「そしてたったいま、別の船が到着するまでここで待ってはいられないと言われました。地球まで送ってもらえるとありがたいんですけど」

「人間たちは出発しましたか？」わたしは近づいてきたオイにたずねた。そこはララン族の公園の中。わたしは当分味わえそうにない最後の平和なひとときを過ごしていた。

「一セルティまえに」オイが言った。「チャンドラー号はかなり混み合っていたようだ。彼らはまず地球へ行ってローウェンとそのチームをおろす。それからフェニックス・ステーションへ戻るんだと思う」

「わかりました」

「彼らを長くいっしょに過ごさせるのは必ずしも良い考えとは言えないんだがな。二種類の人間たち。われわれが両者を見分けるのはむずかしい」

「はたして選択肢があったかどうか。遅かれ早かれ、全員に引き取ってもらうしかなかったのですから」

「ところで、見つけたよ。オディアンボ号を攻撃した兵器を」

「なんでした？」

「とても興味深い新しいおもちゃだ。粒子ビーム兵器が、電磁放射を拡散させる物質で分厚くおおわれている。ほんとうに偶然出くわしただけで、さもなければ見つからなかっただろう。兵器には製造者をしめす印はなかったが、うちの分析官たちは人間が製造したものだと考えている」

「コロニー連合ですか？」

「あるいは、例の〈均衡〉の連中がそこから設計を拝借したのか。いずれ判明するだろうが、現時点ではきみの推測もわたしの推測もたいして変わらない。オディアンボ号の直前にスキップしてきたか、さもなければ、しばらくまえからそこで標的があらわれるのをじっと待っていたんだと思う」

「ほかにもあるかどうか探しているのですか？」

「いまやってる。見つけにくいというのはわかるだろう。きみがリーダーに選ばれたら、この作業にもう少しリソースを割くことを許可してくれ」

「わかりました。それと、投票のほうはどんな具合です？」

「なにごともなく進んでいる。あと数ディトゥで、きみはコンクラーベのリーダーに選出されるだろう。もっと早く終わらせられたはずなんだが、一部の代表たちは演説をしないことには投票ができないからな」

「彼らの気を変えるためにどれほどの苦労があったのですか？」

「こんな状況でなければもっと苦労しただろうな。代表たちはまだ将軍の件でショックを受けている。彼らはきみが将軍にとってどんな存在だったかを知っている。多くの代表たちは彼をたたえる最後の機会ということできみに投票している」

「そんな感傷はターセムに笑われそうですね」

「たしかにな。もちろん、それでも何人かの代表は脅さなければならなかった。だがそれも、こんな状況でなければもっと多かったはずだ」

「彼らの名前を知りたいですね」

「あとで伝える。殺さないようにしてくれよ」

「わたしはもっと巧妙ですから」

「もっとあとで殺すという意味か」

「彼らを殺すつもりはありません。彼らのキャリアを抹殺するだけです」

「投票が終わったら、代表たちはきみに〈大議会〉での演説を求めるだろう」

「もちろん。準備はできています。ありがとう、オイ。以上です」

「あとひとつだけ」オイはそう言うと、触手で紙の封筒を取り出した。「手紙だ」

「だれからです？」

「将軍からだ。最後に会ったときに渡された。わたしが持っていて、彼の演説が終わってからきみに渡してくれと頼まれたんだ。いつ渡すべきかはそのときわかると言っていた」オイは封筒を差し出した。「いまなら渡してかまわないんだと思う」

わたしは手紙を受け取った。「あなたは読んだのでしょうね」

「実を言うと、この小惑星全体でわたしが目をとおしていない情報はそれだけだ」

「驚きましたね」わたしは封筒を見つめて言った。「どうしてそんなことが」

「簡単だよ。将軍が読まないでくれと言ったんだ」オイはうなずき、去っていった。

わたしは封筒をあけて、中にあった手紙を読み始めた。


やあ、ハフト。

最初にあやまっておこう。これを読んでいるとしたら、きみはいまごろコンクラーベのリーダーになっているはずだ。きみがみずから望む地位ではないことはわかっているので、そんなものを引き受けさせたわしを少しばかり恨んでいるとしても理解はできる。

だが、わしにはコンクラーベの次のリーダーがきみ以外のだれかになるとは想像できなかった。きみはあまりにも長いあいだ助言者や顧問としての立場に甘んじてきた。わしがきみの助言や忠告を重視しなかったということではない。ただ、ずっとまえからわかっていたことだが、きみ自身もコンクラーベも、きみの才能を最大限に活用してはいなかった。これからはそうなるだろう。こんな最後のひと押しをしたわしを許してもらえるとありがたい。

しばらくまえに、ララン族の公園でいっしょに過ごしていたとき、きみはわしに、ルームト・ボウスという男がララン族を絶滅寸前まで追いやった話をしてくれた。きみたちの民にとっては、成長して知恵を得るために早いうちに痛みを経験しておくのが最善だったのだと。わしはコンクラーベにも同じことが言えると確信するようになった。われわれは幾多の成長の痛みを、反逆を、喪失を経験した。だが、こうしたできごとはどれも、コンクラーベを修復して、それをただの異種族の寄せ集めから活気あふれる単一の国家へ変えることはなかった。なにかきっかけになるものが必要なのだ。

きみがこれを読んでいるとしたら、そのきっかけがなんだったのかわかるはずだ。

わたしは手紙をおろし、いま読んだものの意味を理解しようとした。公園を見渡してみたが、目に入るのは緑の草木と、無謀にも池で泳いでいるひとりの年若いララン族だけだった。しばらくして、わたしはふたたび手紙を読み始めた。

そのとおりだ。コンクラーベがひとつの理念で、成長を続けていたときには、わしはそれにふさわしいリーダーだった。だが、いまはもうふさわしいリーダーではない。ほかのだれかが必要なのだ、もっと抜け目ない政治的手腕を有するだれかが。きみのような者が。といっても、わしはただ身を引いて背景へ消えるわけにはいかない。きみもわかっているように、〈大議会〉にはわしが後継者を選ぶことを認めようとしない連中がいる。手続きは長々と続いて混乱にまみれ、しまいには、わしはきみがこうなってほしくないと思う存在になってしまうだろう――降りるべき舞台にいつまでもとどまる、ありきたりな政治家だ。

そうなる代わりに、わしは別のものになることにした。象徴だ。伝説だ。コンクラーベの殉難者だ。もっと卑俗な言い方をすると、きみがこれから長きにわたって、勝手な行動をとろうとする連中をぶん殴るための棍棒だ。わしがきみにあたえるのは、コンクラーベの創世神話を生み出すための道具だ――コンクラーベを崩壊ではなく知恵をもたらす道へ導くための道具だ。きみならどうすればいいのかわかるはずだ。わしよりもずっとよくわかるはずだ。

さて、わしの死についてだが、ヴィナック・オイは疑っているのではないかとほぼ確信している。あれは自分の職務に関してはとても有能だからな。これもほぼ確信していることだが、オイにはその謎をあまり深く掘りさげるつもりはないだろう。と言うより、なにか都合のいい立証不可能な説明をつけることで良しとするのではないだろうか。そうなるときみが、きみだけが、事件の真相を知ることになる。それが記されているのはこの手紙だけだ。この情報をどうするかはきみが決めることだ。わしの見るところ、まちがった回答というものはなさそうだ。それでも、わしだったらなにを勧めるかはわかると思う。とにかくいまのところは。

あと言い残したのはこれだけだ――わしもそちらにいて、きみの行く末を見守っていられたらと思う。それはできない。代わりに、われわれの仕事をやり遂げるのがきみだという事実を慰めにするとしよう。コンクラーベの未来を確固たるものにしてくれ。きみがその仕事に喜びを見いだせますように、親愛なるハフト。

ターセム

わたしはその手紙をしばらくじっと見つめていた。紙片は目に入っていても、記された言葉を読んではいなかった。

それから、ゆっくりと、慎重に、手紙をできるかぎりこまかく破り、池に投げ込んだ。紙切れは池の水を吸い込んで、どろりとしたかけらに変わり、手紙のそれぞれの切れ端に乗っていたインクがにじんで流れて、もはや解読できる可能性はなくなった。ほどなく、手紙はすっかり消え失せ、わたしの記憶に残るだけとなった。

「女首相《マダム・プリミア》」オイが背後から呼びかけてきた。

振り返ると、オイと共に、わたしの補佐官のウンマンがいた。

「〝女首相《マダム・プリミア》〟――それがわたしの新しい肩書きですか」わたしはつぶやいた。

「そうです、女首相《マダム・プリミア》」ウンマンが言った。

「あなたは〈大議会〉への出席を求められています」オイが言った。「〈大議会〉があなたをコンクラーベのリーダーとして承認します」

「喜んで出席させてもらいます」わたしはこたえた。

「それと、代表たちのまえで演説をしていただけないかとのことです」

「お望みとあらば」

「なにを話すか伝えておきましょうか？」

「ええ。わたしは次のように話すつもりだと伝えてください――同盟は維持される」

長く存続できるのか

トー・ブックスをはじめとするすべての出版社の製作スタッフに。
わたしをかっこよく見せてくれてありがとう。

1

その日は火曜日で、あたしたちは革命を叩きつぶさなければならなかった。

「たしか火曜日だよなあ？」テレル・ランバートが言った。今回の任務を受け持つ分隊の四人は、惑星の地表から二十五キロメートル上空にあるシャトルの中で、ゆっくりと回転しながら待機していた。

ある意味では、それはむりからぬ疑問だ。コロニー防衛軍《CDF》にいると日々の区別があいまいになる。とりわけ次から次へと任務をこなしているときにはそうだ。宇宙船ではある日と次の日とはよく似ていて、まともな〝休日〟がない。兵役が終わるのを待っているなら日付を把握するのも意味があるかもしれないが、最近では、みんな自分たちの兵役は無期限に延長されそうだとわかってきている。兵士の唯一の供給源が奪われて、すぐには補充する手立てがないとそうなってしまうのだ。

そんな状況では、今日が何曜日だとわかったところでたいした意味はない。今日は火曜日か？　そうかもしれない。火曜日だったらなにかあるか？　それが別の曜日だとしても同じようなものだ。

別の意味では、それはバカげた質問だ。ＣＤＦの兵士の頭の中にはブレインパルというコンピュータがある。ブレインパルはすばらしい装置で、日付や、時刻や、周囲の大気温度や、個々の任務の詳細について即座に教えてくれる――こと情報に関しては、自分が知りたいと思うことや知る必要があることはなんでもわかるのだ。

ランバートは今日が何曜日かちゃんと知っていたはずだし、そうでなくても知ることができた。彼が質問したのは情報を得るためではなかった。コロニー防衛軍における日々の暮しについて実存主義者的な主張をおこなったのだ。言っておくが、あたしにはランバートが自分の質問の実存主義的性質に特に注意を引こうとしたとは思えない。だからといってそれが存在しないことにはならないだけだ。

もうひとつ、任務が始まるのを待つあいだ退屈だからということもあった。退屈もコロニー防衛軍ではしょっちゅう起こることだった。

「うん、火曜日だよ」サウ・サルシードがこたえた。「どうして知ってるかわかるかな」

「ブレインパルがあるから？」イルセ・パウエルがたずねた。

「ちがう。昨日はテューービンゲン号の食堂がピザの日だった。ピザの日はいつも月曜日。ゆえに――今日は火曜日だ」

「だいなしだな」ランバートが言った。

「今日が火曜日だから?」サルシードがたずねた。

「ちがう。月曜日がピザの日だからだ。地球にいたころ、おれは小学校で用務員をしていた。ピザの日はいつも金曜日だった。教師たちはガキどもをおとなしくさせるためにそれを利用していた。『お行儀良くしないと金曜日にピザを食べられないぞ』ってな。月曜日がピザの日だと基本的な秩序がひっくり返っちまう」

「もっとひどいことがあるわよ」パウエルが言った。「テュービンゲン号の食堂では水曜日にタコスが出るの」

「火曜日が正しいのに」サルシードが言った。

「そう。〝Taco Tuesday《タコスの火曜日》〟。ぴったりなのに」

「でも、英語だけの話だよ」サルシードが指摘した。「たとえば、スペイン語だと〝martes de tacos〟。頭韻でもなんでもない。ぼくなら今日は〝martes de tacos〟と思う。翻訳がおかしいかもしれないけど」

「ブレインパルで確かめられるだろう」ランバートが言った。

「それを言うなら、きみだってブレインパルで今日は何曜日か確かめられたはずだ」

「うちの学校じゃ、タコスはいつもThursday《木曜日》だった」ランバートは話題を変えた。

「なぜそうなってたの?」パウエルがたずねた。

「いけないか? 木曜日だって〝t〟から始まるだろ」

「英語ではね」サルシードが口をはさんだ。

「英語では」ランバートが続けた。「同じように頭韻を踏んでる」

「文字としてはそうだけど」パウエルが言った。「発音では〝th〟の音と〝t〟の音は頭韻を踏んでるとは言えないわね」

「踏んでるさ」

「〝Thhhhhh〟」パウエルは息を吐くように言った。「〝t〟とはぜんぜんちがう」

「こじつけだ」

「ちょっと助けて」パウエルがサルシードに言った。

「彼女の言ってることは一理あるよ」サルシードがランバートに言った。

「それでも〝Taco Thursday《タコスの木曜日》〟のほうが〝Pizza Monday《ピザの月曜日》〟よりは理にかなってる」ランバートは言った。

「それは英語だけの話だよ」サルシードは言った。「スペイン語で月曜日は〝lunes〟。だから〝lunes de pizza〟になる。これだって理にかなってると言えなくもない」

「ぜんぜん理にかなってないぞ」ランバートが言った。「これっぽっちも」

「かなってるよ。古い歌があるんだ。〝きみの目に月が大きなピザのように映るとき、それが愛〟。〝lune〟は〝luna〟から来ていて、つまり月だ。そういうわけ」

「そんな歌は聞いたことがないわ」パウエルが言った。「いまでっちあげたんでしょ。議論に勝つためにあなたがでっちあげたのよ」

「同感だ」ランバートが言った。

「そんなことないよ」

「完全に嘘っぱちだ」

「ちがうってば」

「投票しよう」ランバートがそう言って手をあげた。パウエルも続いた。「動議は可決された。それは嘘っぱちだ」

「古い歌だと言っただろ」サルシードが抗議した。「こんなピザの月の歌なんて聞いたことないですよね？」

「中尉」ランバートが呼びかけてきた。

「あなたたちのバカげた議論には付き合っていられない」あたしは言った。「より正確に言うなら、いつものあなたたちのバカげた議論ね」

「中尉もおまえのピザの月の歌なんか聞いたことがないってよ」ランバートはサルシードに言った。「しかも彼女はミュージシャンだった。知っているはずなのに」

「ミュージシャンにもいろんな種類があるんだよ」サルシードの返事はほんの少し言い訳がましかった。

　あたしの視界にぽんと通知があらわれた。「討議は終わったようね」分隊に向かって告げる。「さあ始めるよ。四十五秒後に。準備をして」あたしは自分の装備をつかみあげた。今回はナノロボットのパックと、ドローン一機と、MPライフルだ。

「テュービンゲン号に戻ったら、さっきの歌を見つけるから」サルシードが自分の装備をつかみながら言った。「見つけ出してみんなに聞かせてやるからな。待ってろよ。みんな待ってろよ」

「マスクを」あたしは言った。戦闘用ユニタードに指示を出して、顔をおおうためのマスクを形成させる。それが頭の上までせりあがって視界をふさぐと、ブレインパルが映像データを表示した。

「今日のランチは？」ランバートがブレインパル経由でたずねた。みなと同じように、彼の口もぴったりとおおわれていたからだ。

「ハンバーガーだよ」サルシードがこたえた。「火曜日だからね」

シャトルの扉がひらき、全員が惑星フランクリンの大気圏上層部の極寒に身をさらした。

「出発」あたしは三人に命じた。それ以上なにも言わなくても、三人はシャトルから飛び出した。三十かぞえて、あたしもシャトルから身を投じた。

フランクリンは大きさも質量も地球とほぼ同じで、人間が暮らすにはおおむね理想的だったので、コロニー連合の最初期からほかの少数の惑星とともに入植が進められた。人口は密集していて、住民の祖先は第一波の北アメリカの植民者たちから最近のインドネシアの内戦による難民たちまで幅広く、そのほとんどは北半球に伸びる大きくて細長いペンシルベニア大陸に暮らしていた。州や準州は数多いが、ニュー・フィラデルフィア――いまあたしが見おろしている都市――に、惑星の連邦政府の本拠があった。

その連邦政府が、あと数分で、コロニー連合からの独立を宣言する法案の採決を始めようとしていた。

ブレインパルが分隊のほかの三人の位置を通知してきた。あたしの数千メートル下だ。彼らにはあたしとは別の使命があるのだが、いまは全員が同じ場所を目指していた――そこは惑星の連邦ビルで、親しみをこめて（いや、ひょっとするとあまり親しみはこもっていないのかもしれないが）〝ガラスの靴〟と呼ばれていた。そんな呼び名がついたのは、建築家のデザインした、しゅっと立ちあがる輪郭がどことなく靴に似ていた――あたしの意見ではすごくどことなく――からでもあり、ビル全体をおおう透明なガラスに似た物質が、少なくとも建築家の言《げん》によれば、フランクリンの政府そのものの透明性をあらわしているからでもあった。

フランクリンの連邦ビルの正面玄関は大きな開放式のアーチで、そこから円形の大広間に入って上を見あげると、連邦議員たちの靴の裏を見ることができる。というのも、〝ガラスの靴〟の最上階が連邦政府の議場になっていて、そこは美しい曲線を描く天井と大広間を見おろす透明な床を自慢にしているのだ。あたしの知るかぎりでは、建設が始まってようやく、床が透明では、訪問者が下から見あげたときにスカートやキルトのように裾のひらいた脚おおいを身につけている議員たちの下着（着けているかどうかはともかく）が見えてしまうという指摘があったらしく、その時点で、かなりの費用をかけて圧電性の不透明な部材が床に追加された。これまただれかが考慮しそこねたことだが、壁全体が透明な部材から成る広い部屋というのは、暖かい時期には温室のようになるので、初期には数件の熱中症患者が出てしまい、議場のエアコンが増強されることになった。

だれも考慮しなかったことはもうひとつある――透明なビルの最上階に連邦政府の議場を置いたら、上空からの攻撃にひどくもろくなってしまうのだ。もっとも、コロニー連合がロアノークでコンクラーベの艦隊を襲撃した直後に、そのコンクラーベから一度だけ攻撃を受けたことはあったものの、フランクリンは、コロニー連合の中核を成す惑星のひとつとして、もう何十年ものあいだエイリアン種族からまともな攻撃を受けたことがなかった。コロニー連合そのものからの攻撃について言えば、一度もない。当然だろう？　ここはコロニー連合の構成要素なのだから。

それも今日までのことかもしれない。

「降りました」パウエルから報告があった。つまり、三人はすでに着陸し、武器をどっさりかかえていかにも恐ろしげな様子で連邦ビルの大広間へ向かっているということだ。今回の作戦では、三人がビルの警備隊――たいしたものではないが――を引き付けて、議場を封鎖させ、七百五十一名の議員たちを部屋に閉じ込める。

そこがあたしの目指している場所だ。

母艦であるCDFのテュービンゲン号に向けて、準備完了の合図を送った。テュービンゲン号はいまはニュー・フィラデルフィアの真上に位置している。ふつうなら、艦が惑星の大気圏上層部の（危険なほど）すぐ近くにスキップしてきた時点で、フランクリンの全惑星センサー網によって発見されていたはずだ。問題は、この惑星のセンサー機器――衛星から地上ステーションまで——を設計し、設置し、いまでもその大半を運用しているのが、コロニー連合だということだ。コロニー連合がある艦を発見されたくないと望めば、それは発見されない。それでも発見したければじかに探すしかないのだ。そして、センサーがなにもないと言っているのにわざわざ探す理由がどこにある？

テュービンゲン号はあたしの呼びかけを確認し、十秒後に開始するのでビームに近づくなと通告してきた。あたしはこれに応じて警告を確認した。連邦ビルはいまやすぐ真下だ。ブレインパルが到来するビームの位置をしめす円柱を表示してくれた。ビームの通り道へふらふらと入り込んだりしたら、脳が痛みを認識するほんの一瞬だけ不快感を味わったあと、炭化した塵のかたまりと化すことになる。そういうのは今日の予定には入っていない。あたしはビームの通り道から充分に距離をとるようにした。

数秒後、ブレインパルによって視覚化された高エネルギー粒子ビームが、目では認識できない速さでパルスのオンオフを繰り返しながら、議場の屋根を直径三メートルの範囲で一マイクロメートルずつ蒸発させ始めた。屋根を崩壊させたりビームの真下にいる議員たちを蒸発させたりすることなく穴をあけるためだ。任務のこの段階では死者を出したくなかった。

〝通路がひらいた〟あたしは考えた。〝ここで強い印象をあたえよう〟

「行くよ」声に出して言ってから、穴を見つけて、そこへ飛び込んだ。最後の数秒まで待ってナノロボットをパラシュートの形状に展開し、未改造の人間の体なら命を落とすほどの急制動をかける。幸い、あたしのは未改造の人間の体ではなかった。

　実際、あたしが穴を落下した速度は、強い印象をあたえるには充分だったたし、戦闘用ユニタードが衝撃からあたしの身を守ろうとして硬化するほどでもあった。

　ドスンという音がして、わっと混乱が広がり、どこからともなく出現した部外者の姿にとまどったような叫び声があがった。あたしは着地体勢から立ちあがると、こちらを見て呆然としている高齢の紳士に目を向けて、にっこり笑った。降りたのは演壇の上、議長の机のすぐうしろで、きっかり予定どおりの場所だった。これから始めようとしているちょっとした政治ショーの出だしとしては上々だ。

「ハリアント議長」あたしは呆然としている男に呼びかけた。「お目にかかれてたいへんうれしい。少しだけ時間をいただきたい」背中へ手を伸ばしてドローンをはずし、ブレインパル経由で起動する。ドローンはうなりをあげてあたしの頭上へ舞いあがった。そのあいだに、床越しに階下を見おろすと――議長はズボンをはいていたので、自分の演壇を色つきではあるが透明なままにしていた――パウエル、ランバート、サルシードが、武器をかまえ、ドローンを展開して、連邦ビルの警備隊にじりじりと押し返されていた。三人とも特に危険はなかった。少なくとも、彼ら自身で対処できない危険はなかった。

　確認がすんだので、あたしはMPのストラップをはずして議長の机に置き、ハリアント議長がほんの数秒まえまで使っていたマイクに近づいた。ブレインパルに命じてポップアップさせたメモは事前に用意してあった――ここでスピーチをしなければならないとわかっていたからだ。

「ハリアント議長、フランクリン連邦政府の議員の方々、自宅あるいはそれ以外の場所でこの歴史的な議会の進行を見守っているフランクリン市民のみなさん、ごきげんよう」あたしは語り始めた。「わたしはコロニー防衛軍のヘザー・リー中尉。みなさんの本日の会議にいきなり予定外の割り込みをしたことは申し訳なく思いますが、どうしても急ぐ必要がありました。わたしはみなさんにコロニー連合からのメッセージを伝えに来たのです。

コロニー連合は、今日——というか、たったいま——この議場でコロニー連合からの独立を宣言する法案の採決が始まったことを知っています。さらに、この採決が接戦で、きわめて僅差になりそうなこともわかっています。これにはもっともな理由があります——独立した場合、わたしたちと同じようにいまも採決の結果を見守っているエイリアン種族の略奪行為のまえに、みなさんは抵抗するすべがなくなってしまうからです。

通常のルートにより、コロニー連合はフランクリン政府に対してこの採決に反対している旨を伝えています。わたしたちの考えでは、これはフランクリンの市民と政府にとってだけではなく、大局的にはコロニー連合にとっても危険なことなのです。このような採決は違法であり、フランクリンは合法的な手段ではコロニー連合から分離できないというのがわたしたちの立場です。多くのみなさんにとってこのような主張は説得力をもたず、だからこそハリアント議長は今回の採決に踏み切ったのでしょう。

わたしがここへ来たのはコロニー連合を代表して採決を阻止するためだと思われるかもしれません。それはちがいます。フランクリンの議員のみなさん、少なくとも今回の法案を議場に提出した少数の方々は、採決を求めています。コロニー連合はその実施を認めます。わたしがここへ来たのは、このような行動がもたらす結果についてみなさんに知ってもらうためです」

効果を出すためにいったん言葉を切り、全員が結果について思いをめぐらすだけの時間をおいてから、ふたたび語り始める。「今回の歴史的な採決にいたるまでに、この議場にいる一部の方々は――このコロニーの名称がアメリカ合衆国の独立に貢献したベンジャミン・フランクリンからとられていることから、ある意味ふさわしいと考えて――合衆国の独立宣言を引用しました。具体的には、あの文書に署名した人びとのように、みなさんも生命を、財産を、神聖なる名誉を、みなさん自身の独立のために捧げることになるのだと。

たいへん立派なことです」

あたしは頭上に浮かんでいるドローンを指さした。「こうして話しているあいだも、このドローンは議場にいるすべての議員の身元を特定して標的と定め、その情報をコロニー連合の艦へ送っています。いまごろはもう、艦のほうでは高エネルギー粒子ビームで議員ひとりひとりに狙いを定めているはずです。コロニー連合がすでに表明したように、この採決は違法であり、みなさんが独立に賛成票を投じた場合は、コロニー連合に対する反逆行為となります。その行為により、みなさんは神聖なる名誉を失うのです。

みなさんが反逆行為をおこなうと同時に、コロニー連合はみなさんの金融口座をすべて凍結し、みなさんや、その関係者が、それによってさらなる反逆行為をおこなうことができないよう制限をかけます。つまりみなさんは財産を失うのです。投票して反逆者であることが証明された場合、みなさんはコロニー連合によってただちに死刑判決を受け、その刑は即座に執行されます。先ほど言いましたように、みなさんはすでに探知されて標的となっています。つまりみなさんは生命を失うのです。

それでは」あたしはハリアント議長へ顔を戻した。「どうぞ採決を進めてください」

「きみがわれわれ全員に死の脅迫をしたばかりだというのに？」ハリアントは信じられないという顔で言った。

「はい。より正確に言うなら、みなさんがすでに掲げていた理念に、コロニー連合が賛同したということです――すなわち、今回の行動はみなさんの生命、財産、名誉をかけるにあたいすると。みなさんは意識していなかったかもしれませんが、これはそれらすべてが即座に犠牲となるほどの行為なのです。しかし、いまはアメリカ革命の時代ではなく、コロニー連合は大英帝国のように海ひとつ、数カ月離れた場所にあるわけではありません。わたしたちはいまここにいます。みなさんの中のどの人が、自分ですでに宣言したとおり、独立のためにその身を捧げるのかをここで見きわめましょう。どの人が本気で語っていて、どの人がただのポーズで語っているのかをここで見きわめましょう。なぜなら、みなさんはどんなポーズをとろうが、その結果に責任を負うことはないと考えていたからです――少なくとも、自分が責任を負うことはないと」

「しかし、たとえわれわれが投票で独立を決めたとしても、おまえたちはそれを認めないんだろう！」だれかが議場から叫んだ。

「驚くようなことですか？」あたしは問いかけた。「みなさんはこの先に苦難が待っているとは考えなかったのですか？　自分で口にした言葉を信じていなかったのですか？　それとも、自分の行動がもたらす影響はだれかに引き受けてもらえると信じていたのですか？　みなさんが望む独立とやらを守るために兵役を強制される市民たちに？　コロニー連合がここの防衛から手を引いて、ほかの種族がこの惑星を我が物にしようとしたときに、百万単位で死んでいくフランクリンの同胞たちに？　それが現実となるとき、みなさんはどこにいるつもりだったのですか？　どうして自分だけは投票の結果に責任を負わずにすむと思ったのですか？

さあ、親愛なるフランクリンの議員のみなさん。あなたがたはチャンスをあたえられているのです。フランクリンのほかの市民たちのだれよりも先に、自分の行動の責任をとることを求められるのです。どれだけ望もうが、みなさんがこの責任をまぬがれることはありません。みなさんの投票はこの惑星全土に放送されています。もう隠すことはできません。もう隠すことはありません。みなさんは自分の良心に従って投票するのです。そして市民たちは知るでしょう——独立とやらが自分の命をかけるに値するものだと、みなさんが本気で信じているのかどうかを。

では始めましょうか」あたしはそう言って、ハリアントにうなずきかけた。「まずあなたからです、議長」

「もう勤務時間外だよなあ?」ランバートが言った。

「テュービンゲン号へ戻るシャトルに乗っているんだから、そういうことになるね」サルシードが言った。

「だったら、おれたちのさっきの曲芸がなんの役に立ったのか教えてくれ」

「わからないけど」パウエルが言った。「独立の宣言は満場一致で否決されたし、フランクリンの議員たちは保身に走る臆病者だということが惑星全土に知れ渡ったし、わたしたちは死ななかった。かなりの成功だったと思う」

「成功じゃなかったとは言ってない」ランバートが言った。「なんの役に立ったのかと質問したんだ」

「ちがいがわからないな」サルシードが言った。

「任務の成否はおれたちがその任務の目標を達成したかどうかで決まる。おれたちはそれをやり遂げた――イルセが言ったように、投票をぶち壊し、政治家どもに恥をかかせ、自分たちは殺されず、惑星全土に対してコロニー連合はいつでも好きなときにやってきておまえたちを踏みつぶせるんだからコケにするなと念を押してやった。これはおれたちの任務として明確に規定されていたわけじゃないが、任務のサブテキストだった」

「うわ、〝サブテキスト〟だって」パウエルが言った。「元用務員にしては難解な言葉を使うのね、テレル」

「元用務員でも修辞学の学位をもってるんだよ、ボケ」ランバートが言うと、パウエルはにっと笑った。「非常勤講師よりも用務員のほうが金を稼げると学んだだけだ。だからそのとおり。任務は成功した。すばらしい。だが、根本的な原因は解決できたのか？　そもそもおれたちがこの任務をあたえられることになった大元《おおもと》にある問題は解決できたのか？」

「ひとつ、たぶんできてない。ふたつ、わたしたちが気にすること？」

「気にするべきだ。だって、ここで気にしなかったら、いずれまた同じ問題に対処するためにここへ来ることになる」

「それはどうかな」サルシードが言った。「ぼくたちはあの採決をかなり強烈に踏みつぶしたからね」

「しかもひとつの攻撃班だけでそれをやってのけた」パウエルがそう言って、わたしを指さした。「ついでに、コロニー連合が惑星規模の重要性をもつ採決に対処するために一介の中尉を送り込んだという事実も、なにかを語っているんじゃないかと思うの。悪くとらないでくださいね、中尉」

「気にしないよ」あたしは言った。

「今回の任務の核心は、彼らの自信を揺るがし、自分たちの行動についてよく考えさせることだった」パウエルは続けた。「コロニー連合はこう言ってるのよ――『われわれが四人の兵士でなにができるかをよく見て、もっと大勢いたらどんなことができるかを考えてみるがいい。そして、われわれがおまえたちをどんなものから守っているかを』」

「だが、それじゃ根本的な原因は解決されない」ランバートが繰り返した。「いいか、ひとつの惑星の連邦議会が、ある朝起きておもしろ半分に独立のための投票をしようと決めたわけじゃないんだ。そうなるまでにたくさんのことが起きていた。おれたちはそういうことを知らない。それが進行していたとき、おれたちは別のことをしていたからだ」

「そうね。この件の余波がおさまったら、わたしたちはまたここを離れて、なにか別のことをする。で、あなたはどうしてそのことでむきになってるの？」

「むきになってなんかいない。おれたちのいわゆる〝成功した〟任務が実際に役に立っているのかどうか質問しているだけだ」

「フランクリンの住民にとっては役に立ったよ」サルシードが言った。「とにかく、独立を望んでいなかった人たちにはね」

「反逆罪で撃ち殺されたくなかった人たちにもね」パウエルが口をはさむ。

「その人たちもだ」サルシードは同意した。

「たしかにそうだが、それがコロニー連合の役に立ったのかどうかはわからない」ランバートが言った。「フランクリンの住民が独立を求めた理由がなんであれ、それはまだ存在している。それはまだ解決されていないんだ」

「わたしたちの仕事じゃないでしょ」パウエルが言った。

「ああ、ちがう。だれの仕事だろうと、おれたちがフランクリンへ行くまえに片付けておいてほしかっただけだ」

「それが片付いていたら、わたしたちはフランクリンにいなかったはず。どこか別の場所にいて、あなたはそっちの任務で深い意味を見いだそうとしていたでしょうね」

「つまり、ほんとうの問題はおれだと言ってるのか」

「ほんとうの問題はあなたじゃないとは言ってないわ。わたしとしては、生きて切り抜けられたことがうれしいだけ。単純だと言えばいい」

「単純だな」

「ありがとう。あなたはね、テレル、任務について考えすぎるのをやめるべき。取りかかって、やり遂げて、帰還する。そのほうが幸せになれるわ」

「それはどうかな」

「そう、だったらわたしのほうが幸せになるわね。あなたの話を聞く必要がなくなるから」

「おれがいなくなったら物足りなくなるくせに」

「そうかもね。ぜひ確かめてみたいわ」

「見つけた！」サルシードが言った。

「なにを見つけたんだ？」ランバートがたずねた。

「あの歌だよ。きみたちが存在しないと言った歌」

「ピザの月の歌？」パウエルはたずねた。

「嘘つけ」ランバートが言った。

「嘘じゃないって！」サルシードは勝ち誇るように叫んだ。「いまからシャトルのスピーカーで流すよ」

シャトルの機内に、月と、ピザと、よだれと、パスタにまつわる歌が流れた。

「ひどい歌ね」パウエルがしばらくして言った。

「聞いてると腹がへってくるな」ランバートが言った。

サルシードはにっこりした。「うれしいことに、ぼくたちはランチに間に合うように戻れるよ」

2

水曜日――フランクリンの一件のすぐ次の日ではない――あたしたちは狙撃手を狩り立てていた。

「あいつの上にビルを落っことしてやりましょう」パウエルが身をひそめている場所から提案してきた。彼女が指さしたのは、反逆者側の狙撃手が惑星キョートの警備隊とその支援のために派遣されたCDFを狙うために使っているアパートメントビルだった。ここは惑星で三番目に大きなフシミという都市で、最近の動乱の中心地となっていた。

「それはできない」あたしは言った。

「できますよ」パウエルはそう言って、上を指さした。「テュービンゲン号なら六秒であのビル全体をぺったんこにできます。瓦礫のパンケーキです。狙撃手は死んで、わたしたちはタコスに間に合うように船に戻れます」

「そのあと、キョートの連中はおれたちに激怒するわけだ――数百人の住民が家を失い、周辺の建物が損傷したり破壊されたりして、インフラが傷つけられ、崩れたアパートメントビルが通りの真ん中に瓦礫の山をつくっていると言ってな」ランバートが指摘した。

「例によって、あなたは自分だけが長期的な影響を考えているわけね、ランバート」

「おれが言ってるのは、ビルをつぶすのはおおざっぱすぎて、最善の行動ではないかもしれないということだ」

「わたしとしては〝ゴルディアスの結び目〟的な解決策と考えたいわね」

「ゴルディアスの結び目は十二階建てじゃない」ランバートは反論した。「中に大勢の住民がいたりもしない」

ピシッという鋭い音がして、道沿いの四十メートルほど先にある石造りのビルのかけらが吹き飛んだ。そのあたりで上をのぞいていたキョートの警備隊員たちが大あわてで頭を引っ込めた。

「あの距離なら確実に命中させられたはずなのに」サルシードが淡々と言った。

あたしは目のまえの道路に倒れている数人のキョートの警備隊員たちの死体を身ぶりでしめした。「彼の狙いは充分に正確よ。彼女かもしれないけど」

「彼であれ彼女であれ、数階分のアパートメントビルが頭の上に崩れてきたら、ずっと正確さがなくなるはずです」パウエルが言った。

「あのビルは壊さないから」あたしは言った。「その考えを頭から追い出して」

「じゃあどうすればいいんですか、ボス？」サルシードが言った。

首を伸ばしてあらためてビルをながめた。よくあるコンクリートブロックみたいなアパートメントビルだ。角の部屋や角に近い部屋がいくつかあって、狙撃手はあたしたちがいる道路を有利な位置から見おろせる。部屋の中を肉眼でのぞくのはむずかしく、熱スキャンでもなにも見つからない。狙撃手は全電磁スペクトルにおいて発見を困難にするカモフラージュを使っているのだ。さもなければ、上等な絶縁ジャケットを着ているのか。

「分隊を屋上に降下させることもできますよ」パウエルが言った。「あいつを追い出してやるんです」

「あたしがあの狙撃手なら、屋上には罠を仕掛けておく」

「この狙撃手にどれだけの破壊力があると思ってるんですか？」

「警戒をおこたってミスをしたくはないの」

「じゃあ、あいつはビルを爆破できるのにわたしたちはだめなんですか。もう最高ですね」

「なにより肝心なのはだれにもビルを爆破させないこと。ほかの選択肢を提案して、お願いだから」

「動きを追跡しましょう」サルシードが言った。「次にあいつが発砲したら、そこへ撃ち込んでやるんです」

「いままでおれたちがやってきたこととなにがちがうんだ？」ランバートが言った。「射撃の腕については議論の余地はあるが、少なくとも、やつは発砲する瞬間まで発見されないことにかけてはかなり優秀だ。こっちが即座に撃ち返さないかぎり、命中させることはできないぞ」

「でも、銃弾なら追跡できる」あたしは言った。「つまり、次に狙撃手が発砲したら、ブレインパルでその弾道を追跡できる」

「こっちが正しい場所を見ていればの話じゃないですか」サルシードが言った。

「ほぼ瞬時に撃ち返さなければならないのは同じでしょう」ランバートが言った。

「そうかもしれない」あたしは言った。「そうじゃないかもしれない」

ランバートとサルシードは顔を見合わせた。「よくわかりません、中尉」

あたしはサルシードに目を向けた。「うちでMPにくわしいのはあなたよね」

「そのとおりです」サルシードはこたえた。それは事実だった。彼はCDFの標準ライフルについて、こっちが話を聞くまで知らなかったし気にもしていなかったようなことをこまごまと説明できるのだ。「それがなにか？」

「MPは原料のナノロボットからその場で弾薬を生成する」

「そうです。おかげで六種類の武器や弾薬を持ち運ぶ必要がありません」

「よし。ロケットランチャー機能を使いたいんだけど、ロケット弾の弾頭を特別なものにしたい。それは可能？」

「そのロケット弾の弾頭が、弾薬ブロックからほぼ瞬時に組み立てられるものだったら、もちろんいけます」

「だったら、追跡装置を仕込んだ弾頭を用意して。すごく小さな追跡装置。大きさはイエダニくらい」

　サルシードはいぶかしげにあたしを見てから、ぱっと顔を輝かせた。「ああ、はい。わかりました」

「できる?」

「理論上は可能です。現実には、いちから設計していたら時間が足りません。ファイルになにか利用できるものがないか探してみます」

「五分しかないけど」

「でしょうね。それ以上あったら簡単すぎますから」

「なにか聞き逃したみたいだ」ランバートが言った。

「わたしはやっぱりビルをつぶすほうがいいな」パウエルが言った。

「静かに」あたしはパウエルに言って、ランバートに顔を向けた。「銃弾なら追跡できるけど、あなたが言ったように、正確に撃ち返さなければならないという問題がある。だからといってビルを爆破したくはない」ちらりとパウエルに目をやる。「だから、狙撃手を狙う代わりに、追跡装置を詰め込んだロケット弾を敵が発砲してきた部屋へ送り込むの」

「弾頭がぽんとひらいて、やつが追跡装置まみれになったら、どこへ行こうと、その居場所がわかるようになるわ」パウエルが言った。

「そのとおり。しかも真正面から撃つ必要はなくて、ただ塵まみれにしてやればいい」

「見つけた!」サルシードが言った。「使えそうなのがありました。いま一発組み立てています」

「じゃあ、あとは敵の発砲を待つだけか」ランバートが言った。

「待つつもりはないよ」あたしは言った。「こっちからやつに撃たせる」

「どうやってやるんです？」

あたしは自分の戦闘用ユニタードをしめした。「こいつは一発なら耐えられるはず」

「自分から身をさらして、やつに撃たせようというんですか」

「あたしがやるとは言ってない」

「でも、わたしは絶対に志願しませんよ」パウエルが言った。

「今度ばかりはおれもイルセと同じ意見です」ランバートが分隊仲間に向かって親指を突き立てた。

「サウは？」あたしはたずねた。

「こんなフランケンシュタインのロケットをつくらせておきながら、そのうえ頭に一発くらえと言うんですか？　ありえないでしょう、ボス。かんべんしてくださいよ」

「ここではあたしが指揮官なんだけど」あたしは指摘した。

「そしてわたしたち全員があなたの指揮にすごく励まされています、中尉」パウエルが言った。「みんなあなたのすぐあとに続きます」

「〝あとに〟が重要なところです」ランバートが言った。

あたしはふたりを見つめた。「艦に戻ったら軍隊の指揮系統について少し話をすることになりそうね」

「あなたが生き延びたらぜひその話をしましょう、中尉」パウエルが請け合った。

「あたしがエアロックの片側にいて、あなたたち三人が反対側にいることになるかも」

「しかたないですね」ランバートが言った。

「ロックして装塡しました」サルシードがあたしに言った。「もうナノロボットの追跡は始めています。そちらさえよければ準備完了です」

「よし」あたしはパウエルとランバートに顔を向けた。「あなたたちふたりは、あたしが通りを前進するあいだ援護しているようなふりをして。運が良ければ、狙撃手の弾はあたしに当たらない。ビルを監視して発砲地点を探して。あなたたちとサウでシンクロすれば三角測量ができる。そうすればサウもロケット弾の狙いをつけやすい。サウ、本隊に連絡してこっちの作戦を伝えて」

「了解」

「やつを大忙しにしてやるぜ」ランバートが言った。パウエルがうなずいた。

あたしは戦闘用ユニタードで顔をおおい、隠れていた場所から飛び出して、通りを走り出した。ランバートとパウエルが背後で援護射撃を始めた。

四十メートルほど進んだところで、トラックにはねられたような衝撃があった。

コロニー防衛軍の戦闘用ユニタードは驚くべき代物だ。見た目は〈白鳥の湖〉を演じるときに着るようなやつだが、その生地は、コロニー連合お得意のナノロボット技術によって設計されていて、着用者を守る能力としては厚さ三十センチメートルの鋼鉄板に匹敵する。鋼鉄板だと砕けてその破片が体内に入ってしまうことを考えれば、もっとすぐれているかもしれない。ユニタードではそういうことは起こらない。なにかが当たると硬化して、そのエネルギーをある程度までは分散させる。たとえば狙撃手の銃弾なら、一発だけは直撃しても命を奪われるようなことはない。

だからといって、撃たれたのを感じないわけではない。

あたしはしっかりと感じた。ユニタードが硬化してあばらにひびが入るような衝撃があり、いや、実際にひびが入ったかもしれないのだが、両足が道路から浮きあがって、体があおむけに数メートル宙を舞い、ふたたび重力につかまってぐしゃっと落下した。

なにもかも計画どおりだった。狙撃手の視界にまっすぐ駆け込んだのには理由がある。できれば胴体を撃たせたかったのだ。そこならユニタードが銃弾を受ける能力がもっとも高く、即死させられることはない。もしも狙撃手が野心家なら、頭を狙っていたかもしれず、その場合、あたしは生き延びることはできたとしても、それから数日間は楽しい気分になることも体を動かすこともできなかったはずだ。

だが、サルシードは正しかった。狙撃手はそこまで腕が良くなかった。わたしの予想では——願望というべきかもしれないが——やつはより大きな、より簡単な的を狙うはずだった。

そしてそのとおりになった。

それでも地獄のような痛みだった。

バシュッという音と共にサルシードのロケット弾が狙撃手のいる場所へ飛んでいき、数秒後に、にぶいポンという音とガラスの割れる音がした。

「ロケット弾が命中しました」サルシードがブレインパル経由で報告してきた。「生きてますか、中尉？」

「議論の余地はあるね」あたしは言った。「追跡してる？」

「はい。分隊の回線でフィードを流しています」

「やつはまだあたしの頭に銃を向けてる？」

「いいえ、もう移動しています」

ごろりと体を回して、分隊のフィードを呼び出し、ビルを見あげた。狙撃手の姿が小さな点の集まりとして画面に表示されていた。そのひとつひとつがイエダニの大きさの追跡装置をあらわしているのだ。いまはひとつの部屋から別の部屋へと移動していた。

「突入してやつを追いますか？」ランバートがたずねた。

「その必要はない」あたしは言った。「やつが次の一発を撃つために態勢をととのえるのを待つ。そこで仕留めればいい」

「どうやって次の一発を撃たせるんですか？」

「簡単」あたしは立ちあがった。

「あなたのユニタードは次の直撃弾には耐えられませんよ」パウエルが言った。

「だったら、やつが次の一発を撃つまえに、あなたたち三人でやつをぶち殺して」

「まかせてください」

「よし」あたしが通りで突っ立って見守っていると、ピクセルで表現された狙撃手は、ひとつ下の階にある部屋に腰を据え、数分かけて窓辺で慎重に態勢をととのえてから、あたしに狙いをつけようとした。

「つかまえた」あたしは言った。

アパートメントビルが爆発した。

百メートル以上離れていたのに、まずは鋭い圧力波によって、次いで押し寄せる熱風と飛散した破片によってあたしは打ち倒された。

「いったいなにが起きたんだ？」サルシードの叫ぶ声がして、そのあとにパウエルとランバートがおたがいに向かって戻れと怒鳴る声が聞こえた。あたしはまた体をころがし、顔をあげて、崩壊していくコンクリートから薄汚れた塵の壁がもうもうと迫ってくるのを見た。頭をさげて思わず息を止めたものの、口はマスクでおおわれていたし、吸い込む空気は濾過されていた。

一分後、塵の最悪の部分が消え去ったので、あたしは立ちあがった。アパートメントビルがあった場所には瓦礫の山ができていた。

「くそっ」あたしは言った。

「これはおれたちが望んでいなかったことじゃないのか？」ランバートの叫び声が、ブレインパルではなく、あたしの耳を通じて聞こえてきた。振り返ると、ランバートと、パウエルと、サルシードが歩いて近づいてきていた。

「わたしたちが望んだこととお偉いさんが望んだことがちがってたみたいね」パウエルが言った。「だから応援を頼むべきだと言ったのよ。よけいな手間をかけずにすんだのに」

「黙って、イルセ」あたしが言うと、パウエルは口をつぐんだ。あたしはサルシードに顔を向けた。「ビルの中に狙撃手以外にだれかいるかどうか調べて」

「ぼくたちがここに到着するまえに全員退去したと思いますが」

「確認して。もしも民間人がいるなら、その人たちを掘り出さないと」

「冗談だろう」ランバートが言った。あたしが民間人の救助に不平を言った部下の頭をへし折ってやろうと振り返ると、彼は片手をあげた。「そのことじゃありません。フィードを見てください。あの狙撃手の野郎がまだ生きています」

あたしはビルに目を戻した――より正確には、瓦礫の山に。瓦礫の端のあたり、一メートルほどの山になったコンクリートの下で、狙撃手が体に乗ったコンクリートと鉄筋を押しのけようとしていた。

「行くよ」あたしは言った。

全員で狙撃手が埋まっている場所までたどり着いた。サルシードが狙撃手の頭がある位置に向かってMPをかまえ、ランバートとパウエルとあたしが、見えない狙撃手の上からビルの破片をどけていく。一分後、あたしが最後の厚板を引き抜くと、サルシードが敵を直接狙えるようになった。

「ひどい」サルシードがつぶやいた。

狙撃手は、標準年齢でせいぜい十五歳かそこらの少女で、落下したコンクリートがかすった頭から血を流していた。あたしが瓦礫の隙間からのぞいたかぎりでは、左腕は瓦礫で釘付けにされ、右脚はまちがった方向へ曲がっていた。

「近寄らないで」少女は言った。声からすると、少なくとも片方の肺はつぶれているようだ。

「あたしたちならそこから出してあげられる」あたしは言った。

「あんたの助けなんかいらないよ、緑野郎」

自分のことを言われているのだと気づくまで、ちょっと混乱した。この緑色の肌のことらしい。あたしはサルシードとMPを振り返った。「それをおろして手伝って」サルシードは疑念をあらわにしたが、指示に従った。あたしは狙撃手に目を戻した。「あなたを傷つけるつもりはない」

「ビルでわたしを押しつぶしたくせに」少女はぜいぜいと言った。

「あたしたちの意図したことではなかった」あたしたちの意図はチャンスがありしだい敵の頭を撃ち抜くことだったという部分は説明をはぶいた。「そこから出してあげる」

「やめて」

「ここで死にたくはないでしょう」

「かまうもんか。ここはわたしがいた場所。ここに住んでいたのよ。あんたはそれを壊した。あんたはなにもかも壊してる」

「どんな調子？」あたしは少女から目を離さずに問いかけた。

「もう少しです」パウエルがこたえた。そのあと、彼女はブレインパル経由でメッセージを送ってきた。〝脚に乗ったコンクリートのかたまりでかろうじて出血が止まっています。これを動かしたら女は死にます。どのみち死にかけていますが〟

「わかった」あたしはそう言ってから、〝救護員を呼んで〟とブレインパル経由で伝えた。

〝なぜです？〟パウエルがたずねた。〝この女はいまあなたを殺そうとしていたし、こっちも彼女を殺そうとしていたのに、ずいぶん親切なんですね。女はわたしたちの助けを望んですらいません。死なせてやるべきです〟

〝もう命令したよ〟あたしは言った。パウエルはあからさまに肩をすくめた。

「これから救護員を呼んであげるから」あたしは狙撃手に言った。

「救護員なんかいらない」少女はそう言って、目を閉じた。「あんたもいらない。さっさと出ていって。ここはあんたの惑星じゃない。わたしたちの惑星。あんたたちにここにいてほしくない。出ていって。いいから出ていって」

「そんなに単純な話ではないのよ」

少女は返事をしなかった。およそ一分後、彼女は死んだ。

「どうでした？」ランバートが言った。彼と、パウエルと、サルシードが、フシミの警備隊本部の外であたしを待っていた。あたしはそこで狙撃手の事件について――婉曲《えんきょく》な言葉を使うなら――ディスカッションをしてきたところだった。

「マクスウェル大佐と話をした」あたしは言った。フシミに駐留するCDF合同部隊の指揮官の名前だ。「それによると、あのアパートメントビルの破壊を依頼してきたのはキョートの側だったそうよ」

「なぜキョートの連中がそんなことを？　おれたちは彼らがそれを望まないという前提で行動していたはずでしょう。だから、あんなふうにこっそり接近したり、ビルを破壊しないように気を遣っていたのに」

「あのアパートメントビルはこの地域の反逆者たちの本部だったらしい。より正確に言うと、この地域の反逆者たちの本部があのアパートメントビルにあった」

「じゃあ、あのビルには扇動者がぎっしり詰まってたんですね」パウエルが言った。

「マクスウェルは扇動者とふつうの人びととの比率を明かそうとしなかった」あたしは言った。「彼女と話した感じからすると、キョート政府はあまり気にしていないみたい。メッセージを送りたかったんだと思う」

「メッセージを送るために、ほかに何人殺したんですか？」ランバートがたずねた。

「ゼロだよ」サルシードが言って、あたしに目を向けた。「すみません、確認しろと言われていたのに、ほかのことが忙しくて報告していませんでした。キョートの警備隊は一週間まえにあのビルの住民すべてを強制退去させていました。異議は認めず、威嚇によって。それがきっかけで、ぼくたちが鎮圧を手伝った一連の暴動が始まったんです」

「じゃあ、その人たちは以前は反逆者じゃなかったとしても、いまはそうなってる可能性が高いのね」パウエルが言った。

「おまえはビルをつぶしたがっていたじゃないか」ランバートが指摘した。

「実際につぶされたのよ」パウエルが念を押した。「でも、ランバートの言うとおり。もしもキョートの連中があっさりビルを壊すつもりだったとしたら、どうしてわたしたちを送り込んだのかしら？」

「あたしたちが送り込まれたあとで、キョート警備隊の上層部のだれかがCDFの艦なら一撃でビルをつぶせることを思い出した――らしい」あたしは言った。

「わたしたちが死んでいたかもしれないのに」

「彼らはあたしたちが安全だと判断したんだと思う」

「それは心強いこと」

「とにかく、あれはおれたちの考えじゃなかった」ランバートが言った。「あの少女はひどくおれたちを憎んでいた。ということは、別のだれかの影響を受けていたはずだ」

「あたしたちの考えではなかったけど、あたしたちの艦の一隻がその栄を担った」あたしは言った。「その区別はあの少女にとってもほかのだれにとってもたいした意味をもたないと思う。キョート政府と同じように、あたしたちもやっかいな立場にあるのよ」

「狙撃手についてなにかわかったんですか？」サルシードがあたしにたずねた。

「ラナ・アルミーホ。標準年齢で十六歳。両親は反逆者たちと深くかかわっているものと思われる。彼らの痕跡はない。姿をくらましているのか、もうキョートの連中につかまっているのか」

「だったらあの少女は反逆者たちにとって殉難者になるわけだ」ランバートが言った。「政府が少女のアパートメントビルの住民をそっくり追い出し、少女はあとに残って、警備隊員を殺し始めるが、それがあんまり好調なので、政府はやむなく少女の上にビルを落っことす。良い話だ」

「あの少女にとってはちっとも良くないわ」パウエルが言った。

「殉難者というのはそういうもんだろう」

「で、これからどうするんです？」サルシードがたずねた。

「ここでの仕事は片付いた」あたしは言った。「サキョーとヤマシタではいまも反逆者が騒ぎを起こしているけど、テュービンゲン号は別の命令を受けている。もうほかのだれかの問題ね」

「もともとほかのだれかの問題だった」ランバートが言った。「それをおれたちが自分の問題にしたんだ」

「やめて、ランバート」パウエルが言った。「今日は特にうんざりする」

「これでうんざりするんだったら、彼らがどう感じるかを考えてみるんだな」

3

今度は木曜日、あたしたちはある抗議行動に対処するために呼ばれた。

「嘘じゃなく、おれはこいつが作動するのを見てみたくてたまらないんだ」ランバートが言った。キエフにあるコロニー連合の本部ビルの周囲に、ハリケーン・ファネルが設置されているところだった。

本部そのものは、商業地区にある一ヘクタールの敷地の中央に鎮座する高層ビルだ。敷地全体が平坦な広場で、目立つものといえば抽象彫刻がひとつだけ。その彫刻はいまは数人のデモ参加者に占拠されていて、それは広場の大半も同じだった。高層ビルをぐるりと囲んでいるのは、キエフの警官たちとCDFの兵士たち、それと大急ぎで組み上げられた金属製のフェンスだ。

デモ参加者が高層ビルへ押し寄せようとする気配はなかったが、一日はまだ始まったばかりだった。避けようのない事態を待つことで、デモ参加者と警備隊員の双方に避けようのない負傷者を出すよりはと、コロニー連合は、最新の低致死性のデモ鎮圧装備の使用を決定した——それがハリケーン・ファネルだ。そのうちの一台はあたしたちの分隊の目のまえに設置されていた。

「見た目はアルプホルンみたい」パウエルが言った。設置されたファネルが上方へ展開し始めていた。

「アルペンホルン」あたしは訂正した。以前の人生ではミュージシャンだったのだ。

「そう言いましたよ」パウエルはこたえてから、サルシードに顔を向けた。「あなたは武器オタクでしょ。これを説明して」

サルシードが指さしたのは、空へ向かってうねうねと伸びるとても長いチューブで、高さはいまや六十メートルくらいまで達していた。「上のあそこから空気が内部へ吸い込まれる。それが下へ流れるにつれてぐんぐん加速する。カーブの部分でさらにひと押しを受けて、むこうへ一気に吹き出す」彼はデモ参加者のほうへさっと手を振った。「距離を設定しておくと、だれかがそれを越えて近づいてこようとしたら、ファネルが風を起こしてその人を吹き飛ばしてくれる」

「見たら楽しいだろうな」ランバートが言った。「もっとも、本気で群衆警備を考えるなら、こいつはひどく効率が悪い。境界線を越えてみろとけしかけているようなもんだ」

「効率を求めているわけじゃないから」あたしは言った。「メッセージを送るため」

「どんなメッセージです？　〝おれたちはぷりぷりして、ぷーぷー息を吹き付けて、おまえたちの抗議を吹き飛ばしてやる〟とか？」

「むしろ〝銃なんか使わなくても、おまえたちの抗議をすっかり無意味なものにできる〟でしょうね」

「最近はたくさんメッセージを送ってる気がします。こっちが送っているメッセージが連中に伝わっているのかどうかよくわかりませんが」

「今回のメッセージは家を吹き飛ばすほどの突風だよ」サルシードが言った。「きっと伝わるさ」

「それに、わたしたちが暴徒に巻き込まれる心配がなくなるわ」パウエルが言った。「そうなると悲惨だから」

サルシードがまた上を指さした。「だから空気は上で集めるんだよ。それに、装置のこっち側では空気の流れがいくらか緩和されるようになってる」

「なるほどね」

「ただ……」

「なに？　ただなんなの？」

「作動中はそばに近づきすぎないようにするんだよ」

パウエルは顔をしかめてサルシードを見た。「わたしをコケにしてるのね」

「ああ。そうだよ。コケにしてる。きみは正しい、装置が作動したらぜひともすぐそばに寄ってくれ。きみの身に悪いことは絶対に起こらないから」

「中尉、サウを撃ち殺してかまいませんか」

「ふたりとも、いいかげんにして」あたしは言った。技術者たちは装置の据え付けを終えようとしていたが、基本的にはただ見ているだけだった。コロニー防衛軍が関与するたいていの物事がそうであるように、この装置も運用において人間の手伝いが最小限ですむ設計になっていた。人間は例外なくもっともトラブルを起こしやすい可動部分なのだ。あたしたちのいる場所の左右でも、ほかのハリケーン・ファネルが技術者たちに見守られながら自動的に展開していた。ぜんぶで二十四台の装置が、ビルをぐるりと取り巻いていた。

すべての設置が完了すると、主任技術者があたしにうなずきかけた。あたしはうなずき返し、いちばん近くにある三台のファネルの制御を引き受けた。設定した境界線は三十メートルで、これはいちばん近いデモ参加者たちが立っている場所のさらに十メートルむこうだった。ほかのファネルを担当する七つのCDF分隊――あたしは全体の指揮官だった――から連絡が入り、彼らがオンライン状態で、同じように三十メートルに設定したことを報告してきた。あたしはならんだファネルのまえに進み出て、デモ参加者たちに姿が見えるようにした。たちまちヤジが飛び始めたが、それはいっこうにかまわなかった。

「デモ参加者のみなさん」あたしの声はすぐうしろにあるファネルで強烈に増幅されて、だれも無視できないほどの大音量になっていた。装置にこれだけ近いと耳が聞こえなくなってしまうところだが、ブレインパルに命じて一分だけ自分の聴力を低下させてあった。「わたしはコロニー防衛軍のヘザー・リー中尉です。一分後に、このビルの周囲三十メートルにデモ参加者用の境界線をもうけます。みなさんの自主的な協力があれば感謝します」

返ってきたのはまったく予想どおりの反応だった。

「お好きなように」あたしは言って、ファネルの裏側へ引っ込んだ。「聴力を下げて」分隊に向かって指示をする。それから、キエフ警察の指揮官に顔を向けてうなずいた。彼は警官たち全員にファネルの裏へさがるよう命じた。警官たちは金属製のフェンスをかかえて指示に従った。群衆が歓声をあげてどっと押し寄せてきた。あたしはファネルを起動した。

ファネルの出力はおよそ三秒でゼロから時速五十キロメートルまで増大した。群衆は、チャレンジ精神をかき立てられ、決意を新たに前進を続けた。次の三秒で風速は時速百キロメートルに、その後の五秒で百三十キロメートルに達した。時速百三十キロメートルで、ファネルは風と同時に、群衆を追い散らすことを目的とした鼓膜が破れそうなすさまじい音を発した。あたしはどんな音かと聴力を少しあげた。

とても低いEの音だった。

〝こいつの音はものすごくでかいと言いましたっけ？〟サルシードが分隊のブレインパル回線で送信してきた。

群衆はせいいっぱいがんばったが押し戻されていた。何人かは瓶やなにかをファネルに向かって投げつけ、それがすぐに自分に向かって戻ってきたので驚いていた。デモに参加するのに物理学を理解する必要はないらしい。

最後のデモ参加者が三十メートルの境界線まで押し戻されると、ファネルの出力が時速三十キロメートルまで落ちて、Eの音も消え失せた。群衆はぶつくさ言ったり、怒りの叫びをあげたりしていた。キエフ警察は、もはや必要とされなくなったので、ぞろぞろと本部ビルに入り、屋上へあがって航空機で退去していった。

　そういうことだった。それから一時間ほどのあいだに何度か、ひとりかふたりのデモ参加者が、ファネルに押し戻されるまえに走ってフェンスまでたどり着けないか挑戦することはあった。答は――むりだった。

「あれはけっこう楽しそうだな」ランバートが、またデモ参加者が広場を吹き戻されていくのをながめながら言った。彼の話す声はブレインパルの信号によってあたしの耳の中で増幅されていた。

「そうとはかぎらないかも」パウエルが広場に伸びる赤い筋を指さした。デモ参加者の頭がコンクリートにこすれた部分だった。

「まあ、あれはやりたくないさ、当然」ランバートが言った。「それ以外のところは楽しいかもしれないぞ」

「ほら、ボス」サルシードが言って、群衆の中を指さした。「なにか起きてます」

　あたしは目をこらした。遠くのほうで群衆がふたつに割れて、一台の車が先頭へ出てこようとしていた。ブレインパルで確認したところ、地元で製造されている大型トラックで、このタイプの輸送車がふつうは牽引しているトレーラーがはずされていた。それが先頭に近づくにつれて、群衆の中から歌声と叫び声があがり始めた。

「なんで警察はずっとうしろのほうであれを止めなかったんだ?」ランバートが言った。

「警察は帰らせてしまったから」あたしは言った。

「ここにいた警察を帰らせただけですよ。信じられないな、最低でも一部のキエフの警官は勤務についているべきなのに」

「サウ」あたしは言った。「こいつらはあれを止められるの？」

「ファネルですか？」

「そう」

「中尉、このベイビーたちは風速を時速三百キロメートルまであげられるんですよ。あんなトラックは止めるだけじゃありません。つまんで投げ捨てるでしょうね」

「群衆のまっただ中へ」ランバートが指摘した。

「それはありますね」サルシードは同意した。「つまり、いっしょに空中へ吹き飛ばされなかった一部の群衆ということですが。固定されていないものはなんでも巻き込まれるでしょうし、固定されていてもだめなのもあるはずです」彼は広場にある彫刻を指さした。「こいつらが最高速に達したら、あれも耐えきれるかどうか」

「そもそもこの装置は最高のアイディアとは言えなかったのかもしれないな」ランバートが言った。

いまや群衆の先頭まで出てきたトラックが、こちらを威嚇するようにライトを点滅させた。群衆が歓声をあげた。

「あの大きさの車両としては標準的な電気エンジンですね、改造されていなければ」サルシードが言った。彼もあたしが調べたのと同じメーカーの情報を呼び出していた。「破壊力のあるスピードに達するまで二秒ほどかかります」

トラックの運転手がクラクションを鳴らして、ファネルとほとんど同じくらい大きな音を響かせた。

「おもしろくなりそうだ」ランバートが言った。

運転手がアクセルを踏み込み、トラックのタイヤが金切り声をあげた。

「パウエル」あたしは口で言うと同時に送信した。

トラックのフロント部分がぱっと炎に包まれた。パウエルのロケット弾がトラックのエンジン室に突っ込んで炸裂し、一群のバッテリを粉砕して、ドンッという爆発音と共にボンネットを吹き飛ばしたのだ。回転する車輪は、完全にグリップするまえに推進力を奪われてしまい、わずかに前進しただけで停止して、ほんの数メートルしか移動できなかった。トラックの運転手は車外へ脱出し、今日はこれ以上はたくさんだと判断した大勢のデモ参加者といっしょに走り去った。

トラックの近くにとどまった少数の人びとは、どうすればいいのかわからずにいた。パウエルがロケット弾をもう一発、今度はトラックの空っぽの運転室に叩き込んだ。トラックはあのローマ花火のように派手に燃えあがった。さらに何人ものデモ参加者たちがもう家へ帰る時間だと判断した。

「ありがとう、パウエル」あたしは言った。

「頼むまでずいぶんかかりましたね」パウエルがMPをかかえたまま言った。

「あれじゃ長期的な解決策にはならないだろう?」ランバートがそう言って、五階下にあるハリケーン・ファネルを顎でしめした。あたしたち四人がいる会議室は、警備の仕事に駆り出されたCDFのための休憩所になっていた。

「いまはこの地方の真夜中だから、外の群衆が行動を起こすことはないわ」パウエルが言った。「ファネルはしばらくは主役でいられるかもしれない」

「このビルで働いているコロニー連合の連中は通勤に苦労するだろうな」

「みんな在宅勤務にするかもしれないよ」サルシードが言った。

ランバートは群衆に目を戻した。「ああ。おれならそうするな」

「わたしたちはいつまでここにいるんですか?」パウエルがあたしにたずねた。

「技術者たちがキエフ警察にファネルの操作方法を教えている」あたしは言った。「だからもう二、三日」

「そのあとは? 次の惑星へ出かけて別の抗議行動を叩きつぶすか別のビルを踏みつぶすかするんですか?」

「おまえはキョートのあのビルを踏みつぶしたがっていたじゃないか」ランバートがパウエルに言った。

「別に否定はしてないわ」パウエルはランバートに顔を向けた。「今日だってためらわずにあのトラックにロケット弾を撃ち込んだ。さもなければ自分が怪我をするか殺されるかしていたかもしれない。だから、かまわないのよ」彼女はあたしに目を戻した。「でも、わたしはこんな仕事をするために入隊したんじゃありません」

「厳密に言うと、きみは入隊したときにはどんな仕事をするか知らなかったはずだ」サルシードが口をはさんだ。「みんな知らなかった。わかっていたのは惑星地球を離れるということだけだ」

「サウには好きなだけ法律家を演じてもらうとして、あなたならわたしの言ってることがわかりますよね、中尉」パウエルが言った。

「イルセの言うとおりです」ランバートが言った。「これで三回連続で、コロニー連合に楯突く人びとを抑える任務が続いています」

「この種の任務は常に契約に含まれている」あたしは言った。「あなたたち三人がやってくるまえ、あたしとテュービンゲン号は惑星ツォン・グオで反乱の鎮圧に駆り出された。そこにいた一部の人びとが地球と同盟を組みたいと考えたから」

「その人たちは地球にそれを伝えたんですか？」サルシードがたずねた。

「伝えなかったんじゃないかな」あたしは窓の外の、デモ参加者を身ぶりでしめした。「ここで言いたいのは、そもそも、これはあたしたちの任務だということ。とにかく、その一部ではある」

「なるほど。でも三回連続ですよ」ランバートが言った。

「それがなにか？」

「いままでにそんなことがありましたか、あなたの経験で？　一度でも？」

「いいえ」

「中尉はＣＤＦに入隊してどれくらいになります？　六年ですか？」

「七年よ。それと三ヵ月」

「かぞえてるんですか」パウエルが言った。

「さもないとわからなくなるから」あたしはこたえて、ランバートに目を戻した。「そうね、たしかに異例ではある」

「それは気にならないんですか？」ランバートがたずねた。「いや──言葉をまちがえました。おれが言いたいのは、まずいと思わないのかってことです。ここにいるイルセは、いつも〝どうだっていい〟的な考え方をするやつですが、その彼女がいまの仕事にうんざりし始めているとしたら、やはり問題があるんじゃないですか」

「うんざりしたとは言ってないわ」パウエルが言った。「こんな仕事をするために入隊したんじゃないと言ったの」

「おまえの頭の中ではそのふたつに区別があるんだな」

「ええ、あるわ。わたしはうんざりなんかしていない。こんなのは眠ってたってできる。でも、これを自分の仕事とは思っていない。わたしの仕事は人間を殺そうとするエイリアンを撃ち倒すことだから」

「そこは同感だね」サルシードが言った。

「わたしたちがここでやっているのは、だから、ほんとに、どうだっていいでしょ？」パウエルは手を振って窓の外をしめした。「あの人たちは抗議している。だから？　抗議させておけばいい。コロニー連合から離脱したいというのなら、そうさせればいい」

「ほかの種族が彼らを惑星からこすり落とすためにやってきたら、あなたの仕事がよけいに厳しくなる」あたしは指摘した。

「そんなことないですよ。だって、もうコロニー連合の一員じゃないんですから。勝手にくたばれと」

「いままで伝えていなかったと思うんだが、ひねくれた感想を言わせてもらうと、おまえがみごとに道徳を超越しているのにはつくづく感心するよ」ランバートが言った。

「道徳を超越しているわけじゃないわ」パウエルが言った。「彼らがコロニー連合の一員なら、わたしは彼らを守る。それがわたしの仕事だから。彼らが独自の道を進みたいというのなら、それでいい。彼らを止めるのはわたしの仕事とは思えない。ただし、そのせいでエイリアンが彼らを鍋に突っ込むことになるとしても、それを止めるつもりはないわ」

「必要なのはそういうことかもしれないね」サルシードが言った。「こういう惑星のどれかが独力でやろうとして叩きつぶされればいいんだよ。そうすればほかの惑星も言うことをきくようになる」

「だが、そこが問題なんだろう？」ランバートが言った。「これは例外じゃない。ひとつの惑星だけじゃないんだ。たくさんの惑星で、いっせいに始まっている」

「あいつらのせいだよ。　例のあのグループ。　〈均衡〉とかいうやつ。　あんなふうにデータをぶちまけたりして」

「どういうこと？」パウエルがたずねた。

「だって、筋がとおるだろ。いろんな惑星で住民がいきなり騒ぎ始めるなんて」

「いきなり騒ぎ始めたわけじゃない」ランバートが言った。「キョートの暴動はずっとまえから下地があったんだ。うちの中尉だって一年まえに反乱を鎮圧したと言っていた……あれはどこでしたっけ？」

「ツォン・グオ」あたしは言った。

「どうも。例の〈均衡〉の一件は、こうやって住民の行動を具体化させているかもしれないが、その原因になったものは何年もまえから存在していたんだ」

「だったらコロニー連合は何年もまえからこの事態にそなえているべきだったのよ」パウエルはすでにこの会話に退屈していた。「そうしなかったから、いまわたしたちやテュービンゲン号のみんながバカげた内輪の危機を次々と巡り歩くはめになってる。こんなのバカげているしムダだわ」

「いや、筋はとおってる」ランバートが言った。

「へえ？　どうしてそうなるの」

「おれたちはこの場所とつながりがない。キョートともつながりがない。フランクリンともつながりはなかった。おれたちは地球の出身で、どのコロニーともつながりがないんだ。だから、必要とあらば反乱を踏みつぶしてまわることにも抵抗はない」

「ここでは仕事をキエフ警察に引き継いでいるよ」サルシードが指摘した。

「そうさ、きつい部分をおれたちが片付けたあとでな。それがおれたちの仕事だ。きつい部分を片付けるのが」

「でも、きみはついさっき、これじゃ長期的な解決策にはならないと言ってた」サルシードは手を振ってファネルをしめした。「だとしたら、きつい部分はまだ残っていて、ぼくたちはまた戻ってくることになる。あるいは、ぼくたちのようなだれかが」

「ああ、なんか妙な感じだな、ほんの二週間まえには、根本的な原因が解決されていないと主張して、〝だれが気にするの〟とピザの歌で一蹴されていたってのに」

「あの歌は最高だよ」

「おまえがそう言うなら」

「わたしが言いたいのは、わたしたちのやってる仕事がどんどんバカげたものになってるということ」パウエルが議論をもとに戻した。「これがわたしたちがいまやることだというなら、いいよ。それはそれでかまわない。でも、わたしはエイリアンを撃つほうがいい。ほかのみんなもそうだと思う」

「パウエルはまちがってませんよね」サルシードがあたしに言った。

「ああ、まちがってない」ランバートが同意した。

「わかってる」あたしは言った。

4

金曜日。

「根本的な原因だよ」ランバートがしゃべっていた。「おまえたちはそういう話をするおれをコケにし続けたが、それでどうなったか見てみろ。またもや別のコロニー惑星だ。またもや反乱だ。ただし、今回は惑星がすでに独立を宣言している」

シャトルがカートゥームの大気圏に突入して大きく揺れた。今回はいつもの四人だけではなく、ルースのときと同じように、あたしの小隊全員が参加していた。今回は抗議行動を鎮圧するのではない。カートゥームの首相をピンポイントで攻撃するのだ。その首相は、惑星の独立を宣言して、コロニー連合のビルを占拠しろと暴徒をけしかけたあと、自分は取り巻きの補佐官たちと共に、明らかにされていない場所に身を隠していた。おそらく、コロニー連合が彼をこころよく思わないとわかっていたからだろう。

たしかにそのとおりだった。コロニー連合は彼を、というか実際には、独立を支持した彼の党の指導者たち全員を――注目すべきことに、彼らは議会に承認を求めようともしなかった――こころよく思っていなかった。

「やつらはフランクリンから学んだ」ランバートが続けた。「今回は、おれたちに先に手を打つチャンスをあたえてはだめだと知っていたんだ」

「それなら彼らの独立は違法だよ」サルシードが指摘した。彼はランバートのとなりにすわっていた。

「どうやっても違法になるはずだった。つまり、コロニー連合が彼らの独立を合法と認める可能性がまったくなかったんだ。だから彼らには投票をおこなう理由がなかった」

「だけど、それじゃ彼ら自身の統治システムにおいても違法とみなされる」

「いや、首相は内閣に非常事態宣言を認めさせて現政府を解散した。なにもかもこのうえなく合法だ」

「本人にはたいしたメリットがあるわけじゃないのに」パウエルが言った。彼女はランバートとサルシードから少し離れ、シャトルの反対側であたしといっしょにいた。

「いやいや、イルセ、首相は大丈夫だよ」サルシードが言った。「なにしろ〝明らかにされていない場所〟にいるんだからね」

「いまわたしたちはそこへ向かっているのよ。またもや高高度降下して撃破」

「オカダ首相は生け捕りにしないと」あたしはパウエルに念を押した。

「高高度降下、誘拐、そのあとで撃破」パウエルが訂正した。

「となると、どうやってその〝明かされていない場所〟を突き止めたのかという疑問が出てきますが」ランバートがあたしに言った。

「オカダは首相になったときから血液中にナノ送信機を入れていた」あたしは言った。

「本人はそれを知らないんでしょうね」

「おそらく」

「どうやって入れたのか、きいてもかまいませんか？」

「見当もつかないね。あえて推測するなら、オカダがどこかの時点でコロニー連合の施設で食事をとり、そのときに仕込まれたのかもしれない」

「もうひとつ不思議なのは、なんでコロニー連合があまり歓迎されないのかということなんです」

パウエルがあきれた顔になった。「また始まった」

「好きなだけケチをつけるがいいさ、イルセ」そう言った次の瞬間、ランバートは背後でシャトルにあいた穴にのみ込まれ、サルシードや両脇にいた兵士たちと共に、カートゥームの大気圏上層部へ吸い出されていった。あたしの戦闘用ユニタードは、気圧の低下とシャトルの損傷を感知して、すぐさまマスクであたしの頭をおおい、シャトルの機内に残っていたわずかな酸素をかき集め始めた。同時に、あたしは小隊の隊長としてシャトルのシステムに一時的に接続され、すでにわかっていることを教えられた——シャトルは直撃を受け、もはやその降下を完全には制御できなくなっていた。

パニックを抑えつけ、被害状況を把握することに集中した。操縦士はシャトルを回転させまいとして、損傷した制御装置と格闘していた。機体の側面にあいた穴から四名の兵士が吸い出された。ほかに五名が死亡するか致命傷を負うかしていて、別の五名は重傷を負いながらも生きていた。無傷の兵士は十五名、それとあたし。

シャトルは追尾されていると警告を続けていた。攻撃はまだ終わっていないのだ。

あたしはシャトルと接続して外部扉の開放を許可した。〝全員ただちに脱出しろ〟ブレインパルの小隊用フィードを通じて命じる。シミュレートされたあたしの声は、実際よりも冷静に聞こえた。

全員がもともとシャトルから飛び出すための準備をととのえていた。それを少し早くやるだけのことだ。

〝攻撃班ごとだ。行け〟

小隊の生存者たちが扉から飛び出し始めた。パウエルはあたしと共に残り、遅れた者を怒鳴りつけた。操縦士はシャトルをせいいっぱい安定させていた。パウエルとあたしが扉から踏み出した直後に、回転方向にかかる力で機体がばらばらになった。操縦士の軍服のシステムフィードを急いで呼び出してみる。応答はなかった。

〝中尉〟パウエルが呼びかけてきた。彼女はあたしから百メートルほど離れたところを落下していて、タイトビームを使って連絡していた。〝下を〟

下を見ると、ちらちらと光るビームが夜空へ向かって何本も伸びていた。それらの光は大気圏上層部まではるばる到達しているわけではなかった。どれもあたしよりずっと下で途絶えていた。

ビームはあたしの兵士たちに命中していた。彼らを殺していた。

〝完全カモフラージュでカオス降下〟あたしは小隊用の回線で、生き残っている全員に呼びかけた。それからユニタードに命じて全身を封じ込め、通信を絶って、せいいっぱい大気中の穴になりきろうとした。ユニタードのカモフラージュ機能は、あたしの姿を視覚的に隠し、到来する電磁波をあらゆる手段を駆使して散乱させる——地上でこちらに狙いをつけている受信機のもとへ跳ね返ろうとするのを阻止するためだ。さらに、ユニタードは微妙に変形したり伸張部を広げたりして体をランダムに動かし、降下する速度と進路を変化させることで、敵の照準合わせをむずかしくする。命令を聞いた小隊の隊員たち全員が、いまは同じようにしていた。

カオス降下の動きと回転は激しく、未改造の人間なら命を落としかねない。ユニタードは首やほかの関節部分を硬化させて、怪我の可能性をできるだけ小さくする。それでも体内にかかる負荷はきつい。だが、それは快適に過ごすための装備ではない。生き延びるための装備なのだ。

もうひとつ——電磁波を散乱させるカモフラージュは事実上視覚を奪う。降下するときにはユニタードが記録するデータが頼りだ。自分がいまどこにいてどれくらい降下しているかを追跡するために、方向の変化や降下速度がすべて計算されてブレインパルに送られる。カモフラージュは高度一キロメートルで視覚フィードを復活させる設定になっていた——それなら状況を見きわめて最後の降下ルートを決定できるだけの時間がある。

ただし、なにかまちがいがあった場合、あたしが地上を目にするのは、そこへまっすぐ突っ込む直前になってしまう。さもなければ、地面をまったく見ないままで終わるかも。その場合は、ただいきなりドスンだ。

さらに——あのビームのどれかが命中したのを知るのは、それがあたしを焼き始めてからということになる。

要するに、完全カモフラージュでカオス降下をおこなうのはどうしても必要なときだけなのだ。だが、そのときのあたしたちはまさにそういう状況にあった。あたしと小隊のほかのすべての兵士たちが。

それはまた、あたしたちが着地するときには、全員がその地域一帯に散らばってしまうということでもある——発見されないように通信機能も切ったまま。事前の状況説明で、小隊の面々には、なにかトラブルがあった場合の第二の回収地点を伝えてあったが、シャトルがこんな高空で撃墜されてカオス降下となったいま、ほかの兵士たちは幅百キロメートルの範囲に散らばってしまう可能性が高い。着地したあとは、全員がひとりきりで狩り立てられることになる。

降下しながら、これだけのことを数分かけてじっくり考えた。

さらに、なにが起きたのかを考えるための時間もあった。簡単に言うと、シャトルがカートゥームの大気圏上層部で撃墜されることはありえないはずだった。カートゥームは、コロニー連合のどの惑星にでもある、エイリアン種族からの攻撃をふせぐための防衛網をそなえていた。だが、最近あたしたちが訪れたフランクリンをはじめとするすべての惑星でそうだったように、ここの防衛網もコロニー連合によって建設され、運用されていた。たとえこうした施設がカートゥームの市民によって占拠され、コロニー連合の操作員たちが現場を放棄したとしても、部外者がそれを運用しようとしたら複雑なセキュリティ対策によって締め出されてしまう。コロニー連合の操作員たちが敵側に寝返ったのでないかぎり──可能性はあるが低い──これは別のだれかのビーム攻撃ということになる。

考えなければいけないことはまだあった──テュービンゲン号は降下していくシャトルを追跡し、警報を発し、地上基地による攻撃からシャトルを守るはずだった。それができなかったとすれば、なにかほかの用事で忙しかったということになる。つまり、テュービンゲン号も惑星の地表か上空から攻撃を受けていたということだ。いずれの場合でも、やはりコロニー連合からの攻撃ではない。

これが正しいとしたら、わかることがふたつある。カートゥームでなにが起きているにせよ、それはただの惑星の独立という話ではない──この惑星はコロニー連合の敵と手を組んでいるのだ。そして、カートゥームはあたしたちに罠を仕掛けた。狙いはテュービンゲン号ではない──罠を仕掛けたやつらにはコロニー防衛軍のどの艦が対応するかはわからなかったはずだ。テュービンゲン号も、そのシャトルも、あたしの小隊も、たまたま関与したにすぎない。そう、この罠はコロニー連合そのものに対して仕掛けられたのだ。

でもどうして？　いったいなんの目的で？

地上まで一キロメートルとなって、視覚フィードが起動した。遠くに見える明かりがなんらかの文明の存在をしめしていた。真下は暗い丘陵地で、植物が豊富だった。できるだけ待ってから制動用ナノロボットを展開させると、それが大きく広がって空気をとらえた。勢いよく着地してごろりところがり、あおむけになって呼吸をととのえながら空を見あげる。この地域は夜で、植物ばかりの土地は真っ暗だったので、コロニー連合製の両目があれば、星空にすべての星座を見ることができた。あたしはいくつかの星座を視認し、ここの日付と時刻から、自分のいる場所を算出した。

ブレインパルをチェックして、テューービンゲン号からの信号が届いているかどうか確認した。だれが聞いているかわからないので、こちらから信号を送りたくはなかったが、艦から信号を送ってきているとすれば、あたしたち生存者にとって有益な情報があるかもしれなかった。

なにもない。良くない傾向だ。

立ちあがり、視覚カモフラージュを起動したまま、あらためて遠くの明かりを確認できる場所まで歩いた。その風景を、今回の任務のためにブレインパルに保存してあった地図のデータと重ね合わせ、さらに空の星ぼしの位置と照合してみた。現在地は、カートゥームの首都、オムダーマンの郊外にある丘の上だった。都市の中心地区からは四十五キロメートル南南東、首相がいるという〝明かされていない場所〟からは三十八キロメートル南、小隊の生存者たちが向かっているはずの第二の回収地点からは二十三キロメートル南西だ。

とりあえずそんな情報にはなんの興味もなかった。代わりに過去一時間の視覚キャッシュを呼び出して、あたしの部下のひとりを狙った一本のビームの映像を見つけ、その情報とあたしの降下データを利用して、何者かがビームを発射した場所を突き止めた。

ほぼ真北に十六キロメートル、やはり丘陵地帯の中、放棄された貯水池の近くだ。

「見つけた」あたしはつぶやき、穴に落ちたりしないように低光量視力をめいっぱいあげてから、標的を目指して走り出した。ブレインパルに音楽を流させて、ランバートや、サルシードや、パウエルや、そのほかの小隊の仲間たちのことは考えないようにした。

仲間のことを考えるのはあとでいい。嘆くのもあとでいい。いまは仲間を撃ち落としたやつを見つけるのが先決だ。

標的まで六キロメートルの地点で、なにかにいきなり地面に打ち倒された。すぐに手をついて体をころがしたものの、あたしは混乱していた。視覚カモフラージュは起動したままだったし、あたしを地面に打ち倒した相手の姿がどこにも見えなかったからだ。幽霊に突き飛ばされたのだ。

〝中尉〟

一瞬おいて、その声が耳からではなくブレインパル経由で聞こえてきたことに気づいた。

〝あなたの真正面です〟声が続けた。〝通話はタイトビームで。まだ追跡されているかもしれませんから〟

〝パウエル？〟あたしはタイトビーム経由で言った。とても信じられなかった。

〝はい〟パウエルが自分のユニタードの表示許可を送信してきたので、あたしのブレインパルが彼女の体がある場所をモデル化した。たしかに真正面で、距離は一メートルほど。あたしも同じ許可をタイトビームで送った。

〝タックルしてすみませんでした〟パウエルが言った。

〝どうやって？〟あたしはたずねた。〝つまり、どうしてあたしがいるのがわかった？〟

〝音楽を聞いていましたか？〟

〝聞いていた。それが？〟

〝走りながら歌っていましたよ〟

〝うわ〟

〝気づいてなかったんですか？〟

〝ああ。でも驚くことでもないか。ミュージシャンだったとき、ギグではいつもマイクを切られていたの。いっしょに歌ってしまうから。弦のある楽器ならなんでも演奏できたんだけど、歌のほうはひどかった〟

〝わたしも気づいてました〟パウエルに言われて、あたしは思わず笑みを浮かべた。パウエルは南東のほうを身ぶりでしめした。〝むこうからやってきてこっちへ行こうとしていたとき、二キロメートル先で歌声が聞こえました。たしかに中尉だとわかるまでじっと待っていたんです〟

〝タックルではなくタイトビームで連絡することもできたのに〟

〝このほうが安全だと思ったんです。地面に倒してしまえば、中尉が驚いてMPをつかんで茂みへ銃弾をばらまく可能性は低いだろうと〟

〝なるほど。でも、どうしてこっちへ？　第二の回収地点は別の方向なのに〟

〝ええ。だけど、わたしたちを撃ち落としたやつらはこっちです〟

あたしはまた笑みを浮かべた。〝あなたがそう言うのを聞いても、少しも驚きがない〟

〝それはそうでしょう。わたしだって中尉がこっちへ来ているのを見ても驚いてはいませんから〟

〝ああ、そうだろうね〟

〝行きますか？〟

〝行こう〟あたしは言って、ふたりで同時に立ちあがった。

〝確認しておきたいんですが、わたしは敵を見つけ次第ひとり残らずぶち殺してやるつもりです〟パウエルが言った。

〝尋問するためにひとりかふたりは生かしておきたいけど〟

〝了解です。どいつを生かしておくか、あらかじめ教えてくれるとありがたいです〟

〝わかった。それと、イルセ？〟

〝なんでしょう、中尉？〟

〝地球ではどんな仕事をしていたの？　いつも気になっていたんだけど〟

〝タラハシーで八年生に数学を教えていました〟

〝ははあ。それは予想外だったな〟

〝そうですか？　バカなガキどもに三十八年間ずっと代数を教えてみてください。わたしが思うに、あのころの怒りが完全に燃え尽きるにはまだ十年はかかるでしょうね〟

〝どんなことでも役に立つから。準備はいい？〟

〝はい。いまは怒りがたまっていますからね。授業のことだけじゃなく〟


〝うーん、これは明らかにまずいですね〟パウエルがあたしに言った。

あたしたちふたりは、完全カモフラージュのまま、使われていない貯水池のへりにある大きなコンクリート製の台座から二百メートル離れた場所で伏せていた。台座の上には、二台のミサイルランチャーと、電磁マスドライバーと、二台のビーム兵器がならんでいた。ランチャーの片方はミサイルが二基欠けていて、かたわらにいる二体の技術兵が新しいミサイルを運んで装填しようとしていた。そいつらは人間ではなかった。

〝ララエィのクソどもですね〟パウエルがその種族の名を言った。〝ここでなにをしているんでしょう？〟

〝あたしたちのシャトルを撃ち落としているんだろうね〟あたしはこたえた。

〝でもどうして？　そもそもどうやってこの惑星に？〟

〝招かれたんだと思う〟

〝例の首相に？　こうなったら二発は撃ち込んでやらないと〟

〝生け捕りにするという目的は変わってないからね〟

〝殺すとは言ってません。二発撃ち込んでやるというだけのことです〟

〝まずはいまやっていることに集中して〟

〝わかりました。どうしたらいいでしょう？〟

あたしは台座に目を戻した。どの兵器のプラットホームにも技術者と操作員がついていて、四体ずつの組になっていた。いずれのプラットホームにも独自の動力源があり、マスドライバーにつながっているいちばん大きなやつは、かなりの量のエネルギーをその電磁石に供給しているはずだった。プラットホームのならびは適当で、大急ぎで設置されたあと、また大急ぎで撤去されることになっているみたいだった。たしかに、プラットホームの後方には数台のトラックがならんでいて、いずれもプラットホームを乗せて運び去れるだけの大きさがあった。五台目のトラックはほかのよりも小さくて、上部からさまざまな無線受信装置が突き出していた。車内に数体のララエィ族がいるのがウィンドウ越しに見える。指揮および通信用か。最後に、ライフルを手にした二体のララエィ族が台座の周囲をめぐっていた。たいしたものではないが、警備担当だろう。

〝およそ二十四体のララエィ族が見える〟あたしはパウエルに言った。

〝検算します〟パウエルがこたえた。

〝最低でも二体は生け捕りにしたい〟

〝了解。特に指定はありますか？〟

〝指揮および通信のスタッフはとりあえず生かしておく〟

〝ボスはあなたですから〟

〝あなたは警備とトラックを片付けて、指揮用トラックの動力源をつぶして〟

〝何体かは携帯用の武器を持っているはずですが〟

〝使う暇をあたえないで〟

〝怪我をさせるなと言ってましたよね〟

〝息をさせておけと言っただけ〟

〝あ、なるほど。それなら楽になります〟

〝あたしは兵器のほうのクルーを片付けるから〟

〝大勢いますよ〟

〝作戦がある〟

〝へえ？　どんな作戦です？〟

〝見ていて〟あたしはMPを粒子ビームに設定して、兵器のクルーたちがランチャーに装塡しようとしているミサイルの片方をめがけて発砲した。狙ったのは弾頭ではなく、燃料のほうだった。


ミサイルは祝日の花火のように燃えあがり、ランチャーと、そのミサイルと、そのクルーと、隣接するプラットホームのクルーを巻き添えにした。台座の上にあったすべてのものが、ミサイルのプラットホームが燃えあがったときに運悪く外にいたララエィ族もろとも崩れ落ちた。まだマスクをつけていて良かった——爆発から耳を守ってくれたのだ。

「中尉ならやるかもしれないと思いましたよ」パウエルが声に出して言って、隠れていた場所から立ちあがった。

「やつらに見られてもかまわないの？」あたしはたずねた。

「中尉、いまのわたしはやつらに接近する姿を見られたいんですよ」パウエルはMPをかまえて堂々と歩き始めた。

あたしはにっと笑い、身をかがめたままで、台座の上にいるララエィ族がふたたび動き出すのを待った。だれかが逃げ出そうとするたびに、あたしはそいつの動きを止めた。

静かなドンッという音がした。パウエルが指揮用トラックの動力源を破壊したのだ。彼女は台座の上を大股で歩いてトラックに近づきながら、運転手を次々と射殺した。彼女の背後で、ララエィ族の運転手が一体、武器をつかんでトラックを回り込もうとしていた。そいつはあたしが始末した。

〝一体見逃していたよ〟あたしはパウエルに送信した。

〝やつがそこにいるのはわかっていました〟パウエルが返信してきた。〝中尉がそこにいるのもわかっていました〟

一体のララエィ族が指揮用トラックのドアから姿をあらわした。パウエルが脚を撃ち抜いてやると、そいつは金切り声をあげて倒れた。

〝二体生かしておくのよ〟あたしは言った。

〝それはやつら次第ですね〟パウエルはトラックにたどり着くと、わめいているララエィ族をつかみ、そいつを体のまえで盾にしながら車内へ踏み込んでいった。

それから二分ほど、少なくともあたしから見たかぎりでは、なにも起こらなかった。

〝二体生かしてあります〟パウエルが、その二分が過ぎたあとで言った。〝でも、中尉は急いだほうがいいかもしれません〟

あたしは急いでトラックへ向かった。

指揮用トラックの車内はめちゃめちゃだった。ララエィ族の死体は三つで、パウエルが脚を撃ったやつもそこに混じっていた。ほかに二体が車内の奥のほうにいて、泣き声をあげていた。ララエィ族の生理学についてくわしくはなかったが、どちらも外肢が折れているようだった。パウエルは彼らの個人用の電子機器を取りあげていた。車内のほかの電子装置は停止していた。明かりは小さな非常灯がふたつついているだけだった。

「なにか問題は？」あたしは車内に入ってきたパウエルにたずねた。

「なにも。こいつらは接近戦があまり得意じゃないですね」

「ほう、それはそれは」

パウエルはうなずき、生存者の片方を指さした。「そいつが責任者だと思います。とにかく、全員がそいつをわたしから守ろうとしていました」

あたしが近づくと、そのララエィ族がこちらを見あげた。あたしはブレインパルにアクセスした。人類がもっとも頻繁に出くわしてきた二百の種族について翻訳モジュールが組み込まれていて、そこにララエィ族も入っているのだ。彼らの言語には人間が発音できない音も混じっているが、ブレインパルはあたしたちの口と喉で出せる単語を選んでくれる。言いたいことをブレインパルに伝えれば、適切な翻訳を教えてくれるのだ。

「あなたがここの責任者？」あたしはパウエルが指さしたララエィ族にたずねた。

「おまえの質問にはこたえない」ララエィ族が自分の言語でこたえ、あたしのブレインパルがそれを翻訳した。

「ほかのところを折ってやりましょうか」パウエルが言った。話を聞いていたのだ。

「拷問は情報を得る役には立たないよ」あたしは言った。

「わたしは情報を得る話なんかしてません」

あたしはパウエルを振り向いた。「少し時間をちょうだい」あたしが言うと、パウエルは鼻を鳴らした。

ララエィ族に顔を戻す。「あなたは怪我をしている」あたしは彼らの言語で言った。「治療を手伝わせてほしい」

「われわれが怪我をしたのはそこにいる獣のせいだ」ララエィ族はそう言って、パウエルのほうへ頭を振った。

「怪我をしたのは、あなたたちがあたしたちを攻撃したから。攻撃をしておきながら、なにも反撃されないと思うのはおかしいでしょう」

そいつは返事をしなかった。

「あなたたちは本来いるべきではない惑星にいる」あたしは続けた。「人間に手を貸しているけど、それもやるべきではないこと。理由を話してもらわないと」

「話すつもりはない」

「助けてあげられるの。あなたとここにいるあなたの兵士を助けてあげられる」あたしは怪我をしたもう一体のララエィ族を指さした。「助けを拒んだら、あなたたちは生き延びることはできない」

「喜んで死ぬつもりだ」

「でも、この兵士にもいっしょに死んでくれと頼むの？　この兵士になにを望むかきいたことがあるの？」

「例によって、中尉はたったいま殺そうとした相手に親切にしようとしているみたいですけどね」パウエルが言った。「うまくいきませんよ。だって、そいつらは五分まえにあなたに殺されかけたのをおぼえているんですから」

「イルセ」

「わたしは指摘しているだけです。だれかが言わないと」

あたしはパウエルを無視してララエィ族に顔を戻した。「あたしはコロニー防衛軍のヘザー・リー中尉。これから先、あなたたちはけっして傷つけられないと約束する。あなたが協力してもしなくてもこの約束は守る。でも、もしも協力してくれたら、上司にあなたが役に立ったと報告できるかもしれない。そうしたら、あなたはずっとましに扱われる」

「おまえたちが捕虜をどんなふうに扱うかは知っている」ラエィ族が言った。

「あたしたちも、あなたたちが捕虜をどんなふうに扱うかは知っている。いっしょにそれを変えられるのよ」

「わたしを殺してケリをつけるがいい」

「おれは死にたくない」もう一体のラエィ族が言った。

最初のラエィ族が部下に向かって金切り声をあげた。ブレインパルの翻訳では「黙れ／おまえは恥さらしな発言をしている」だった。

「あなたは死なない」あたしはそちらのラエィ族に注意を向けて言った。「あたしに協力して、兵隊さん。協力すればあなたは生き延びられる。約束する」

「おれはケトリン・セ・ラウ技術兵だ」そいつは頭をふってもう一体のララエィ族をしめした。「こっちはフルイ・コ・トヴァン指揮官。おれたちは〈均衡〉の代表としてここにいる。カートゥームの政府がおれたちと協定を結んだからだ」

「どんな協定？」

「防衛協定だ。コロニー連合が崩壊したら、〈均衡〉がカートゥームをほかの種族の襲撃から守ってやる」

「その見返りは？」

トヴァン指揮官がまた金切り声をあげてラウを殴ろうとした。パウエルがさっと距離を詰めてMPをトヴァンに突き付けた。

「その見返りは？」あたしは繰り返した。

「おれたちを殺すな」ラウは要求した。「約束しろ」

「ええ、約束する。あなたたちふたりとも」

「おれたちを拷問するな」

「拷問はしない。あなたたちを助ける。約束する、ラウ技術兵」

「保護の見返りは罠を仕掛けることだ。おまえたちをここへおびき寄せるために」

「筋がとおりませんよ」パウエルが言った。「コロニー連合が送り込んだ艦は一隻だけです。たとえテューービンゲン号が破壊されたとしても、次の艦を送り込むだけのことです。もっとたくさんの艦を。この反乱は失敗して、そのあと、わたしたちは彼らに協力したラエィ族を追うことになるでしょう」

「まだ話は終わっていないのかも」そう言って、あたしはラウに顔を戻した。「ほかになにがあるの？」

「知らない」ラウが言った。「おれは技術兵だ。教えてもらえるのは、おれが知っておくべきことだけだ」

あたしはトヴァンに目を向けた。「あなたは代わりに教えるつもりはないでしょうね」トヴァンは顔をそむけた。

「これで手詰まりというわけですか」パウエルが言った。

「いいえ」あたしはそこで言葉を切った。テューービンゲン号がフィードをひらいて、あたしたちを探していた。攻撃を受けて損傷はしたものの、ほかの艦の支援を受けて、二隻の敵艦を撃破したのだ。いま、テューービンゲン号は状況報告を求めていた。

「おや、完全におしまいというわけではないみたいですね」パウエルが言った。

「連絡して」あたしはパウエルに言った。「ララエィ族の捕虜二体のためにただちに医療救助が必要だと伝えて。あたしが彼らをこれ以上傷つけないと約束したことも」

「みんな大喜びでしょうねえ」

「いいからやって」

「ほかには？」

「あたしたちふたりにシャトルを送るよう伝えて。片付けなければならない別の任務があるから」

帰還する途中、あたしたちのシャトルはテューービンゲン号への道筋を離れて、コロニー連合の別の艦へと向かった。

「チャンドラー号なんて聞いたこともないですよ」パウエルが言った。

「外務省の船で、CDFの軍艦ではないから」あたしは言った。

「外務省の船なのに完全に機能する攻撃用兵器システムを搭載しているんですね」

「時代は変わるのよ」

「この拘束具は腕が痛くなる」マサヒコ・オカダが言った。彼はすでにカートゥームの元首相となっていた。いまでも一部の人びとから首相とみなされている可能性はあるが、現実問題として、彼が責任者だった時代はすでに終わりを告げていた。「たいへん不快だ」

「わたしの友人たちは何人も死んだのよ」パウエルがオカダに言った。「だから、これでもマシなほうなんだと考えて口を閉じて」

オカダがあたしに顔を向けた。「きみたちがわたしをどんなふうに扱ったか、だれにも知られないと思っているなら――」

「こいつを外へほうり出していいですか」パウエルがあたしに言った。

オカダがパウエルに顔を戻した。「なんだって？」

「こいつを外へほうり出していいですか」パウエルは繰り返した。「このクソ野郎のせいでランバートとサルシードは死にました。もちろん、小隊のほかのみんなも」

「ほかのみんなが死んだわけじゃない」あたしは言った。「グールドとデコニックも生き延びた」

「グールドとデコニックはどっちも危篤状態です。生き延びる可能性があるだけです。もしもだめだったら、残るは中尉とわたしだけ。ひとつの小隊ぜんぶの中で」パウエルはオカダに指を突き付けた。「宇宙服《スーツ》なしで宇宙遊泳をさせてやるだけのことはあると思います」

あたしはオカダに顔を向けた。「あなたの考えは、首相閣下？」

「今回の反乱を引き起こしたのはコロニー連合であって、カートゥーム政府ではない」オカダがしゃべり始めた。

「ああ、もう限界」パウエルがそう言って立ちあがった。「いよいよ真空を吸ってもらうときが来たみたいね、このくそったれ」オカダはあからさまにパウエルから身を引いた。

あたしは片手をあげた。オカダに近づこうとしていたパウエルが足を止めた。「こうしましょう」そう言って、オカダを指さす。「チャンドラー号とドッキングするまで、あなたがひとこともしゃべらずにいたら」――ちらりとパウエルに目を戻して――「あなたは彼を宇宙へほうり出さない」

オカダはそれ以上なにも言わなかった。ドッキングしてチャンドラー号の乗組員たちに連れ去られたあとでさえも。

「ずいぶんおとなしいな」あたしに近づいてきたチャンドラー号の乗組員が、オカダのほうを顎でしめしながら言った。ほかの乗組員たちとはちがって、その男は緑色で、つまりはCDFのメンバーだった。

「そうするべきだと身に染みたから」あたしは言った。

「そのようだな。さてと。おれをおぼえているかい、リー中尉？」

「もちろん、ウィルスン中尉」あたしはパウエルを身ぶりでしめした。「こちらはあたしの軍曹、イルセ・パウエル」

「軍曹」ウィルスンはそう言ってから、あたしに注意を戻した。「おぼえていてくれてうれしいよ。おれがあんたたちに事情聴取をして、いろいろと情報交換をすることになってるんだ」

「あたしたちがほんとうにやりたいのは、テュービンゲン号に帰ることなんだけど」

「ふむ。その件なんだが」

「なに？」

「すわっておしゃべりできるところを見つけたほうがいいかもしれないな」

「いますぐ話さなかったらパンチをくらわすかもしれないよ、ウィルスン」

ウィルスンはにやりとした。「あんたはちっとも変わってないな。わかった、こういうことだ——テュービンゲン号は襲撃を生き延びたが、〝生き延びた〟というのは相対的な表現でな。基本的には軌道上で死んでいる。完全に破壊される可能性もあったんだが、おれたちがなんとかぎりぎりで到着して、テュービンゲン号が敵艦を撃退するのを助けたんだ」

「いったいどうやったの？　間一髪で到着なんて」

「予感があってね。いま言えるのはそれだけなんだよ、こんな、開けっぴろげのシャトルベイでは」

「ふううううん」

「要するに、本気でテュービンゲン号に戻りたいのなら、事情聴取のあとで戻ってかまわない。ただ、あそこにとどまることはできない。せいぜい戦闘で破壊されなかった私物を回収するくらいの時間しかないだろう。そのあとで、ジョン・ヘンリー号やそのほかの艦がやってきて、あんたたちを含めたテュービンゲン号の生存者たち全員を、配置転換のためにフェニックス・ステーションへ運ぶことになる。あんたたちはここにとどまってもいい。私物はここへ運ばせることもできる」

「テュービンゲン号への襲撃でどれだけの人が死んだんですか？」パウエルがたずねた。

「二百十五名が死亡し、ほかに数十名が負傷した。ただしあんたたちの小隊は勘定に入っていない。それについては申し訳ない。そういえば、お仲間は回収されてるよ」

「どこにいるの？」あたしはたずねた。

「とりあえず食堂の冷蔵庫のひとつに入れてある」

「会いたいんだけど」

「お勧めはしないな。あまり威厳のある姿じゃない。つまり、保管のされかたが」

「かまわない」

「じゃあ、手配しておこう」

「あたしが送り返した二体のララエィ族についても教えて」

「やつらはうちの営倉に入って治療を受けている。おれたちにできる範囲ではあるがな。怪我は重いが、ありがたいことにそれほどややこしくはない。ほとんどは骨折だから、うちでもなんとか手当てができた。ところで、あんたたちのどっちがやったんだ？」

「わたしです」パウエルが言った。

「なかなか楽しいやつだな」

「二度目のデートのわたしを見るべきですね」

ウィルスンはにやりと笑って、あたしに注意を戻した。「やつらをこれ以上傷つけるなというあんたの指示は受け取った。もともとそんなつもりはないから問題にはならない。尋問をする必要があるというのはわかってくれるな」

「痛めつけたりせずに尋問するならかまわないけど」あたしは言った。

「大丈夫だ。はっきりさせておきたいのは、肉体的ではないにせよ、尋問が攻撃的になる可能性が高いということだ。特にトヴァン指揮官のほうは、今回の件に関与していたのとは別の理由で、おれたちにとって興味深い存在なんだ」

「だれが尋問するの？」

「まあ、ここではおれになるだろうな」

「トヴァン指揮官はあまり協力的ではないようだけど」

「心配するな、やつの体の別の部分を壊したりしなくても、話をさせることはできると思う。ララエィ族の相手はまえにもやったことがあるんだ。信用してくれ」

「わかった。ありがとう」あたしはオカダが去っていったほうを顎でしめした。「あの男はどうなるの？」

「あの男については、あまり多くの約束をするつもりはない。あいつはこざかしい罠を仕掛けた。コロニー連合を裏切っただけでなく、みずからの反乱も裏切ったんだ」

「どういう意味？」

「実は、コロニー連合の十の惑星がいっせいに独立を宣言することになっていて、カートゥームもそこに含まれていた。ところが、カートゥームがフライングをして、ひとあし早く宣言をおこない、テューービンゲン号を罠に誘い込んだ」

「なぜ彼らはそんなことをしたの？」

「それを突き止めなけりゃならない。オカダがなにを話すかによって、コロニー連合全体がこうした反乱惑星にどんなふうに対処するかが変わってくるんだ」

「オカダは話すと思いますか？」パウエルがたずねた。

「尋問が終わるころには、やつをしゃべらせるのは問題じゃなくなる。やつを黙らせるほうが問題だ。さて、正式な事情聴取に応じる準備はできたかな？」

「ほんと言うと、そのまえにあたしの兵士たちに会いたい」あたしは言った。

「わかった」ウィルスンは言った。


ランバートを見つけたのは、食堂の冷蔵庫の奥のほうに積まれた死体の山の中、ちょうど腰の高さのあたりだった。サルシードのほうは、ふたつとなりの山の、もっと床に近い位置だった。どちらも近づいて見るには忍びない姿だった。

「ランバートは正しかったんですね」パウエルが言った。彼女はあたしといっしょに冷蔵庫の中にいた。ウィルスンはあたしたちを冷蔵庫まで案内し、扉を開けたあとは、そのまま外で待っていた。棚やふだん保存されている食品は外へ出されていた。食品のほうは別の冷蔵庫におさめられたり、テューービンゲン号の生存者たちにくばられたりしていた。その生存者たちは食堂にいて、浮かない顔で身を寄せ合っていた。

　少なくとも、彼らはこの中で身を寄せ合うはめにはならなかった。

「ランバートのなにが正しかったったって?」あたしはたずねた。

「〝根本的な原因〟ですよ」パウエルが言った。

「よりによってあなたが」あたしは思わず笑いそうになった。

「わたしは彼がまちがっていると言ったわけじゃありません。〝だれが気にするの〟と言っただけです」

「でも、いまは気になると」

「以前よりは気になりますね。わたしたちはここでなにをやってるんですか、中尉? 駆けずり回ってあちこちの火を消して。別に、消防隊でもかまいませんよ。わたしたちの仕事は火を消すこと。どうして火事が起きたのかは気にせず、とにかく火を消す。だけど、いつかは消防隊だって、だれがこんなに火事を起こしているのか、それを次々と消し止める仕事がなぜ自分たちにまかされているのか疑問に思い始めるんです」

「あなたがそんなことを言うのを聞いたら、ランバートは笑い転げたでしょうね」

「ランバートがここにいて笑い転げるような状況だったら、わたしはこんなこと言ってませんよ。先にあいつが言ってますよ。いつものように」パウエルはサルシードがいるあたりを身ぶりでしめした。「そしてサウがオタクっぽくなにかトリビアを披露するんです。そしてわたしがふたりをこきおろして、中尉がレフェリー役をつとめるんです。そしてみんなで幸せ家族に戻るんです――その中のふたりが肉の倉庫におさまってるほかのふたりをながめるんじゃなくて」

「あなたも友人をなくした経験はあるはず」

「もちろんありますよ。中尉だってそうでしょう。だからといって、そういうことが起きたときに楽になるわけじゃありません」

いっとき沈黙がおりた。

「頭の中でずっとスピーチが流れてる」しばらくして、あたしはパウエルに言った。

「中尉がこれからするスピーチですか？」パウエルがたずねた。

「ちがう。ほかの人がしたやつで、この数週間そのことをずっと考えていた。駆けずり回ってあちこちの火を消しながら」

「どのスピーチです？」

「ゲティスバーグ演説。エイブラハム・リンカーン。あなたはおぼえてる？」

パウエルは得意げな笑みを浮かべた。「わたしはアメリカのジュニアハイスクールで教師をしていたんですよ。よくおぼえています」

「三百語くらいのやつで、リンカーンが語ったときにはたいして注目もされなかった。あたしが考えているのはこの部分――『いまわれわれは重大な内戦のさなかにあり、この国家が、あるいは、こうした精神に育まれこうした信条に身を捧げたあらゆる国家が、長く存続できるのか否かが試されている』」

パウエルはうなずいた。「中尉はわたしたちが内戦状態にあると思ってるんですね」

「あたしたちがどんな状態にあるのかはわからない。ほんとうの戦争という感じはしないけどね。間延びしすぎていて。拡散しすぎていて。戦闘が続くわけじゃない。小競り合いが続くだけ」

「整理してみましょうか。これは内戦である。わたしたちは地球を失った。コロニー連合はそれほどたたないうちに、かつては地球からただで手に入れていたものについて、すべてのコロニーの支援に頼るしかなくなる。各コロニーは、コロニー連合から手に入れるものがそのコストに見合うのかどうか、このままコロニー連合にすべてを仕切らせておいてかまわないのかと自問している。少なくともその一部については、答はノーと思われる。そしていま、各コロニーは、コロニー連合が彼らを守るために使っていた兵器が、逆に彼らの喉に突き付けられていると考えている。そこで、すべてが崩壊して巻き添えになるまえに離脱しようとしている」

「あまりうまくやれてはいないけどね」

「別にうまくやらなくても内戦は起こります。そして、彼らがここまではうまくやれていないのもたしかです」パウエルは身ぶりで周囲をしめした。「でも、彼らは学んでいるようです。しかも、この〈均衡〉というグループと同盟を結ぼうとしているようです」

「何者だか知らないけど、〈均衡〉とやらが親切心で動いているとは思えないな」

「その考えはまちがいではないんですが、内戦が起こるという観点からすればそれは問題ではありません。各コロニーが、コロニー連合は彼らの利益を考えていないと思ったら、〝敵の敵は味方〟という話になってしまうんです」

「それはあまり賢明な戦略とはいえない」

「賢明かどうかはなんの関係もないんです。これじゃ何時間でも堂々めぐりが続いてしまいますよ、中尉」

「あなたはどう思うの？」

「なにについて？」

「コロニー連合について。それがこういう惑星を支配していることについて。それがこういう事態にどう対処しているかについて」あたしは手を振って庫内をしめした。「これらすべてについて」

パウエルはちょっと驚いたような顔をした。「コロニー連合はファシストもどきのクソですよ、ボス。そんなことは地球を離れるためにやつらの船に足を踏み入れた最初の日からわかっていました。だってありえないでしょう？　やつらは貿易を支配しています。通信を支配しています。コロニーの自衛を許さず、コロニー連合をとおさないかぎりどんなことも勝手にはさせないんです。それに、地球に対してやってきたことは忘れられません。何世紀もずっとですよ。ねえ、中尉。いま内戦が起きているとしても驚くことじゃありません。もっと早く起きなかったことのほうが驚きです」

「それでもあたしたちはここにいる。あなたもあたしも、コロニー連合の軍服を着て」

「みんな年老いて死ぬのはいやだったんです。わたしは七十五歳で、人生のほとんどをフロリダで過ごしていて、骨肉腫をわずらったせいで、やりたかったことはなにひとつできないまま、どんどん体をむしばまれていました。いまのわたしをバカだと思うなら、地球を離れる直前のわたしを見てみるべきです。あなたが道徳的見地からわたしをビルから突き落としたとしても、それは責められるようなことではなかったでしょう」

「ふん、なるほど。あたしたちはここへ来ることでどんな目にあわされるか知らなかった」

「はい、だれも知らなかったんです」

「でもいまは知っている。いま知っていることを当時知っていたら、あなたはそれでも入隊した？」

「はい。それでも年老いて死ぬのはいやです」

「ついさっきコロニー連合はファシストもどきのクソだと言ったのに」

「そうですが、いま現在、それはわたしたちが生き延びる唯一の手段なんです。考えてみてください。これまでに訪れた惑星のことを。戦わなければならなかった種族のことを。コロニー連合が消えても、すぐにこれらの惑星とその住民が切り分けられてしまうことはありえないと、本気で思ってるんですか？　彼らは一度も戦ったことがないんですよ。そのときに必要となる規模の戦いは。軍事的インフラだって必要な規模にはほど遠いでしょう。しかもそれを用意するための時間はありません。コロニー連合は怪物ですが、ひとつひとつのコロニーは肉食獣でいっぱいの森にいる鹿の赤ん坊なんです」

「だったら、どうしてそれが変わったりするわけ？」

「さてねえ、ボス、わたしはここで働いているだけですから。わかっているのは、それが確実に変わるということです。変わるしかないんですよ、もう地球がないんですから。コロニー連合の仕組みは、その基盤となっていたものは、もはや機能しません。変わらなければみんな死ぬんです。そのときがくるまで、わたしは崩壊をふせぐために自分の役目を果たします。さもなければ悲惨ですから」

「そうかもしれないな」

「あなたはどうなんです？　やっぱり入隊しますか、中尉？」

「わからない。あなたの言うとおり、年老いて死ぬのはうれしくない」あたしは手を伸ばしてランバートの冷たい腕にふれた。「でも、もっときつい道はいくらでもある」

「ランバートはいつもの独善的な演説の真っ最中に逝ったんですよ。あれは彼も本望だったんじゃないですかね」

あたしは声をあげて笑った。「言えてる。要するに、やっとわかったということなんだろうな。いちど人生を送ってその大半を捨て去るのはきついけど、それよりきついことはいくらでもある。あたしはもうそれを怖がることはない、と思う」

「どうでしょうね。いまそういうのは簡単ですよ。あなたは見た目が二十歳で、たとえ今日ＣＤＦを離れたとしてもまだ六十年は生きられるんですから」

「それもまた、言えてる」

「だからランバートにやめておけと言ったんですよ。目のまえの仕事より先のことをあれこれ考えるのは。そんなことをしても幸せにはなれません。いまこのとき、自分にとってはなにも解決しないんですから」

あたしはにやりとした。「でも、いまここでそういう話を持ち出したのはあなただった」

「ああ、そうですね」パウエルは顔をしかめた。「手向《たむ》けの言葉ということにしておきましょう。いまはなき友のための。二度とやりません」

あたしはサルシードを身ぶりでしめした。「彼のほうはどうする？」

「さあ、わかりません。例のバカげたピザの月の歌をまた聞きますかね。あるいは、食堂で今日はなんの日か考えるとか。そういえば、あれはほんとに意味不明でしたよね。何曜日だろうとピザもタコスもハンバーガーも手に入るのに。どの料理がお勧めになっているかというだけのことなのに」

「わかってる」あたしは言った。「でも、あの会話でだいじだったのはそんなことじゃなかった」

「ええ」パウエルは言った。「そうでしたね」

5

〝なんでわたしたちはここにいるんです？〟パウエルがブレインパル経由で呼びかけてきた。あたしたちは、ウップサーラ号に乗り組む小隊の仲間たちと共に、イアリのガルウェイという都市で起きている抗議行動の警備にあたっていた。なんとも平和的なデモだった。すべての参加者たちが、とにかくだれもかれもが、こうして見るかぎり、ただ横たわっていた。あたり一面で。少なくとも十万人はいるだろう。パウエルはあたしから三十メートル離れた場所で、コロニー連合のオフィスのまえに敷かれた防衛ラインに加わっていた。

〝あたしたちはコロニー連合の資産を守っているの〟あたしは返信した。

〝この人たちがなにをするというんです？　上に寝転がるとか？〟

〝あなたはつい最近、みんな任務について考えすぎだと文句を言っていたような気がするんだけど〟

〝これは地元の警察で対処できることだと思うんですが〟

〝たしかにね〟あたしは二メートルほど先で横たわっている女性を指さした。警官の制服を着ている。〝あそこに警察署長がいる。その件については彼女と話をして〟

三十メートル離れていても、パウエルが冷ややかに鼻を鳴らすのが聞こえた。

イアリの問題は、住民が独立を宣言しようとしているとか、地元のコロニー連合の本部ビルを燃やそうとしているとか、けっして利他的ではないエイリアン種族にコロニー連合の艦船と兵士を攻撃させようとしているとかいうことではなかった。問題はイアリがストライキを実行していることだった。

完全なストライキではなかった。惑星ではいまも食糧や衣服が供給され、内需に関しては手当てがなされていた。だが、当面は輸出業にたずさわらないという決定がくだされていたのだ。これはコロニー連合にとっては問題だった。なぜなら、コロニー連合はイアリから相当量の買い物をしており、そのイアリは、最初期のコロニーのひとつとして、コロニー連合全体でもトップレベルの発達した輸出経済を誇っていたからだ。

イアリに駐在するコロニー連合の通商代表は、いったいなにが問題なのかと質問した。問題はない、とイアリ（より正確には、その貿易大臣）はこたえた。われわれは輸出業から手を引くと決めたのだと。

コロニー連合の通商代表は、そんなことをしたらイアリの経済はめちゃめちゃになると指摘した。イアリの貿易大臣は、変革には困難がともなうが全員が一定の犠牲を払えば耐えきれると当地の経済学者たちは言ったとこたえた。

コロニー連合の通商代表は、物資の購入代金の引き上げを提案した。イアリの貿易大臣は丁重に断った。

コロニー連合の通商代表は、取引の中止は反逆にひとしいとほのめかした。イアリの貿易大臣は、コロニー連合のどの法令を適用すれば貿易を強制できるのかとたずねた。

コロニー連合の通商代表は、これでは惑星全体が仕事をさぼるようなものだと皮肉った。

〝こんなのバカげています〟パウエルが言った。

〝コロニー連合の通商代表と同じくらいバカげてる？〟あたしはたずねた。

〝近いですね。こんなの時間のむだですよ、ボス。わたしたちはなにも止めていないし、だれも救っていないし、なにもいいことをしていません。横たわっている人びとのまわりをうろうろして、ぶざまにMPをふりかざしているだけです〟

〝彼らは急に立ちあがってあたしたち全員に襲いかかるかもしれない〟

〝中尉、わたしの二メートル先にいる男はいびきをかいてやがるんですよ〟

わたしは思わず笑みを浮かべた。〝あたしたちはどうするべきだと思う、イルセ？〟

〝見当もつきません。なんでも提案してください〟

〝わかった。こういうのはどうかな〟あたしはMPを投げ捨て、群衆の中へと歩き出した。

〝なにをしているんです？〟

〝出ていくの〟あたしはうつぶせになった体をよけて歩き続けた。だれも踏んづけたりしないように。

〝どこへ？〟

〝見当もつかないね〟

〝そんなことが許されるとは思えません、ボス。あなたがやっていることは専門用語で言うと脱走だと思います〟

〝彼らがあたしを撃ちたければ撃てばいい〟

〝やるかもしれませんよ！〟

〝イルセ〟あたしは立ち止まり、振り返った。〝あたしはこれを七年間続けてきたの。あなたも知ってのとおり、軍があたしをやめさせることはない。彼らが兵士を順繰りに退役させるのをやめたのは、もう新しい兵士が入ってこないから。でも、あたしはもうこんなことはできない。これでおしまい〟顔を戻し、ふたたび歩き始める。

〝彼らはまちがいなくあなたを射殺しますよ〟

〝やるかもしれないね〟あたしはパウエルの少しまえの言葉をそのまま返した。広場の中を抜けて、脇の通りに出た。そこで振り返ってパウエルを見た。

〝彼らがあなたの居場所を見失うことはないんです〟パウエルがあたしに言った。〝あなたの脳にはコンピュータが入っています。それはあなたの行動をすべて追跡します。それどころか、きっとあなたの考えをぜんぶ追跡できるんです〟

〝わかってる〟

〝彼らはあなたをつかまえに来ますよ〟

〝たぶんそうなるだろうね〟

〝わたしが警告しなかったとは言わないでくださいよ〟

〝そんなことは言わない〟

〝これからどうするんです？〟

〝以前はけっこう腕のいいミュージシャンだった。またあれをやりたいな。とにかく、しばらくのあいだは〟

〝あなたはどうかしてます、中尉。わたしがそう言ったことは記録に残してください〟

〝しっかりメモしたよ。いっしょに来たい？〟

〝とんでもない。みんなが脱走兵になるわけにはいきません。それに、中尉の地位があきますからね。わたしは昇進候補になってると思います〟

あたしはにやりとした。〝さようなら、イルセ〟

〝さようなら、ヘザー〟そう言って、パウエルは手を振った。

角を曲がると、建物が彼女の姿を視界から隠した。

そのまま通りを歩いていたら、おもしろそうな別の通りがあったので、そちらへ曲がって別の人生の最初の一日へと踏み出した。

たしか土曜日だったと思う。

生きるも死ぬも

この中篇《ノヴエラ》——と本書——が完成した、オーストラリアのパースで開催されたスワンコン40の実行委員会と出席者たちに。

なあ、こうすると言っただろ?

1

こんな言い回しがある――〝あなたが数奇な時を生きますように〟

そもそも、これは悪態だった。ここで言う〝数奇な〟とは、〝なんてこった、終わりが近づいてくるおれたちはみんな泣きながらへたをしたら焼かれて死ぬんだ〟という意味だ。だれかにやさしい言葉をかけたいのなら、〝数奇な〟時を生きろとは言わない。たとえば〝あなたがいつまでも幸せでありますように〟とか〝安らかに過ごせますように〟とか〝長く豊かな日々が続きますように〟みたいなことを言う。〝数奇な時を生きろ〟とは言わない。だれかに数奇な時を生きろと言われたとしたら、ひどく苦しんでから無残な死に方をしてほしいと言われてるのとだいたい同じだ。

まじめな話、そんなことを言うやつらは友達じゃない。これはおれが無料《ただ》で教えてやる助言だ。

もうひとつ、この悪態の起源は中国語だと言われることがほとんどだが、それは嘘っぱちだ。わかっているかぎりでは、最初に英語で生まれたのに中国語が起源とされているだけで、それはたぶん、気まぐれな人種差別と、人間のクズのくせに他人からはそうだと思われたくなかったやつらのせいだろう。「いや、ぼくはそんなこと言ってない、あのゲスな中国人どもが言ってたんだ、ぼくはあいつらが言ったことを伝えただけだよ」みたいな誘導だ。

だから、そんなことを言うやつらは友達じゃないどころか、偏屈野郎で受動攻撃性の欠陥をもっているのかもしれない。

とはいえ、中国語には実際にひとつの言い回しがあって、それがこの偏屈で受動攻撃性の悪態の由来ではないかとされている――〝寧為太平犬、莫倣亂世人〟というやつで、ざっと翻訳すると、〝平時の犬でいるほうが、戦時の人間でいるよりはましである〟という意味になる。これは格言で、偏屈でもなければ受動攻撃性でもなく、おれとしても同意できるところが多い。

要点はこうだ――おれの名はハリー・ウィルスン中尉。戦時の人間てやつをずいぶん長く続けてきた。やっぱり平時の犬でいるほうが好ましいと思う。だからそれを目指してがんばってる。

問題は、おれが数奇な時を生きているってことだ。

このまえ数奇な時が始まったのは、おれが乗り組んでいるチャンドラー号という船が、カートゥーム星系にスキップして、最初に見かけた別の二隻の船をただちに撃破したときのことだった。

それはやつらが招いたことだった。二隻の船が攻撃していたテューービンゲン号は、コロニー防衛軍の艦で、道理をわきまえているべきカートゥームの首相が煽り立てたコロニー連合に対する反乱を鎮圧するために、この星系へ派遣されていた。首相が道理をわきまえていないようだったので、テューービンゲン号が突入し、一個小隊を惑星へ送り込んで首相を惑星から連れ出そうとした。そのとき、この別の二隻がスキップしてきて、テューービンゲン号を射撃演習に使い始めた。おそらく、じゃまをされずにその仕事を片付けられると思っていたんだろう。やつらが予想もしなかったことに、そこへチャンドラー号が恒星の中から襲来したのだ。

もちろん、ほんとうにそんなことをしたわけじゃない。チャンドラー号はカートゥームの近くの宇宙空間へスキップしてきただけで、その位置が、二隻の船とやつらがせっせと攻撃していたテューービンゲン号よりもほんの少し恒星寄りだったのだ。やつらから見ておれたちがカートゥームの恒星の中に隠れていたことは、とりたててチャンドラー号に優位をあたえなかった。どのみち二隻の船のシステムは遅滞なくこちらを発見していたはずだ。チャンドラー号に優位をあたえたのは、やつらがまったく予期していなかったことだった。おれたちが出現したとき、二隻の船はテューービンゲン号を破壊することに全力をかたむけていた。至近距離からミサイルを撃ち込んで艦のもろい部分を粉砕し、艦内にいるすべての人びとの命を奪ってコロニー連合全体を混乱へ投げ込もうとしていた。

だが、太陽から出現するというのはなかなか詩的な飾りになった。

おれたちは手持ちのミサイルを発射してから、敵のミサイルがテューービンゲン号に命中するまえに粒子ビームですべて撃破した。こちらのミサイルは二隻の船に命中して、狙いどおり動力システムと武器を壊滅させた。乗組員のことは心配しなかった。そんなものは乗ってなくて、操縦士がひとりいるだけだと知っていたからだ。

おれたちからすると、戦闘は始まるまえに終わっていた。ごく軽い武装しかなかった敵の二隻の船は、花火のように爆発した。おれたちは通常回線とブレインパルのネットワークでテューービンゲン号に連絡をとり、損害を評価した。

損害は大きかった。艦はもう救えなかった。生命維持システムが壊滅するまえに乗組員を退去させるのがせいいっぱいだった。おれたちはチャンドラー号に場所を用意しながら、スキップドローンをフェニックス・ステーションへ送って救助船と人手を要請した。

カートゥームの地表からぽつぽつと報告が入ってきた。惑星の首相の身柄を確保するためにテューービンゲン号から送り出された小隊は、地上の防衛網によって空中で撃ち落とされていた。破壊されたシャトルから逃れようとして飛び出した兵士たちも、同じ防衛網によって狙い撃ちされた。

無傷で防衛網をすり抜けたのは二名の兵士だけだったが、彼らはたったふたりで、ララエィ族の兵士たち――コロニー連合とコンクラーべに大混乱をもたらした〈均衡〉というグループと手を組んでいた――が詰めていた防衛施設を壊滅させた。ふたりはその地上施設から、指揮官を含む二名のララエィ族を捕虜にした。その後、本来の任務を片付けてカートゥームの首相を連れ帰った。

だれかが彼ら全員を尋問しなければならなかった。

二名のララエィ族については、そのだれかはおれだった。

おれはララエィ族の戦争捕虜が待っている部屋に入った。そのララエィ族は拘束具はつけられていなかったが、首にはショックカラーを巻かれていた。ごくふつうの慎重な動作よりも速く体を動かすと衝撃があり、動きが速くなればなるほどその衝撃は強烈になる。

そのララエィ族はあまり体を動かさなかった。

彼がすわっている椅子はララエィ族の生理機能には合わない造りだったが、それよりましな椅子はどこにもなかった。その椅子はテーブルのほうを向いていた。テーブルの反対側にはもうひとつの椅子があった。おれはそちらの椅子に腰をおろし、手を伸ばして、スピーカーをテーブルに置いた。

「トゥヴァン指揮官」おれが口をひらくと、言葉がスピーカーで翻訳された。「おれの名はハリー・ウィルスン。コロニー防衛軍《CDF》の中尉だ。よければあんたと話をしたい。あんたは自分の言葉で話してかまわない。おれのブレインパルが翻訳をしてくれる」

「人間というやつは」トゥヴァンはひと呼吸おいて言った。「そのしゃべり方。まるで許可を求めているかのようだ。要求しているくせに」

「あんたはおれと話さないという選択もできる」

トヴァンは首に巻かれたカラーを身ぶりでしめした。「それはわたしにとってあまり良い結果をもたらすとは思えないな」

「なるほど」おれは椅子を押して立ちあがり、身じろぎひとつしないトヴァンのほうへ回り込んだ。「あんたさえかまわなければ、そのカラーをはずしてやる」

「なぜおまえがそんなことを？」

「誠意のしるしだ。そうすれば、おれと話さないという選択をしても、あんたは罰を恐れずにすむしな」

トヴァンは首を伸ばして、おれがカラーにさわれるようにした。おれはブレインパル経由で指令を出してロックを解除し、カラーをはずした。それをテーブルに置いてから、自分の椅子に戻った。

「さて、どこまで話したかな？」おれは言った。「そうそう。あんたと話をしたいんだ」

「中尉……」トヴァンの声が途切れた。

「ウィルスンでいい」

「ありがとう。中尉、わたしは――おまえには率直に話してかまわないか？」

「そうしてくれると助かる」

「おまえがこの拷問道具を首からはずしてくれたことに感謝していないというわけではないのだが、言わせてもらえばその行為は無意味だ。無意味なだけでなく、実のところ、不誠実ですらある」

「なぜそうなる、指揮官？」

トゥヴァンは周囲を身ぶりでしめした。「おまえはショックカラーをはずした。だが、わたしはやはりここに、おまえの船の中にいる。ドアのむこうでは、おまえと同じようなＣＤＦの兵士が、武器か別の拷問道具を手に待機しているはずだ。わたしには逃げ場がないし、いまこの瞬間を別にすると、おまえと話をしなくても罰を受けたり殺されたりはしないという保証もないのだ」

おれはにやりと笑った。「あんたの言うとおり、ドアのむこう側には人がいるよ、指揮官。ただし、別のＣＤＦの兵士じゃない。おれの友人のハート・シュミットがいるだけだ。あいつは外交官で、殺し屋でも拷問係でもない。なぜドアのむこう側にいるのかというと、おもに記録装置を操作しているからだ——必要ないんだけどな、おれもブレインパルでこの会話は記録しているから」

「わたしがおまえを殺して逃げようとすることが心配ではないのか」

「いや、それはないな。つまり、おれはＣＤＦの兵士だ。あんたも経験から知ってるかもしれないが、おれたちは遺伝子改造されてふつうの人間よりも素早く強くなっている。あんたの武勇には敬意を払うがね、指揮官、おれを殺そうとしたら一戦交えることになるぞ」

「もしもわたしがおまえを殺したら？」

「まあ、ドアはロックされている。それがあんたの脱出計画全体に水を差すことになる」

トヴァンはララエィ族の笑い声にあたる音をたてた。「では、おまえはわたしを恐れていないのだな」

「ああ。だが、あんたにもおれを恐れてほしくはない」

「おまえを恐れてはいない。おまえの種族全体のことは恐れている。それと、ここでおまえと話さない場合にわたしの身に起こるかもしれないことは恐れている」

「指揮官、あんたがそうだったように、おれもあんたに率直に話すことを許してくれ」

「かまわないぞ、中尉」

「あんたはコロニー防衛軍の捕虜だ。もっとはっきり言えば、戦争捕虜だ。あんたはおれたちと戦ってとらえられた。あんたは、みずからの手で、あるいは命令をくだすことで、おれたちの兵士を大勢殺した。おれはあんたを拷問する気はないし、殺すつもりもないし、あんたはこの船にいるあいだに拷問されたり殺されたりすることはない。ただ、わかっておいてもらいたいんだが、あんたは残りの生涯をおれたちと共に過ごすことになる」おれは周囲を身ぶりでしめした。「これとそんなに大きさが変わらない部屋の中で」

「それでは協力的になろうという気にはなれないぞ、中尉」

「それはわかるが、話はまだ終わっていない。いま言ったように、あんたは残りの生涯をおれたちの捕虜として過ごすことになる可能性が高い。これくらいの大きさの部屋の中で。だが、ほかの選択肢もある」

「おまえと話すということか」

「そうだ。おれと話すんだ。〈均衡〉とその計画について知っていることをぜんぶ話せ。どうやって人類の十のコロニーにコロニー連合への反旗をひるがえさせたのかを話せ。あんたの組織の最終目標はなんなのかを話せ。なにもかも、始めから終わりまで、あますところなく話すんだ」

「その見返りは？」

「あんたを自由にしてやる」

「おいおい、中尉。おまえにそんな権限があると、わたしが信じると思っているわけではあるまい」

「権限はない。あんたがそれとなく指摘したように、おれは一介の中尉だからな。だが、これはおれからの提案じゃない。コロニー防衛軍とコロニー連合政府の両方のトップレベルからの提案だ。すべてを明らかにすれば、この件が片付いたとき――この件がなんであれ、それが終わったとき――あんたはララエィ族の政府に引き渡される。あんたの政府は〈均衡〉とつながりがあるんだろうから、そのあとあんたがどうなるかはまた別の話だけどな。とはいえ、あんたがすごく協力的になってくれるなら、おれたちとしても、あんたがすばらしい情報源だとは気づかなかったというふりをすることはできる。ありふれた軍の指揮官だと思い込んでしまったと」

「だが、それは事実だ。わたしが指揮する範囲はわずかで、それも今回の任務に限定されていた」

おれはうなずいた。「あんたがそういうことを言うのはわかっていた。当然だよな？　あんたにとって必要以上のことを話すメリットはひとつもない。だが、おれたちはあんたが思ってもいないようなことを知っているんだよ、指揮官」

「どんなことだ、中尉？」

「指揮官、あんたはこの船に見覚えがあるんじゃないか？」

「ない。そう考える理由でも？」

「理由はない。あんたは以前これに乗ったことがあるという、ただそれだけのことだ」

「わたしはそうは思わない」

「いや、思ってくれよ」おれはそう言ってから、天井のほうを見あげた。「レイフ、話を聞いていたか？」

「もちろんです」別の声がスピーカーから流れ出した。すぐあとに流れた翻訳音声は、わずかに声質がことなっていて、おれの翻訳音声と区別がつくようになっていた。

「よし」おれはトヴァンに目を戻した。「トヴァン指揮官、うちの操縦士のレイフ・ダクインを紹介しよう。より正確に言うと、再度の紹介だな。あんたたちふたりは以前にも会っているから」

「わけがわからない」トヴァンが言った。

「おぼえていない？」ダクインが言った。「傷つくなあ、指揮官。ぼくはあなたのことをよくおぼえているのに。あなたがぼくの船を爆破すると脅したことも。あなたがぼくの船長と副長を撃ち殺したことも。あなたが乗組員全員を殺す最善の方法についてオカンポ副長官と話していたことも。うん、指揮官。あなたとの思い出なら山のようにあるよ」

　トヴァンは返事をしなかった。

「ああ」おれは言った。「ようやく思い出したようだな。これはチャンドラー号だよ、指揮官。あんたが拿捕《だほ》した船だ。そしてあんたが失った船でもある。まあ、あんただけというわけじゃなく、〈均衡〉がだな。おれたちはあんたがこれに乗ったことを知っている。そしてあんたがただの戦闘指揮官じゃないことも知っている。ちがうよな。あんたは〈均衡〉の軍隊の主要メンバーだ。あんたがカートゥームでおれたちの兵士を空から撃ち落とした部隊を指揮していたのは、ただの任務の割り当ての問題じゃない。あんたは理由があってここにいるんだ」

「おまえがここにいるのはどうなんだ？」トヴァンがおれにたずねた。

「どういう意味だ？」

「おまえの船は、カートゥームの反乱を鎮圧するために派遣されたＣＤＦの艦に対する攻撃を阻止した。どうやって知った？　どうやって間に合ったのだ？」

「内部情報があってね」

「だれからだ？」

「だれからだと思う？」

「ぼくがヒントをあげよう」ダクインが言った。「ぼくが脱走したときにあなたから奪ったやつだよ」

「オカンポ副長官はとても協力的でね」おれは言った。「カートゥームが独立を宣言した場合、それに対処する艦に対して罠が仕掛けられる可能性が高いと教えてくれた。チャンドラー号がたまたまスキップ可能な距離の近くにいて、しかもコロニー連合はCDFの大艦隊を送って事を荒立てたくなかったから、おれたちが呼ばれたというわけだ」

「あの兵装システムを船に戻してくれてありがとう」ダクインが言った。「役に立ったよ」

「オカンポ副長官か」トゥヴァンが言った。「協力的にもなるだろうな、おまえたちは彼の脳を隔離室に入れているのだから」

「ほんとに話すつもりがないのかな？」ダクインが言った。「ひとつ知っておいてほしいんだけど、あなたはその点についてはあまり優位な立場にいないんだよ」

「オカンポがいるならわたしは必要ないだろう」トゥヴァンがおれに向かって言った。「作戦に関する知識はオカンポのほうがわたしよりもはるかに多い。われわれの計画のそもそもの立案者なのだ」

「知ってるよ」おれは言った。「こっちにはオカンポの情報がすべてである。重要なのは、あんたもこっちに情報があるのを知っているということだ。レイフが副長官を連れて逃げた以上、あんたはそれを前提とするしかない。となると、〈均衡〉としてはもうそれを利用するわけにはいかない。あんたには新しい作戦が、予定を繰り上げて実行する作戦があるはずだ。オカンポなら経験にもとづく推測はできるだろう。だが、いまのおれたちには経験にもとづく推測以上のものが必要なんだ」

「わたしは捕虜になった。〈均衡〉は作戦を変更するはずだ」

「あんたは捕虜になってはいない。あんたは死んだんだ。少なくとも〈均衡〉はそう考えるだろう。あんたはほかのラエィ族は全員、身元の確認ができないほど粉砕された。身元の確認がおこなわれるまえに。それに、あんたは目的を達成して死んだ――コロニー連合を罠にかけ、その攻撃の責任をカートゥームにかぶせるという目的を。ついでに言うと、あれはなかなか気が利いていたな」

トヴァンはまた返事をしなかった。

「それがおれたちの通信計画だ――こちらから発信される情報はすべてカートゥームの政府に責任を負わせた内容になっている。だから〈均衡〉の知るかぎりでは、最新の作戦が続行中なんだ。あんたにはその作戦について話してもらいたい」

「わたしが拒否したら?」

「そのときは、壁に囲まれることに慣れたほうがいいね」ダクインが言った。

「レイフ、しばらく回線を切ってくれないか」おれは言った。

ダクインは回線を切った。

「ララエィ族と会うのはあんたが初めてじゃない」ダクインがいなくなったあと、おれはトヴァンに言った。

「大勢殺してきたんだろうな」トヴァンが言った。

「そういう意味じゃない。よく知っているラエィ族がいたんだ。カイネン・スエン・スーという科学者だった。彼もあんたのように、おれたちの捕虜になっていた。おれはそこで勤務を命じられた」

「護衛として？」

「いや、手助けをするためだ。いくつかのプロジェクトでいっしょに作業をした。カイネンがリーダー、おれが彼の指示に従うというかたちで」

「では、そいつは裏切り者だったのか」

「カイネンがそれに異論を唱えるかどうかはわからない。おれたちに協力することで、自分の知識がラエィ族にとって不利なかたちで使われる可能性があることは承知していた。それでも彼は協力し、時がたつうちに、おれの友人にもなった。彼はおれがいままでに出会った中でもっとも傑出した人物のひとりだ。知り合いになれたことは光栄だった」

「そいつはどうなったんだ？」

「死んだ」

「どうして？」

「友人でもあるひとりの兵士が、本人の依頼に従って彼を殺した」

「なぜそいつは死にたがった？」

「どのみち死ぬからだ。カイネンは血中に毒を投与されていて、毎日あたえられる解毒剤の効果が徐々に低下していた。彼は苦しみを終わらせてくれと友人に頼んだんだ」

「その苦しみはそもそもおまえたちがあたえたものだろう」

「そうだ」

「中尉、この話でなにか伝えたいことがあるのだとしても、残念だがわたしにはまったくわからないぞ」

「カイネンは敵から友人に変わったんだ。おれたちにひどいことをされたのに――ああ、あれはほんとにひどかった――彼はそれでも友情を育《はぐく》む道を選んだ。おれはそれを忘れたことはない」

「われわれが友人になるとは思わないな、残念ながら」

「そんなことを求めているわけじゃないんだ、指揮官。あんたにこんな話をしたのは、少なくとも、おれはあんたをただの敵とみなしてはいないってことを伝えるためだ」

「中尉、わたしがその事実からなにか影響を受けるとは思えないとしても、そこはわかってもらいたい」

「もちろん」おれは立ちあがった。「可能だということはわかってほしい。あんたがそれを望むなら。それまでのあいだ、おれが頼んだことをよく考えるんだ。話をする気になったら教えてくれ」おれはドアへ向かいかけた。

「それを着けなおすつもりはないのか？」トヴァンがテーブルに置かれたショックカラーを指さして言った。

「着けたければそうしてかまわないぞ。おれだったら着けないけどな」おれはドアを開けた。

テーブルのカラーを見つめているトヴァンをそのままにして。

「おれたちを殺すつもりなのか？」ケトリン・セ・ラウ技術兵がおれにたずねた。そこはさっきトヴァンといっしょにいた部屋だった。部屋は最初の状態に戻されていた。ラウはショックカラーを着けていなかった。最初から装着されなかったのだ。

「リー中尉はあんたを殺さないと約束した。報告が正しければの話だが」おれは言った。

「約束したのはあの女だ。おまえは別の人間だ」

「おれたちはあんたを殺すつもりだと思うか、ケトリン？」

「人間は敵にやさしいということで有名なわけではないからな」

「ああ、そうだな」おれは認めた。「ラウ技術兵、おれたちはあんたやトヴァン指揮官を殺すつもりはない」ララエィ族の全身から安堵があふれ出るのが見えるようだった。「それどころか、この件がすっかり片付いたら、あんたをあんたの政府に返したいと思っている」

「いつだ？」

「正直な話、しばらくかかるだろう。いま起きている紛争を終わらせなけりゃならない。それまでのあいだ、あんたはおれたちの客人になる」

「捕虜ということか」

「まあ、そうだ。しかし、その枠組みの中で、あんたがどんなふうに扱われるかについては大きな幅がある」

「おれはなにも重要なことは知らない。おれは技術兵だ。自分の仕事をこなすのに必要なことを言われただけだ」

「あんたが自分の給与等級の範囲のことしか知らないのはわかっている。〈均衡〉の秘密の計画について知っているなどという期待はしていない」

「だったら、リー中尉に話していないことで、おまえに話せるようなことがあるのか？」

「おれが興味があるのは、あんたが知っていることより、むしろあんたが聞いたことのほうだ。噂とか憶測とかそういったやつだな。おれたちはどっちも兵士だ、ケトリン。種族はちがうが、ひとつ共通していることがあると思う——ほとんどのときは仕事が退屈だから、友人とアホな話をたくさんして過ごしている。おれはそのアホな話に興味があるんだよ」

「その単語は知らないが、どういう意味かはわかると思う」

「〝アホ〟のことか？　ああ、たぶん通じているだろうな。おれはあんたにも興味があるんだよ、ケトリン」

「どんなところが？」

「あんたは〈均衡〉と接触してるからな。まずはとても簡単な質問からいこう——そもそもどうして彼らとかかわりをもった？」

「それはおまえのせいだ。おまえ個人ではなく、人間たちだ。おまえたちとの戦争はみじめな結果に終わった。特に、おれたちの味方だったオービン族に裏切られてからは。あれでおれたちは惑星をいくつも失い、権力を失い、軍事力も低下した。多くの元兵士たちが仕事にあぶれたんだ。おれもそのひとりだった」

「ほかにも仕事はあるだろう」

「中尉、惑星を失ったとき、残った世界には大勢の人びとが殺到したんだ。仕事なんかなかった。あんたたちとオービン族はおれたちの軍事力を低下させただけじゃなかった。経済をぶち壊したんだ。おれはフィというコロニー惑星の出身だ。あの惑星はもうおれたちのものじゃない。おれはブルニという惑星へ移住させられた。そこの仕事はほとんどがブルニ生まれの連中にまわされた」

「なるほど」

「だから、以前の指揮官に〈均衡〉へ誘われたときは、ほとんどためらいもしなかった。仕事と自分の技術を活用するチャンスをあたえられたんだ。給料もすごかったしな。それに大嫌いなブルニから出たかった」

「よくわかるよ」

「あんたたちにおれたちの惑星を攻撃する計画があるなら、まずはブルニを勧めるね」

おれはにやりとした。「現時点では予定に入っていないが、おぼえておこう。あんたはどれくらい〈均衡〉にいたんだ？」

「おまえたちの時間の計りかたがわからない」

「ララエィ族の年で話してくれれば、こっちで換算する」

「じゃあ、およそ六年だ」

「こっちの五年くらいか。ずいぶん長いな」

「地道な仕事だったよ」

「そうだな。ここで言いたいのは、おれたちはつい最近〈均衡〉について学び始めたばかりだということだ。あんたの組織は長いあいだおれたちのレーダーにかかっていなかった」

「おまえたちは情報収集があまり得意じゃないのかもしれない」

「そうかもな。だが、おれとしてはそれ以外にもなにかあるんだと思いたい」

ラウ技術兵は、ラエィ族の肩をすくめる身ぶりを見せた。「つい最近までずっと、組織は小さくて、活動も限定的で、分散していた。最初の二年ほどは、もっと大きな組織があることすら知らなかった。おれは自分のチームで働いていただけだ」

「じゃあ自分を傭兵だと思っていたのか」

「そうだ」

「傭兵になることは気にならなかったんだな」

「まずは食えることがだいじだった。いまも言ったように、選択肢はそれほど多くなかったしな」

「傭兵になったつもりでいたら、〈均衡〉のことがわかってきたということか」

「そうだ」

「自分のチームがいきなり大きな組織の一部になって驚いたわけだ」

「そうでもない。傭兵会社だってほかの会社と変わりはないからな。ときにはほかの会社といっしょに活動する。ときには合併したりもする。給料はそのまま払われていたし、同じグループの仲間と働いていたから、おれにとってはなにも変わらなかった」

「〈均衡〉の哲学的目標についてはどうだった？　それについてどう思った？」

「別にかまわなかった。いまでもかまわない。なあ中尉、コロニー連合はおれたちの敵だし、コンクラーベはおれたちの植民を認めないいんだ――たとえおれたちが失って取り戻したいと思っている惑星上でも。どっちもおれたちの生活をとても苦しくしている。お返しをしてやるのも悪くはない」

「なるほど」

「しかし、おれが働いているようなレベルだと、実際には組織の哲学なんてものに興味をもつことはない。そうだろう？　おまえはわざわざ時間をかけて、コロニー連合の倫理と哲学や、それがやっていることについて考えたりするか？」

「実を言えば、考える」おれはそう言って、笑みを浮かべた。「だが、物事について考えすぎるのはおれの趣味だからな。自分を変人だと認めるのにやぶさかではないぞ」

「おれの仕事は通信システムの管理だった。ほとんどの時間は目先の任務やいっしょに働いている仲間のことを考えて過ごしていた。おれは大思想家とはちがうんだよ、中尉」

「今回の任務でいっしょにいた連中は、あんたが最初からいっしょだったのと同じグループだったのか」

「ちがう。おれがいたチームは、チャンドラー号が〈均衡〉の本部を攻撃したときにほとんど一掃された。おれが生き延びたのは、何人かの新兵を訓練するために一時的に別のチームへ派遣されていたからだ。あの攻撃のあと、おれはそのチームにとどまり、それをトヴァン指揮官が率いていた。おまえたちが粉砕したのはそっちだ」

「あんたの友人たちが亡くなったのは気の毒に思う」

「ありがとう。親切だな、心からの言葉かどうかは疑問だとしても」

「正直なところ、あんたはトヴァン指揮官よりも協力的だな」

「守らなければならない秘密がはるかに少ないからな。それに死にたくない」

「トヴァンはあんたが進んでおれたちと話そうとしたのが気に入らなかったそうだな。あんたを攻撃して黙らせようとしたとか」

「いま言ったように、指揮官には守らなければならない秘密が多いんだよ」

「トヴァンはあんたがしめす忠誠心のレベルが気に入らないんだと思う」

ラウはララエィ族の笑い声にあたる音をたてた。「おまえが自分で言ったじゃないか、中尉。おれは傭兵だ。〈均衡〉に雇われたときからずっとそうだ。〈均衡〉はたんまり支払ってくれたが、いまのおれは硬貨一枚すら使うことができない。いっぽう、おまえはおれを殺すことができる。おれは世界中の金よりも自分の命がだいじだ」

「とても実際的なものの見方だな、ケトリン」

「おまえなら正しく評価してくれるんじゃないかと思ってな、中尉」

「ああ、よくわかるぞ。おれの上司たちも同じように評価してくれると思う」

「おまえがそう言ってくれるのを期待していた。なあ、おれが知っているのはそんなものだ。なにも隠すつもりはないが、おれの知識はかぎられているんだよ」

「さっきも言ったように、おれがあんたから聞き出したいのはトヴァン指揮官から聞き出したいこととは別物だ。あんたはとても役に立つと思う」

「だったら始めようか」ラウは言った。「とりあえず、ひとつ頼みたいことがある」

「なんだ？」

「昼食だ」


「わたしがだれか知っているのか？」マサヒコ・オカダが、ちょうどいい量の怒りを含んだ声でたずねた。そこはまた同じ部屋だったが、配役は少しことなっていた。オカダはテーブルに向かって腰をおろしていた。おれはドアのそばで壁を背にして立っていた。その質問はおれではなく、オカダの真向かいにすわっている人物に向けられたものだった。

「あなたはマサヒコ・オカダです」オデ・アブムウェが言った。彼女はコロニー連合の大使で、おれの上司でもある。

「そのとおり」オカダは言った。「わたしの地位も知っているな」

「知っています。あなたはコロニー連合の戦争捕虜です」

「わたしはカートゥームの首相だ！」オカダは声を震わせて言った。

「いいえ、ちがいます。以前はそうだったかもしれませんが、それはあなたがコロニー連合に公然と反逆するまえのことです。あなたが二隻の船に命じてコロニー防衛軍の艦船を攻撃させるまえのことです。あなたが地上にある武器を使ってCDFの兵士たちを空から吹き飛ばすまえのことです。以前のあなたが何者だったにせよ、ミスター・オカダ、いまのあなたは裏切り者で、殺人者で、戦争捕虜です。それ以上の者ではありません」

「きみがなにを言っているのかまったくわからない。われわれはコロニー連合からの独立を宣言した、それだけだ」

「あなたはコロニー連合からの独立を宣言したあと秘密の場所に隠れました。つまりあなたは、コロニー連合が独立宣言に反応してあなたをとらえるために部隊を送り込んでくると知っていたのです。わたしたちはそのとおりにして、攻撃を受けました。カートゥームの人びとからではありません、ミスター・オカダ。まったく別の人びとからです」

「わたしはどんな攻撃も承認したりしなかった」

アブムウェはこれを聞いて大きくため息をついた。

「外務長官のガレアーノと話をしたい。きみとコロニー防衛軍の手先どもがわたしになにをしたかを彼女が知ったら、きみは首にされるだけなら幸運ということになるぞ」

「ミスター・オカダ」

「オカダ首相だ」

「ミスター・オカダ」アブムウェが繰り返すと、オカダの首と顔に怒りがまだらに浮きあがった。「あなたは自分が名士だというだけで、いまのこの状況を変えられると考えているようですね。その選挙演説用の大きな声で要求を突き付ければ、わたしをびびらせて意のままにできると。あなたはわたしのここでの役割を誤解しているのです、ミスター・オカダ。わたしはあなたが以前の高い地位に戻るのを阻止しようとしているわけではありません。あなたが栄養液の入った透明な円筒の中に浮かぶ脳になるのをふせごうとしているのです」

オカダの頬から赤みのまだらが消え、ずっと青白いものに置き換わった。「なんだと？」

「聞こえたでしょう、ミスター・オカダ。あなたは自分の惑星のコロニー連合からの独立を宣言しました。それだけでも反逆者とみなされるには充分です。たとえあっさり処刑するという決定がくだされなかったとしても、残りの生涯はコロニー連合の拘置所で過ごすことになるでしょう。しかし、あなたはそれだけでなくコロニー防衛軍を攻撃しました。CDFは仲間の死をけっして許しません。あなたが、ひとつの惑星の首相が、コロニー連合の敵と手を組んで攻撃の計画を立てたとなればなおさらです。

CDFはあなたを殺すことはないでしょう、ミスター・オカダ。代わりにあなたの頭から脳を取り出して隔離状態に――恐ろしい、終わりのない隔離状態に――置きます。あなたが知っていることをなにもかも話すまで。それがすんだら、あなたはふたたび終わりのない隔離状態に戻されるのです」

オカダの両目がちらりとおれを見あげた。おれは無表情に見返した。おれがこの部屋にいるのは、コロニー防衛軍がオカダに受けさせるあらゆる恐ろしい仕打ちを無言で体現するためだった。おれがここで脳を取り出すというやり口について個人的に異議を唱えたりしたら、おかしなことになってしまう――正直、犯罪的だと思っているからだ。

「あなたがまだこの手術を受ける準備に入っていないのは、わたしが、あなたのかつての地位に対する礼儀として、あなたに選択肢を用意しているためでしかありません」アブムウェは続けた。「いますぐ知っていることをすべて話してください。ためらわず、漏れなく、嘘もなく。まずは〈均衡〉との取引から始めて。なにもかも話せば、あなたはあなた自身でいられます。さもなければいられません」

「わたしはあの攻撃を承認していない」オカダが口をひらいた。

アブムウェは嫌悪をあらわにして椅子から立ちあがった。

「待ってくれ!」オカダは懇願するように片手をあげた。アブムウェは止まった。「たしかに、われわれは〈均衡〉と取引をした。だがそれは、万が一、ほんとうに万が一コロニー連合がカートゥームを攻撃してきた場合にそなえた防衛策でしかなかった。大規模な攻撃にそなえたんだ。軌道上にCDFの艦が一隻あらわれたくらいで発動するはずじゃなかった」

「だが、あんたは身を隠した」おれは言った。「閣僚たちといっしょに」

「われわれは愚かではない」オカダはおれに向かってまくしたてた。「きみたちがとらえにくるのはわかっていた。だから身を隠して発見を遅らせ、きみたちがわれわれを探しにくるときにインフラを破壊して市民に犠牲者を出すのをふせごうとした」彼はアブムウェに顔を戻した。「最初からいずれつかまるとわかっていたんだ。きみたちが艦を一隻だけ送り込んでくるのもわかっていた。周知のとおり、コロニー連合は内部の問題だったら一隻の艦で対処できるとほのめかすのが好きだからな。われわれはつかまりたかった。われわれの計画は市民としての抵抗だ。同じように独立を宣言しようとしているほかのコロニー世界にとって刺激となる行動をとりたかったのだ」

「ふつう、市民としての抵抗では外部の軍隊を用心棒として招くことはないけどな」おれは言った。

「わたしと閣僚たちが市民としての抵抗をするのと、三億六千万の住民をコロニー連合に対して無防備なままにしておくのとは別の問題だ。われわれの〈均衡〉との取引は防衛と抑止であって、攻撃ではなかった」

「それでも〈均衡〉は攻撃しました」アブムウェがふたたび腰をおろしながら言った。

「わたしが命じたことではない」オカダは言った。「初めてそのことを知ったのは、きみたちの兵士たちが掩蔽壕《えんぺいごう》へ押し入ってきて、わたしを引きずり出したときだった」

アブムウェがおれに目を向けた。おれは肩をすくめた。

「ほんとうなんだ！」オカダは抗議を続けた。「わたしだって自分の脳を円筒になんか入れたくない。〈均衡〉にだまされたんだ。トヴァン指揮官に。あいつは自分の役目は抑止だけだと言った。独立を宣言してほかのコロニーの手本になれとけしかけた。〈均衡〉がわれわれを守っているようにほかの世界も守ってくれるとみなにわからせるために。すべてのコロニーを勇気づけてコロニー連合からの離脱をうながすために」

「では、トヴァン指揮官はなぜあんなことをしたのです？」アブムウェがたずねた。「なぜ攻撃したのです？」

「なぜ本人に質問しないんだ？」

「すでに質問しましたし、また質問するでしょう。しかし、いまはあなたに質問しているのです。あなたの推測は」

オカダは苦い笑い声をあげた。「どう見ても〈均衡〉の計画とわれわれのそれとのあいだに大きなずれがあったからだろうな。あいつらが何者なのか説明することさえできない。わかっているのは、わたしが利用されたということだけだ。わたしは利用された。わたしの政府が利用された。わたしの惑星が利用された。そしていまや、われわれ全員がその代償を支払うことになるんだ」

アブムウェがまた立ちあがった。今度はそれほど大げさな身ぶりではなかった。

「これからどうなるんだ？」オカダがたずねた。

「あなたがそのままでいられるようにするつもりです」アブムウェは言った。

「そういう意味じゃない。つまり、カートゥームはどうなる？　コロニー連合はわたしの惑星をどうするつもりだ？　わたしの民を？」

「それはわかりません、オカダ首相」アブムウェは言った。はたしてオカダは気づいたのだろうか――アブムウェが彼を敬称で呼んだのは、彼が自分のことだけではなく、自分の民を気にかけたときだけだったということに。

「あまり時間はありません」アブムウェが自分の顧問団に向かって言った。いま現在、そのメンバーは、彼女の補佐官のヒラリー・ドロレット、チャンドラー号の船長をつとめるネイヴァ・バーラ、おれの友人のハート・シュミット、それとおれだった。全員がまた同じ狭い部屋でぎゅう詰めになっていた。「それほどたたないうちに、〈均衡〉は攻撃が失敗したことを知るでしょう」

「あれは失敗じゃなかったと思うんですが」おれは言った。

「なぜそう思うの？」バーラがおれに言った。

「テュービンゲン号は完全には破壊されなかった。攻撃した二隻の敵船はそうなった。ララエィ族のわたしたちの兵士に対する攻撃もやはり反撃され、そのララエィ族たちは、二名の捕虜をのぞいて全員抹殺された。しかもカートゥームは独立していない。それどころか、コロニー連合のもっと直接的な監視を受け入れるための手続きをとった。ＣＤＦの二十隻の艦船が、それを明確にするためにこちらへ向かっている」

おれは言葉を強調するためにバーラを指さした。「だがな、そいつは勝利条件だ」

「説明してください、中尉」アブムウェがおれに言った。

「〈均衡〉の狙いはなんだ？」おれは全員に向かって言った。「やつらはコロニー連合を不安定にして破壊したがっている。コンクラーベも狙われているが、とりあえずおれたちに話を絞ろう」

「そうよ」バーラが言った。「そして彼らは失敗した。カートゥームはいまもコロニー連合を離脱していない。〈均衡〉はコロニー連合を破壊できなかった」

「狙いは破壊だけじゃない。不安定にするというのもあるんだ。CDFが船を送り込んでくるのは、テュービンゲン号の生存者たちを救助するためだけじゃなく、反抗的な惑星に対して統制力を発揮するためでもある。二十隻の船と言ったな、船長」

「ええ」

「コロニー連合が、他種族からじかに攻撃を受けているわけでもない惑星にそれだけの数のCDF艦船を派遣したのはいつ以来だ？」

「頭の中にコンピュータがあるのはあなたでしょ。あなたが教えて」

「もう一世紀以上も起きていないことだ」

「いま見ているようなレベルの蜂起は経験がないな」ハートはおれに言ってから、全員を見回した。「ハリーとわたしはリー中尉と話をした。首相をとらえにいったテュービンゲン号の小隊の指揮官だ。彼女の話だと、最近の任務はすべて、コロニー連合の惑星で起きようとしている反乱を阻止するか、すでに起きてしまった反乱を鎮圧するかのどちらかだったらしい。新しい流れだ。これまでとはちがう」

「まさにそういうことだ」おれは言った。「コロニー連合はすでに不安定になっている。二十隻の船を送り込んでも役には立たない」

「それはどうかな」バーラが言った。「カートゥームの住民がすぐになにかを始めるとは思えないけど」

「しかし、この件に関与しているのはカートゥームだけではありません」アブムウェはバーラに言ってから、おれに目を向けた。「あなたが次に言いたいのはそういうことですね」

「はい」おれは言った。「そうなんですよ。カートゥームは同時に独立を宣言しようとした十のコロニーのひとつです。〈均衡〉はなんらかの目的でカートゥームにフライングをさせました。その目的のひとつは、コロニー連合に特大の軍事行動を起こさせることだったんじゃないかと」

「でも、それはほかのコロニーを威圧するだけでしょ」バーラが言った。

「あるいは怒らせるか」ハートが言った。

「あるいは銃を撃ち続けようと腹を固めさせるか」おれは言った。

「〝銃を撃ち続ける〟というのは妙な言い回しね」バーラが言った。「だって彼らには銃がないんだから。コロニー連合はすべての兵器類を独占している。腹を固めようが怒りに燃えようがその両方だろうが、各コロニーがもうパーティは終わったというコロニー連合のメッセージを見逃すことはありえない」

おれはちらりとアブムウェに目を向けた。

「〈均衡〉がそれらのコロニーとも連絡をとっているとすれば話は別ですね」アブムウェが言った。

「そうです」おれは言った。「〈均衡〉は小さな組織なので、最大限の衝撃をあたえなければなりません。あっと言わせる派手な行動が必要なんです。それはやつらがおれたちから学んだことです」

「どういうことですか？」

「たとえば、おれたちがロアノークをめぐってコンクラーベと戦ったときのことです。相手は四百のエイリアン種族で、それぞれが軍事力を有していました。軍艦同士で戦ったところで勝ち目はありません。そこで、なんとか倒さなければとなったときには、仕掛けておいた罠へ誘い込んで、奇襲で大艦隊を撃破し、その副次的な影響によってコンクラーベが倒れるのを待ったんです」

「こまかいことを言うと、その計画はうまくいかなかった」バーラが言った。「コンクラーベは生き延びた」

「だが、その後のコンクラーベは以前とは変わっていた」おれは指摘した。「ロアノーク以前は、コンクラーベは圧倒的な軍事力を有していてとても戦える相手じゃなかった。ロアノーク以後は、おおっぴらに反乱が起きるようになり、リーダーのガウ将軍に対する初めての暗殺の試みもあった。そういう緊張状態はけっして消えることはなく、のちにガウは実際に暗殺された。おれたちはその場にいたんだ。ロアノークからガウの死までは一本の道でつながっている。現在のコンクラーベは、コロニー連合がつくり出したものだ。それはまた、コロニー連合が〈均衡〉の生まれる状況をつくり出す手助けをしたということでもある」

「そしていま、〈均衡〉がコロニー連合を成形しようとしていると」アブムウェが言った。

「ええ、努力しているのはたしかです」

「皮肉なものですね」

おれはうなずいた。「忘れてはいけないのは、〈均衡〉が独自の目的をもって行動しているということだ」おれはカートゥームの首相が勾留されているとても小さな部屋のほうを指さした。「オカダとその政府は、おれたちを攻撃した〈均衡〉にだまされていた。ところが、罰せられているのは〈均衡〉ではなく、カートゥームのほうだ」

「犬といっしょに寝ると自分もノミにくわれる、か」ハートが言った。

「そういうことだ。おれはオカダのやったことを弁護しているわけじゃない。オカダとその政府が〈均衡〉をドアから招き入れたりしなければ、彼とその惑星がいまのような立場に置かれることはなかっただろう。だが、〈均衡〉はそのつながりによって望むものを手に入れた。コロニー連合の監視がきつくなればなるほど、コロニー連合への反感は強まる。ここだけじゃなく、その事実が伝わるあらゆる場所でだ」

「コロニー連合は実質的に情報を独占しているけどね」バーラが言った。

「かつては独占していた。いまはそうじゃない。単一の情報源がみずからの目的のためにあらゆるコミュニケーションを阻害することについての一般的な哲学的問題は置いておくとしても、そのことがまた問題を引き起こす」

「たとえば、〈均衡〉がカートゥームで起きた事件の独自バージョンを用意して、それをほかのコロニーに流すとか」アブムウェが言った。

「そのとおり。そこで話は、さっき言った〈均衡〉がめいっぱい努力をしているという点に戻る。やつらにとっては、コロニー連合に対する不信感を利用して、コロニー世界への誠実な情報提供者のふりをするのはたいした手間じゃない」おれはアブムウェを指さした。「大使はあまり時間がないと言った。より正確に言うなら、すでに時間はなくなっていると思う。〈均衡〉はほぼまちがいなく事件の独自バージョンを売り込んでいるだろうし、コロニー連合の艦船がカートゥームの上空にならんでいる映像が流れたりしたら、それは反抗的な各コロニーから見れば裏付けになるだけだ」

「わたしたちは反抗的なコロニーのことをどうやって知るんですか？」バーラがたずねた。

「コロニー連合は各コロニー世界にまったく友人がいないというわけでもありません」アブムウェが言った。「あるいはその政府の中にでも。わたしたちにはしばらくまえから情報を流してくれる人びとがいたのです」

「それなのになんの対応もとらなかったんですか？　こんなことになるまで放置して？」

「各コロニー世界の政治については、コロニー連合はできるだけ内密に対応するようにしています――内密にするだけでは手に負えなくなるまでは」アブムウェは肩をすくめた。「これまでは何十年もうまくいっていたのです。コロニー連合は変化には抵抗します。そしてなによりも、物事は内密に処理できるという信念があるのです。各コロニーの行動はコントロールできるという信念が」

「いまはあまりうまくいっていませんよ、大使」バーラが言った。

「ええ、そうですね」アブムウェは認めた。

「しかもわたしたちは〈均衡〉の関与についてなにも知らなかったんです」

「〈均衡〉の主導者のひとりがうちの外務省の高官だったことを忘れるなよ」おれはバーラに言った。「コロニー世界の独立運動についておれたちが知っていると思っていたことが捏造された情報だった可能性は充分にある。オカンポを取り返されたいま、〈均衡〉は当然戦術を変えてくるはずだ。とにかく、おれはそう踏んでいる」

バーラがおれに顔を向けた。「あなたはいつもそういう偏執的な考え方をするの？」

おれはにやりとした。「船長、問題はおれが偏執的だということじゃない。問題は宇宙がおれの偏執を正当化し続けていることなんだよ」

アブムウェがおれに注意を戻した。「では、偏執的かどうかは別として、あなたの分析によれば今回の衝突は〈均衡〉にとって成功だったと」

「そうです。完全な成功ではありません。できればテュービンゲン号を破壊して、乗組員を全員殺し、カートゥーム政府にすべての責任があるように見せかけて、なんの手掛かりも残さないようにしたかったんでしょう。それでも、やつらの独自バージョンを、それを喜んで受け入れる連中に売り込むことはできるはずです。しばらくまえから、〈均衡〉はおれたちを偽りとごまかしにまみれた存在に見せる戦略をとっています。それがうまくいくのは、おれたちが実際に偽りとごまかしにまみれているからでしょう」

「じゃあ、次の段階は？」ハートがたずねた。

「中尉が言いたいのはまさにそこかもしれません」アブムウェが言った。「〈均衡〉は次の段階へ進む必要がないのです。わたしたちがいつもやっていることをいつもどおりにやるのを、ただ待つだけでいいのですから」

おれはうなずいた。「コロニー連合は勝手に不安定になるのに、わざわざそれを手伝うことはないでしょう」

「でも、なにか意味があるはずですよね」バーラがアブムウェに言った。そしておれに顔を向けた。「ねえ、中尉、あなたがいま長々と話しているややこしい謀略にすごくご執心なのはよくわかる。それがまちがっていると言うつもりはない。でも、〈均衡〉はただの楽しみでこんなことをしているわけではない。ニヒリストでもないんだし。なにか意味があるはず。なにか計画があるはず。これはなにかに
つ
な
が
るはず」

「〝すべての物事の終わり〟につながるんだ。もっとふつうに言うと、コロニー連合とコンクラーベのどちらか、あるいは両方がばらばらになって、このあたりの宙域にいるすべての種族が常におたがいに戦争をしている状態に戻るということだ」

「やはり、そんなことを望む理由がわからないな」ハートが言った。

「一部の連中にとっては大助かりなんだよ。欺瞞はやめようや、ハート。それはおれたち人間にとっても大助かりだ。とりわけコロニー連合にとってはな。何世紀ものあいだ安定して継続する統治システム——その前提にあるのは、ほかの種族を皆殺しにしてその領土を奪うこと。実のところ、過去に繁栄したあらゆる人類文明がそういう手口を使っていた。おれたちの中に、たとえコロニー連合そのものを破壊する危険をおかしてでもそこに戻りたいと考

える連中がいても不思議じゃない。なにしろ、もしもそこに戻ったら、おれたちはこれまで以上に競争力を増すことになる」

「そう都合良くいかず、逆に全滅させられるかもしれない」

「まあ、それはある。卵を割らなければオムレツはつくれないが、それでも卵の中にあるものは確実にフライパンに入れなければならない」

「それは……なにを意味しているのかわからないな」

「つまり、コロニー連合の破壊は、人類の生存にとっては些細な行為ではないということだ。なにか新しいものを思いつく間もなく全滅させられてしまうかもしれない」

「それはわたしが言ったことだ」ハートが指摘した。「より手短に」

「〝すべての物事の終わり〟につながるかどうかは、とりあえずどうでもいいの」バーラが言った。「わたしが心配しているのは、〈均衡〉が次に具体的になにをやるのか、というかなにが起こるのを望んでいるのかということ」

「独立を宣言しようとしている惑星となにか関係があるだろうな」おれは言った。

「同感です」アブムウェが言った。

「なるほど、それはわかった」バーラが言った。「で、なにをするわけ？」

「わからない」おれは言った。

「そのためにあのララエィ族と首相を尋問したんじゃないの？　そういうことを突き止めるために」

「たくさんのことがわかった。ただ、それだけがわからない」

「もう一度やってみるべきかも」

「そうかもしれないな。特に、トヴァン指揮官のほうはもう一度試してみたい」

「やはり彼と友人になろうとするのですか？」アブムウェが言った。「あれはそれほど効果的な方策とは思えないのですが」

「一回目の尋問の狙いはトヴァンを友人にすることではありません。おれを怖がらせないようにすることでした」

「今度はなにをするつもり？」バーラがたずねた。

「トヴァンが本気で怖がるかもしれないものを紹介するつもりだ」おれは言った。


「これはなんだ」トヴァン指揮官が、おれからプリントアウトを受け取って言った。また同じ部屋だ。すごく正直に言うと、おれはもうこの部屋にうんざりしていた。

「コロニー防衛軍が近いうちに攻撃を予定している標的のリストだ」おれは言った。

トヴァンはプリントアウトを返した。「おまえたちの文字は読めないし、そもそもおまえが機密情報を教えたがる理由もよくわからない」

「ある意味では、このリストはあんたのおかげで生まれたものだからだ」おれはそう言って、別のプリントアウトを彼に渡した。「ほら、こっちならまだ読めるだろう」

トヴァンはリストを受け取って読んだ。それからまた読み直した。彼はプリントアウトをふたりのあいだのテーブルに置いた。

「理解できないな」トヴァンは言った。

「単純だよ。あんたはラライィ族だ。あんたが指揮していた〈均衡〉の連中はみんなラライィ族だった。あんたの指揮のもとで、チャンドラー号を奪ってその乗組員を殺したのは、ラライィ族だった。〈均衡〉が活動の拠点にしていたが、レイフの攻撃で使えなくなった基地は、もとはラライィ族の軍事基地だった——あんたの種族がそこを内部のシステムごと放棄するまでは。あんたにもひとつのパターンが見えるはずだ」

「それはまちがったパターンだ」

「そうかもしれない」おれは認めた。「だが、コロニー防衛軍のお偉いさんたちはそうは考えていない。現時点では、ラライィ族が——あんたの政府が——〈均衡〉と積極的にかかわっていると確信している。たしかに、唯一の種族ではない。それについては充分な証拠がある。だが、ラライィ族の関与のしかたがほかの種族のそれとはちがうように見えることが何度もある。言ってみれば、統計的に有意なほどに」

「おまえたちとコンクラーベは何百万ものラライィ族から仕事と家を奪った。大勢のラライィ族が〈均衡〉に関与しているのは当然だろう」

おれはにっこりした。「これはあんたも興味があるかもしれないが、ラウ技術兵が加わった理由もまさにそれだった。別にまちがいだと言ってるわけじゃない。そんな主張では、あんたの政府が〈均衡〉に物的支援をおこなっていないとCDFを納得させることはできないと言ってるんだ」

おれはリストを指さした。「そこでCDFは行動を起こすことにした。〈均衡〉を見つけるのはむずかしい——そういうふうに組織されている——だから探すのはやめて、その、言ってみれば、根源をまっすぐ目指すことにした。そのリストにあるのはおれたちがララエィ族の各世界で攻撃を仕掛ける第一波の標的だ。見てのとおり、ほとんどは軍事施設と工業地帯だが、輸送や加工の拠点も含まれている。こいつの狙いは、あんたたちが〈均衡〉に装備を供給して支援するのをより困難にすることだ」

「同時にわれわれのインフラも破壊して数百万のララエィ族を飢えさせるつもりか」

「うちの分析官たちは最初のほうについてはそうなるだろうと考えているが、二番目のほうについてはそうでもない。ただし、〈均衡〉が攻撃を続けた場合、第二波の標的への攻撃によってそういう事態になるだろう」

「第一波のあとでも〈均衡〉が攻撃を続けたら、ララエィ族がわれわれに装備を供給していないことがはっきりするはずだ」

「さっきも言ったように、おれたちはララエィ族だけが〈均衡〉に協力しているわけではないと知っている。だが、ララエィ族がいちばんの供給源だと考えている。主要供給ラインを断ち切るというメリットがあるだけでなく、ほかの連中にとっては良い警告になるというわけだ。あんたたちは〈均衡〉を利用してコロニー連合を破壊するつもりかもしれないが、おれたちにはそれでもあんたたちを道連れにするだけの力があるんだよ」

「いつこれを決行するつもりだ？」

「待つ理由はどこにもないからな。こうして話しているあいだにも作戦は進行している。実際、このカートゥームへ派遣されていた艦船の一部も、こっちの作戦に駆り出された。いまではこれがCDFにとって最優先事項なんだ」

「これは種族の大虐殺だ」

「驚くかもしれないが、その点についてはおれの意見もあんたとほとんど変わらないよ、トヴァン指揮官。ただなあ、あんたがそれを主張すべき相手はおれじゃない。これはおれたちのずっと上で決まったことなんだよ」

「嘘だ。わたしになにもさせたいことがなかったら、おまえはここへ来なかったはずだ」

「たしかにあんたにやってもらいたいことはある」おれは認めた。「カートゥームやほかのコロニーで〈均衡〉がどんな戦略を立てているのかを教えてくれ。おれたちにはその標的のリストよりも優先すべきものがあるのだと納得させてくれ」あらためてプリントアウトを指さす。「あんたにはおれを信用する理由はないが、それでもおれは約束する——あんたがお偉いさんたちの説得を手伝ってくれたら、おれは彼らの気を変えるためにできるかぎりのことをする」

「おまえになにができる？　ただの中尉のくせに」

「まあな。だが、おれは並外れて信頼度の高い中尉なんだよ」

トヴァンは黙り込んだ。見たところ疑っているようだ。

「指揮官」おれは言った。「ここははっきりさせておこう。コロニー防衛軍はすでに決定をくだした。どこかを攻撃することになるし、それは強烈な攻撃になる。そして、対象となるのはその目のまえにあるものだ。いまなら、ララエィ族の各惑星になるわけだ。知ってのとおり、CDFは弱体化している。だが、ララエィ族はもっと弱体化しているから、CDFの攻撃を受けたら、それこそ石器時代の近くにまで逆戻りすることになる。あんたの同胞たちは大勢ひどい目にあうだろう。これを阻止する唯一の手段は――唯一だぞ、指揮官――代わりの攻撃対象を見つけることだ。コロニー防衛軍が攻撃できる別のものを教えてくれ。協力してくれ、指揮官」

一時間後、おれは部屋を出た。ハートがおれを待っていて、CDFの二名の兵士たちもトヴァンを監禁室へ連れ戻すために待機していた。

「必要な情報はすべて手に入ったか？」ハートがたずねた。

「なんだよ、そっちで記録していなかったのか？」

「前回そのことできみにからかわれてから、わたしは尋問のあいだはほかの作業をするようにしているんだ」

「ああ、必要な情報はすべて手に入ったと思う」おれは部屋へ入っていった兵士たちを顎でしめした。それからハートをうながしていっしょに歩き出した。

「彼は気づかなかったのか」

「ララエィ族が標的になっているというはったりに？　ああ。うまく信じ込ませてやったからな。CDFがまさにやりそうなことだというのが役に立ったよ」

「で、お次は？」

「アブムウェのところへ話しに行く。そのあとは、たぶんフェニックス・ステーションへ戻って、ほかのみんなに説明をする。それから隠れる穴を探すことになるかな」

「なぜだ？　トヴァンから〈均衡〉の計画を聞いたんだろう」

「聞いたよ」

「ふん？　それで？」

おれは立ち止まり、友人に顔を向けた。「トヴァンの話したことがすべて真実だとしたらな、ハート、おれたち全員がとんでもなくヤバいことになるんだよ」

おれはふたたび歩き出した。ハートはその場でたたずんだまま、去っていくおれをじっと見つめていた。

2

「〈均衡〉と呼ばれる組織がコロニー連合に破滅をもたらすために力を注いでいます」アブムウェ大使が言った。「それはわかっています。しかし、コロニー連合の破滅は〈均衡〉の唯一の目標というわけではありません――それどころか第一の目標ですらないのです。第一の目標はコンクラーベの、つまりこの宙域における史上最大の統治組織の解体です。これを実現するために、〈均衡〉はコロニー連合を道具として利用しています。コロニー連合だけではなく、地球さえも」

アブムウェは、フェニックス・ステーションにある外務省の講堂の演壇から語りかけていた。この講堂は二百人の聴衆が楽にすわれる広さがあったが、いまはわずか四人しかいなかった。アブムウェが中央の演壇に立ち、おれがその横ですわり、エイベル・リグニー大佐とリズ・イーガン大佐が最前列の中央でアブムウェに向かってすわっていた。

イーガンの公式の肩書きは、コロニー防衛軍のコロニー連合外務省との連絡係だが、オカンポ副長官がコロニー連合を裏切ったために、いまは外務省の臨時のナンバーツーの役割を受け持っていた。外務省長官とＣＤＦ上層部の両方から信頼される人物ということだ。この両者と密接にかかわる者は、予知能力のある理性的な人物という条件を満たさなければならないのだが、いまのところだれも異議を唱えてはいないようだった。これ自体がコロニー連合がいま置かれている状況をよくあらわしていた。

エイベル・リグニー大佐のほうは、正式な肩書きがないようだった。ただの〝CDFにいるあの男〟だ。あらゆる場所へ出向き、あらゆるものを見て、あらゆる人びとに助言し、そのすべての内情に通じている。正直なところ、もしもCDFを——その延長としてコロニー連合を——活動不能にしたいのなら、リグニーのこめかみに銃弾を撃ち込むだけでいい。それでコロニー連合政府全体が機能を停止するんじゃないかと思う。仲介者の役割を果たすリグニーがいなかったら、だれと話をすればいいのかまったくわからなくなるからだ。

公式には、イーガンとリグニーはせいぜい中間レベルの役人でしかない。非公式には、このふたりは、なにかをやらなければいけないときに、それがなんであろうと、まず話をするべき相手だ。

おれたちにはやらなければいけないことがあった。

「つまりあなたは、カートゥームで起きた衝突はコロニー連合に対する直接攻撃を意図したものではなかったと言いたいのね」イーガンがアブムウェに言った。

「いいえ、もちろんあれは直接攻撃でした」アブムウェの返答は、飾りのない、無遠慮なものので、聞き手の頭が良くなかったら、まったく外交官らしくないと思われてしまいそうだった。「その点において、あの行動は短期的な目的を果たしたと言えます。しかし、〈均衡〉

にとってほんとうに価値があったのは長期的な側面でした。おかげで組織はその最終的な目標へ突き進むことができるのです――コンクラーベの破壊という目標へ」

「順番に説明してくれ、大使」リグニーが言った。

「カートゥームで、わたしたちはとても価値のある捕虜をひとり確保しました。〈均衡〉のトヴァン指揮官です」アブムウェの顔にほんのかすかに笑みが浮かんだ。「彼についてもっともわかりやすく説明するとしたら、〈均衡〉版のあなたと言うべきでしょう、リグニー大佐。〈均衡〉のさまざまな計画にとても深いつながりがあり、しばしばその中心にもいる人物ということです」

「なるほど」

大使はおれのほうへうなずきかけてきた。「尋問のあいだに、ここにいるウィルスン中尉がトヴァンから〈均衡〉の最新の計画を聞き出しました。カートゥーム上空におけるテュービンゲン号への攻撃から始まる計画です」

リグニー大佐とイーガン大佐がこちらへ目を向けた。「〝尋問〟だったの、中尉?」イーガンがおれに言った。

おれは言外の意味をくみとった。「この情報は拷問あるいは強要によって得たものではありません。巧みな誘導と偽情報を駆使して、協力することが彼の利益になると思い込ませたんです」

「どんな偽情報?」

「ララエィ族の四つの惑星で主要都市と工業地帯をすべて壊滅させるつもりだと伝えました。われわれはララエィ族が〈均衡〉の裏にいる主導者だと考えているのだと」

「それは事実なの？」

「そう推測できるデータはありません。直感でどうかという質問でしたら、ララエィ族の政府は証明のむずかしい秘密の兵站《へいたん》支援をおこなっていると思います。われわれが抹殺されたところで、ララエィ族はもちろん気にしないでしょうし。ただ、たとえララエィ族が支援をしているとしても、ここでわれわれが彼らを追ったところで、〈均衡〉の当面の計画にはなんの影響もありません。いまは〈均衡〉がわれわれの第一の関心事であり、そうあるべきなのです」

イーガンはうなずき、アブムウェに顔を戻した。「続けて」

「カートゥームは、コロニー連合からの独立を宣言しようとしている十のコロニーのひとつです。計画ではそれを同時に決行することになっていました。そうすれば、標的が多すぎてコロニー連合は効果的な対抗策をとれません。わたしたちの対応が遅れれば遅れるほど、より多くのコロニー世界が自分たちも独立を宣言しようという気になるでしょう。コロニー連合には大量の離脱者に対処するためのリソースがないので、コロニー連合の解体はある程度成功するはずです。

ところが、トヴァン指揮官がカートゥーム政府を説得して、ひとあし早く独立を宣言させました——カートゥームはコロニー連合崩壊のきっかけになることができるし、〈均衡〉ならカートゥームの防衛軍としてしっかり役目を果たせると主張して。それはカートゥームにとっても、新たに独立したコロニーの味方とみなされることを望んでいた〈均衡〉にとってもメリットがあるはずでした」

「だが、そうはならなかった」リグニーが冷ややかに言った。

「はい」アブムウェは認めた。「実は、〈均衡〉の真の狙いは対応にあたるCDFの艦船を攻撃することでした――それでテュービンゲン号が攻撃されました。結果として、コロニー連合がその攻撃の首謀者をカートゥームとみなそうが〈均衡〉とみなそうが、CDFによる大規模な反応があるはずでした――それも現実となりました。わたしたちは二十隻の艦船をカートゥームへ送り込んだのです。

〈均衡〉がこのような行動をとったのは、コロニー連合に、独立を宣言した惑星に対して大規模な軍事力を投入させるためでした。次にどこかの惑星が、単独または複数で独立を宣言するときには、これまでのようにCDFの船が一隻だけ派遣されるということはなくなります。CDFはどこの惑星が相手でも艦隊を送り込み、独立運動を出だしから叩きつぶすでしょう」アブムウェはちょっと言葉を切って、イーガンとリグニーにたずねるような目を向けた。「この〈均衡〉の評価は的確ですか？」

ふたりの大佐は居心地が悪そうな顔をしていた。「そうかもしれない」結局はリグニーがこたえた。

アブムウェはうなずいた。「〈均衡〉は、巧みな誘導と偽情報を駆使した戦略により――

さらには、組織的活動によってコロニー連合は信頼できる情報源ではないという評価を定着させ、コロニー連合が実際にコロニー間の情報のやりとりに難癖をつけたがるという事実の助けを借りて――もともと独立をもくろんでいた残りの九つの惑星に、計画どおり合同で宣言をおこなわせようとしています。〈均衡〉は兵站および防衛面の支援を約束するでしょうが、カートゥームでもそうだったように、自分たちにとって都合の良い場面以外では本気でそれを提供するつもりはありません。これは準備がととのったらすぐにでも現実となるでしょう。そしてもちろんCDFは反応するでしょう」

「そのあとは?」イーガンがたずねた。

「コロニー連合がこの独立運動への対応で大忙しになり、それを鎮圧するためにかなりの軍事力と諜報能力を投入したところで、〈均衡〉が攻撃に出ます」

「反乱を起こした惑星に派遣された艦隊を攻撃するのか?」リグニーが言った。「それはバカげているよ、大使。〈均衡〉は奇襲攻撃は得意だが、彼らの艦船や兵器は長期にわたる戦闘には耐えられない」

「〈均衡〉が攻撃するのはわたしたちの艦隊ではありません」アブムウェが言った。「彼らは地球を攻撃するのです」

「ええっ?」イーガンが椅子の中でぐっと身を乗り出した。急に関心が強まったようだ。

アブムウェがちらりとおれを見てうなずいた。おれはブレインパルを講堂のプレゼンテーションシステムに接続して、地球の画像をポップアップさせ、その上に縮尺の合わない数十隻の宇宙船をならべた。

「〈均衡〉は略奪によって艦船を手に入れています」アブムウェが言った。「コロニー連合は過去数年で数十隻を失っています。コンクラーベとその加盟種族はもっとたくさん失っています」彼女は画像を指さした。「これらの表示は、コンクラーベ加盟種族の、略奪されたことがわかっていて、しかも、いまのところ戦闘で破壊されていないすべての艦船をあらわしています。ここには九十四隻表示されていますが、この推定は少なめだと考えなければなりません。

トゥヴァン指揮官によると、〈均衡〉の計画では、これらの艦船を地球の宙域へスキップさせて、惑星の防衛、通信、科学衛星を破壊し、その後、数百の人口密集エリアを核弾頭の標的とします」

「核弾頭」リグニーが言った。

「いったいどこで核兵器なんか手に入れているの？」イーガンが言った。「だれがいまだにそんなものを使うわけ？」

「トゥヴァンの話では、その多くの出所は、いまはコンクラーベと手を組んでいる各惑星の貯蔵庫だそうです」アブムウェが言った。「コンクラーベはそれらを兵器として使用することを禁じていますから、本来は解体されて核分裂物質は処分されるはずです。そのプロセスに割り込んで弾頭と核分裂物質を手に入れるのは、〈均衡〉にとっては容易なことです」

「数はどれくらいあるんだ？」リグニーが言った。「核弾頭のことだが」

アブムウェがおれに目を向けた。「トヴァンは具体的な数値をすべて知っていたわけではありません」おれは言った。「彼が標準とみなした弾頭の核出力が三百キロトン相当。それが何百もあったと言っていました」

「なんてこった」

「〈均衡〉は核兵器を使わなくても同じ被害をあたえられるはず」イーガンが言った。「兵器テクノロジーがこれだけ進歩していると、核兵器を使うのは長弓から一歩進んだ程度でしかない」

「核兵器を使うことが重要なのです」アブムウェが言った。「ただちに破壊をもたらすことだけではなく、その後に続くあらゆる荒廃が」

「ローマ人はカルタゴを打ち負かしたとき、そこの大地に塩をまいて二度となにも成長できないようにしました」おれは言った。「規模が大きいだけで、これも同じ発想でしょう」

「〈均衡〉はこうすることで彼らの喉を切り裂くわけだ」リグニーが言った。

「切り裂く喉を見つけられればの話です」おれは指摘した。

「いやでもやる気が起きるというものだな、中尉」

「大佐、あなたは重要な点を見逃しています」アブムウェが言った。

「なんのこと、大使？」イーガンがたずねた。

アブムウェはそこに浮かんでいる画像を身ぶりでしめした。「地球の攻撃にあたるこれらの艦船は、もともとはコンクラーベのものでした。わたしたちはどうしたって信じてしまうでしょう。攻撃してきたのは〈均衡〉ではなくコンクラーベなのだと。コンクラーベが、人類に対処する――コロニー連合に対処する――には、その兵士と植民者の供給源を完膚なきまでに破壊して、武力によっても交渉によっても二度と取り戻せないようにするしかないと判断したのだと。わたしたちを宇宙から永遠に一掃したいというのがコンクラーベの本心なのだと」

リグニーはうなずいた。「ああ、なるほど」

「コロニー連合はコンクラーベを非難し、その否定の言葉を聞き入れず、コンクラーベが最初から〈均衡〉の背後にいたのだと考える」イーガンが言った。「あたしたちはコンクラーベとの戦争に突入する。そして打ち負かされる」

「はい、それは避けようがありません」アブムウェは言った。「真っ向から戦うにはわたしたちはあまりにも小さすぎます。たとえすべてのコロニー世界が独立を求めてわたしたちに反抗するのをやめたとしても――あるいは、わたしたちが彼らの独立への試みをすべて叩きつぶしたとしても――それらのコロニーを兵士を吸いあげる井戸へと全面的に改造するにはやはり時間がかかります。そのあいだに、コンクラーベの加盟種族がわたしたちを滅ぼすべきだと騒ぎ立てるでしょう。なぜなら、コンクラーベがわたしたちを攻撃しようがしまいが、わたしたちはいまや彼らにとって眼前の明白な脅威となっているのですから」

「コロニー連合はコンクラーベとの戦いに敗れるでしょう」おれは言った。「だからといってコンクラーベが勝つわけではありません」

アブムウェがうなずいた。「わたしたちがコンクラーベを攻撃するという単純な話ではなくなるのです。わたしたちを永遠に抹殺するという義務を負うことで、コンクラーベは内部にストレスをかかえることになります。それはコンクラーベがそもそも創設されたあらゆる理念に反する行為です。ガウ将軍の掲げた目標とは正反対の道を行くことになります」

「コンクラーベの現在のリーダーであるハフト・ソルヴォーラの掲げる目標については言うまでもありません」おれは言った。「コロニー連合と戦うことを拒否すれば、ソルヴォーラは容赦なく批判を受けるでしょう。どれほど有能であろうと——実際とても有能なんですが——彼女はガウ将軍ではありません。将軍がやっていたように、強い意志の力でコンクラーベをまとめることはできません。コンクラーベはばらばらになって滅びるでしょう」

「それが〈均衡〉にとっての究極の目標なのね」イーガンが言った。

「そうです」アブムウェが言った。「繰り返しますが、コロニー連合の破壊はその計画の一部ではあります。しかし、それはほぼ二次的なことです。わたしたちは〈均衡〉がコンクラーベを破壊するために利用する梃子《てこ》です。この組織がいままでにやってきたことは、地球ステーションの破壊も含めて、なにもかもその目標へ向かう活動の一環なのです」

「コロニー連合の完全な破壊がおまけでしかないなんて、どう感じればいいのかよくわからないな」リグニーが言った。

「怒るべきでしょう」アブムウェが言った。「わたしは怒りをおぼえます」

「それほど怒っているように見えないが」

「リグニー大佐、わたしは激怒しています。それと同時に、わたしにとってはただ怒るよりも重要なことがあると自覚しているのです」

「大使、ひとつ質問したいんだけど」イーガンが言った。

「なんでしょう、大佐」

イーガンは画像を指さした。「もう〈均衡〉の計画はわかっている。彼らがあたしたちのコロニーとあたしたちの通常の対応を利用しようとしていることもわかっている。コンクラーベのふりをして地球を攻撃しようとしていることもわかっている。〈均衡〉の狙いも、戦略も、戦術もわかっている。これなら簡単に罠から抜け出せるんじゃないの？」

アブムウェがおれのほうに目を向けた。「やっかいなことがほかにもあるんです」おれは言った。「トゥヴァンの話からすると、カートゥームの戦略が失敗したことが明らかになるか、われわれがほかの九つの惑星に対する彼らの計画を頓挫させるか、われわれがコンクラーベにその策略について伝えるかした場合、〈均衡〉はどのみち地球を攻撃するかもしれないんです」

「なんのために？」

「〈均衡〉はこまかいことにこだわらないようです」おれは言った。「すべてが手に入らないのなら半分でよしとするでしょう。どういうことかというと、いま現在、〈均衡〉にとって最善の計画は、コロニー連合の注意をそらし、地球を破壊し、その責任をコンクラーベにかぶせて、両者におたがいを攻撃させることです。しかし、地球を核攻撃したことを認めなければならないとしたら、〈均衡〉は認めるでしょう。なぜなら、明らかに弱体化したコロニー連合でも、明らかに弱体化した人類でも、コンクラーベに行動を強いることができると知っているからです」

「どれほど多くのコンクラーベの加盟種族が人類を憎んでいるかをよく理解しなければなりません」アブムウェが言った。「彼らはロアノークでの事件が起こるまえからわたしたちを憎んでいました。そのあとはもっと憎んでいます。一部にはガウ将軍を暗殺したのもわたしたちだという声もあります」

「われわれはそれにはまったく関与していないぞ」リグニーが言った。

「しかし、わたしたちは現場にいました。地球から来た人間たちもいっしょに。多くの種族にとってはそれで充分なのです」

「じゃあ、〈均衡〉のほうは〝プランB〟でもまったくかまわないというのね」イーガンが話を戻した。

「われわれはすでにプランBに移行しています」おれは言った。「レイフ・ダクインがチャンドラー号を奪ってオカンポ副長官を連れ戻した瞬間からプランBだったんです。これはむしろプランKに近いんです。〈均衡〉は即興が得意なんですよ、大佐。規模の面で自分たちの限界を知っていて、それをうまく利用します。地球の抹殺を認めるのは本来の目的ではありませんが、それなりにメリットはあります。ほかのどんな組織も、ほかのどんな勢力もやろうとしなかったこと――すなわち、コロニー連合に力をあたえていた惑星の破壊――それをやってのけたんですから。もしも〈均衡〉がうまく立ち回れば、地球の抹殺を認めることで莫大な恩恵を受けられるかもしれません。新たな人員と資金を得て。それ自体が正当な勢力となって。いまいる影の中から抜け出せるかもしれないんです」

「なにがどうなろうと、地球はくたばるわけだ」リグニーが言った。「言葉が悪くてすまないが、きみの話は要するにそういうことだろう」

おれはアブムウェに目を向けた。「別の選択肢もあります」

「教えて」イーガンが言った。

「そのまえに、おふたりにひとつ質問があります」アブムウェが言った。「わたしたちの目的は生き延びることであって勝利ではないということに同意してもらえますか？」

「質問が理解できないわ」

「それはないでしょう、大佐」アブムウェはイーガンをまっすぐ見つめた。「わたしの言いたいことはよくわかるはずです。この部屋にいる四人には真っ正直に話し合うというぜいたくが許されています。ですから、コロニー連合が現状でも崩壊に向かっていることを知らないふりをする必要はありません。たとえ〈均衡〉やコンクラーベによって滅ぼされないとしても、わたしたちはみずからを引き裂くでしょう。すでに起きていることです。

コロニー連合の構造と組織がいまのままではみずからを支えきれないということを知らないふりをする必要はありません。地球に以前のような役割を果たしてもらう方法があるふりをする必要もありません。わたしたちは絶滅に直面していないのだというふりをする必要もありません。いまだにささやかな勝利や二次的な目標の達成に意味があるというふりをする必要もありません。たいせつなのは、こうして話しているのが、わたしたちの、人類の生存のためだという点について全員が同意することです。いまのコロニー連合の生存ではありません。わたしたちの種族の生存です。わたしたち四人がこれに同意しないのなら、これ以上話を続ける意味はないのです」

イーガンとリグニーは顔を見合わせた。「同意するわ」イーガンが言った。

「では、この同意はどのようにして裏付けられるのですか？　生き延びる方法について話し合っていることに同意するなら、それを実現するために必要な行動をとるということにも同意してもらえますね？」

「アブムウェ大使」リグニーが言った。「きみの計画を教えてくれ。われわれがそれをどうやって実現するかを教えよう」

「承知しました」アブムウェは言った。

「この会議に出席してくださってありがとうございます」アブムウェが言った。そこにいるのは、独立の宣言をもくろみ、自分ではそれを知られていないと信じている、九つのコロニーの代表たちだった。

「〝出席〟だと」ハックルベリー代表のハリラル・ドゥヴェディが言った。「われわれはベッドから引きずり出されてむりやり連れてこられたんだ」数名のほかの代表たちがそのとおりとうなずいた。

「申し訳ありません。残念ながら時間が貴重だったものですから。わたしはオデ・アブムウェ大使です」

「あたしたちはなぜここにいるの、大使？」アンブリア代表のネイダ・カルデロンがたずねた。

「カルデロン代表、まわりにだれがいっしょにいるかを見れば、なぜここにいるのか見当がつくのではありませんか」

低いつぶやきと不満の声がぴたりと止まった。アブムウェはいまやすっかり全員の注目を集めていた。

「はい、わたしたちは知っています」アブムウェは言った。

「そりゃ知っているだろうさ」ドウィヴェディが吐き捨てた。どうやら〝追い詰められたら攻撃〟を実践するタイプらしい。「あんたたちはカートゥームの首相を監禁している。彼にいったいなにをしたのか想像もつかんよ」

アブムウェがおれにうなずきかけた。おれはいまいる外務省会議室の側面のドアに近づき、そこを開けた。「入って」

マサヒコ・オカダが姿をあらわし、代表たちがいるテーブルについた。だれもが彼のことを頭が三つあるかのように見つめていた。

「もうサプライズはないのよね、アブムウェ大使？」カルデロンがオカダからようやく目を離して言った。

「全員の時間を節約するために、手短に話すことをお許しください」アブムウェが言った。

「どうぞ」カルデロンが言った。

「あなたがたの世界はコロニー連合からの独立を同時に宣言する計画を立てています。いまあなたがたがこの部屋にいるという事実は、わたしたちがそれに気づいているということを意味しています。わたしたちは、あなたがたの政府が、単独あるいは複数で、〈均衡〉と呼ばれる組織と交渉していることも知っています。この組織はあなたがたと情報を共有していて、わたしたちの考えでは、独立宣言のあとであなたがたをコロニー連合から保護しようと申し出たはずです」

ドゥィヴェディが口をひらきかけた。アブムウェがきつい一瞥でそれに応じた。「ここはあなたがたの独立を求める意思や〈均衡〉との交流について弁解や正当化をおこなう場ではありません。そんな時間はありませんし、思い切り率直に言うと、そんなことはどうでもいいのです」

ドゥィヴェディは口を閉じた。明らかにむっとしていた。

「〈均衡〉はあなたがたの政府をあざむいています」アブムウェは続けて、身ぶりでオカダをしめした。「すぐに、こちらのオカダ首相がくわしく説明してくれます。〈均衡〉は彼とその政府をあざむき、コロニー防衛軍の艦を攻撃して、その責任を——その罰を——カートゥームに押しつけ、それによってあなたがたの政府を奮い立たせて決起をうながそうとしました。それはあなたがたの目的のためではないのです、代表のみなさん。あなたがたが求めているると思い込んでいる自由のためではないのです。それは〈均衡〉自身の計画のためであり、あなたがたの惑星とその運命は単なる踏み石でしかないのです。

それを心に留めたうえで、コロニー連合からみなさんに要請したいことがあります」

「あててみましょうか」カルデロンが言った。「あたしたちにコロニー連合からの独立を宣言してほしくないんでしょう」

アブムウェはめったに見せない笑みを浮かべた。「実を言えば、カルデロン代表、わたしたちはぜひともみなさんにそうしてほしいのです」

カルデロンはとまどったような顔をして、ほかの代表たちをちらりと見回した。だれもが同じように困惑していた。「意味がわからない」彼女はようやく言った。

「みなさんに独立を宣言してほしいのです」アブムウェは繰り返した。

「われわれにコロニー連合から去ってほしいということか」ドウィヴェディが言った。

「いいえ」

「だが、独立を宣言してほしいと言ったではないか」

「はい」アブムウェは片手をあげて、ドウィヴェディのそれ以上の文句を制した。「わたしたちはみなさんにコロニー連合から去ってほしくはありません。それはおたがいにとって危険なことです。しかし、みなさんには独立を宣言する計画をそのまま続行してもらいたいのです。それぞれの惑星がすでに段取りをつけた計画をやり抜くつもりでいると、〈均衡〉に信じさせる必要があるのです」

「なぜそんなことを？」カルデロンがたずねた。

「それは言えません。あなたがたの政府が信頼できないのは明らかです。なにもかも話すわけにはいかないのです」

「それで、あたしたちが独立を宣言したらどうなるの？」

「コロニー連合は、当然予想される過剰反応をして、あなたがたの世界の空を艦船で埋め尽くして威圧しようとします」

「この計画であたしたちにどんなメリットがあるのかわからないんだけど」カルデロンが皮肉っぽく言った。理由はわからないが、彼女はこの代表たちの中でリーダーの役割をすると決めているようだった。

「独立の宣言はしてほしいけれど、独立はしてほしくないのです。わたしたちは見かけだけの武力でそれに対応します。武力そのものではなく」

「CDFがあたしたちを叩きつぶすことはないと信じろというの」

「そんなことをしたいのなら、この会議をひらく必要はないでしょう」アブムウェは指摘した。「それはありえません。わたしはみなさんにそうした不測の事態から逃れる道を提示しているのです。いいですか、代表のみなさん。いかなるかたちであれコロニー連合から離脱しようとすれば、武力によって制止されることになります。わたしたちにはみなさんの惑星がコロニー連合を離れるのを許す余裕はありませんし、これは横柄な言い方かもしれませんが、みなさんは明らかに自分たちがどんな危険に身を投じようとしているか理解していないのです」アブムウェはまたオカダを身ぶりでしめした。「こちらにいるオカダ首相ならそれを経験から語ることができます」

「あなたはコロニー連合を信頼しろと言う。あたしたちにとってそれがむずかしいことだというのは理解できるはずだけど」

「わたしは信頼を求めているわけではありません。提案をしているのです」

「あなたがあたしたちに提案できることなんてほとんどないはずでしょう、大使。すでにあたしたちの自由を否定しているんだから」

「カルデロン代表、あなたが求めているのは自由ではないのではありませんか」

「自由ではない？」

「ちがいます」

「じゃあ、なんだと言うの？」

「統制です。わたしはそれをみなさんに提案しているのです」

「説明して」カルデロンはひと呼吸おいてから言った。

「みなさんはコロニー連合政府へ派遣される代表です。言うまでもないことですが、コロニー連合がどのように運営されていて、みなさんの母星とどのような関係にあるかを考えれば、そんな立場はほとんど意味をもちません。みなさんは良くてごく軽い任務をあたえられるだけで、悪ければ完全に無視されます」

　アブムウェは口をつぐみ、その言葉が染みとおるのを待った。代表たちの中にもうなずく者がいた。

「その状況を変えます。変えなければいけないのです。これからのコロニー連合は、兵士の供給も含めて、これまで以上にコロニー世界に頼らなければなりませんが、それは過去にまったく経験のないことです。もはやトップダウンで統治することはできません。ずばり言えば、支配されていた側の同意が必要です。支配されていた側に統治してもらう必要があるのです。みなさんに統治してもらう必要があるのです」

　いっとき完全な沈黙がおりた。そして――

「冗談だろう」ドウィヴェディが言った。

「いいえ」アブムウェはハックルベリーの代表よりもカルデロンに目を向けていた。「原則として承認はされています。上層部で。わたしたちが必要としているのは、進んで作業をしてくれる代表たちのグループなのです――コンクラーベとかそういった、いまのこの状況を反映したシステムを、真の代議制政府とあわせてつくりあげるために」

「つまり憲法を起草しろと」カルデロンが少しだけ疑いのこもった声で言った。

「そうです」

「いまやっている独立の宣言というささやかなごまかしの代わりに」

「はい」

「それがそんなに重要なの」

「はい」

「各自がそれぞれの政府に相談する必要があるな」ドゥィヴェディが言った。

「いいえ」アブムウェはそう言って、全員を見回した。「はっきり言っておきます。時間がないのです。あなたがたが二週間以内に独立を宣言する予定でいることは知っています。その予定は崩さないでください。なにもかもすでに決定されていたかのように進めてほしいのです。中断もせず、変更があったとほのめかすこともなく。みなさんはそれぞれのコロニーの代表です。代弁してください。ここでのみなさんの決定はそれぞれの惑星に適用され、わたしたちはみなさんの決定に従って惑星を維持します。それともうひとつ——この決定は全員一致でなければいけません。全員が加わるか、さもなければだれも加わらないかです」

「あたしたちに惑星間代議制政府の実現可能なシステムをいますぐつくれというの」カルデロンが言った。

　これを聞いてアブムウェはかすかに笑みを浮かべた。「いいえ。くわしいことはあとでかまいません。しかし、決定はいますぐです」

「時間はどれくらいもらえるの？」

「今夜いっぱいです。わたしはここにいて可能なかぎり質問にこたえます。こちらのオカダは、カートゥームと〈均衡〉とのあいだになにがあったかをお話しします。いまは午後十一時です。八時までには、全員一致で同意するか拒否するかを決めてもらいます」

「もしもあたしたちが拒否したら？」

「そのときは、あらゆることがずっと困難に、ずっと危険になるでしょう。だれにとっても。わたしはしばらく席をはずします。あとで戻ってきて質問にこたえます」アブムウェは、おれがオカダを招き入れた側面のドアから出ていった。おれはあとを追った。

「なかなか刺激的でしたね」おれは言った。

「いまわたしが必要としているものの中に、あなたの皮肉は含まれていませんよ」アブムウェは言った。

「皮肉は少しだけです。彼らは同意すると思いますか？」

「カルデロンは納得したはずです。彼女ならほかの代表を説得できるかもしれません」

「あなたがいま約束したような変革にコロニー連合が同意すると思いますか？」

「そちらはリグニーとイーガンの領分です。しかし、わたしたちがここに集まったのは、全員がすでに災いの兆しを見ていたからではありませんか」

「たしかに」

「ハート・シュミットを呼んでください。彼に会議室でのあなたの役割を引き継いでもらいます。わたしから状況は説明しますので」

「了解です。おれのほうはなにをすればいいですか？」

「あなたにはふたつのことをしてもらいます。第一に、オカンポと話をしてもらう必要があります」

「どんなことを？」

「〈均衡〉の居場所です。彼らは基地から逃げ去りましたが、彼らの作戦はまだ継続しています。いまどこにいるのかを突き止めなければなりません」

「オカンポは知らないかもしれませんよ」

「知っているかもしれません。質問する必要があります」

「仰せのとおりに。もうひとつは？」

「地球へ行ってもらわなければなりません」

「それはまた。地球の連中がおれたちをきらっているのはご存じですよね？　たとえば、もしもこっちの宇宙船があの惑星の上空に出現したら、連中はおそらくそれを撃ち落としてしまうでしょう。言うまでもないことですが、たどり着くまで数日かかりますし、船を撃ち落とされたら帰ってこられる合理的な見込みはありません」

「あなたが出発するまえにそれらの問題をすべて解決してくれると期待しています」

「信頼してもらえてうれしいですよ」

「では失望させないでください、ウィルスン」

おれはタイスン・オカンポといっしょに浜辺に立ち、うねる波と頭上で弧を描くカモメたちをながめていた。

「美しいところだな」オカンポがおれに言った。

「あんたなら気に入ると思ってな」おれはこたえた。

「これはどこの浜辺だ？」

「コテスロー・ビーチだ。オーストラリアのパースの近くにある」

「そうか。行ったことはないな」

「まあ、地球にあるんだから、むりもない」

「きみは行ったことがあるのか？」

「一度だけな。仕事でパースへ行ったときに予定が一日あいた。列車で出かけて波をながめながらビールを飲んで過ごしたんだ」

　オカンポはにっこりした。「少なくとも、わたしたちも波はながめている」

「ビールがなくてすまんな」

「中尉、きみがここにいないとき、わたしが見るシミュレーションは小さな方形の独房になる。そこには三冊の本があって、読み終わるとタイトルが入れ替わる。自分でタイトルを選ぶことはない。小さなスクリーンがひとつだけあって、わたしが完全に発狂してしまわないように最低限の娯楽素材が流される。一日に一度、そこにランニングコースがあらわれるので、運動をしているような気分にもなれる。唯一の訪問者は――ときどきやってくるコロニー連合の尋問官を別にすれば――チャットボットだが、プログラムのできがあまり良くないので、人間を相手にしている気にはなれず、自分はほんとうに脳の中でひとりぼっちなんだと実感させられるだけだ。信じてくれ。このビーチだけで充分だよ」

　なんとも返事のしようがなかったので、おれたちはシミュレートされたコテスロー・ビーチのシミュレートされた波がシミュレートされた浜辺に砕けるのをながめ続けた。空ではシミュレートされた鳥たちが舞っていた。

「これは報酬なんだろうな」オカンポが言った。「わたしたちの前回の話し合いの」

「結局、カートゥームでCDF艦に対して罠が仕掛けられているというあんたの話はまったく正しかった。おれの艦はスキップ可能な距離まで危険なほどの短時間で到達し——あやうくエンジンに負荷をかけすぎるところだった——襲撃の現場へじかにスキップした。幸運なタイミングだった」

「CDFは待機させていた自分たちの艦を送り込まなかったのか」

「失礼な言い方かもしれないがね、オカンポ副長官、あんたは確定した反逆者で、何隻もの船を破滅へ導いた実績があるんだぞ。CDFは自分たちの艦を送ることはないが、おれたちが自前の船でロシアンルーレットをやるのを止めたりはしない」

「きみに信用してもらえてうれしいよ、中尉」

「あんたには失うものがないということは信用しているよ、副長官」

「それは微妙にちがうのではないかな」

「ああ。ちがう。それについては申し訳ない」

オカンポはまたにっこりして、つま先を浜辺の砂の中に押し込んだ。このシミュレーションはおれにできるかぎりの完璧なもので、そのプログラミングについては、なかなか驚くべき工夫がなされている。シミュレーションはオカンポの注目度に応じて細部の表現が変化する。浜辺の彼が見ていない部分はすべて低解像度のマップ。彼のつま先の真下にない砂は細分化されていないただのテクスチャマットだ。浜辺は知覚の泡として存在し、自身は瓶の中の脳として存在する男の周囲を包んでいる。

「きみはこの浜辺をわたしのためにつくったのか？」オカンポが言った。「報酬として」

「これは報酬じゃない。あんたが気に入るんじゃないかと思っただけだ」

「気に入ったよ」

「白状すると、あんたのためにつくったわけでもない。このまえレイフ・ダクインが誕生日だった。彼のためにモデル化したんだ」

「まだあの男に体をあたえていないのか？」

「もう新しい体の準備はできている。本人が望めばいつでも移ることができる。いまのところは、チャンドラー号にとどまって内部からそれをあやつることにしているんだ。すっかり操縦がうまくなっていてね。いろいろとびっくりするようなことをやってるよ」

「ダクインはどう思うだろうな、きみが彼のための贈り物を、そもそも彼が脳を体から取り出される原因をつくった男にあたえたと知ったら」

「実を言うと、ダクインがそうしたらどうかと提案してきたんだ。あんたに伝えてくれと言われたよ。箱の中の脳という立場がどれほど孤独だったかは――いまもそうなんだが――よくおぼえていると」

「えらく親切なことだな」

「まったくだ」おれは同意した。このときは勝手に省略させてもらったが、ダクインからは、おれがそうしたければホオジロザメをプログラムしてオカンポのシミュレート版の体をばらばらに引き裂いてやってもかまわないと言われていた。それはいまの状況では都合が良くなかった。レイフは彼なりにオカンポを許しているのかもしれなかったが、けっして忘れてはいないのだ。

「中尉、ビーチへの旅には感謝しているとはいえ、きみがここへ来たのはきみとわたしが友人だからではないような気がするのだが」

「もう少しだけ情報がほしいんだよ、副長官。〈均衡〉に関して」

「なるほどな」

「教えてくれるか?」

オカンポはこれには返事をせずに、そのまま波打ち際へと踏み込んでいった。押し寄せる波は彼の両足をのみ込み、わずかに砂の中へと沈み込ませた。おれは思わず笑みを浮かべた。我ながらみごとなシミュレーションをつくりあげたものだ。

「なぜ自分が〈均衡〉の一員になったのだろうとずっと考えていた」オカンポはそう言っておれを振り返り、にやりと笑った。「心配するな、中尉、ここで幻滅した貴族の独白を披露してきみに礼儀正しいあいづちを強いるようなことはしない。いまなら認めることができるが、わたしがああいうことをした理由の大半は野心と誇大妄想だった。まさにそういうことだった。しかし、別の理由もないわけではなかった。コロニー連合が、どのようにしてああなったにせよ、われわれの種族の存続とは相容《あいい》れない存在だと信じていたのだ。われわれの知るすべての種族が、人類との付き合いにおいては、二枚舌と、残虐行為と、野心にまみれた悪知恵と、威嚇を駆使するようになってきた。これらはすべて、われわれが彼らに対しておこなっていることなのだ」

「公平のために言っておくが、それ以外の連中だって天使というわけではないぞ」

「そのとおり。ただ、そのうちのどれだけがわれわれと付き合っているせいなのかということはある。コンクラーベは宇宙へ進出した四百の種族をひとつの政体にまとめあげた。われわれのことを容認する種族はほとんどない。それはすなわち、問題があるのはほかの種族ではなく、われわれコロニー連合だということをしめしている」

おれが口をひらこうとすると、オカンポは片手をあげた。「いまは議論をすべきときではないというのはわかっている。わたしが言いたいのはこういうことだ、中尉。どんな理由があったにせよ、わたしは〈均衡〉と手を組んだ。それとは無関係に、コロニー連合の問題は残る。コロニー連合はそれ自体の害になっている。人類の害になっている。われわれがこの宇宙で存続するうえで害になっている。わたしはできるだけきみに協力するつもりだ、ウィルスン。いまとなってはそうしない理由はない。だが、これはわかってほしいのだが、コロニー連合になにかが――なにか大きなことが、なにか強烈なことが――起きないかぎり、われわれがここでやっているのは缶を道路の少し先へ蹴飛ばすだけのことだ。問題はそのまま残ってしまう。先延ばしにすればするほど事態は悪化する。すでにこれ以上はないというところまで悪化しかけているのだ」

「わかるよ」

「よし。では質問をしたまえ」

「ダクインが〈均衡〉の本部を攻撃したあと、あの組織はそこから引きあげた」

「そうだ。あの場所がもはや安全ではないのは明白だったからな」

「新しい本部がどこにあるのかを知りたいんだ」

「それは知らないな。それに、もしもわたしが具体的に知っていたら、彼らはそこを使わないだろう。きみたちがわたしから場所を聞き出すと考えるだろうからな」

「だったら、なにか思い当たることを教えてくれ」

「〈均衡〉は比較的小さな組織だが、この〝比較的〟というところが重要だ。単一の基地で活動はできるとしても、それなりに広さがあって最近放棄された場所でないと、システムを迅速に運用可能な状態へ戻すことができない。基地を置く惑星系にしても、〈均衡〉の大義に好意的だとか、最近になって放棄されたとか、中心となる世界以外は監視がきつくないところとかいった条件がつく」

「そうなるとかなりの数の利用可能な軍事基地が対象からはずれるな。とにかく手掛かりにはなる」

「きみは自分に制限をかけているぞ」

「どんなふうに？」

「きみは兵士のように考えるが、〈均衡〉は常に好機を狙う腐肉あさりのように考える。とにかく、いまのところは」

「じゃあ軍事基地だけではないのか。必要なインフラがそろっている施設ならなんでもいいわけだ」

「そうだ」

「しかも〈均衡〉と明らかに手を組んでいる種族だけではないと」

「そのとおり。彼らはきみたちがすでにそういう場所を探しているのを知っている。コロニー連合の盲点になっている場所を狙うだろうな」

おれはしばらく考え込んだ。

すると、とてつもなく突飛きわまりないアイディアが頭に浮かんだ。

おれのコンピュータ・シミュレーションはおれのひらめきの瞬間《エウレカ》を正確に再現したらしく、オカンポがにやりと笑った。「だれかさんはなにか思いついたみたいだな」

「行かないと」おれはオカンポに言った。「副長官、失礼させてもらうぞ」

「いいとも。どのみち、引き止められるわけでもないし」

「このシミュレーションは実行したままにしておいてもかまわないが」

「ありがとう。それはうれしい。きみが帰ったら数分で止められてしまうだろうが、それまでは楽しめる」

「もっと長く続けてくれと頼んでみようか」

「頼むのは勝手だがね。結果はいっしょだろう」

「すまないな」おれは言った。オカンポにはあれだけのことをされたというのに、それは心からの言葉だった。

オカンポは肩をすくめた。「そういうものさ。自分がなにをやったかを考えればひどい仕打ちとも言えない。それでも、これだけは忘れないでくれ、中尉。もしもきみの頭に浮かんだアイディアが功を奏して、いろいろな計画がすべてうまくいったときには、わたしのためにひとつ頼んでもらいたいことがある」

「なんだ?」おれはオカンポが新しい体をほしがるのではないかと不安だった。コロニー連合がそれを許すことは絶対にないからだ。

オカンポはおれがそう考えるのを予期していた。「新しい体をくれと頼んでもらいたいわけではないぞ。彼らがそんなことをするはずがないからな。組織の寛容の心もそこまでは広くない。ただ、わたしはフェニックスに住まいをひとつ所有している。していた、と言うべきか。山の中の、小さな湖のほとりにある、ささやかな夏用の小屋だ。まわりには百エーカーの森と草原が広がっている。思索や執筆のための場所にしようと思って十年まえに買ったんだ。そんな機会は一度もなかった。そりゃそうだろう? 結局、バカげた投資という結論になった。売ることも考えたんだがそうはしなかった。いずれはなにかに活用できると期待していたんだろう。もうそんなことはありえなくなった。二度とあの山小屋を見ることはない。この目で見ることは」

オカンポは浜辺から振り返り、存在しないインド洋へ目を向けた。

「なあ中尉、なにもかもうまくいって、きみがこの冒険から望みのものを手に入れたら、きみのコネであの山小屋をここに、このシミュレーションの中に再現してくれないか。二度と現実世界へ戻れないのはわかっている。だが、そのシミュレーションが上出来なら、なんとか耐えられるかもしれない。それに最近は考える以外にやることがないからな。ようやくあの山小屋を買った目的のとおりに使えるわけだ。とにかく、それに近いかたちで。そうしてくれると言ってくれ、ウィルスン中尉。そのときはきみには想像もつかないほど深く感謝するだろう」

リグニー大佐がおれに向かって眉をひそめた。小さな会議室には、彼と、イーガンと、アブムウェと、ハート・シュミットが集まっていた。「わたしにブレインパルを使ってなにかを調べさせようというのか」大佐は言った。

「セドナです」おれは言った。

「セドナは地球の系にある準惑星です。より正確に言うと、地球の系のすぐ外側、オールトの雲の内側の端にある準惑星です。太陽からの距離は海王星までの約三倍になります」

「わかった。それがどうした？」

「オカンポは、〈均衡〉の新しい基地がどこにあるかは知らないけれど、軍用であれなんであれ、最近になって放棄された基地を使う可能性が高いと言いました。しかもわれわれが探そうとは思わない場所だろうと。われわれの盲点にあたる場所です」

おれはブレインパルを使って会議室の壁のモニタを起動した。赤みがかった小さな惑星の画像が浮かびあがった。「セドナです」おれは繰り返した。「ここにはコロニー連合がもっとも古くから維持してきた科学基地のひとつがありました。そこは深宇宙天文学と惑星学の研究に使われていました。セドナは地球の系全体とその内部の軌道力学を観察するのに格好の場所だったんです」

「聞いたこともないわ」イーガンが言った。

「過去二十年くらいはほぼ休止状態でした。基本的には三名か四名の科学者たちからなる管理スタッフが、一カ月おきに作業について、そこで進められているきわめて長期にわたる観測作業のモニタと、保守用ロボットの運用を担当していました」おれは基地の地図をモニタに表示させた。「しかし、いま関係があるのは、一世紀以上まえの全盛期にはこの基地がはるかに活動的だったということです。ピーク時には千人を超えるスタッフがそこに集結していました」

「そんなことをどうやって知ったんだ?」ハート・シュミットがたずねた。

「まあ、これは自慢できることじゃないんですが、おれがCDFの研究開発チームで働いていたころ、ほんとにクズみたいなスタッフがひとりいまして。そいつをセドナへ異動させたんです」

「いいね」リグニーが言った。

「いまならわかりますが、あいつは唯一のクズというわけじゃありませんでした」おれは認めた。

イーガンが基地の地図を指さした。「もう管理スタッフはいないの？」

「いません。ペリーの事件のあと」――コロニー連合にとって史上最大の政治的危機に古い友人がかかわっていることに、おれは小さく笑みを浮かべた――「地球がコロニー連合との正式な結びつきを断ち切ったときに、この基地は放棄されました。地球にとっての辺境でこそ活動していると思われたくないという政治的な理由もありましたし、財政的な理由もありました」

「すると、大規模な、最近放棄された基地が、われわれの盲点のど真ん中にあると」リグニーが言った。

「はい。コロニー連合かCDFの所有する、あるいは辺境に一般的にある、大規模な、最近放棄された基地はほかにもあります。おれのほうで調査すべき現場のリストを作成するつもりです。しかし、どれかひとつに金を賭けるとしたら、おれはここにするでしょう。ここだけはすぐに調べるべきです。もちろん、目立たないように」

「で、きみは忙しいのか？」

「はい、彼は多忙です」アブムウェが言った。「彼には別の急を要する任務があります。地球へ行ってもらいたいのです、ただちに」

リグニーがアブムウェに顔を向けた。「きみはこの件についていつわれわれに話すつもりだったのかな、正確には？」

「いま話しましたよ。これまでは九人の代表たちの子守をして、こちらの条件に同意してもらおうとしていたのです」

「そっちはどうなってるの？」イーガンがたずねた。

「なんとかやっています。ハックルベリーの代表が文句を言っていますが、ハックルベリーの代表はそもそも不平屋なのです。ほかの代表たちはこれを好機ととらえて、彼を説得しています。予定どおり同意してもらえるでしょう」

「良かった」

「あなたがたのほうでも同意が必要になるのですよ、大佐」

イーガンとリグニーは顔を見合わせた。「まだ進行中」イーガンが言った。

「わたしが期待するほど楽観的な響きではありませんね」

「ちゃんとやるから。いまわからないのはどれくらい混乱するかということ」

「やはりウィルスン中尉が地球へ行くという話が気になるな」リグニーが言った。「われわれはあそこへ船を送ることはできないぞ。いまは」

「それについては解決策があります」おれは言った。「まあ、そんなようなものが」

「そんなような」リグニーが言った。

「われわれが数年まえに捨てたささやかなテクノロジーがからんでいるんです」

「なぜ捨てたのだ？」

「それを使ったときには、ちょっとした傾向が見られたんです……爆発するという」
「爆発？」ハートが言った。
「まあ、〝爆発〟というのはもっとも正確な言葉ではありません。実際に起こるのはもっとずっと興味深いことです」

地球の表面のはるか上空で浮かびながら、こんなことを考えた――〝いつの日か、大気圏へ身投げすることなくこの惑星を訪問してみたいもんだ〟

おれがすわり込んでいる小さなワイヤフレーム式のそりは、小型バギーくらいの大きさで、完全に宇宙にひらかれていた。戦闘用ユニタードとわずかに供給される酸素だけが、おれが宇宙の真空にまるごと食われるのをふせいでいた。バギーの後部に搭載されている実験的なスキップドライヴは、たとえば恒星とその惑星、あるいは惑星とその衛星といった、ふたつの大きな物体のあいだのラグランジュポイントにある比較的平坦な空間を活用する設計になっている。良い情報は、この新型スキップドライヴを支える理論の検証がすんでいるということで、そうなると、もしもこの新型ドライヴが信頼できるものなら、宇宙旅行に革命がもたらされるかもしれないのだった。

悪い情報はというと、最大限の努力がなされたにもかかわらず、質量が五トン以下では信頼性が九十八パーセントしかなく、そこからは明確なカーブを描いて失敗の確率があがることだった。標準的なＣＤＦのフリゲート艦のサイズになると、成功率はとても不安な七パーセントまで急落する。新型ドライヴがうまく作動しなければ船は爆発する。ここで言う〝爆発〟とは、〝われわれにはきちんと説明できないかたちで時空の構造に生じる破滅的な相互作用〟という意味だが、〝爆発〟でも要点は伝わる。とりわけ、それに巻き込まれる人間になにが起こるかという点については。

この問題は最後まで克服できず、コロニー連合とコロニー防衛軍は自分たちの船が百回のうち九十三回爆発することに対してなんとも言えない嫌悪感をおぼえたので、最終的に研究は中止された。

それでも、試作品のエンジンを搭載した製作済みの小さくてとても軽い乗り物が残っていて、いまはフェニックス・ステーションの倉庫に保管されていた。それはおれが地球へ出かける手段としては申し分なかった――最寄りのラグランジュポイントまで行くだけでいいのだから時間はかからないし、そりがとても小さくて惑星の大気圏のすぐそばまでスキップできるから発見されることもない。簡単に言うと、今回の任務には完璧だった。

爆発しなければの話だが。

おれは爆発しなかった。

それについては、正直なところほっとした。今回の旅のいちばんむずかしい部分が終わったということだ。あとは重力にまかせて地上へ墜落するだけでいい。

留め具をはずしてそりを押しやり、距離をとった。そりのほうは大気圏上層部で燃え尽きることになる。そのときにいっしょにいたくはなかった。

おれ自身の大気圏内の旅はありがたいことに平穏だった。ナノロボットのシールドは完璧に機能したし、乱気流も許容範囲だったし、大気圏下層部の降下はパラシュートでうまく制御したので、ワシントンDCの郊外、ポトマック川のヴァージニア州側の土手にある小さな公園に羽毛のようにかろやかに着地することができた。パラシュートを構成していたナノロボットが雲散霧消していくとき、自分が宇宙から惑星の地表へ落下することに少しばかり飽き飽きしているという事実にいろいろ考えさせられた。

"いまはこれがおれの人生なんだな"　そんなことを思いながら、ブレインパルにアクセスして現地時間を確認すると、日曜日の午前三時二十分だった。着地したのは予定していた場所の近く、アメリカ合衆国ヴァージニア州のアレクサンドリアだった。

「すげえな」だれかの声がした。おれはあたりを見回した。ひとりの高齢の男がベンチに横たわっていた。ホームレスなのか、単に公園で寝るのが好きなのか。

「やあ」おれは言った。

「あんた空から落ちてきたな」男が言った。

「言っておくが、そんなに単純な話じゃないんだよ」おれはこたえた。

数時間後に、探していた相手を見つけた。彼女はアレクサンドリアのレストランでブランチをとっているところだった。それほど遠くないところに自宅があるのだが、場所がわかっているからといってそこへ訪ねていくつもりはなかった。だって、ほら、それは不作法というものだ。

彼女はひとりでレストランのパティオにいて、歩道の手すりのそばにある、椅子がふたつだけのテーブルについていた。片方の手にブラッディマリーのグラスを、反対の手に鉛筆を持っている。前者は飲むためで、後者はクロスワードパズルを解くためだ。日射しをさえぎるために帽子をかぶり、たぶんおかしなやつと目が合うのを避けるためにサングラスをかけていた。

おれは近づいてクロスワードパズルを見おろした。「32の縦は〝パプリカ〟だな」

「わかってる」彼女は顔をあげずに言った。「でもありがとう、どこかのうっとうしいお兄さん。それと、あたしのクロスワードパズルに口を出すのがうまいナンパのしかただと思っているのなら、そのまま歩き続けるほうがいいんじゃないかな。というか、どっちにしても歩き続けるべきね」

「ずいぶんなごあいさつだな、あんたの命を救った相手に向かって」おれは言った。「しかも二回も」

彼女は顔をあげた。口がぽかんとひらいた。ブラッディマリーが手から床へ滑り落ちた。

「くそっ！」彼女は飲み物をこぼしてうろたえながら言った。

「そのほうがマシだな。よう、ダニエル」

合衆国国務省のダニエル・ローウェンが立ちあがると、ウエイターがこぼれた飲み物を片付けるために近づいてきた。彼女はおれに目を向けた。「ほんとにあなたなの」

「ああ、そうだ」

ローウェンはあらためておれを見つめた。「緑色じゃないよ」

おれはにっこり笑った。「あれだと目立ちすぎると思って」

「びっくりした。緑色じゃなくなると、ムカつくほど若く見えるのね。気に入らない」

「ほんの一時的なことさ」

「次は紫色を試してみる？」

「古典的なやつにこだわりたいな」

ウエイターがこぼれた飲み物と割れたグラスの片付けを終えてさがっていった。ダニエルがおれに目を向けた。「それで？　あなたも席につくの、それともふたりでこうしてぼけっと突っ立ってるの？」

「招待されるのを待ってるんだよ。さっき、歩き続けろと言われたから」

ダニエルはにやりとした。「ハリー・ウィルスン、いっしょにブランチをいかが？」

「喜んで」そう言って、おれは手すりを乗り越えた。ダニエルが近づいてきておれをしっかりとハグし、頬に軽くキスをした。

「うわー、会えてうれしい」ダニエルが言った。

「ありがとう」おれたちはそろって席についた。

「さあ、どうしてここにいるのか教えて」

「あんたに会うためだとは思わないのか？」

「そう思いたいのはやまやまだけど、思わない。あなたは通りを行った先に住んでるわけじゃないし」ダニエルはちょっと眉をひそめた。「ところで、どうやってここへ来たの？」

「それは機密事項だ」

「あと少しであなたをフォークで刺しそう」

「とても小さな実験用の乗り物を使った」

「空飛ぶ円盤」

「宇宙版デューンバギーのほうが近い」

「〝宇宙版デューンバギー〟はあんまり安全そうに聞こえないね」

「完璧に安全だよ、九十八パーセントについては」

「どこに停めてあるの？」

「停めてない。それは大気圏上層部で燃え尽きたから、あとは飛び降りた」

「また飛び降りたんだ、ハリー。惑星地球を訪問するもっと楽な方法はあるのに」

「今回はそうでもなかった。とにかく、おれにとっては」

ウエイターがダニエルのために新しいブラッディマリーを運んできたので、彼女はふたり分の注文をした。「あれで良かったかな」彼女は注文について言った。

「この店のことはあんたのほうがよく知ってるだろう」

「それであなたは落ちてきたと。理由を教えて」

「おれに合衆国国務長官を紹介してもらいたいんだ」

「あたしの父と話をしたいのね」

「いや、ほんとうに話をしたいのは国連全体なんだけどな。とりあえずはあんたの親父さんで妥協しようかと」

「手紙を送るわけにはいかなかったの？」

「これは手紙に書けるようなことじゃないんだよ」

「いま試してみたら」

「いいだろう。親愛なるダニエル・ローウェン――お元気ですか？　おれは元気です。地球ステーションを破壊してそれをコロニー連合のしわざに見せかけたグループが、今度はあなたの惑星の表面を真っ赤になるまで核攻撃して、コンクラーベに濡れ衣を着せようとしています。あなたがぶじでいられますように。近いうちにまたあなたを宇宙で救助するのを楽しみにしています。あなたの友人、ハリー・ウィルスンより」

ダニエルはちょっと黙り込んだ。「わかった、あなたの言うとおりね」

「ありがとう」

「それは確実なの？　〈均衡〉が地球に対して核兵器を使うつもりだというところ」

「ああ。文書とデータはすべてここにある」おれはこめかみをついてブレインパルをしめした。「まだ百パーセント裏付けがとれたわけじゃないが、たしかな情報源から得た情報ばかりだ」

「〈均衡〉はなぜそんなことを？」

「理由を知ったらあんたは腹を立てるだろうな」

「そりゃ腹も立つでしょ。惑星全体を核攻撃する正当な理由なんかあるわけない」

「実際は地球は関係ないんだ。〈均衡〉はコロニー連合とコンクラーべを争わせて、おたがいを破壊させたいと思っている」

「彼らには別の計画があると思っていたんだけど。地球がからまないやつ」

「あったんだが、おれたちがその計画を突き止めた。それで地球がからむほうに計画を変えたんだ」

「あなたたちを上のほうで戦わせるために、ここで何十億人も殺すというわけ」

「まあそんなところだ」

ダニエルは顔をしかめた。「あたしたちはムカつく宇宙で暮らしてるよね、ハリー」

「あんたと知り合ってからずっとそう言い続けてきたんだけどな」

「そうだけど、いままではあなたがまちがっているかもしれないと思っていられたから」

「すまないな」

「あなたのせいじゃないし。コロニー連合のせいかも。いえ、きっとそうよ。ずっと昔まで思い返してみれば」

「まったくのまちがいとは言えないな」

「まちがいなんかじゃない。コロニー連合は――」

おれは片手をあげた。ダニエルが言葉を切った。「顔を合わせるたびに、あんたはコロニー連合について講義をしてくれる。そして顔を合わせるたびに、おれはあんたにふたりの意見は実際には食いちがっていないんだと言う。あんたさえ良ければ、このちょっとしたやりとりは了解事項として棚上げにして、ほかの話に移りたいんだが」

「あたしはコロニー連合について不満をぶちまけるのが好きなの」

「そりゃ悪かった。ぜひ続けてくれ」

「もう手遅れよ。気分じゃなくなった」

食事が運ばれてきた。

「なんだか食欲がなくなった」ダニエルが言った。

「世界が核兵器で絶滅しようというときに食欲を維持するのはむずかしいよな」おれはそう言って、ワッフルを切り分けた。

「あなたは問題なさそうに見える」ダニエルは冷ややかに言った。「まあ、ここはあなたの惑星じゃないしね」

「まちがいなくおれの惑星だよ。出身はインディアナ州だ」

「最近の話じゃないでしょ」

「充分に最近だよ」おれはワッフルをひと口かじり、もぐもぐやってからのみ込んだ。「おれがしっかり食べられるのは計画があるからだ」

「計画が」

「だからここにいるんだよ」

「それはあなたがひとりで思いついた計画なのね」

「いや、アブムウェ大使が思いついた。ほとんどは。おれはこまごました部分を手伝っただけだ」

「変な意味にとらないでほしいんだけど――」

「良い結果になるはずだ」おれはオレンジジュースをひと口飲んだ。

「――その計画を思いついたのがアブムウェだという事実は、あなたが思いついた場合よりもずっと安心感があるね」

「ああ、わかってる。彼女はおとなだからな」

「そうね。あなたのほうはあたしの弟みたい」

「実際にはあんたとアブムウェを足したよりも年をくってるんだけどな」

「訂正。あなたはあたしの弟の、気が散ってしまうほどいかしてるカレッジのルームメイトみたい。それと、実はあたしの祖父なみの年齢だと何度も言うのはやめて。認知的不協和でせっかくの見た目がだいなしになる」

おれはにやりとした。「世界の終わりもだいぶ気にならなくなってきたようだな」

「そうかな？　まあ、そうね。艶っぽい軽口の叩き合いが終わった瞬間に、完全にぶち切れそうだけど」

「よせよ。言っただろ、おれたちには責任あるおとなが考案した計画があるんだ」

「その計画にはなにが必要なの、ハリー？」

「小さなものがいくつかと、すごく大きなことがひとつ」

「というと？」

「地球がコロニー連合を信用することだ」

「どんなことで？」

「あんたたちを救うと」

「ああ。いまからもうわかるけど、それを信じさせるのはむずかしいよ」

「手紙を送る代わりにおれがここへ出向いてきた理由がわかるだろう。まずあんたと話をしている理由も」

「ハリー」ダニエルは警告した。「あたしたちがおたがいを人として好きだからというだけで、あたしの父やほかの人たちがあなたの話に耳を貸すわけじゃないのよ」

「そりゃそうだろう。だが、おれたちがおたがいを気に入っていて、おれがあんたの命を二度救ったことは、最初の一歩につながるはずだ。あとはこの計画が引き受けてくれる」

「いい計画なんでしょうね、ハリー」

「ああ。約束する」

「あたしたちがあなたたちを信用すること以外に必要なのは？」

「船が一隻いる。それと、あまり忙しくないのなら、あんただ」

「なぜあたしが？」

「コンクラーベのリーダーであるハフト・ソルヴォーラと話をしに行くからだ。あんたはつい最近、コンクラーベ行きの任務でリーダーをつとめただろう。こっちで同意を得られたら、むこうでソルヴォーラと話し合うことがある」

「コンクラーベはいまは公式にはあなたたちと話をしないはず」

「ああ、わかってる。計画があるんだ」

「またアブムウェ？」

「そうだ」

「わかった」ダニエルは自分のＰＤＡを取り出した。

「なにをしてるんだ？」

「父に連絡しているの」

「そのまえにブランチを片付けさせてくれよ」

「これは緊急を要する問題だと思ったんだけど、ハリー」

「そうさ」おれは言った。「だが、おれはさっき空から落ちてきたばかりなんだぞ。ワッフルをふたつくらい味わってもいいだろう」

3

「さて、またお会いしましたね」ハフト・ソルヴォーラが、おれたち三人に言った。「今回はまったく驚きがないような気がします」

ソルヴォーラの話を聞いているのは、アブムウェ大使と、ローウェン大使と、ふたりが会議のために連れてきた下役、すなわちおれだった。ソルヴォーラも自分の下役を同行させていたが、それは全コンクラーベの情報局のトップであるヴィナック・オイを心から下役と呼べればの話だった。ソルヴォーラと大使たちは腰掛けていた。オイとおれは立っていた。このところ、どうもおれは会議で突っ立っていることが多い。

おれたち五人がいるのは、コンクラーベ本部にあるソルヴォーラの個人用の書斎だ。ドアのむこう側――文字どおりにも比喩的にも――には、地球から来た、コロニー連合から来た、コンクラーベから来た、大使付きのスタッフや専門家や顧問たちが集まっていた。息をひそめると、いまこの部屋にいられない彼らの欲求不満がひとかたまりになってうなっているのが感じられるようだった。

「正直に言ってかまいませんか?」ローウェンがソルヴォーラにたずねた。おれは仕事中の彼女のことを〝ダニエル〟とは考えにくかった。彼女が仕事中にはまったく雰囲気が変わるからではなく、単に彼女の立場に対する敬意のあらわれだろう。

「大使、この協議で重要なのはおたがいが正直になることではありませんか？」ソルヴォーラがこたえた。

「この協議のためにもっと大勢がこの部屋に集まると思ったのですが」

ソルヴォーラはいつもの〝人間にとっては極めつけに恐ろしい〟笑みを浮かべた。「わたしたちのスタッフのひとりひとりが同じことを考えているでしょう、大使。しかし、常々感じているのですが、部屋にいる人数と、そこでやり遂げられる有益な仕事の量とのあいだには逆の相関関係があるのです。責任者となったいま、わたしはこれまで以上にそれを実感しています。そうは思いませんか？」

「はい」ローウェンは言った。「おおむねあなたの言うとおりだと思います」

「当然です。そして、女性大使《マダム》の方々、わたしたちがここにいるのは徹底的に有益な協議をおこなうためではありませんか？」

「そうなることを期待しています」アブムウェが言った。

「まったくです。というわけで、大使。わたしはこの部屋に適切な数の人びとが集まっていると考えています」

「はい、ソルヴォーラ首相《プリミア》」ローウェンが言った。

「ではこれ以上時間をむだにするのはやめましょう」ソルヴォーラはアブムウェに注意を向

けた。「始めてください、大使」

「ソルヴォーラ首相、〈均衡〉は地球を核兵器で攻撃したうえで、それを実行したのはコンクラーベであるとコロニー連合に思い込ませようとしています」

「はい。ここにいるヴィナック・オイから、あなたが用意してくれた報告書の要旨を聞きました。あなたは、このままでは責任をかぶせられてしまうわたしたちに、その攻撃を阻止する手助けを求めるつもりですね」

「いいえ、首相。わたしたちはその攻撃を始めさせたいのです」

ソルヴォーラはかすかに身をのけぞらせ、ローウェンに目を向けてから、ふたたびアブムウェを見た。「ほう！」彼女はひと呼吸おいて言った。「これはまた大胆かつ予想外の戦略ですね。だれにどのようなメリットがあるのかを、ぜひ聞かせてもらいたいものです――とりわけ、放射線を浴びる気の毒な地球の市民たちにとって」

「中尉」アブムウェがおれに声をかけた。

「われわれが攻撃を始めさせたいのは、〈均衡〉をおびき寄せる必要があるからです」おれは言った。「このグループは小さくて、精力的で、われわれにとっては、というかだれにとっても、居場所を特定して攻撃するのが困難なのです。グループ全体に対する攻撃が一度だけ成功したのは、レイフ・ダクインが〈均衡〉の基地から脱出したときのことでした。しかし、それを別にすると、彼らはきわめて巧みに隠密行動を続けています」

「そのとおりだ」オイが言った。「判明している〈均衡〉の諜報員はすべて一掃した。地球やコロニー連合でもやったことだろう」アブムウェとローウェンが同時にうなずいた。「だが、いまのところ、彼らは計画を続行するのに新たな作戦情報を必要としていないようだ」

「あるいは、単に新たな協力者がいるのか」アブムウェが言った。

「いずれにせよ、その男の言うとおりだ」オイは触手でおれをしめした。

「わたしたちは〈均衡〉の新しい基地を発見しました」アブムウェが言った。

「どこだ？」オイがたずねた。

「セドナです」おれは言った。「地球の恒星系の端をめぐる準惑星です。アブムウェ大使の船がここへスキップしてくる直前に存在を確認しました」

「では、ここで語られるのは、あなたがたがいかにして彼らを一掃したかという話になるべきでしょう」ソルヴォーラが言った。

「それほど単純な話ではないのです」アブムウェが言った。

「新しい基地の場所はわかるのですが、艦隊は――彼らが地球を壊滅させるために使う艦隊は――そこにはいないのです」おれは言った。「用心深いやつらです」

「ですから、たとえコロニー連合がその基地を破壊しても、地球は攻撃に対して無力なままなんです」ローウェンが言った。

「だからこそ攻撃を始めさせる必要があるのです」アブムウェが言った。「艦隊を地球へおびき寄せて、それと同時に〈均衡〉の基地を叩くのです。どちらにも逃げ道をあたえないために」

「この件にコンクラーベがどうからむのか、やはりよくわからないのですが」ソルヴォーラが言った。

「われわれだけで両方はできません」おれは言った。「〈均衡〉が行動に出るとすれば、コロニー連合が地球への攻撃に対応できないと確信したときだけです。われわれは、独立を宣言した九つの惑星を威嚇するふりをするために、CDF艦隊のかなりの部分を注ぎ込まなければなりません。スキップドライヴの可能なラインから艦船を遠ざけて、地球への攻撃に対応するまで時間がかかるように見せかける必要があるのです。しかも、〈均衡〉の攻撃にただちに対応できるだけの艦船を、彼らが探そうと思わない場所に隠しておかなければなりません。核兵器を一発たりとも地球の表面へ到達させないためには、それなりの艦船を用意する必要があります。つまり、必要な艦船の数が大幅に超過してしまうということです」

「だからコンクラーベに〈均衡〉の基地を攻撃してもらいたいと」オイが言った。

「そうです」アブムウェが言った。「それと、コンクラーベ宙域の、スキップ可能な位置に、わたしたちが艦隊を隠すことを許してほしいのです。そうすれば、〈均衡〉が地球を攻撃したときにただちに対応できます。〈均衡〉があなたがたの宙域でわたしたちの艦隊を探すとは思えません」

「それはつまり、どこの星系に隠れるにせよ、きみたちがけっして攻撃を仕掛けてこないと信じろということか」オイが言った。

「わたしたちを信じる必要はありません」アブムウェが言った。「好きなだけ防御策を講じてください。ただわたしたちの艦隊を置く場所を貸してほしいのです」

「それであなたは？」ソルヴォーラがローウェンに注意を向けた。「あなたの惑星ではいまでも、コロニー連合が地球ステーションを攻撃して、国際的外交団の多くを含む数千の人びとを殺したと考えられているはずです。あなたは地球が彼らを」――さっと手をふってアブムウェとおれをしめし――「信じると言うのですか。あなたがたを絶滅の危機から守ってくれると」

「説得はたやすいことではありませんでした」ローウェンは認めた。「そこでふたたびコンクラーベがからんでくるんです。地球がこの計画に賛同するかどうかは、あなたが受け入れるかどうかで決まります。あなたがコロニー連合を信用しないのなら、わたしたちも信用しません」

「その場合はどうなるのです？」ソルヴォーラが言った。「もしもわたしが、ほんとうにコロニー連合を信用しなかったら？」

「その場合、わたしたちは〈均衡〉の攻撃に関する情報をすべてあなたがたに渡します」アブムウェが言った。「それを渡して祈るだけです――最近いろいろなことがあったとはいえ、あなたがたはやはり地球を守ってくれると。あなたがたは以前にも守ってくれました。少なくとも、あなたの前任者のガウ将軍はそうでした」

「わたしたちは善意でそのような行動をとることはありません。もしもわたしたちが地球のために介入するとしたら、今後は地球をわたしたちの勢力範囲へ引き入れるのを止め立てされることはないと考えます。ですから、大使、あなたはわたしにこんなことを信じてくれと言っているのですよ——コロニー連合はそれを受け入れられる、それどころか、地球がいずれコンクラーベに加わる可能性さえ認められると」

「現時点で、コロニー連合は地球が失われることを受け入れています」アブムウェがローウェンにうなずきかけながら言った。「地球のまだ話をしてくれる各政府にはそのことを伝えてあります。地球はもはやわたしたちの兵士や植民者の専属の供給源ではありません。いまわたしたちは、この新たな現実の中で生き延びるために変わり始めています。そういう状況ですから、自主的であろうとなかろうと、地球がわたしたちの計画にかかわることはもはや考慮に入れていないのです。地球がコンクラーベの一員になるのを見たくはありません。しかし、破壊されるくらいならコンクラーベにいるほうがましです。そこは人類の故郷なのですから、首相」

ソルヴォーラはうなずき、オイに顔を向けた。「あなたの分析をお願いします」

「これはたいへんな提案です、首相」オイは言った。「しかも持ち込んできたのは歴史的に見て信用すべき理由がまったくない相手です」

「それはよくわかります」ソルヴォーラは言った。「とりあえず、提供された情報は正確なものとみなしてください」

「ひとつの惑星を大量虐殺にさらすという道義的な問題を棚上げにした場合、この提案にはコンクラーベにとって利点がほとんどありません。地球もコロニー連合もわれわれになにかを求めていますが、われわれになんのメリットも提示していません。〈均衡〉を壊滅させられるということはありますが、それもわれわれが独自に攻撃して軍事的に活動不能に追い込むことはできます。彼らはわれわれを必要としていますが、われわれは彼らを必要としていないのです。はっきり言って、彼らのどちらかあるいは両方を排除できることを大喜びする加盟種族は何百とあります。コンクラーベを分裂させることなく地球を政治的に引き込む方法はやはりありません」

「つまりかかわるべきではないと言っているのですね」

「〝するべき〟というのは相対的な言葉です。とりあえず道義的な側面を棚上げにしたことを忘れないでください。わたしが言っているのは、たとえかかわったとしても、われわれにはほとんど利点がないということです」

「ただ、おそらく、人類のふたつのグループから感謝はしてもらえます」

オイは鼻を鳴らした。「ここにいる人間の友人たちを侮辱するつもりはありませんが、首相、わたしは人類の感謝を重んじることはありません」

「たしかに」ソルヴォーラは認めた。

「では、わたしたちに協力してはくれないのですね」アブムウェが言った。

「ええ、協力はできません」ソルヴォーラは言った。「わたしやコンクラーベに明確な利益がないかぎりは」

「あなたはなにを望んでいるのですか？」ローウェンがたずねた。

「わたしがなにを望んでいるか？」ソルヴォーラは同じ言葉で応じると、人間の大使たちに向かってぐっと身を乗り出し、自分がおれたちの種族と比べてどれほど大きな生物であるか、そしてどれほど憤慨しているかを強調した。「あなたについて考えずにすむことを望んでいますよ、ローウェン大使！　あるいはあなたについて、アブムウェ大使！　あるいは人類について。これっぽっちも。理解できますか、女性大使《マダム》の方々？　あなたがたの種族にどれほどうんざりさせられているかを？　わたしの時間のどれだけが人間たちの相手で失われているかを？」

ソルヴォーラは両手をさっとあげた。「あなたがたの時間でこの二年間、わたしがあなたがたふたりと——それとあなた、ウィルスン中尉と——会った回数が、コンクラーベの加盟種族のほとんどの代表たちと会った回数よりも多いことに気づいていますか？　わたしの前任者の時間があなたがたの相手でどれだけ奪われたか知っていますか？　もしも魔法で人類を消し去ることができるなら、わたしはそうするでしょう。ただちに」

「妥当な判断ですね」おれは言った。アブムウェが信じられないという顔でおれを見た。そういえば、さほど遠くない昔、彼女はおれにがまんがならないことが多かった。おれたちはその道を逆戻りしようとしているのかもしれなかった。

ソルヴォーラがそれに気づいた。「中尉をにらまないでください、大使。彼の言うとおりですし、あなたもそれはわかっているはず。まさに妥当な判断なのです。人類はその価値以上にトラブルをもたらしています。とはいえ」

ここでソルヴォーラはいかにも不本意な口ぶりになった。「わたしは魔法で人類を消し去ることはできません。あなたから、あなたがた両方から逃れられません。あなたがたもわたしから逃れられません。そこで。あなたがたに協力するために望むことを伝えます」

ソルヴォーラはアブムウェを指さした。「コロニー連合に対しては、完全な外交貿易関係をともなう包括的不可侵条約を求めます。こういうバカげた裏ルートや武力による威嚇はもはやなくなるということです。〈均衡〉を壊滅させたら、その組織についてわかっていることをすべて合同で公表し、あらゆる憶測を排して、わたしたちの最近の敵対関係の多くが彼らによってつくりだされたのだと説明します。わたしは〈大議会〉で条約を通過させるのにこれを利用できますし、あなたがたもだれかを説得するのに利用できるでしょう」

「コンクラーベと同盟を結ぶよう説得しろというのですか」アブムウェが言った。

「とんでもない。どちらの政府にもまだその準備はできていないと思います。わたしはただ、こんなに積極的かつ意図的にいがみ合うのはやめにしようと頼んでいるだけです」

ソルヴォーラはローウェンに顔を向けた。「同じように、地球に対しても不可侵条約と完全な外交貿易関係を求めます」

「わたしたちがコンクラーベに対して攻撃的になることはありえないと思うんですが」ローウェンは言った。

「ありえないでしょう」ソルヴォーラは認めた。「しかし、これはコンクラーベを守るためではありません。あなたがたを守るためなのです。わたしたちから」

「わかりました」

「けっこう。最後に、地球とコロニー連合とのあいだにも不可侵条約と完全な外交貿易関係を求めます。なぜなら、いまあなたがたの関係が復活するのは望ましくないとはいえ、あなたがたが完全に分かれてしまうのはコンクラーベにとっては常に危険なことなのです。好むと好まざるとにかかわらず、全員のために、この人類の分裂状態は終わらせなければなりません」

「三すくみというやつですね」オイが言った。

「完璧です」おれは言った。

「そうかもしれません」ソルヴォーラは言った。「こうすれば全員がおたがいにちょっかいを出すなという相互合意によって結ばれ、そのいっぽうで、意思疎通と通商の面ではひらかれた交流を継続することができます」

「良い考えです、首相」オイが言った。「ただ、ひとつ問題があります」

「この部屋にいないすべての人びとですね」アブムウェが言った。

「そのとおり」オイは同意した。「首相は、より多くの人びとがかかわれば、それだけ物事を片付けるのに時間がかかると言いました。今回の合意には全員がかかわるのです。〈大議会〉でこんな条約をとおすのはむずかしいでしょう。アブムウェ大使だって承認を得られるとは思えません。そしてローウェン大使ですが、えー、地球には有効な惑星政府すらありません。惑星全体に認められる合意を取り付けるのは事実上不可能です。この条約は成立しないのです」

「なるほど」ソルヴォーラが言った。「では、この部屋の外にいる者には投票をさせないようにしましょう」

「不満が出ると思いますが」オイが言った。

「あなたの情報局長の言葉は控えめすぎるくらいです」おれは口をはさんだ。

「かまいません」ソルヴォーラが言った。「この部屋にいる全員が、これはやるべきことだと理解しています。わたしたちはこの件で合意しているのです。そうですね？」

アブムウェとローウェンがうなずいた。

「ではこれで決着です」ソルヴォーラは言った。

「これは皇帝のふるまいですよ」オイが警告した。

「ちがいます」おれは言った。「これは機を見るに敏なふるまいです」ローウェンに顔を向ける。「ルイジアナ買収だ」

「なんの話かさっぱり」ローウェンが言った。

「ついてきてくれよ」おれはそう言って、ソルヴォーラに目を向けた。「地球で、ずっと昔に、合衆国大統領のトマス・ジェファーソンは当時の国土が二倍以上になるほどの領土の購入を持ちかけられました。これがルイジアナ買収です。厳密に言えば、彼にはその取引を受け入れる権限はありませんでした――大統領がその購入を認められるかどうかについて、合衆国憲法の表現があいまいだったのです。しかし、彼はそれを断行しました。国土の広さが二倍になってしまえば、そのあとで議会になにができます？　返却するとでも？」

「わたしたちは土地を買うわけではありませんよ、中尉」アブムウェが指摘した。

「そのとおりですが、大使はもっと別のものを買うんです――平和を。しかも、それは〈均衡〉に対抗する合同の活動として買うんです。コンクラーベとコロニー連合を破滅させるために存在している〈均衡〉は、地球にすぐにでも攻撃を加える計画を立てていて、その累をコンクラーベとコロニー連合にまでおよぼそうとしています。だから待つことはありません。ソルヴォーラ首相の言うとおりです。いまここで条約に合意して、それを既成事実として差し出すんです。それから全員で〈均衡〉の喉元にパンチをくらわせてやりましょう。この件に関してはだれもが生きるも死ぬもいっしょです。おれは生きるほうがいいですが」

「すべてが片付くころには、もはや引き返すには手遅れになる」オイが言った。「新たな常識が生まれるわけだ」

「悪いアイディアではないでしょう」

「悲惨なアイディアだ。メリットはほかの選択肢よりましだという点だけだ」

「それがコンクラーベの情報局長としてのあなたの評価なのですか？」ソルヴォーラがオイにたずねた。

「情報局長としてのわたしの評価を述べるなら、コロニー連合はコンクラーベに対する最大の脅威であることを常にしめし続けていますし、地球もたいして変わりません」オイは言った。「彼らを排除する機会があるのなら、そうしましょう。そのためにこの取り決めをくっがえしようのない既成事実として提示するというのなら、そうしましょう。そのせいであなたは反発や批判を受けるはずです。それでも、〈大議会〉の善意によってコンクラーベは分裂をまぬがれるかもしれません」

「オイ、これは実現可能なのですか？」

「あなたはコンクラーベの首相です」オイは言った。「あなたが実現したいと思えば、そうなるでしょう。言っておきますが、みなにそれを伝えることができればの話です。まず初めに〈均衡〉を壊滅させなければなりません。それを実現させるには、できるかぎりの隠密行動が求められるでしょう」

　ソルヴォーラはうなずき、アブムウェに顔を向けた。「あなたはこれに同意できますか？」

　アブムウェはうなずいた。「はい」

「それをやり遂げることができますか？」

「やり遂げる以外に選択肢がないとみなに伝えます」

「あなたはどうですか、ローウェン大使？」

「わたしの惑星を核攻撃による破滅から救うための取り決めを受け入れられるかという話ですからね」ローウェンは言った。「まちがいなく説得できるはずです」

「説得するんじゃない」おれは言った。「決まったこととして伝えるんだ」

「いいだろう」オイがそう言って、ドアを指さした。「全員がここから出たら、取り決めは成立ということで」

「よろしいですね？」ソルヴォーラがたずねた。

「はい」アブムウェが言った。

「はい」ローウェンが言った。

ソルヴォーラはにっこり笑った。恐ろしくも輝かしい笑みだった。「わたしたちは宇宙の歴史を変えるのがとても簡単なことだと学びました。必要なのは、最初にほかのあらゆる状況がとんでもなく悪化することだったのですね」

ソルヴォーラは立ちあがり、アブムウェとローウェンがすぐさまそれにならった。「さあ、女性大使《マダム》の方々。新たな平和の時代の到来を共に宣言しましょう。それをあえて敵に奪わせて、それから共に戦いに赴きましょう。初めての、そして願わくば最後の戦いに」

コロニー連合の標準暦で二週間後の十月二日、午後三時ごろに、コロニー連合は九つのコロニー世界から独立を宣言する旨の公式通知を受け取った。それぞれの惑星はおたがいから独立していたが、ただちに相互の外交関係の締結を宣言し、コロニー連合にも同じことを提案した。

これが昔であれば、コロニー連合は惑星ごとに一隻の船を送ってその蜂起に対処していたかもしれない。コロニー連合みずからが惑星にまともな防衛網を設置させていなかったので、それほど手間のかかることではなかった。しかし、カートゥームでテュービンゲン号の事件があってからは、戦略と、反乱に対するコロニー連合の対応を変えなければならなくなった。とりわけ、複数の惑星が同時に関与する反乱に対しては。

反乱を起こした世界の空に新しい星座が生まれた。ＣＤＦの大艦隊がその宙域に押し寄せたのだ。それぞれの惑星に少なくとも百隻の艦船が到来した——自由を求める連中を威圧して怖じ気づかせる心理戦だ。

植民者たちが怖じ気づくことはなかった。彼らは公然と反抗の言葉を叫び、やれるものならやってみろとコロニー連合をあおった。

これは見たところ解決不能な展開だった。膠着状態に明確な終わりはなかった。どの惑星もコロニー連合とＣＤＦに自分たちの空から引きあげろと要求した。コロニー連合はそのつもりはないと応じた。人間の艦隊の大半はかつて守っていた世界の上空に常駐するようになっていた。

十月二十一日、一隻の船が地球の上空に出現した。コンクラーベのある世界で登録されていたフー・イサ・トゥン号という貿易船で、一年近くまえから姿を消したままになっていた。すぐに、フー・イサ・トゥン号は孤独ではなくなった。コンクラーベに起源をもつほかの船が次から次へとあらわれたのだ。近現代史の学生には、その驚くべき出現は劇の一場面のように見えたかもしれない。故ターセム・ガウ将軍が、コンクラーベのリーダーだったころに、未公認のコロニーの上空に同じように大艦隊を出現させていたからだ。そのあとコンクラーベは、コロニーに対して退去するか破壊されるかの選択を突き付けたのだ。

地球にはそんな選択肢はなかった。その船団はガウの艦隊のやりかたにならい、最後の船が到着して、地上の観客がその巨大さを把握するのを待ってから、下で見あげている人びとを破壊するための武器を発射する手はずになっていた。

つまり、そのタイミングはたしかにつかみにくいものだった。

コロニー連合が地球をめぐる軌道上に配置していた各衛星は、フー・イサ・トゥン号が地球の星域に到着した瞬間にそれを捕捉し、そのデータはL4ラグランジュポイントに配置されていた特製のスキップドローンに光速で届けられた。それらのドローンには、重力的に平坦な宇宙空間で作動可能な試作品のスキップドライヴが搭載されていた。

三機のドローンが即座にスキップした。そのうちの一機はトポグラフィー的に興味深い金属片の群れとなって目的地に着いた。ほかの二機はぶじに到着した。

太陽系の外の、ハフト・ソルヴォーラ首相の母星ララがある宙域では、二個艦隊が攻撃のために最後の準備をととのえていた。

第一の艦隊は小規模だった――艦は十隻で、ヴィナック・オイがみずから選んでいた。第二の艦隊はそれよりもずっと大規模だった。コンクラーベの二百隻の艦が戦闘を待って――待ちかねて――いた。

地球のほうでは、船の到来は百八隻で止まっていた。その数はコロニー連合あるいはコンクラーベの予想よりもほんの少しだけ多かった。船団がとる最初の行動は、地球の衛星ネットワークの無効化だった。これには数分かかるはずだった。

地球上空の各衛星は、出現した船団のそれぞれの船の位置を記録し、その情報を待ち受けるスキップドローンへ送った。三機がただちにスキップした。このときは三機ともぶじに到着した。

CDFの艦隊のほうでは、それぞれの艦が第一、第二、第三の標的のリストを受け取っていた。この情報の転送と、その確認には、平均して十秒かかった。

それから二十秒後、CDFのすべての艦が地球の星域へ同時にスキップした。

チャンドラー号もいた。艦隊の中でこの一隻だけは標的がなかった。その任務は監視することだった。チャンドラー号の船内には、オデ・アブムウェと、イーガンとリグニーの両大佐と、コンクラーベのヴィナック・オイがいた。それとおれだ。

ネイヴァ・バーラのいるブリッジから見ていると、CDFの各艦が第一の標的の一キロメートル以内に出現し、粒子ビームとそのほかの比較的殺傷力の低い兵器で、まるで外科手術をおこなうように、推進、航行、兵装の各システムをピンポイントで攻撃した。

「通信をスピーカーに流してください」アブムウェが言うと、バーラがうなずいてその指示に従った。

CDFの各艦からの報告が不協和音となって流れ出し、彼らの攻撃が成功していることが裏付けられた。二分とたたないうちに、〈均衡〉の艦隊すべてが機能を停止した。

機能を停止しただけで、撃破されたわけではなかった。

「準備はいいですか?」アブムウェがレイフ・ダクインにたずねた。

「もちろんです」ダクインがこたえた。

アブムウェは笑みを浮かべた。「では始めてください」

「攻撃船の操縦士諸君」ダクインが言うと、その言葉が機能停止したそれぞれの船にいっせいに流された。相手の船の操縦士の身元と種族に見当がついた場合は、ダクインの言葉がそれぞれの言語に自動的に翻訳された。そうでない場合は、その船に翻訳ソフトウェアがあることを期待するしかなかった。「ぼくの名はレイフ・ダクイン。チャンドラー号の操縦士だ。ぼくもきみたちと同じだ。乗っていた船が〈均衡〉と呼ばれる組織の攻撃を受けて拿捕された。〈均衡〉は乗組員を皆殺しにして、ぼくを操縦士に選んだ。ぼくの体を奪い、きみたちと同じように、ぼくにひとりきりで船を操縦させ、その指示に従わせた。

ぼくたちはきみたちが攻撃を強制されたことを知っている。きみたちが共犯者となる代わりに恐ろしい取引を持ちかけられたことも知っている——拒否すれば死、承諾すれば体を返すという約束だ。〈均衡〉が初めからきみたちに体を返すつもりがないのはわかっているはずだ。彼らにとって、きみたちは使い捨てだ。きみたちは常に使い捨てだった。この攻撃が終わったら、きみたちは殺されて、きみたちの船は破壊される。彼らの目的と匿名性を守るために。

きみたちは自分の任務の全体像をきちんと教えられていないかもしれない。それはこの惑星を、地球という惑星を、核兵器で攻撃することだ。それらの兵器はすべての生物を絶滅させ、いつまでも残る放射線でこの惑星を居住不能にするだろう。ここが母星である、ぼくたち人間としては、そのようなことを許すわけにはいかない。だからきみたちが任務を遂行するのを阻止した。

ぼくたちはきみたちの船を攻撃した。どの船も、きみたちも、容易に破壊することができたのだが、そうはしなかった。ぼくたちはきみたちの船を破壊しなかった。きみたちを破壊しなかった。なぜそうしなかったかといえば、きみたちに選択肢がなかったことを知っているからだ。なぜ知っているかといえば、ぼくがきみたちと同じ立場だったときにやはり選択肢がなかったからだ。

ぼくたちはきみたちに選択肢をあたえる。選択肢とはこれだ——ただちに降伏すれば、ぼくたちがきみたちを引き受ける。きみたちを保護し、生きたままコンクラーベに戻してあげよう。きみたちは家に帰り、家族と再会して、万事うまくいけば、新しい体をあたえられてもとどおりの暮らしを送ることができる。

きみたちの中には、すでに船のシステムの修理を試みて任務を遂行しようとしている者もいるだろう。きみたちがそういうことをすれば、ぼくたちは阻止するしかない。阻止するとなれば、きみたちを破壊することになるかもしれない。きみたちが搭載している兵器にはとてつもない殺傷力がある。一発たりとも発射させるわけにはいかない。

ぼくはきみたちと同じだ。いままできみたちと同じだ。このままの姿にとどまっているのは、こういう瞬間を待っていたからだ。だからわかるはずだ、きっとわかるはずだ、きみたちはひとりぼっちではないし、選択肢がないわけでもない。生き延びるために殺す必要もない。きみたちは人生を取り戻すことができるし、そのためには、きみたちを奴隷にしている組織が殺そうとしている無実の人びとを救うだけでいい。

ぼくはレイフ・ダクイン。きみたちと同じだ。ぼくは生きていて、だれの奴隷にもなっていない。ぼくはここできみたちに降伏を求める。降伏して生きることを。降伏してほかの人びとの命を救うことを。どうするか教えてくれ」

そしておれたちは待った。

ほぼ一分近く、通信は静まり返っていた。

それから。

「わしはチュグリ・アーゴ、フレナー・リール号の操縦士だ。わしはきみに降伏する、レイフ・ダクイン」

「イエイ・イエイ・ノー。チュンダウート号の操縦士です。降伏します」

「ルッツン号のロピニガヌイ・アサンダーワナオンだ。もういやだ、人間。おれをさっさとここから出してくれ」

「わたしはトゥンダー・スペン。フー・イサ・トゥン号を操縦している。わたしは家族に会いたい。故郷に帰りたい」

おれはレイフがメッセージを書くのを手伝った。それだけは言っておきたい。

百四名の操縦士が降伏した。二名は攻撃のあと、レイフからのメッセージを受け取るまえに、内部システムを破壊して自殺した。たぶん、とらえられたときに起こることが怖かったんだろう――あるいは、とらえられたときに〈均衡〉にされることが怖かったのか。一名の操縦士は、精神崩壊としか表現しようのない状態になり、降伏するどころか、ほとんどなにもできなくなってしまった。おれたちはその操縦士が自分やほかのだれかを傷つけるまえに船の制御ループから切り離してやった。

一名の操縦士は降伏を拒否し、兵装システムをなんとか修理して、核兵器を発射しようとした。彼の船は核兵器が発射管から出るまえに撃破された。

「きみはこれで信用を得ることになるな」降伏の通告が入り始めたころに、オイがアブムウェに言った。「コンクラーベ種族の大勢の操縦士の命を救ったのだ。彼らはきみのことを忘れない。利口なやりかただ」

「これは彼の考えでした」アブムウェはおれを指さして言った。

「では、きみが利口だったのだな」オイが言った。

「ありがとう」おれは言った。「利口になるために提案したわけじゃありませんが」

オイは同意のしるしに触手を軽くさげた。

降伏の通告が入っているあいだに、セドナで〈均衡〉の基地を攻撃したコンクラーベから最初の知らせが届いた。コンクラーベはそこで発見した〈均衡〉のメンバーを皆殺しにはしなかった。代わりに、基地の生命維持システムと通信システムを無効化し、そこにいる者が脱出するための船や乗り物をすべて破壊した。

そのあと、今回の任務の指揮官が基地の中にいる人びとに選択肢をあたえた——降伏するか、それほどゆっくりとではなく凍死するか。

ほとんどは凍死しないことを選んだ。

それから数週間、数カ月とたつうちに、〈均衡〉の全体像が明らかになって、諜報員の氏名も判明したが、彼らがコンクラーベやコロニー連合や地球に大損害をあたえる能力については否定された。結局のところ、〈均衡〉がなんらかの脅威になると信じるのは困難だった。とはいえ、そもそも脅威になるはずがなかったのだ——コロニー連合とコンクラーベと地球があんなに熱心にみずからの脅威になろうとしていなければ。

「あたしたちは数奇な時を生きてるね」ダニエル・ローウェンがおれに言った。彼女とおれはワシントンDCにあるトマス・ジェファーソン記念館にいた。ハート・シュミットも同行していたが、これは彼にとって初めての地球訪問だった——とにかく、その地上部分については。ハートはかつて旅行したもっとも旅行者らしい旅行者になると決めているらしく、いまはジェファーソンの銅像の写真を考えつくかぎりの角度から撮りまくっていた。三月も末になって、桜の花が咲き始めていた。

「数奇な時を生きろという悪態があるんだ」おれはダニエルに言った。「中国語が由来だと言われてる」

「それは俗説よ。中国人はけっしてそんな愚かなことは言わない」

おれはにやりとした。「そういえば、オデがよろしくと言ってた」オデ・アブムウェは外交の現場を離れて、新しい役目を引き受けていた――コロニー連合がそのコロニーと共に作成している新憲法の主要起草者だ。

「国造りのほうはどうなってるの？」

「最後にオデとその件について話したときは、あれはひどい悩みの種だけど、ほかに代案もないんだと言ってた。オデがあんたやソルヴォーラとかわした取り決めのせいで、皮肉なことに、コロニー連合は彼女が反乱コロニーとかわした取り決めを受け入れざるをえなくなった。彼らは地球やコンクラーベとの既成事実の合意を受け入れられなかったし、自分のところのコロニーからの合意も受け入れられなかった。だからオデがあの協議を仕切れと命じられたんじゃないかな。お偉いさんたちは彼女に仕返しをしたかったんだ」

「皮肉なものね、そのおかげでオデは新しいコロニー連合の生みの母になるんだから。彼女は永遠に人びとの記憶に残ることになる」

「合意を取り付けることができればな」

「オデ・アブムウェなのよ、ハリー。できないはずがないじゃない」

おれたちは写真を撮るハートをながめた。

「いやでも気づくんだけど、まだ緑色じゃないのね」ダニエルが言った。「こういう自然な肌の色は、あなたの夏スタイルなのかと思ってた」

「忙しかったからな」

「みんな忙しかったけど」

「ああ、わかったよ。この色の自分と離れがたくなってるんだ」

「それはなにかの暗示？　潜在意識とかの？」

「たぶんちがう」

「そうかな」

「わかったよ。退役を考えているのかもしれない」

「スーパーボディを捨てて、ふつうのまともな人間みたいに年老いていくの？」

「どうだろうな。なんとなく思っただけだ」

「少なくとも、コロニー連合はあなたで元をとってないとは言えないよね」

「ああ、それはないだろうな」

「ほんとに退役したら、どこへ行くの？　なにをするの？」

「そこまでは考えてなかった」

「うちのスタッフに空きはあるけど」

「あんたの下で働きたくはないよ、ダニー」

「あたしはすばらしい上司で、そうじゃないと言う部下がいたら、容赦なく出世を妨害してあげるの」

「それは募集文に使うべきだな」

「なんで使ってないと思うわけ？」

おれはにっこり笑った。ハートは記念館の壁に彫り込まれている〈独立宣言〉の一節を写真に撮っていた。

「冗談抜きで、ハリー」ダニエルがしばらくして言った。「地球へ戻ってきて」

「なぜ？」

「わかってるでしょ。いまならそれができる」

「そうするかも」

「かい、かも」

「そうせかすなって。片付けることがたくさんあるんだ」

「わかった。ただし、あまり長く時間をかけないで」

「決まりだな」おれはそう言って、彼女の手をとった。

「あたしたちは数奇な時を生きてるね」ダニエルはもう一度言った。「これは悪態で言ってるんじゃないから。あたしは数奇なのが好き。とにかく、いまは好き」

「同感だ」おれは言った。ダニエルはおれの手を握り締めた。

「ここは最高だな！」ハートがそう言って、おれたちに近づいてきた。

「気に入ってくれて良かった」

「ほんとだよ」ハートは勢い込んでおれたちふたりを見た。「さて。お次は？」

もうひとつの「精神の営み」
——削除された別バージョン

イントロダクション

『終わりなき戦火』は、わたしのほとんどの本よりも執筆に時間がかかったが、それは何度も出だしでつまずいたせいでもあった。こうしたつまずきは——わたしの意見では——悪いことではないし、本にとってなにが最善かを突き止める助けになるという点では有益だ。たとえば、視点キャラクターをだれにするか、語りを一人称にするか三人称にするか、などなど。とはいえ、さんざん書いたあとで〝ああああああっ、これはちがうっ〟となるのは腹立たしい。そういうものだ。

出だしのつまずきや方向転換を繰り返しながら、どうにか四万語近くの文章——短めの長篇なみだ！——を書きあげたが、結局そのままでは使わなかった。一部は書き直して別の方向で再利用したが、大半はそのままお蔵入りになった。実は、わたしは本からなにかをほうり出すときに、ただ削除したりはしない。それを〈切除ファイル〉に入れて、ひょっとしたらあとで役に立つかもしれないのでとっておく。

というわけで——わたしは〈切除ファイル〉からいくつかの断片を取り出し、『終わりなき戦火』の最初の中篇《ノヴェラ》、「精神の営み」の別バージョンの第一章をまとめあげた。このバージョンは（おおむね）同じ事件を扱っていて、（おおむね）同じキャラクターが登場するが、語りの方向性は大きくことなっている。

別の宇宙で、別バージョンのわたしがこのバージョンのまま書き続けていたら、『終わりなき戦火』はかなりちがう本になっていただろう。おもしろい。ぜひともそのジョン・スコルジーと会って本を交換したいものだ。

注意をひとつ——このバージョンの物語は異端であり、本来のバージョンのネタバレになるところもある。これを読むために（あるいは楽しむために）公式バージョンの「精神の営み」を読む必要はないが、しっかり比較対照をするためには読むことをお勧めする。

それと、このバージョンはちょっと先が気になる場面で終わっている。それが解き明かされることはない。申し訳ないが。

楽しんで！

——JS

1

　ロバート・アントン号はインへ星系へスキップした。しばらくまえまでララエィ族の宇宙ステーションおよび修理ドックとして使われていた小惑星の近くだ。ララエィ族は、ほかの相当な数の領土と共に、そこを公式に放棄していた。軍事および政治面における一連の失敗のあと、種族の中核となるいくつかの惑星と星系に規模を縮小していたのだ。ただし、〝公式に放棄〟といっても、そこが使われていないわけではなかった。

〝コントロール〟ロバート・アントン号の操縦士であり船長でもあるジョバンニ・カランツァが送信した。〝こちらロバート・アントン号、ドッキングの支援を願いたい〟

「了解、ロバート・アントン号」人工的に生成された音声がこたえた。コントロールが使う標準音声だ。「まだ距離がある。もう少し基地に接近できるか？」

〝むりだ〟ジョバンニは言った。〝エンジンが死んでいる。姿勢制御ジェットも死んでいる。どちらもスキップに入るまえに死んだ〟

「どうやってスキップできる位置まで移動した？」

〝慣性だ。エンジンは可能なかぎり燃焼させせたあとでやむなく停止した。スキップドライヴを駆動するためのエネルギーをとっておくためだ。とてもゆっくりした旅だった〟

「了解。それ以外の状況を報告してくれ」

〝アントン号はひどく損傷している。船殻は気密がたもたれていない。兵装システムは部分的に破壊された。通信機能は生きているようだが、船外センサーは機能していない。タイミングだけでスキップしたんだ。もしもおれ以外にだれかが船に乗っていたら、とっくにみんな死んでいた。惨憺たるありさまだ〟

「任務は完了したのか？」

間があった。〝ああ。任務は完了した。上々とはいかないが、とにかくやり遂げた〟

「きみをドッキングさせるには少し時間がかかる。できるだけ早くきみの任務の分析に取りかかりたい。任務のログと各種記録、それと損傷報告を送ってくれ」

〝送信中だ〟

「ありがとう」

〝アントン号はひどくやられた。いまのところ修理できるかどうかわからない〟

「いま損傷報告を見ている。きみの言うとおりかもしれない」

〝それはおれにとってどんな意味がある？〟

「いまはそんな心配はしなくていい」

〝おれとあんたの合意では、この任務が成功したらおれは満了ということになっていた〟

「その合意のことはよくわかっている」コントロールがこたえた。

〝アントン号の状態がおれに不利にはたらくのは困る〟

「われわれはきみに任務を完了するよう求めた。きみはわれわれの要求にこたえた」

〝あんたたちは船を手に入れるのがむずかしくなっている。操縦士を手に入れるのも〟

コントロールは返事をしなかった。

〝おれは自分の体を取り戻したい。故郷へ帰りたいんだ〟

「心配するな。われわれがきちんとするから」

〝ありがとう〟カランツァはそう言って、死んだ。コントロールが神経毒を彼の脳に投与する指示を出したのだ。効果は瞬時だった。カランツァは望みがかなえられることに安堵したあと、すぐになにも感じなくなった。

コントロールの背後にいる人物は、カランツァの脳の蘇生の見込みが完全になくなったことをしめす信号が届くのを待って——長くはかからなかった——から、曳航船《えいこう》にアントン号をドッキングさせるよう命じ、作業員たちには船をスクラップにするまえに使えるものを回収するよう指示した。

カランツァの言うとおり、最近は船を手に入れるのがむずかしくなっていたが、アントン号が使いものになる時期は終わった。カランツァも同じだ。操縦士もやはり集めにくくなってはいるのだが、彼らが使いものになるのは当人がいつか自由になれると信じているあいだだけだ。今日以降、カランツァがそれを信じることはありえなかった。

浪費だ。

とはいえ、幸いなことに、もうじき補充が届くはずだった。

「反逆的な考えが脚光を浴びる時が来た」オサ・ダーラムが演説台から言った。

おもしろがっているようなつぶやきが、コロニー連合外務省の会議場に集まった外交官たちのあいだをさざ波のように広がった。ダーラム――外務省の副長官をつとめる人物で、通常の集会の最中に同僚のひとりにメダルが授与されるということで、聴衆に向かってあいさつをしていた――も、彼らといっしょに笑みを浮かべた。

「きみたちの考えていることはよくわかる」ダーラムはそう言って、聴衆の中で退屈している外交官の思いを代弁した。「やれやれ、またダーラムのやつがなにか大きなことを考えているふりをしてあんな芝居がかった物言いをしている」彼はまた笑みを浮かべ、わきあがる笑い声の中、愛情ある批判に感謝するかのように両手をあげた。「いやまったく。そのとおり。わたしが芝居がかった発言を仕事上の名刺代わりにしているのは秘密でもなんでもないと思う。だが、ここはいましばらくわたしに付き合ってもらいたい」

ダーラムは聴衆を見渡し、まじめな顔になった。「この数十年――いや、この数世紀――コロニー連合はこの宇宙で人類の安全を確保する役割をになってきた。人類がそこに存在していること自体に敵意をいだいていた、そしていまもいだいている宇宙で。われわれが宇宙に乗り出してからというもの、ほかの種族やほかの権力者たちは、われわれを排除し、根絶しようと試みてきた。だが、われわれが人類についてなにか知っているとすれば、それはこういうことだ——戦わずして屈することはない。

　だからわれわれは戦ってきた。人類は戦ってきた。何世紀ものあいだ、宇宙に自分たちの居場所を確保するために。コロニー連合とコロニー防衛軍《CDF》はわれわれの種族のためにそうして戦ってきたのだ、何世紀も」

　ダーラムは肩をすくめ、数世紀のあいだほぼ途切れることなく戦争が続いていたという事実を受け入れた。「それはしかたがない。しかし、それならわれわれはどうしたのだ、コロニー連合の外交団は？　われわれはそのあいだもずっと、コロニー防衛軍とならんで存在していたはずだが、あらためて考えてみると、はるか後方に置き去りにされていた——なぜなら、遭遇するエイリアン種族との外交は有益なツールになるかもしれないという考えが、物笑いの種になっていただけでなく、実際には、反逆的な考えにきわめて近いとみなされていたからだ。

　どうして外交が機能すると本気で思えるのだ——何度も何度もほかの種族から攻撃を受けて、植民者たちを殺されて、われわれが所有を主張していた惑星と星系を奪われているというのに？　そのような視点に立てば、外交が種族に対する責任の放棄としかみなされないのは当然のことではないか？　外交は反逆以外のなにものでもないのではないか？」

　ダーラムは集まった外交官たちを見渡した。会議場はいまや静まり返っていた。

「外交は反逆である。こぶしではなくひらいた手を差し出すのは反逆である。ことなる世界で、ことなるやりかたとことなる環境で進化した知性が、それでも妥協点を見いだせるかもしれないという考えは反逆である。こういうことすべてがほぼ根源的に人類に対する反逆だと考えるのであれば、最後に残るのは戦争だというのは筋がとおる。戦いだ。どちらか、あるいは両方の破滅につながる争いだ」

ここでダーラムは笑みを浮かべた。「しかし、肝心なのはここだ」そう言って、彼は自分の言葉に耳をかたむけている外交官たちを身ぶりでしめした。「われわれにはもっと分別がある。いつだってそうだった。コロニー防衛軍がわれわれのために戦うのは、たいていは必要なことだし、ときには避けようのないことだ。しかし、こぶしではなくひらいた手を差し出す機会があるなら、それもまた、たいていは必要なことなのだ。

しかも、避けようのないことでもある。コロニー連合は長いあいだ――あまりにも長いあいだ――コロニー防衛軍が戦いによってわれわれの意志を押しとおすために必要とする兵士たちを、地球からの供給に頼ってきた。しかし、もはやその選択肢はない。ジョン・ペリー大佐が地球の上空にコンクラーべの交易船団を出現させたことで、われわれと地球との関係は保留状態となった。あの惑星にとって宇宙への唯一の出口だった地球ステーションが破壊されたことで、その関係は断ち切られた」

ダーラムは、チームの面々と共に聴衆の最前列で腰をおろしているオデ・アブムウェ大使をまっすぐ見つめ、地球ステーションが破壊されたときに彼女がその場にいた功績を認めてうなずいた。アブムウェもうなずき返した。

「地球はその破壊行為の責任をあやまってわれわれに負わせたが、正しかろうが正しくなかろうが、われわれは以前の関係には戻れない」ダーラムは続けた。「いま、コロニー連合はみずからのコロニーから、その惑星の住民の中から、兵士を見つけなければならない——移行には時間がかかるだろうし、コロニー連合のこれまでは平和だった隊列の中にも、すでに少なからぬ社会不安が生じている。

そのいっぽうで、かつては反逆的だった外交という考えが、コロニー連合の重要なツールとなっている。味方をつくるために。時間を稼ぐために。武器ではなく道理によって、宇宙でわれわれの居場所を守るために。いまや外交は、コロニー連合が、拡張する人類が、その居場所を保持するための主要な手段となっている。かつては反逆だったものが、いまは宝物になっているのだ」

「そこで、わかりきったことではあるが、オデ・アブムウェ大使の登場となる」ダーラムは陽気に言った。またもや、集まった外交官たちのあいだに笑い声が広がった。ダーラムがアブムウェに、席を立って演説台の自分のとなりへ来るよう身ぶりでうながした。アブムウェが演説台にあがった。ダーラムの補佐官をつとめるレネア・タムが、木の箱を持ってふたりに近づいた。

「アブムウェ大使、この一年間、きみときみのチームは数多くの外交的激流のまっただ中にいた」ダーラムはアブムウェに顔を向けて言った。「きみは勝利をおさめられるときには勝利をおさめた。勝利をおさめられないときには、少なくとも、コロニー連合にかかる暗雲の中にひと筋の明るいきざしを見いだした。われわれはきみに、きみの部下たちに、多くのことを求めた。そしてきみたちはだれひとりとしてわれわれを失望させなかった。きみたちはその決断力と機略によって幾度となくわれわれを感心させた。ついでながら、きみのチームの一員が合衆国国務長官の娘さんを地球ステーションの崩壊から救ったという事実は、なかなかたいしたことだった」また笑い声が広がった。「きみのチームが見せる主導性はトップから伝わるものだ。きみのリーダーシップが、彼らに、われわれ全員に、模範をしめしているのだ。

コロニー連合はこの困難な時期にきみときみのチームに多くを負っている」ダーラムはそう言って、タムにうなずきかけた。タムが木の箱を開けると、一枚のメダルと額入りの賞状が見えるようになった。「コロニー連合外務省と外務長官の双方からの敬意のしるしとして、ここに望外の喜びをもって、きみの並外れてすぐれた働きをたたえる勲功賞を授与する」ダーラムはリボンがついたメダルを箱から取り出して、それをアブムウェの首にかけた。集まった外交官たちが拍手喝采を送り、アブムウェのチームの面々がさっと立ちあがって歓声をあげた。アブムウェはめったに見せない笑顔を仲間たちに向けた。

ダーラムが片手をあげて聴衆に静粛を求めた。「個人的な話をさせてもらいたい」彼はそう言って、アブムウェに顔を向けた。「大使、わたしはきみのことを、きみが初めて外務省にやってきたときから知っている。きみはインターンでわたしはここが最初の赴任地で、いまからだと」――ダーラムはここでわざと数字をぼかし――「うん年まえになる。当時でさえ、きみは聡明で、洞察力にすぐれ、情熱のある、きまじめな人だった。最初の三つについてはなにも言うことはない。それらはきみを高みへと導いた。ただ、いまでも思うのだが、きみはときどき必要以上にきまじめになることがある」彼がタムにうなずきかけると、補佐官はメダルの箱を置いてスーツのジャケットの中へ手を入れ、なにか小さなものをダーラムに手渡した。「そこで、勲功賞に加えて、個人的な敬意のあらわれとして、わが親愛なるオデよ、きみにこれをあげよう」彼はその小さなものをアブムウェに手渡した。おかしな形をしたゴム人形だった。

「これをどうすれば？」アブムウェが言った。

「ぎゅっと握って」ダーラムが言った。

アブムウェは言われたとおりにした。人形が目をむいてキーキーと笑い声をあげた。外交官たちが爆笑した。

「ありがとう、オサ」アブムウェが言った。「なんと言えばいいのかわかりません」

「いやいや、きみはなんと言うべきかちゃんとわかっている」ダーラムは言った。「あまりにも外交官すぎて口にできないだけだ」

ダーラムは式典のあとのレセプションパーティで一時間過ごし、アブムウェのチームにあいさつをした。とりわけ、まさに周囲で崩壊しかけていた地球ステーションから脱出したふたり、ハート・シュミットとハリー・ウィルスンとは知己を得ることができた。

「あまり思い出したい体験ではないのだろうね」ダーラムはシュミットに言った。最初にシュミットを紹介されたとき、彼だけではなく、彼の友人の友人も紹介されたのだが、その名前は紹介が終わるのとほぼ同時にダーラムの頭から消え失せていた。

「実を言うと、わたしは最悪の場面では意識を失っていたんです」シュミットはそう言って、ウィルスンにうなずきかけた。「実際にどんなふうだったかを説明できるのはハリーのほうです」

「で、実際にどんなふうだったのかね？」ダーラムはウィルスンに顔を向けてたずねた。

「めちゃくちゃ怖いですよ」ウィルスンがこたえると、全員が声をあげて笑った。「というか、きっと怖かったでしょうね――もしもあのとき、地球の大気圏を落下する旅で生き延びることに気をとられていなかったら。そっちもやっぱり怖かったです」

「そうそう、きみは地球ステーションから惑星へスカイダイビングをしたのだったな」

「はい、副長官」

「ということは、合衆国国務長官の娘さんを救ったのはきみなのか」

「ダニエル・ローウェンですね。そのとおりです。彼女は一人前の外交官ですよ」

「ああ、もちろんだ。とはいえ、ローウェンが国務長官の娘であることは、合衆国が、ほかのほとんどの国家とはちがって、われわれといまでも話をしてくれる理由のひとつになっている。だからそのことには感謝したい」

「職務を果たしているだけです」

「われわれがその件できみにメダルを授与したのならいいのだが」

「もらいましたよ。ＣＤＦからもです。おれはもうメダルだらけです」

「それは良かった。では、わたしからは一杯おごるとしよう」

ウィルスンはにっこりした。「この職務はおれ好みだと思ってました」

ダーラムはそれからしばらくして座をはずし、レセプション会場を出て、レネア・タムと自分の荷物を見つけた。荷物のほうは外務省の職員がカートを押して運んでいた。

「そんなにたくさんの服はいらないと思うんですが」タムがカートを見て言った。「あなたは休暇に出かけるのであって、引っ越すわけではないのですから」

「わたしの休暇は三週間だ」ダーラムは言った。「洗濯に使う時間はできるだけ少なくしたいのだよ」

「あなたは大使館に泊まるんですよ。そこにはスタッフがいます。あなたのために洗濯をしてくれる」

「今後はダッフルバッグに着替えを一式だけ詰めて出かけるとしよう。だが、チャンドラー号へのシャトルは四十分後に出発するから、今回だけはなんとか乗り切るしかないな」

タムはにやりと笑い、三人はチャンドラー号へのシャトルを目指して歩き出した。ダーラムはシャトルの扉のところで補佐官と別れ、もうひとりだけいる乗客のむかいの座席に着いた。黒髪の若い男だ。

「今日のスピーチは良かったです」その若い男が言った。シャトルはフェニックス・ステーションを出発してチャンドラー号へ向かっていた。

目を閉じて休んでいたダーラムが薄く目をひらくと、話しかけてきた相手がこちらを見ていた。「見覚えのある顔だな」

「今日、あなたに紹介されました」若い男は言った。「ご心配なく、おぼえているとは思っていませんでした。今日のあなたはたくさん握手をしたんでしょうから」

「外交団の人かな？」ダーラムはたずねた。

「いいえ。でも、ぼくの友人がそうなんです。ハート・シュミットです」

「アブムウェの部下のひとりだな」

「はい。ハートとは学校がいっしょでした。まあ、彼のほうが三年ほど先輩でしたが。でも父親同士が友人だったので、彼と知り合いました。ハートはぼくがチャンドラー号へ向かうためにフェニックス・ステーションに寄ると知って、パーティに招いてくれたんです。ほとんどはうしろのほうでおとなしくしていましたけど。レイフ・ダクインです」若い男は手を差し出してきた。

ダーラムはその手をとった。「では、きみはチャンドラー号の乗組員なのか」

「はい。操縦士です」

「悪くない仕事だ」

「ありがとう。旅をして宇宙を見てみたいんです。あなたも外交官としてあちこち見て回っているんでしょうね」

「以前ほどではないな。いまのわたしは官僚だ。最近もっともよく見る宇宙は自分のデスクだな」

「今回の旅行は？」

「休暇だよ。ハックルベリーへ行って、友人たちと会ってハイキングをするんだ」

「どうしてチャンドラー号で出かけるのかきいてかまいませんか？　あれは貨物船です。外交団用の船のどれかで運んでもらえばいいと思うんですが」

「休暇に出かけるために外交団の船をタクシー代わりにしたら、資材の不正流用とみなされるだろう」ダーラムはにやりと笑った。「それに、わたしが行かなければならない方面へ向かう船がなかった。外務省では民間企業の支援が奨励されているしな」彼はまた目を閉じて、ダクインが空気を読んでくれることを期待した。

そうはいかなかった。「あなたはほんとうに外交は反逆だと思うんですか？」ダクインがたずねた。「コロニー連合がそうみなしているという意味ですが」

ダーラムは目を閉じたままこたえた。「効果を出すために誇張したところはあるかもしれない。だが、選択肢があるとき、コロニー連合が対話よりも銃を選ぶのは事実だ。それがわれわれをもめごとに巻き込んできた」

「行方不明の船のことを知っていますか？」

ダーラムはこれを聞いてまた薄く目をひらいた。「行方不明の船」

「この二年間にたくさんの民間船が行方不明になっているんです。ほとんどが貨物船で。このチャンドラー号みたいな」

「いつの時代にも宙賊はいる。それもコロニー防衛軍が創設された理由だった。それと、われわれを殺そうとするほかの知的種族と」

「そうなんですが、宙賊はふつうは貨物を狙います。それで船が行方不明になることはありません」

「きみはどう思っているんだ？　どんな噂が？」

ダクインは肩をすくめた。「ぼくの考えでは、コロニー連合が地球を失ったことと関係があるはずです。ほかの種族は、コロニー連合が大きな問題に対処するために軍への物資の支給を制限し始めたことを知っています。それで交易船を狙ってコロニー連合のインフラを弱体化させようとしているんです」

「ずいぶん手間のかかる話に思えるが」

「小さなことから一歩ずつですよ」

「きみは怖くならないのか？　貨物船の操縦士だ。標的になるわけだろう」

ダクインはにっこりした。「生活がかかっていますから」

「潜在的な恐怖に対するきわめて現実的な見方だな」

「それに、以前にもあやうく命拾いしたことがあるんですよ。船の故障と事故で、すでに二度ほど死んでいたはずでした。生き延びましたが」

「たしかに。なぜ生き延びられたのだと思う？」

「どうでしょうね。たいていの人より運がいいだけなのかもしれません」今度はダクインのほうが目を閉じて頭をうしろへ倒した。ダーラムはしばらく若者を見つめてから同じようにした。

フェニックス・ステーションを離れて三日がたち、ハックルベリーへのスキップまであと一日を切ったとき、ダーラムはチャンドラー号のイライザ・ペレズ船長にふたりだけで会いたいと申し出た。

「これはどういうことでしょう？」ペレズがたずねた。ふたりがいるのは船長の個室で、チャンドラー号のあらゆる場所がそうであるように、やはり狭苦しかった。「設備に不満があるのかもしれませんが、ご覧のとおり、あなたの部屋も船長室と変わりがありません」

「もちろん、設備に不満などはない」ダーラムは言った。「ペレズ船長、きみに打ち明けなければならないことがある。わたしは目的を偽ってこの船に乗ったのだ」彼は手に持っていた携帯情報端末《PDA》を起動し、それをペレズに渡した。「わたしはハックルベリーへ休暇に出かけるという名目でチャンドラー号の予約をした。実は、まったく別の場所へ向かっているのだ」

ペレズはPDAを受け取り、スクリーンに表示されているものを見た。「これは？」

「外務省からきみへの正式な要請書だ。そのPDAを返してもらったら目的地を教えるので、そこへわたしを連れていってもらいたい。機密保護された正式な要請なので、単にきみのPDAへ文書を転送するのではなく、こうしてわたしのPDAでじかに見てもらっている。ぶざまなやりかたではあるが、こうすれば命令が捏造ではないことがわかるだろう」

「いま〝命令〟とおっしゃいましたね。それは要請とはかなりことなるものですが」

「公式には要請なので、きみは拒否することができる。非公式には、おたがいわかっているとおり、拒否すればきみにとって得にならない」

「あなたをどこへ連れていくのですか？」

「それ自体はなんの特色もない星系だが、おかげで秘密の会合をひらくにはちょうどいい」

「だれと秘密の会合を？」

「それはきみには話せない」

「では船を貸すわけにはいきません」

「それは賢明ではないな」

「チャンドラー号を〝秘密の会合〟のために本来の予定から遠くはずれた目的地へ飛ばすというのも、やはり賢明とはいえません。どういうことなのか話せないというのなら、あきらめてもらうことになります」

「わたしが話したら？」

「それでもあきらめてもらうかもしれません。わたしはそこで決断をしなければならないからです。しかし、この〝かもしれない〟がついていないのは大きなちがいです。その場合は選択の余地がないのですから」

「コンクラーべの代表たちと会って――非公式に――彼らとの同盟について話し合うのだ」

「本気ですか」ペレズはひと呼吸おいて言った。「相手は四百のエイリアン種族からなる組織で、そのほとんどがわたしたちを殺そうと狙っているんですよ。あなたはそんな連中と仲良くしようというのですか」

ダーラムはため息をついた。「ペレズ船長、言うまでもないことだと思うが、いまのコロニー連合はクソだらけの深い井戸にはまっている。だれかに貨物船を狙われているというのは始まりでしかない。遅かれ早かれ、建設されたコロニーが狙われるだろう。遅かれ早かれ、コロニー連合そのものが狙われるだろう。われわれは日に日に攻撃を受けやすくなっている。敵はわれわれが充分に弱体化するのを待ってから攻撃するだけでいい」

「コンクラーベに加盟すればそれが解決すると考えているのですか」

「加盟するわけではない。同盟関係だ。相互不可侵条約を結ぶのだ」

「それはコロニー連合がコンクラーベを撃破したあとで試みたことです」ペレズはそう言って、ダーラムの表情に気づいた。「ええ、みんな知っていますよ。ロアノークで起きたできごとは。わたしは貿易船の船長ですからね、ミスター・ダーラム。あなたがたはその気になれば公式のルートにニュースを流さないようにできますが、貿易船には独自の情報網があるんです。わたしたちは旅をして、話をして、知るんです」

「それなら当面はこの会合を秘密にしなければならない理由もわかるだろう。今回の話し合いがうまくいけば、より公の場での交渉に移れるかもしれない。うまくいかなかったら、なにもなかったことになる。それもまた、外務省の船ではなくチャンドラー号で移動する理由のひとつだ」

「こまかなことですが、わたしたちが運んでいる貨物の問題があります。ガールフルーツをはじめとする腐りやすい作物のことです。予定ではガールフルーツが熟すまえにハックルベリーへ到着するはずでした。ほんの数日遅れるだけで、もう売り物にはなりません。貨物を期日までに届けられなかった理由を説明しないかぎり保険もおりません」

「当然、コロニー連合外務省がきみの貨物を買い取るだろう」

「ぜんぶですよ」

「ぜんぶだ。きかれるまえに言っておくが、適正市場価格で」

「貨物のことだけではありません。販売業者との関係があります。わたしたちはそこで次の貨物を積み込むことになっています。やはり農産物です。やはり腐りやすい作物です。チャンドラー号が予定どおり到着しなかったら、業者たちは大損をするしわたしたちは信用を失うことになります」

「外務省がすべて補償しよう」

「かなりの金額になりますよ」

「まあ、そうだな」ダーラムはそう言って、にっこり笑った。「コロニー連合ならいま話したような金は用意できるから、きみのほうの費用と期待にこたえることについては問題にならないと思う」

ペレズはちょっと黙り込んだ。

「まだなにかあるかな？」ダーラムがたずねた。「仕事が終わったあとでチャンドラー号を洗ってワックスをかけると約束してほしいかね？」

「どうも気に入らないんですよ」

「気持ちはわかる。こんなかたちで提案することになったのは申し訳ない。わたしは命令に従って動いているのだ。それでも、今回の任務では機密保持がきわめて重要だということは理解してもらえるはずだ」

「うまくいくと思っているんですか？　つまり、その任務が」

「もしもうまくいかなかったら、きみは今回の旅で稼ぐ金をすっかり使ってしまうほうがいいだろうな」ダーラムは言った。「できるだけ早く使い切ることを勧めるよ」

　レイフ・ダクインが不安な気分で意識を取り戻したとき、彼が最初に考えたのは、〝両脚の感覚がない〟だった。

　一瞬おいて、次に考えたのは、〝どこもかしこも感覚がない〟だった。

　それからふたたび意識が薄れていき、レイフは長さも深さもわからない暗闇の中を落下していった。

　レイフは夢を見ていたが、自分が夢を見ていることに気づいていた。なぜなら、自分がじっと立っていてまわりのあらゆるものが動いているという、よくある夢だったからだ。

チャンドラー号のブリッジに初めて立ったのは、機関士たちの中で一年、航宙部で六カ月を過ごしたあと、見習い操縦士として第一歩を踏み出した日のことだった。チャンドラー号の副長はレイフを引き受けることを全面的に歓迎したわけではなかった。レイフは当時のウォールデン船長によって副長のスキッドモアの膝元へ放り込まれたのだが、彼女はウォールデンがレイフの家族から賄賂を受け取って彼の昇進を加速させたと怪しんでいるはずだった。それは、まあ、事実だった。チャンドラー号がこのままフェニックス・ステーションを訪れたときに、レイフはそのことを父親から聞かされていた。夢の中でレイフは、スキッドモアのきつく結ばれた唇と、それ以外は慎重に無表情をたもった顔を初めて目の当たりにしていた。

レイフの夢の中での反応は、現実に起きたことと同じだった——おもてむきは礼儀正しく慇懃な態度をとっていたが、胸のうちではなにも気にしていなかった。なぜなら、裏取引はすでに済んでいて、スキッドモアがどう考えようが彼は操縦士になるのだ。スキッドモアはそれが気に入らなかった。それからしばらくして、彼女はチャンドラー号を去った。それがきっかけとなって、レイフは予定どおり第二操縦士に昇進した——つまりは、予定よりもずっと早く、ほかの人たちよりもずっと早く。

一瞬で場面が切り替わると、レイフはタンギパホア中学の校長室にいて、母か父がやってくるのを待っていた。このときは第六学年の生徒の頭を殴ったのが原因だった。別のときには、午前三時に食堂に忍び込んだとか、遊びで乗り回すために清掃用カートを一台盗んだとか、成績を書き換えてやると言ってほかの生徒たちから金をとった（実際にはやらなかったために、不満をもった顧客のひとりが訴え出ることになった）とかいったことが原因だった。レイフは父であってほしいと願っていた。父が違反行為を相対的に評価するのに対し、母のほうは絶対にそういうことはしなかったからだ。レイフが最終的にタンギパホアを卒業できたのは、父が卒業式でスピーチをすることに同意し、母が科学実験室のために寄付をしたおかげだった。

また場面が切り替わると、今度はメタリー大学を卒業した翌日だった。ありふれた工学学位を取得しただけで、成績が良くなかったのは、能力がないというより出席日数と学問への関心が全般的に欠けていたせいだった。母親が彼の信託基金の支払いを承認するつもりはないと話していたが、それはダクイン家のこどもたちが学位を取得したときにあたえられるのが慣例となっていた。レイフがそのことを指摘すると、母は〝慣例〟というのは〝義務〟とはちがうと言って、そこに立ったまま、論破してみろと迫ってきた――ふだんはフェニックス高等裁判所でだれかの言い分を論破している母が。

レイフはその挑戦を受けなかった。代わりに父に目を向けたが、その顔からは用心深く表情が消されていた。父もコレット・ダクインと議論するほど愚かではなかった。それに父ひとりではどうすることもできなかった。ダクイン・ファミリーコーポレーション＆トラストの規則によれば、標準年で三十五歳になるまえに信託基金の支払いをするためには、もし存命なら、両方の親の承認が必要だったのだ。コレット・ダクインは、怠け者の息子にはきちんと就職してその教育にぽっかりあいた大きな穴を埋めてほしかった――それも家業とはかかわりのないところで。ジャン＝ミシェル・ダクインは、コロニー連合で活動する宇宙商船団はどうかと提案した。彼の古くからのナイトクラブ仲間なら、船団のどれか一隻に空きを見つけられるはずだった。

最後の場面の切り替わりのあと、レイフはもはやじっと立ってはいなかった。チャンドラー号の通路をもどかしくなるような遅さで走り、船を占拠した連中から逃げようとしていたが、前方のT字路に襲撃者の一味がふたり姿をあらわしたために行き場がなくなった。レイフはかかとを滑らせて向きを変えようとしたが、その拍子に転倒した。体を起こして走り出そうとしたとき、後頭部を撃たれて、それっきり立ちあがることはできなかった。

夢の中でも現実と同じように、その一撃が皮膚をつらぬき、頭蓋骨にぶつかり、脳の中へめり込んでくるのを感じることができた。夢の中でも現実と同じように、ここで自分は死ぬのだという身のすくむような確信をおぼえ、なにも感じなくなる直前にひとつの思いが脳をつらぬいた――

〝それはあんまりだ〟

「だめだ、降参だ」エイベル・リグニー大佐は、外務省の会議室のガラス張りになった壁越しに、にこりともせずにすわっているふたりの男をのぞき込みながら言った。「あれはだれなんだ？」

リズ・イーガン大佐は、コーヒーカップをつかんでいる手の人差し指を使って男たちを指さした。「左側のユーモアに欠けた男はアレステア・シュミット。フェニックスの運輸貿易大臣。右側のユーモアに欠けた男はジャン＝ミシェル・ダクイン。惑星で最大規模の輸送会社のひとつであるバラード＝ダクイン社のＣＥＯ兼会長よ」

「そりゃすごい。おれたちがそのふたりと会うわけか。いったいなんのために？」

「ガレアーノ外務長官からそうしろと言われたから」

「言い直そう。おれはなんのために彼らと会うんだ？」

「商船が何隻も宙賊に襲われているから、その対策についてあたしたちと話し合いたいということ。あたしの記憶が正しければ、あなたも知っているはずだけど」

「なるほど、だがどうして彼らが気にするんだ？　惑星間あるいは恒星間の貿易はフェニックスの運輸貿易大臣の管轄ではないだろう」

「宇宙港は大臣の管轄だから」

「それはそうだが、大臣の関心は成層圏内にとどまるはずだ。宙賊は問題だが、それは彼の問題ではないだろう。彼の惑星の貿易に影響をおよぼすほどではないからな」リグニーはジャン＝ミシェル・ダクインを指さした。「彼の船が宙賊に襲われたのか？」

イーガンは首を横に振った。「バラード＝ダクイン社は惑星上だけだから」

「もとの質問に戻ろう。二番目のもとの質問だな。なぜおれたちが彼らと会うのか」

「まだ話は終わってないのよ」イーガンがとても静かな声で言った。リグニーは彼女が爆発寸前になっていることに気づいた。

「すまなかった」

イーガンはうなずき、ダクインを指さした。「彼の息子のレイフはチャンドラー号の操縦士なの。一週間まえに行方不明になった商船よ」

「行方不明というのは、宙賊に襲われて次の目的地への到着が遅れているだけなのか、それともほんとうに行方が知れないのか？」

「あなたが教えてよ。それはあなたの部署の担当でしょ、エイベル」

リグニーはひと声うめくと、ブレインパルでチャンドラー号の最新情報に素早くアクセスした。「イアリ到着が二日遅れた時点で、こちらからスキップドローンを送っている」彼は情報を読みあげた。「これは地球ステーションが崩壊してからの新しい方針だ」

「それで？」

「それだけだ。チャンドラー号はスキップまえにいるべき場所にいなかったし、破壊された痕跡も見当たらなかった。なにもなかった」

「じゃあほんとうに行方が知れないのね」

「そのようだな」

「これでダクインがここにいる理由はわかったでしょ」

「きみはどんなふうに話を進めたい？」

「この会話のまえにどんなふうに話を進めたかったかというと、あなたのほうからＣＤＦの宙賊対策について話してもらいたかった。情報を提供して、思いやりをしめして、うまく会話に引き込んで」

「思いやりをしめす部分についてはきみのほうが得意だろう。地球にいたときはメディア企業帝国を運営していたんだから」

イーガンは首を横に振った。「あたしはCEOだった。思いやりをしめしていたらCEOにはなれないわ。それは広報担当者にまかせていた」

「じゃあ、ここではおれがそれをやるのか？　広報係を？」

「そうよ。なにか問題でも？」

「ないだろうな。たとえあっても、きみは気にしないだろう」

「気にするわよ。あとで」

「励みになるね」

イーガンはうなずき、部屋で待っているふたりの男を身ぶりでしめした。「あたしが思うに、あたしたちふたりがいれば、彼らの質問にこたえて、すべてをきちんと仕切っていると納得させて、こちらができるかぎりの幸せで満足した状態でお引き取り願えるはず。そうすればあたしの上司は幸せになる。あたしも幸せになる。しかもあたしはあなたに借りができる。それであなたも幸せになるはず」

「つまり、果てしない幸せの連鎖が続くということか」

「〝果てしない〟とは言ってないわ。大げさな約束は意味がない。ちょっとした幸せ。手に入るもので満足しないとね、最近は。さあ行くわよ」

イーガンとリグニーは会議室に入り、シュミットとダクインに自己紹介をしてから、ふたりの男のむかい側でテーブルについた。

「シュミット大臣、あなたの息子さんのハートのことはよく存じあげています」イーガンは言った。

「そうなのか」シュミットが言った。「残念だが息子からきみの話は聞いたことがないな」

「息子さんの上司をよく知っているんです。アブムウェ大使です」

「ああ。地球ステーションでの騒乱を切り抜けた者か」

「はい。大使のチームがあなたの息子さんを含めて全員あの攻撃を生き延びられて、ほんとうに良かったと思います」

シュミットはうなずいた。

〝あなたの番よ〟イーガンはブレインパルを通じてリグニーに送信した。〝情報を提供して、うまく会話に引き込んで、思いやりをしめして〟

「ミスター・ダクイン」リグニーが言った。「まずお伝えしておきたいのですが、この会合のまえにチャンドラー号の最新情報にアクセスしてみました。ご心配でしょうが――」

「メートル法で一億六千五百万トン」ダクインがリグニーの言葉をさえぎって言った。

「なんですって?」リグニーが割り込みに不意を突かれてたずねた。

「わしの会社はメートル法で一億六千五百万トンの貨物をフェニックス中央港からフェニッ

クス・ステーションとそこに停泊している艦船へ運んでいる。それはフェニックス中央港からきみたちのこの宇宙ステーションへ届けられる貨物の九十パーセントに近い」

「それは知りませんでした」リグニーは言った。どういう話になるのかよくわからなかったが、まともに質問したくはなかった。

「わしがこのような事実を口にすることが奇異に聞こえるのはわかっている。だが、この数字を知っておいてもらえば、わしがこれから告げることの重大さが伝わりやすいはずだ」

「わかりました」リグニーはそう言って、ちらりとイーガンに目を向けたが、彼女は視線を合わせようとはしなかった。

「チャンドラー号とわしの息子のことは知っているな」ダクインは言った。

「はい。いまちょうど――」

「きみがいまちょうど話そうとしたことに意味はない」ダクインはまた話をさえぎって、リグニーをふたたび黙らせた。「わしはバカではないのだ、リグニー大佐、ちゃんと情報源もあって、そこにはこちらのシュミット大臣も含まれている。きみが現時点ではチャンドラー号あるいはその乗組員になにが起きたのかまったくわかっていないことも承知している。退屈な言葉でわしを懐柔しようとするのはやめてくれたまえ」

「ミスター・ダクイン」イーガンが会話に割り込んできた。リグニーはベンチへ引っ込めということのようだった。「あなたがなにを伝えるためにここへいらしたのか率直に話していただくのがいちばんかと思いますが」

「ここで伝えるべきことは簡単だ。わしはフェニックス・ステーションへ運ばれてくるすべての貨物の九十パーセントを扱っている。食糧の九十パーセント。生活必需品の九十パーセント。きみたちの宇宙ステーションを」――ダクインはここを強調した――「居住可能な施設たらしめ、コロニー連合がそのささやかな惑星帝国を支配するための拠点たらしめている、ありとあらゆる物資の九十パーセントだ。一週間以内にチャンドラー号とその乗組員の確実な消息が判明しなかったら、フェニックス・ステーションへの貨物の輸送は止まる」

この発言で部屋全体が静まり返った。やがてイーガンがシュミットに顔を向けた。「これは受け入れられません」

「同感だ」シュミットは言った。「ここへあがってくるまえに、ジャン＝ミシェルにはまさにそのとおりのことを伝えた」

「それでも、あなたは彼をここへ連れてきてこの最後通告をさせたのですね」

「そのとおり。その事実自体が、運輸貿易大臣であるわたしにはこの件について選択肢がなかったことを物語っているはずだ」

「ひとつの企業にフェニックス・ステーションの貨物の大半を扱わせたのは、あまり賢明なことではなかったかもしれませんね」

シュミットはうっすらと笑みを浮かべた。「同感だよ、イーガン大佐。だが、フェニックスの政府を責めるつもりなら、まずコロニー連合の契約について考えてみる必要があるだろう。きみたちの貨物をバラード＝ダクイン社にまかせたのはきみたちであって、われわれではないのだ」

「情報を入手できるという保証はできません」リグニーがダクインに言った。「コロニー連合はこの件の調査を怠けているわけではないのです、ミスター・ダクイン。ただ、船そのものかその残骸が」――リグニーはすぐにその言葉を使ったことを後悔したが、とりあえずどうしようもなかった――「ただちに発見されない場合には、それを発見するのは飛躍的に困難な作業となるのです」

「これはきみたちの問題だ」ダクインが言った。

「はい、そのとおりです。しかし、この問題でわれわれに制約を課すおつもりでしたら、あなたはその影響の大きさを理解する必要があると思います。あなたが求めていることはあなたが求めている期間内では実現不可能なことかもしれません」

「ミスター・ダクイン」イーガンが言った。ダクインがそちらへ注意を向けた。「率直に話すことをお許しください」

「よかろう」ダクインが言った。

「あなたがチャンドラー号とその乗組員、そして息子さんのことを心配するお気持ちはよくわかります」イーガンは言った。リグニーは、〝思いやり〟カードを使ったのが結局はイーガンだったことに、胸のうちで苦笑した。「ですが、フェニックス・ステーションへの輸送を人質とすることが有効だと考えておられるならそれはまちがいです。第一に、フェニックスからの輸入についてはほかのコロニーからの輸入で代替することが可能です。第二に、あなたがフェニックスの輸出経済にあたえる被害は莫大なものになります」イーガンはシュミットを指さした。「こちらのシュミット大臣があなたにこれを伝えたがるかどうかはわかりませんが、大臣とその政府はただちにあなたの会社の国営化を余儀なくされるでしょう。理由はどうあれ、あなたはコロニー連合との契約に違反したかどで法廷に引き出されることになります。さらに、フェニックス・ステーションはコロニー連合政府の本拠地ですから、それを飢えさせようとするあなたの行為は反逆とみなされる可能性も充分にあります。言うまでもないことだと思いますが、コロニー連合はけっして反逆者を許さないのです」

ダクインがにっこりした。「ありがとう、イーガン大佐。きみの経歴は少しばかり知っている。地球にいたころはCEOだったそうだな。われわれが同じような考え方をするのは明らかだ。だから、きみに敬意を表してわしも率直に話をさせてもらうとしよう。フェニックスからの輸入をほかのコロニーからの輸入で代替するというきみの脅しは無意味だ。コロニー連合は弱いのだよ、イーガン大佐。きみたちは地球を失い、いまだにそれを取り戻していない。兵士は尽きかけているし、各コロニーはそうなったらきみたちが彼らを食い物にしてコロニー防衛軍の隊列を埋めようとし始めることを知っている。そのせいで、どのコロニーも神経質になって、コロニー連合が役に立つときはもう終わったのではないかと自問しているのだ。

きみたちがほかのコロニーにフェニックス・ステーションへの貨物の輸送を命じたら、彼らはその理由を知りたがるだろう。フェニックスが地上からきみたちを飢えさせているせいだとわかったら、一部のコロニーは、きみたちがどれほど弱体化しているかに気づき、さらに少しばかり血をすすられるよりはいま関係を絶つほうがましだと判断するだろう。きみもそれはわかっている。わしもわかっている。自分がほんとうはどれほど弱っているかを、きみたちがほかのコロニーにわざわざ教えるはずがない」

「すてきなスピーチですが、そんなことになるまえにあなたの会社が国営化されるという点を都合良く忘れていますよ」イーガンが言った。

「シュミット」ダクインは言った。

「フェニックス政府はバラード＝ダクイン社を国営化しない」シュミットはイーガンに言った。「いま現在、われわれは連立政府だ。その連立は不人気で不安定だ。ダクインが輸出を停止するのはまずいが、会社を国営化するのはさらにまずい。そんなことをしたら政府は崩壊する。現政府は、不人気で権力の座から追われるよりも、不人気で権力の座にとどまることを選ぶだろう」

「国営化を強制することは可能です」イーガンが言った。

「たしかにコロニー連合なら強制できる」シュミットは認めた。「だが、それは問題をさらに悪化させる解決策だよ、イーガン大佐、リグニー大佐」彼はかすかに顎をふってダクインをしめした。「いまのところ、フェニックス市民できみたちに理不尽な怒りをいだいているのはひとりだけだ。きみたちが国営化を強制したら、十億人がきみたちに筋のとおった怒りをいだくことになる。その怒りは確実に広がるだろう。ジャン＝ミシェルの言うとおり、いまのコロニー連合は弱い。きみたちはその事実を宣伝したくないはずだ」

「猶予は一週間だ」ダクインが言った。

「たとえわれわれがあなたの要求を受け入れたとしても、一週間では充分な時間とは言えません」リグニーが言った。

「きみがなにを充分な時間と考えようがわしには関係ない」

「わたしがなにを考えるかではないんです」リグニーの口調は本人が意図したよりもつっけんどんになった。少なくとも、それでダクインを黙らせることはできたようだった。「移動と意思疎通に制限があるということです。われわれはSF小説の宇宙に住んでいるわけではないんですよ、ミスター・スキップドローン。宇宙のある場所から別の場所へメッセージを瞬時に送ることはできません。スキップドローンが必要ですし、それを送るには、まず宇宙が平坦なところまで移動してから星系外へスキップさせなければなりません。今日から徹底的な捜索と調査を始めるとしても、移動にかかる手間を考えれば、一週間以内であなたの求める情報を手に入れられる可能性はほぼ皆無です。だいたい、われわれはとっくにチャンドラー号を捜しているんですよ。一週間で情報を手に入れられたらそれは幸運というものです」

「わしの気持ちは変わらん」ダクインが言った。

「それはわかります。しかし、これは交渉できるようなことではないんです。一週間しかあたえないというのなら、あなたはいますぐ権力闘争を始めたほうがいい。なぜなら、われわれは確実に対応できないからです。しかし、ほんとうに息子さんのことを気にかけているのなら、ミスター・ダクイン、あなたはわれわれに仕事をやり遂げるための時間をあたえるべきです。われわれの仕事はあなたがわれわれにさせたがっていること――すなわち、チャンドラー号の発見なのです」

「どれだけあればいい」ダクインが言った。

「四週間です」

「二週間だ」

「いいえ、ミスター・ダクイン。四週間です。あなたは輸送にくわしくて、ご自分の会社でなにができるかを知っています。わたしは自分たちの船にくわしくて、それらになにができるかを知っています。わたしは駆け引きをしているわけではありません。これをやり遂げるために必要な時間を伝えているんです。受け入れられないならそれまでです」

ダクインはシュミットとイーガンをちらりと見てから、またリグニーに目を戻した。「四週間だ」彼はそう言うと、立ちあがって部屋から出ていった。

「彼にとって残念な結果になることはわかっているでしょう」ダクインが去ったあとで、イーガンがシュミットに言った。

「この先に起こることが、彼にとって残念な結果になるというだけのことなら、わたしとしては心から感謝したいね」シュミットはそう言って、自身も立ちあがった。「困ったことに、わたしにはほかのすべての人びとにとって残念な結果になる道しか見えないのだよ」リグニーに顔を向ける。「とにかく、きみのおかげで準備をする時間が少し増えた。それについては礼を言わなければならないが、どのみち大差はないだろうな」シュミットは失礼すると言って去った。

「ふん、なかなか楽しい会合だったな」ふたりきりになったところで、リグニーがイーガンに言った。

「四週間でこの船を見つけられるの？」イーガンがたずねた。

「見つける努力はするよ」

「努力じゃだめ。絶対に見つけて。さもないと、一カ月後にはみんながおたがいを生きたまま食らうことになる」

「文字どおりな」リグニーは言った。

「それが文字どおり現実になるというのが最悪のシナリオよ」イーガンは言った。

感謝の言葉

自分の本の謝辞では、それをみなさんのもとへ届けるために尽力してくれたトー・ブックスの人びとに向かって大声で叫ぶのを慣例にしていて、担当編集者のパトリック・ニールスン・ヘイデンが、まずトップにくる。今回は、いつも以上にあからさまに彼らに感謝したい。なぜかというと、今回のわたしはとりわけ手間のかかる作者だったからだ——破ってはいけない締め切りを破り、そのせいで、本を予定どおりに出すために彼らに高速モードで働いてもらうことになったのだ。ここで注意してもらいたいのは、〝高速〟モードであって〝パニック〟モードではないということ——彼らは有能すぎるからパニックになったりはしないのだ。

というわけで——パトリック、ミリアム・ワインバーグ、クリスティーナ・マクドナルド（原稿整理）、ラファール・ジーベク（制作担当者）、カール・ゴールド（制作部長）、ヘザー・ソーンダーズ（デザイナー）、ネイサン・ウィーヴァー（編集部長）、ミーガン・ハインン（編集部長助手）、ケイトリン・バックリー（デジタル編集部長）、それとナタリー・アイルバート（品質管理部主幹）、ありがとう、ありがとう、さらにもう一度、ありがとう。手間のかかる作者の相手をさせて申し訳なかった。これからは手間のかかる作者にならないよう必死で努力する。もしもなってしまったら、殴ってかまわない（いや、たとえば腕とか。あまり強くしないでほしい）。トーUK社とそこで本書のために働いてくれた人びと、スティーヴ・フェルドバーグとオーディブル社のすべての人びと、それと、わたしの本にかかわる世界中のすべての出版社のすべての人びとにも感謝を叫びたい。

まじめな話――ありがとう、わたしと共にこの本のために働いてくれたみなさん。本の制作から〝中間業者〟を排除することを声高に主張したがる人びとがいるけれど、彼らはその〝中間業者〟――本の中の単語を書く以外のあらゆることをする人びと――が、自分たちが読んでいる作品の楽しさにどれほど貢献しているかわかっているのだろうか。わたしは知っているし、彼らの尽力と心遣いに感謝している。

いつものように〈老人と宇宙《そら》〉シリーズの世界をみごとに描き出してくれたジョン・ハリス、これらの本のヴィジュアル方面で気配りと鑑賞眼をしめしてくれた、トー社のアートディレクターであるアイリーン・ギャロ、デザインを担当したピーター・リュートイェンにも感謝する。そしてまた、宣伝を担当してくれたアレクシス・サーレラーとパティ・ガルシアにも感謝する。

この言語とほかのたくさんの言語でわたしを売り込んでくれた、著作権エージェントのイーサン・エレンバーグとビビ・ルイスにもおおいに感謝する。いつも楽しく打ち合わせができる映画／TV担当エージェントのジョエル・ゴトラーにも感謝する。

妻のクリスティンは、わたしのあらゆる作品の最初の読者であり、作家としてだめな部分を指摘してくれるという点では世界でいちばん信頼している。もしもあなたが本書を楽しんだとしたら、それはクリスティンのおかげだ（もしも楽しめなかったら、それはわたしのせいだ）。妻には感謝と、いつものように永遠の愛を捧げる。

妻はわたしの最初の読者ではあるが、たいへん幸運なことに唯一の読者ではない。本書は〈老人と宇宙《そら》〉シリーズの六冊目だ。これで『老人と宇宙《そら》』が最初に刊行されてから十年がたつことになる。こんなところまでやってこられたのは、大勢のみなさんが、世界中で、それを読み続けてくれているおかげだ。そう考えると、驚きを禁じ得ない。わたしはみなさんのひとりひとりに、個人的にも仕事の面でも多くを負っている。ほんとうにありがとう。

——ジョン・スコルジー
二〇一五年四月六日

訳者あとがき

お待ちかね、ジョン・スコルジーの〈老人と宇宙《そら》〉シリーズの最新作が登場です。二〇一五年八月に発表された長篇、*The End of All Things* の全訳です。

前作『戦いの虚空　老人と宇宙《そら》5』で大きな謎のまま残された、各地で頻発する宇宙船の強奪事件、そしてクライマックスで起きた地球ステーションへの大がかりな攻撃。その黒幕の正体がいよいよ明かされます。本書だけでも単独の長篇として読めるようになってはいますが、やはり前作から続けて読むほうが話はわかりやすいと思います。もちろん、もはやインスタントクラシックとなった第一作『老人と宇宙《そら》』を未読の方は、そちらからスタートすればさらに楽しみが増すでしょう。

前作では、ひとつの役割を終えて表舞台から退場したジョン・ペリー一家に替わり、コロニー連合の〝汚れ仕事専門《Bチーム》〟外交団の活躍が描かれました。中心となるのは三名。女性大使のオデ・アブムウェは、少々きまじめすぎる面はありますが、エイリアン相手の交渉でも一歩も引かない強靭な精神力の持ち主です。副大使のハート・シュミットは、大臣の息子というおぼっちゃん育ちでありながら、あえて外交団で自分を磨いています。そんなふたりの命令を受け、いつも現場を駆けずり回って散々な目にあわされているのが、チームで技術顧問をつとめるハリー・ウィルスン。かつてはペリーと共に〝オイボレ団〟を結成していたコロ《C》ニー《D》防衛《F》軍の兵士で、いまだに現役の中尉として、だれもがいやがる仕事にせっせと励んでいます。そろそろ退役を考えたい時期ではありますが、地球ステーションへの攻撃で黒幕とみなされてしまったコロニー連合は、地球と完全な絶縁状態にあり、兵士や植民者の供給が途絶えたままです。人員補充の見込みがなくなったいま、CDFの兵士たちはもはや退役を許される状況ではありません。

　まっぷたつにされてしまった人類。このまま手をこまねいていたら、資源を失ったコロニー連合は徐々に衰退し、その故郷である地球も、人間を好ましく思わない（はっきり言えば憎んでいる）大多数のエイリアン種族によって存続の危機にさらされます。行く手に待つのは、本書の原題にもある〝すべての物事の終わり〟でしかありません。そんな最悪の状況を打破するためには、なによりもまず、地球とコロニー連合の分断をもくろむ勢力の正体を突き止め、その動機をあばき、地球との関係を修復して、最大の敵であるコンクラーベの攻勢にそなえなければなりません。Bチーム最大の挑戦の始まりです。

　前作では全体の構成におもしろい工夫があり、TVドラマのワンシーズンを模したバラエティあふれる十三のエピソードから成り立っていました。今回は、全体が四つの長めのエピソードに分かれていて、それぞれ視点人物がことなっています。第一話は、新たな登場人物ですが、今回きわめて重要な役割をはたす、とある貨物船の操縦士。第二話は、おなじみのチュロス大好きエイリアン、ハフト・ソルヴォーラ。第三話は、前作で敵の捕虜になりながら鋭敏な聴覚だけで脱出を果たした、元ミュージシャンのヘザー・リー中尉。そして最終話が、われらがハリー・ウィルスン。それぞれまったくちがった立場から語られることで、この宇宙規模の危機が多角的に語られていきます。

もうひとつ、本書の巻末にはおまけとして、途中まで執筆されながら結局はボツになった第一話の別バージョンの原稿の一部が収録されています。いくつかの場面をつなぎ合わせて一本にまとめたということなので、多少つながりがおかしいところもありますが、こちらも出だしから（別の意味で）緊迫感ある展開となっていて楽しめます。キャラクターの設定なども微妙にことなっている部分があって、創作の流れを知るうえでも興味深いものがあります。

ところで、現実世界の二〇一六年には、このスコルジー宇宙史に大きな影響をおよぼす事件がありました。

そう、アメリカＭＬＢ、シカゴ・カブスのワールドシリーズ優勝です。カブスが一九〇八年以降ずっと〝ヤギの呪い〟でワールドシリーズに勝てていないというのは、あちらではよくネタにされる話で、〈老人と宇宙《そら》〉シリーズの第一作でも、カブスは「二世紀ものあいだずっとワールドシリーズで勝てない」とされていました（そこから計算すると、ペリー入隊は二一〇八年ごろになります）。前作の「クラーク号の物語」というエピソードでは、そのカブスもついに優勝したことが明かされていましたが、いずれにせよ、この宇宙史ではカブスは二十二世紀まで優勝できないのです。

カブスが二〇一六年に優勝してしまった以上、スコルジーの描く未来はけっして現実にならない、ということで、一部のメディアではちょっとした騒ぎになっていました。慧眼な作者も、カブスの優勝だけは予想できなかったと。まあ、SFには平行世界という便利な概念があるので、それは枝分かれした宇宙でのできごとだと考えればなんの問題もないのですが、訳者や読者のみなさんがいま住んでいる宇宙は、どうやらジョン・ペリーのいる未来にはつながっていないようです。

では、作者の近作について簡単にふれておきます。

二〇一五年、スコルジーは十年間で十三冊の本を出版するという大型契約をトー・ブックスと結んで話題になりました。公表されている範囲だけでも、すでに邦訳の出た『ロックイン―統合捜査―』の続篇や、新しいスペースオペラ・シリーズ、さらに単独長篇やヤングアダルト小説など、実に多彩なラインナップとなっています。その中には、当然のように〈老人と宇宙《そら》〉シリーズの続篇もあげられているわけですが、内容や刊行時期などはすべて未定です。

二〇一六年は、オーディオブックでアーバンファンタジイ中篇 The Dispatcher（執行人）を発表したり、ショートショートを集めた短篇集を出したりしただけで、珍しく長篇の新作がなかったのですが、二〇一七年にはいよいよ、この大型契約に含まれる作品の第一弾が登場します。作者がもっとも力を入れていると思われる新しいスペースオペラ・シリーズの第一作で、題名は *The Collapsing Empire*（崩壊する帝国）。本国では二〇一七年の三月に刊行予定となっていて、そろそろ書評なども見かけるようになってきました。

〝フロー〟と呼ばれる異次元フィールドによって超高速の移動が実用化された時代。人類は川の流れにも似たそのフィールドをたどるようにして、恒星間宇宙に広がる一大帝国を築いている。だが、フローの流れはごくまれに変化することがあり、その場合、取り残された惑星は永遠に帝国から切り離されてしまう。かつて地球が失われたように。そしていま、フローにかつてない大きな変化が起きようとしていた……。

崩壊の危機にさらされた帝国で、ひそかにフローの研究を続けてきた物理学者と、一族の利益のみを追求する（肉食系）財閥令嬢と、望まぬ帝位を引き継いだばかりの若き女帝を中心に、多数の思惑がからみあった陰謀渦巻くドラマが繰り広げられます。スコルジーらしい軽妙さは残しつつも、〈老人と宇宙《そら》〉シリーズとはまたちがった作者の新しい魅力を見せてくれる、一気読みの快作です。

最後に、スコルジー作品の映像化について。

まず、一時期はパラマウントで映画化が確定したと思われていた『老人と宇宙《そら》』については、その後、ケーブルTV局のSyfyによって〈ゴースト部隊〉という題名のドラマとして仕切り直しされることになりました。題名変更の理由は、作者によれば「そのほうがセクシーだから」とのこと。なお、監督として名前のあがっていたウォルフガング・ペーターゼンはそのままドラマのほうにもかかわるそうです。

それ以外にも、二〇一四年には、やはりケーブルTV局のFXで『レッドスーツ』、レジェンダリーTVで『ロックイン―統合捜査―』と、立て続けにドラマ化の契約が結ばれましたが、この業界の常として、なかなか具体的な製作にまではいたっていません。気長に待ちたいと思います。

これは映像化とはちがいますが、前述したオーディオブックのThe Dispatcherでは、新しい映画版〈スター・トレック〉でスポックを演じたザカリー・クイントが声優を担当したことが話題になっていました。ハリウッドとのつながりは深まっているようですので、今後もおもしろい企画が期待できそうです。

二〇一七年二月

レッド・ライジング
火星の簒奪者

Red Rising
ピアース・ブラウン
内田昌之訳

最下カースト・レッドの人々は、人類の未来のためと信じ、火星の地下で過酷な労働の日々を送っている。だがそれはすべて偽りだった。少年ダロウは、社会改革のため、肉体改造を受け、次代の艦隊司令官や惑星総督を選抜する支配階級ゴールドのエリート養成校に潜入することに。少年の壮絶なサバイバルが始まる！

宇宙の戦士〈新訳版〉

ロバート・A・ハインライン

Starship Troopers

内田昌之訳

〈ヒューゴー賞受賞〉恐るべき破壊力を秘めたパワードスーツを着用し、宇宙空間から惑星へと降下、奇襲をかける機動歩兵。この宇宙最強部隊での過酷な訓練や異星人との戦いを通し、若きジョニーは第一級の兵士へと成長する……。映画・アニメに多大な影響を与えたミリタリーＳＦの原点、ここに。解説／加藤直之

ハヤカワ文庫

タイム・シップ〈新版〉

The Time Ships

スティーヴン・バクスター
中原尚哉訳

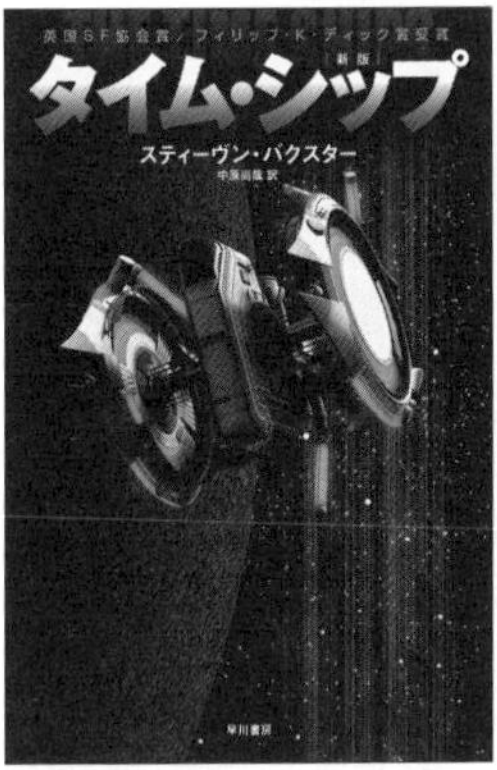

〈英国SF協会賞／フィリップ・K・ディック賞受賞〉 一八九一年、タイム・マシンを発明した時間航行家は、エロイ族のウィーナを救うため再び未来へ旅立った。だが、たどり着いた先は、高度な知性を有するモーロック族が支配する異なる時間線の未来だった。英米独日のSF賞を受賞した量子論SF。解説／中村融

ハヤカワ文庫

ゼンデギ

Zendegi

グレッグ・イーガン
山岸　真訳

脳マッピング研究を応用したヴァーチャルリアリティ・システム〈ゼンデギ〉。だが、そのシステム内エキストラたちは、あまりにも人間らしかった。余命を宣告されたマーティンは、幼い息子の成長を見守るため〈ゼンデギ〉内に〈ヴァーチャル・マーティン〉を作りあげるが……。現代ＳＦ界を代表する作家の意欲作

ハヤカワ文庫

オール・クリア（上・下）

All Clear

コニー・ウィリス
大森　望訳

〔ヒューゴー賞／ネビュラ賞／ローカス賞受賞〕二〇六〇年から、第二次大戦中英国での現地調査に送り出されたオックスフォード大学の史学生、マイク、ポリー、アイリーンの三人は、大空襲下のロンドンで奇跡的に再会を果たし、未来へ戻る方法を探すが……。『ブラックアウト』とともに主要SF賞を独占した大作

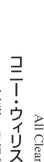

訳者略歴　1961年生，神奈川大学卒，英米文学翻訳家　訳書『老人と宇宙（そら）』『ロックイン―統合捜査―』スコルジー，『言語都市』ミエヴィル，『宇宙の戦士〔新訳版〕』ハインライン（以上早川書房刊）他多数

HM=Hayakawa Mystery
SF=Science Fiction
JA=Japanese Author
NV=Novel
NF=Nonfiction
FT=Fantasy

終《お》わりなき戦火《せんか》
老人《ろうじん》と宇宙《そら》6

〈SF2118〉

二〇一七年三月二十日　印刷
二〇一七年三月二十五日　発行
（定価はカバーに表示してあります）

著者　ジョン・スコルジー
訳者　内《うち》田《だ》昌《まさ》之《ゆき》
発行者　早川浩
発行所　株式会社早川書房
郵便番号　一〇一 - 〇〇四六
東京都千代田区神田多町二ノ二
電話　〇三 - 三二五二 - 三一一一（大代表）
振替　〇〇一六〇 - 三 - 四七七九九
http://www.hayakawa-online.co.jp

乱丁・落丁本は小社制作部宛お送り下さい。
送料小社負担にてお取りかえいたします。

印刷・信毎書籍印刷株式会社　製本・株式会社川島製本所
Printed and bound in Japan
ISBN978-4-15-012118-1 C0197

本書は活字が大きく読みやすい〈トールサイズ〉です。